U0518437

伊犁师范大学中国语言文学学院
"中国教师发展基金会师范教育协同提质"
计划公益项目资助出版

信马沿溪寻古道

——伊犁的文学风景

吴若愚　吴孝成　著

陕西师范大学出版总社　西安

图书代号　WX25N1072

图书在版编目（CIP）数据

信马沿溪寻古道：伊犁的文学风景 / 吴若愚，

吴孝成著. --西安：陕西师范大学出版总社有限公司，

2025. 8. -- ISBN 978-7-5695-5810-4

Ⅰ. I206

中国国家版本馆CIP数据核字第2025U41M09号

信马沿溪寻古道：伊犁的文学风景

XINMA YANXI XUN GUDAO: YILI DE WENXUE FENGJING

吴若愚　吴孝成　著

出 版 人	刘东风
责任编辑	张旭升
责任校对	韦红骆
封面设计	丁奕奕
出版发行	陕西师范大学出版总社
	（西安市长安南路199号　邮编710062）
网　　址	http://www.snupg.com
印　　刷	西安五星印刷有限公司
开　　本	880 mm×1230 mm　1/32
印　　张	13.5
插　　页	2
字　　数	292千
版　　次	2025年8月第1版
印　　次	2025年8月第1次印刷
书　　号	ISBN 978-7-5695-5810-4
定　　价	88.00元

读者购书、书店添货或发现印刷装订问题，请与本公司营销部联系、调换。

电话：（029）85307864　85303629　传真：（029）85303879

目　录

1

第三编　现当代作家笔下的伊犁风貌

附　录

第一编

清代西域诗中的伊犁文学景观

"景观"一般指具有观赏价值的风景。"文学景观"则指那些具有文学属性的自然或人文景观，它以历史建筑或自然风景为基本载体，同时又具有文学的内涵和审美的价值。它既是景观，又是文学的一种地理呈现，是刻写在大地上的文学。在丝绸之路上存有众多的文学景观，仅在伊犁河谷，通过清代西域诗的描绘与传播，至今存留在人们视野中的著名文学景观就有多处，它们是赛里木湖、果子沟古道、伊犁九城、伊犁河、金顶寺、格登碑、望河楼、夏塔古道与木札尔特冰川等。这每一处文学景观，都是一个人类文化的记忆库。它们的文化意义和审美价值通过文学家和千千万万的文学欣赏者、旅游者的视野呈现，极大丰富了其内涵。

　　文学景观的价值是巨大的，它除了文学的价值，还有历史的价值、地理的价值、宗教的价值、民俗的价值、建筑的价值、美学的价值等等，最终，这一切价值的综合，转而成为现代旅游价值、社会经济价值。

　　且让我们——领略伊犁河谷的文学景观吧。

赛里木湖：巨泽苍茫势远涵

　　赛里木湖是行旅者进入伊犁前首先接受洗礼的地方。赛里木湖位于塔尔奇山之阴，湖面海拔2073米，东西长29.5公里，南北宽23.4公里，周长86.5公里，面积423平方公里。旅行者离开乌苏市之后，其间除了精河县一带，一路上满目都是荒凉的戈壁、丘陵，走到这里，一片蔚蓝的湖水扑面而来，让人精神为之一爽。八百年前，长春真人丘处机西行晋见成吉思汗时，曾经路过此地。其弟子李志常在《长春真人西游记》中有记载："西南行约二十里，忽有大池，方圆几二百里，雪峰环之，倒影池中，师名之曰天池。"丘处机在《自金山至阴山纪行》一诗中曾写到赛里木湖："天池海在山头上，百里镜空含万象。"耶律楚材和此诗时也写道："百里镜湖山顶上，旦暮云烟浮气象。"此后五百五十年间，再没有见到有吟咏赛里木湖的诗篇，她的美丽便掩藏在了崇山峻岭之中，埋没在了岁月的深处。

　　清代西域诗中最早写到赛里木湖的是徐步云（1734—1824）的《新疆纪胜诗》："果沟东面亦龙渊，水味甘甜似醴泉。中有小山人不到，恰似蓬岛引归船。"①他在诗后自注："果子沟在伊犁城东北六十里。沟之东海子水极甜。中有小山，土人云：近山则水扑人，不能上。或落叶堕其中，必潮涌而出之，盖龙所居也。"他的诗与注给赛里木湖笼罩上了一层神秘的外衣。所谓"龙渊""龙所居""近山（小岛）则水扑人""落叶堕其中必潮涌而出之"，皆为民间传说，不可信。自注中所谓"果子沟在伊犁（惠远）东北六十里"，不确。准确的方位应是正北略偏东，距离约有百公里。至于"海子水极甜"的说法也有问题。祁韵士在《西陲竹枝词》中自注："但水咸，不堪饮马耳。"②赛里木湖属于半咸水湖，每升水含盐2.5～3克，矿化度为千分之二。湖周边的牧民和旅游点饮用的都是湖畔的泉水，徐步云所说的"水极甜"可能是指泉水。

此后，福庆在《异域竹枝词》中也写到了赛里木湖："巨泽青羊说有神，鼋随嘘气落沙垠。甘泉疗疾渠消渴，驱鳄何人使自驯。"③福庆没有到过伊犁，此诗1796年作于乌鲁木齐的镇迪道任上，他是在阅读了一些有关新疆各地史地传闻的材料后，写成这一百首竹枝词的。在每首诗后他都引录了七十一（椿园）的《异域琐谈》的原文，进行解说。

---

① 吴孝成主编：《伊犁地方史辑录·文学艺术卷》，文物出版社，2023年，第169页。

② 吴孝成主编：《伊犁地方史辑录·文学艺术卷》，文物出版社，2023年，第261页。

③ 吴孝成主编：《伊犁地方史辑录·文学艺术卷》，文物出版社，2023年，第207页。

这首诗后的引文为："伊犁南有巨泽曰赛里木淖尔，其神青羊大角多须，见则雨雹。其北为哈布塔海山，温泉出焉，浴之已寒湿之疾。又北他尔奇城、乌哈尔里克城，屯田所也。"这段引文的重大疏误是"伊犁南有巨泽"，"南"当为"北"，而且远在塔尔奇岭之北。至于"又北他尔奇城、乌哈尔里克城（绥定）"，方位也不准确，绥定在惠远西北方向，塔尔奇城又在绥定"城西南十里"（见《新疆伊犁府乡土志》）。这首诗引出青羊的神话传说，又增添了赛里木湖的神秘色彩。"青羊"是传说中的木精、煞神，一现身便会引来雨雹，所以诗中说"雹随嘘气落沙垠"。诗的后两句是说惠远城周边的温泉与河流，表达了人们治理、利用水利，屯田发展生产的情况，与赛里木湖无关。

两百多年前，洪亮吉（1754—1809）因言获罪，被发配伊犁，三个月内两次路过赛里木湖，被这"西来之异域，世外之灵壤"所吸引、所震撼，挥笔写下了著名的《净海赞》（"赞"这种文体相当于现代的散文诗）：

> 云分电擘，山空月华。中有绿海，旁周素沙。奇峰倒影，幽草舒芽。时飘远磬，时堕空花。百步之外，灵禽不栖。十里之内，惊尘讵飞。赤日纵炙，元霜不堕。庶几成连，抱琴来过。[①]

---

① 修仲一、周轩编注：《洪亮吉新疆诗文》，新疆大学出版社，2006年，第289页。

　　面对开阔的水面，他感到云彩外驰，禽鸟四散，"若有所避，不容稍迟"。中有绿波，外铺白沙；水中倒影，岸上嫩草，令人心旷神怡，似乎听到了远方传来的优美的金玉之声，眼前幻化出五彩缤纷的花朵。周边不见飞禽的踪影，远处哪有惊尘飞扬。炎阳纵情照射，天霜丝毫不落。此情此景，让人怀疑，春秋时代的著名音乐家成连是否曾经抱琴来过这里，发现了湖水激荡、林鸟悲鸣之声，以此感染启发了他的学生伯牙，使其技艺大进，成为天下妙手。这首赞词配以描述他在湖边坐卧赏景的精彩小序，一气呵成，真乃妙笔生花。

　　紧随其后，舒其绍（1742—？）也写了两首诗咏叹赛里木湖：

　　　　赛里谟边海不波，片鳞纤芥净于罗。西泠别后潺湲水，比似春水何处多？（《伊江杂咏·赛里谟淖尔》）①

　　诗后自注："淖尔，译言海子。在三台界，淼淼泓波，涵天荡地，荇藻不生，鱼虾绝影，间投一物顷刻浮岸，土人称为静海。"此诗题为"赛里谟淖尔"，又说"土人称为静海"，与洪亮吉在《净海赞》小序中的说法"译言赛里谟淖尔是也"近似，又坐实了洪亮吉"净海"的称呼，故两

――――――――――
　　① 舒其绍：《清代诗文集汇编（第403册）：听雪集》，上海古籍出版社，2010年，第383页。

人的作品几乎写于同时。"片鳞纤芥净于罗"就是"鱼虾绝
影"，就像用罗网筛滤了一遍。"西泠"指西湖，若用湖水
比春愁，西湖相比赛里木湖只能算是小巫见大巫了。

　　断梗飘蓬客，惊心到海陬。乱山围地起，一水
贴天流。风扫藏蛟窟，云迷落雁洲。燃犀不敢照，
恐惹鬼神愁。（《消夏吟·赛里木海子》）①

　　这首诗在"云迷"句后自注："海中纤鳞片翼俱无，土
人传为净海。"诗人说，我这个四处漂泊的人，来到了令人
心惊的海子边上。乱山围地，一水贴天。风扫湖面，云迷沙
洲。即使点燃烛照水下怪物的犀牛角，我也不敢探看。恐怕
触怒蛟龙，惹下祸端。表达了对于神灵的敬畏。
　　这时候，被革职流放伊犁八年之久的杨廷理（1747—
1813）获释东归，路过果子沟、赛里木湖时，他一连写了三
首诗。②在《出果子沟》一诗中，他立马松树头，眺望赛里
木湖时发现"海山苍郁互虬蟠"，发出了"将归不作无鱼
叹，懒向荒溪把钓竿"的感慨（他在诗后自注："岑嘉州诗
'洗兵鱼海云迎阵'，即其地也，居者谓今无鱼也。"）在
《松树头阻雪》中他写道："雪海模糊蹊径杳，教人空自望

　　① 吴孝成主编：《伊犁地方史辑录·文学艺术卷》，文物出版
社，2023年，第225页。
　　② 吴孝成主编：《伊犁地方史辑录·文学艺术卷》，文物出版
社，2023年，第248、249页。

三台。"八年前来伊犁时正值冬季，此时赦还，又逢初春三月，一场大雪掩盖了赛里木湖的真面目，使诗人无限遗憾。在《三台雪海冻尚未开，率吟一律》中，诗人表达了心中的失落感：

> 冰天寒已敛，雪海冻犹封。空忆波澜阔，传闻云雨浓。四山排翠嶂，千尺冷青松。回首瞻葱岭，西南隔几重。

对于赛里木湖的"波澜阔"，只能"空忆"，对于湖上的"云雨浓"，也权作"传闻"罢了。"回首瞻葱岭"流露的是诗人对生活了八年的伊犁大地的留恋。"葱岭"指代的是伊犁山水。

杨廷理离开伊犁的第二年（1804），祁韵士（1751—1815）因宝泉局亏铜案而被发配伊犁，行经赛里木湖时他写下了《行抵伊犁三台观海子》一诗，为赛里木湖挥洒了一幅浓墨重彩的油画：

> 三千弱水竟谁探，巨泽苍茫势远涵。万顷光分浓淡碧，一奁影划浅深蓝。群飞白雁翔初起，对舞文鸳浴正酣。极目寥天明月好，清辉彻夜浸寒潭。①

---

① 星汉编著：《清代西域诗辑注》，新疆人民出版社，1996年，第228页。

"弱水"指代赛里木湖,"三千"概言其广。湖上光影浓淡,色彩深浅,变化莫测;天鹅踏波起飞,野鸭流连戏水,一派情趣盎然。时值农历七月十五的前一天,所以"极目寥天",明月当空,清辉彻夜,沁人心脾。后来他在《西陲竹枝词》中又写到了赛里木湖:"澄波不解产鱼虾,饮马何曾问水涯。碧草青松看倒影,蔚蓝天远有人家。"[①]"看倒影"一语足见诗人的心情经过蓝天碧水的洗礼,已经平静多了。

过了半个世纪,雷以諴(1806—1884)兵败太平天国起义军,被革职查办,路经赛里木湖,写了一首《静海》:

> 伊谁拂拭净无埃,天盖高涵玉镜开。万载磨礪
> 凭日月,三山点缀认蓬莱。只容飞鹤闲栖岛,应有潜
> 龙待奋雷。不泄不盈长向若,任他蠡测费疑猜。[②]

"磨礪"是摩擦的意思,"飞鹤"应指天鹅,"若"是海神。"应有潜龙待奋雷"实写传说中的湖底潜龙,暗含自己期待着春雷来临,与万物一同复苏。最后两句是说,湖水既不减少,也不泛滥,永远遵循着海神的旨意,那些以瓢测海的浅陋者是揣度不了湖海的胸襟的。作者自比静海,对于前途充满了自信。

---

① 星汉编著:《清代西域诗辑注》,新疆人民出版社,1996年,第234页。
② 星汉编著:《清代西域诗辑注》,新疆人民出版社,1996年,第413页。

又过了半个世纪，专在幕府中襄赞军务的方希孟（1836—1914）应伊犁将军长庚之召，第二次进入新疆，写了一首十三句的古体诗《赛里木淖尔》：

层冰万古凝不开，茫茫一白如潮来。雪光岚气浑不辨，但闻空际喧风雷。焊夏不赢冬不竭，习海瓯人泅难测。临崖一岛中断绝，有叩神官候冰结。岛畔爬沙多獭穴，獭房行行俨户列。有鸟非鵌集鼠背，鼠背鸟驰穴相对。红珠夜半悬空明，土人言是真龙精。傍山飞鸟不敢过，纤鳞寸草皆无生。八百里中三淖尔，此是西方清净海。大荒灵怪始一见，前以邱名后洪赞。我与天池亦有缘，七十老翁行脚健。台上老兵向我语，四十八桥从此去。不知有月疑海明，坐啸山根万松树。①

此诗写得雄浑大气，开头四句气势不凡，接着交代了这片高山水域的神奇与诱人之处，几乎铺排了此前诗人们所提供的所有细节："不泄不盈"（"焊夏"是干旱的夏季）；"任他蠡测费疑猜"（"瓯人"指江浙一带靠海习水性者）；"中有小山人不到""三山点缀认蓬莱"；"灵禽不栖"，水獭群集，鼠鸟共居（"俨户列"是说水獭洞穴像

① 星汉编著：《清代西域诗辑注》，新疆人民出版社，1996年，第437—438页。

房屋一样排列着。"鼷"是一种与鼠同穴的鸟，属于传闻，不可考）；"纤鳞片翼俱无""荇藻不生""澄波不解产鱼虾"（"纤鳞"是细小的鱼。"荇藻"是水草）。诗中所说的"三淖尔"，是指与大湖相连的小海子。"邱名"指丘处机曾称赛里木湖为"天池"（丘处机又写作邱处机，是因为清代雍正年间有上谕，为避孔子讳，除"四书""五经"，书写时凡遇"丘"字均改为"邱"）；"洪赞"是说洪亮吉写有《净海赞》赞誉过赛里木湖。

诗的结尾处，诗人认为自己与赛里木湖有缘分，这一年他刚好七十周岁，以古稀之年与神湖相会，也是一桩幸事。驿站的老兵告诉他：告别赛里木湖，穿过果子沟（"四十八桥"指果子沟。《长春真人西游记》中记载，成吉思汗"二太子扈从西征，始凿石理道，刊木为四十八桥，桥可并车"），便可到达此行的目的地——惠远城。诗人沐浴着明月的清辉，坐在茂密的松林下，思绪绵绵，飘向远方，给读者留下了无限的回味余地。

这一年，曾经参加戊戌变法的宋伯鲁（1854—1932）也被伊犁将军长庚邀入幕府，路途中也写了一首《赛里木淖尔》："绁马苍冥表，天回万象清。四山吞浩渺，一碧拭空明。尘暗伊江路，烽寒赛里营。渚蒲无限绿，物候暗相惊。"[1]诗中说，用绳索羁绊马蹄休憩在遥远的天边，蓝天

---

① 吴蔼宸选辑：《历代西域诗钞》，新疆人民出版社，1982年，第333页。

让万物都变得清爽宜人。四围群山阻断了远望的视线，一碧万顷的湖面映得天空晶莹剔透。这里曾经烟尘滚滚、烽火常明，如今湖边的草地却绿到了天边，景物随季节和气候发生的变化实在令人吃惊。暗喻旅人的沉闷心情到这里也会引起巨大的变迁。"渚蒲"本为湖边的水草，这里指代湖岸的牧草。"物候"是动植物随季节气候变化而变化的现象，泛指时令。全诗表达的是"沉沉净海万峰里，不觉人间行路难"（《初四日晨发四台叠前韵》）的欣喜心情。

果子沟古道：果子沟中图画开

　　果子沟古道应该说是伊犁河谷最美的文学景观。它以绝美的自然风光吸引了历代文人的眼球，令他们为之折腰、为之倾倒，留下了众多优美的诗篇。由于这些诗篇的传播，使得果子沟古道这一藏在深山人未识的文学景观广为人知，赢得无数的赞美，激发了众多后人的爱国情怀。

　　如果说丝绸之路是亚洲活动的中心，那么，天山就是丝绸之路存续的命脉。天山全长2500多公里，东段约占山系全长的四分之三，分布在我国西域（新疆）境内，南、中、北三条山脊平行展开，自然谷道可通东西。在山脊之间，山体与塔里木盆地、准噶尔盆地之间，也有不少人和马可以穿行的南北豁口。这些谷道和豁口就形成了许多峡谷古道。天山峡谷古道对于山北的游牧民族来说，起到了将其政治势力推向南部，并使之逐渐转变为农耕民族的作用；而对于山南的绿洲农耕民族来说，则是通向北方进行贸易的通道。至于中原大地和中亚乃至欧洲的使臣、商旅走向中亚西部广大地区，联络亚洲东部世界，也少不了这些峡谷古道的佐助。所以王炳华先生说，天山峡谷古道在中亚古代游牧民族中，具有重要的历史地位，是不可轻忽的存在。①牛汝极先生也认为："古代亚洲具有代表性的势力，全都与天山路相联系，并以此十字点为中轴而进行活动。"②他所谓的"十字点"就是天山古道。几千年来，天山不但成为交通通道、生命通道，也成为东西方的商贸通道、文化通道，是丝绸之路上的核心路段，是不同文明交会的轴心。所以说，天山峡谷古道是古代中国走向世界的陆桥。

果子沟位于天山西部的塔勒奇岭，在新疆伊犁霍城县境内，自古是我国中原通往中亚、欧洲的一条重要孔道。果子沟历来以山高林密、坡陡路险著称于世，又以景色优美、花红果香引人入胜。历代有许多人用他们的生花妙笔绘下了一幅幅果子沟的画卷：

1800年，洪亮吉在他的《伊犁日记》中描写了果子沟冬末春初的景色，感叹"域中无此幽境也"。又在《天山夜话》中描述了沟中春末夏初的美景："果子沟四月中百花竞放，异鸟成群，过其下者，遇风日清华，辄有出尘之想。五月初，花事已阑，桃杏万株，并累累成实矣。"

1805年，祁韵士在他的《万里行程记》中描写了进入果子沟"如入万花谷中，美不胜收也"，并且拍案叫绝："何

---

① 王炳华：《天山峡谷古道：古代中国走向世界的陆桥》，载《中国社会科学报》2017年11月3日第4版。
② 杨阳：《"天山路通向亚洲所有地方"——访新疆师范大学副校长牛汝极》，载《中国社会科学报》2017年11月3日第4版。

期万里岩疆，乃有此一段仙境，奇绝，快绝！"

1842年十一月六日，林则徐在他的日记中写下了在风雪中经过果子沟的情景，并预言："若夏秋过此，诚不仅作山阴道上观也。"

20世纪初，北洋政府财政特派员谢彬在1917年五月九日的日记中，这样描述果子沟胜地："夹岸峰峦峭耸，上多药材，松林阴森，弥望苍碧；果树杂生，群花竞放，浓碧嫣红，步步引人入胜。山泉成涧，积流成河，奔腾汹涌，或类瀑布，曲折弯环，幽境如画。山水之奇，胜于桂林；岩石之怪，比于雁荡。"（《新疆游记》）

较之于散文的叙述和描写，更加值得欣赏与玩味的是古代诗人们歌咏果子沟的诗作，其中最早的当属元代长春真人丘处机与耶律楚材互相唱和的《自金山至阴山纪行》[①]和《过阴山和人韵》[②]两首诗。丘诗着重写果子沟的山势险峻，林海茫茫："银山铁壁千万重，争头竞角夸清雄。日出下观沧海近，月明上与天河通。参天松如笔管直，森森动有百余尺。万株相倚郁苍苍，一鸟不鸣空寂寂。"耶律诗着重写果子沟的山路崎岖，景色幽绝："细路萦纤斜复直，山角摩天不盈尺。……四十八桥横雁行，胜游奇观真非常。……山南山北多幽绝，几派飞泉练千丈。……山高四更才吐月，

---

① 吴孝成主编：《伊犁地方史辑录·文学艺术卷》，文物出版社，2023年，第71页。

② 吴孝成主编：《伊犁地方史辑录·文学艺术卷》，文物出版社，2023年，第77页。

八月山峰半埋雪。"后来由于战乱频仍，中原与西域的联系几近断绝，于是，这么一处"胜于桂林""比于雁荡"的"仙境"，竟然冷藏了五百多年！

生活于清代咸丰至光绪年间的诗人萧雄（1834—？）著有四卷《西疆杂述诗》，其中的《松树头》与《果子沟》都是写果子沟古道的。诗虽然写得并不怎么出色，但他在诗后的自注却很有价值。

请看《松树头》："登山濒海复登山，越岭南行路最难。三十里程悬峻坂，往来车马足蹒跚。"①作者在诗后自注："松树头系三台海上诸峰过峡处一小岭也，高不过二三里，登之非险，险在过岭而下，较天山加倍。缘自大河沿入山起，二百五十里渐上而来。高于不觉，乃以数日所上者一泻而下，路便危矣。岭首至峡底溪边，二十余里中，多壁立。车行至此，卸尽前骖，仅留辕马，并用绳挽住，缓缓放之，辕马颠仆几毙。幸每行一二里，小有平坡，可憩足。其自下而上，车马更见难行。"

再看《果子沟》："漏出峰头隙罅天，回旋四十二桥连。此中素号神仙窟，岩壑阴丛果实鲜。"②隙罅：孔隙般的一线天。作者在诗后自注："松树头下岭为果子沟，即塔勒奇山峡。两山耸矗，中夹一溪，宽处不半里，狭数丈。清

---

① 吴孝成主编：《伊犁地方史辑录·文学艺术卷》，文物出版社，2023年，第428页。

② 吴孝成主编：《伊犁地方史辑录·文学艺术卷》，文物出版社，2023年，第428页。

流急湍，响震山谷。元太祖之二太子扈从西征，始凿石开
道，刊木为四十八桥。桥可行车，沿溪而下，忽左忽右。苍
岩牙错，以故十步之间循环雁齿者其常也。自岭底至峡口
六十里，其中曲折崎岖，莫名其险。今并为四十二桥，归伊
犁镇标经理，日派弁兵数人，驰马梭巡，扶其欹塌焉。峡之
上游，深远不可知。闻往昔有人探入，未穷其源。修炼之
士栖止岩穴者，不知其岁矣。两山果木丛阴，别有天地，咸以
为多仙躅云。"仙躅：神仙的足迹。

检点清代西域诗中的咏果子沟诗，描摹四季风光的都
有，分别介绍如下。

一、日暖风恬客意闲

丘处机、耶律楚材咏果子沟的诗都写在秋天，那么"暖
风熏得游人醉"的春日果子沟的风光又如何呢？请看清代西
域诗中惠龄、舒敏、杨廷理和方士淦的佳作吧。

惠龄（？—1804），乾隆四十二年（1777）以副都统衔
补授伊犁领队大臣。他的《果子沟》一诗就写于这年春天赴
任伊犁途中：

山势嶙峋水势西，过沟百里属伊犁。
断桥积雪迷人迹，古洞堆冰碍马蹄。
驿骑送迎多旧雨，征衫检点半春泥。

数间板阁风灯里，犹有闲情倚醉题。①

　　这首诗首联先介绍果子沟的山水形势、走向和位置，接着表达了穿过果子沟就快要到达目的地——伊犁的喜悦。嶙峋：山石重叠不平的样子。颔联写出了春天的果子沟中的残冬痕迹："断桥积雪"，"古涧堆冰"，因而路途行走艰难。颈联写的是在寂寞的旅途上常常能够遇到昔日的朋友，说明西出阳关还是有故人的；衣服上虽然沾满了斑斑泥点，但比起在冰天雪地中跋涉要轻松多了。驿骑：驿站的士兵。旧雨：老朋友。检点：检查清点。征衫：旅人的服装。尾联写出了诗人心中的愉快：住在木板房内，伴着夜风中的灯盏，仍有趁醉题壁的闲情雅致。倚醉：仗着酒劲。题：在墙壁上题诗，这里指写诗。诗中浮现的意象虽然是"山势嶙峋""积雪""堆冰"，但是春天的气氛已经很浓了。再加上诗人是走马上任，所以喜悦之情溢于言表，前人笔下的"顿颠""恐惶""难并辔""销尽轮蹄铁"等等全都一扫而光了。

　　乾隆六十年（1795），闽浙总督伍拉纳以贪污受贿罪被斩，他的几个儿子受株连均被发配伊犁。嘉庆元年（1796）四月底，正是山明水秀的暮春时节，伍拉纳素有才华的三儿子舒敏（1777—1803）在遣戍途中写下了《过果子沟》一诗（诗人在题下自注："丙辰四月二十九日。"）：

① 星汉编著：《清代西域诗辑注》，新疆人民出版社，1996年，第50页。

四面岩峣插碧空，逶迤曲径小桥通。

马蹄趁雪千山白，花蕊经春一路红。

深涧鸟鸣高树顶，乱烟人语夕阳中。

举鞭遥指寒林外，酒斾依稀飏晚风。①

　　诗前有一小序："果子沟距伊犁百里，路狭山高，峰峦秀丽；山果半熟，野花自开。遍山红绿相间，气候颇似春初。不意沙场雪窖之中，有此柳媚莺娇之境，马上口占以志其胜。"

　　面对着家庭和身世的剧变，舒敏在诗中流露出一种泰然处之的心情，也许是果子沟的美景驱散了他胸中的郁闷。诗人目光所及，看到的先是四周高峻的峰峦直插云霄，接着是曲折的山路与小桥蜿蜒其间，给人绝处逢生的感觉。紧跟而上的两联对偶妥帖工整，小到"马蹄"与"花蕊"，大到"千山白"与"一路红"，色彩十分鲜明；静则是"深涧"与"乱烟"，动则是"鸟鸣"与"人语"，有声有色，充满生机。在这"路狭山高"的"寒林"之中，忽然隐隐约约地看到一帘酒旗在晚风中飘摇，使天涯游子的心中立时涌上一股暖意。岩峣：山岭高峻的样子。逶迤：形容道路、山脉、河流等弯弯曲曲延续不绝的状态。趁：追逐，追赶。斾：古时末端形状像燕尾的旗。依稀：模模糊糊。飏：飞扬，飘扬。舒敏带着果子沟给他的感悟，在荒寒的塞外闭门

---

　　① 星汉编著：《清代西域诗辑注》，新疆人民出版社，1996年，第165—166页。

读书，潜心研究学问。三年后获释回京，不久英年早逝，年仅二十七岁。

在乾隆、嘉庆两朝曾三任台湾知府，为开发建设台湾作出了杰出贡献的杨廷理，于嘉庆元年（1796）被蒙冤革职，流放伊犁。也许是心绪不好，他在赴戍途中只写有三首诗，而在嘉庆八年（1803）春天获释东归时，却是每过一地都写诗。在果子沟一带所写的诗就有七首。我们着重介绍其中的四首，第一首是七律《将抵松树头口占》：

> 伊犁门户属三台，果子沟中图画开。
> 青耸层峦峰断续，碧盘曲涧水潆洄。
> 参天柏秀和云种，匝地花繁斗锦裁。
> 巧助羁人归去乐，出山犹记入山来。①

由于心情愉快，在他看来，果子沟确实像一幅画卷展现在眼前：层峦耸青，山峰断断续续；曲涧盘碧，溪水回旋环绕。松柏参天，树下积雪未消；繁花遍地，与锦缎争艳斗胜。美好的景观增添了归人的乐趣，也让人难以忘却当初入山时的艰难跋涉。诗中的"耸"与"盘"两个动词用得好，用拟人的手法使"层峦"与"曲涧"都有了灵动的生气。口占：即兴作诗词，不打草稿，随口吟诵出来。潆洄：水流回

---

① 吴孝成主编：《伊犁地方史辑录·文学艺术卷》，文物出版社，2023年，第247页。

旋。和云种：与白云掺和在一起种植。诗中将树下的积雪喻为白云。匝地：遍地。斗：比赛，争胜。锦：有彩色花纹的丝织品。羁人：旅客。

第二首是七绝《果子沟道中》：

> 雪消雾敛群峰出，日暖风恬客意闲。
> 信马沿溪寻故道，本来面目一时还。①

这一首写的是雪后转晴的果子沟，清新俚俗，朗朗上口。在"雪消雾敛""日暖风恬"的环境中，诗人无拘无束，信马由缰，寻找六年前的"故道"，一下就唤回了当初大雪封山的"本来面目"。诗人在诗后有自注："予来伊时山溪皆雪封。"那时该是嘉庆二年（1797）的元宵节之前，江南正是春暖花开、莺飞草长的季节，而在塞外依然是一片冰封雪盖的景象。恬：安静，平静。客意闲：离乡在外之人的心怀悠闲自得。

第三首是七绝《出果子沟》：

> 立马颠崖眼界宽，海山苍郁互虬蟠。
> 得归不作无鱼叹，懒向荒溪把钓竿。②

---

① 吴孝成主编：《伊犁地方史辑录·文学艺术卷》，文物出版社，2023年，第248页。

② 吴孝成主编：《伊犁地方史辑录·文学艺术卷》，文物出版社，2023年，第249页。

这首诗写的是立马松树头，眺望赛里木湖的感慨。诗后有自注："岑嘉州诗：'洗兵鱼海云迎阵。'即其地也。居者谓今无鱼矣。"虬蟠：盘屈如虬龙（传说中的一种龙）。岑嘉州：指唐代边塞诗人岑参。

第四首是七绝《松树头阻雪》：

> 西风送我出山来，连夜妆成白玉堆。
> 雪海模糊蹊径杳，教人空自望三台。①

这一首写的是雪中遥望赛里木湖与三台的景象，诗后也有自注："此去三台六十里，因地平，故可望而见。"妆：梳妆打扮。蹊径：小路。杳：远得不见踪影。

这几首诗写了诗人眼中初春时节的果子沟，尽管旧雪未消，新雪又至，但是挡不住"日暖风恬"和"柏秀""花繁"，也掩不住诗人心中的"归去乐"和"客意闲"。杨廷理在伊犁留下的诗作有千首之多，经删削收入诗集的仍有五百余首，在伊犁戍客中是存诗数量最多的一家。

过了近半个世纪，缘事革职的浙江湖州知府方士淦（1787—1849）被遣戍伊犁，经过果子沟时正值寒冷的十一月，"大雪弥漫，半夜始到二台"，"但见松林茂密，野兽奔驰，冰塞长河，雪满群山，为平生所仅见"（《东归日

---

① 吴孝成主编：《伊犁地方史辑录·文学艺术卷》，文物出版社，2023年，第257页。

记》）。这一次也许因为天气和心情都不好，没有作诗。道
光八年（1828）他遇赦释回，在三月十八日的日记中写道：
"果子沟两山矗立，松树参天，中有涧溪一道，迤逦盘曲。
小桥七十二道，石壁巉岩，青绿相间，人在画中行。山景之
佳，甲于关外。"他曾写有一组《伊江杂诗》，其中有一首
吟咏果子沟的当写于此时：

> 海色浮青岛，松涛满碧沟。
> 两山排闼入，一水带云流。
> 峻坂曾停马，归心不系舟。
> 羊公碑尚在，遗爱总常留。①

　　这是一首五言律诗。先说果子沟一片葱绿，就像无边
的大海，一座座山头恰似海上的小岛；松涛阵阵，满山满沟
都是雄浑的声音。两边的山峰扑面而来，山涧的清清溪水带
着云彩的倒影滚滚而下。排闼：推门。下半首回忆两年前来
时曾在陡峭的山坡上驻马祭拜前贤，现在获释回乡，归心似
箭，犹如顺水之舟。峻坂：当指松树头。坂，山坡，斜坡。
最后两句表达了对前人修路功绩的缅怀。"羊公碑尚在"是
借用孟浩然《与诸子登岘山》中的成句："羊公碑尚在，读
罢泪沾襟。"羊公即羊祜，西晋人，都督荆州，驻节襄阳，

---

① 吴孝成主编：《伊犁地方史资料辑录·文学艺术卷》，文物
出版社，2023年，第383页。

绥怀远近，甚得民心。死后襄阳百姓在岘山为他建碑立庙。
"望其碑者莫不流涕，杜预因名为堕泪碑"。方士淦诗中的
"羊公碑"指的是伊犁将军保宁（谥号文端）修整果子沟山
路的纪功碑。他在日记中曾提道："保文端公相修平山路，
利赖至今。……十九日出果子沟，上达坂，有伊犁前巡抚顾
谟立碑一座，纪保公功绩。嘉庆三年立，往来行人过达坂
者，无不下马而拜，撒掷钱文，口外之俗如此。""前人栽
树，后人乘凉。"这是人类一代代先行者为人处世的无私风
范，而"吃水不忘挖井人"则是一辈辈后来者对做过好事的
先贤们怀有的感恩戴德的博大胸襟。这就是方士淦这首诗给
予我们的启迪。

一百多年前，也就是1907年，四十一岁的日本军官日野
强（1866—1920），乘坐马车行进在通往伊犁的大路上。五
月十日，日野强告别赛里木湖，"即进入人称伊犁关门的塔
尔奇的狭长山谷里"，当晚住在二台。这里满眼是郁郁葱葱
的松树，盈耳是哗哗啦啦的水流声，于是他诗兴大发，写下
一首七言绝句：

> 疾声扬浪叩船舷，飞沫沾衣忽泠然。
> 梦醒尚闻涛响急，知它春水满前川。①

---

① 日野强：《伊犁纪行》，华立译，黑龙江教育出版社，2004
年，第145页。

这首诗没有标题〔摘自宋彦明、郭从远编《伊犁游记》（新疆人民出版社，1984），此书中的许多诗都没有标题，作者根据行程，随时穿插于行文之中〕，但可以看出，他是专写果子沟中的溪流的。首句把投宿的板房比作江海中的一只船，夜静时分的激流声贯壁而来，恰似波浪叩击船舷。第二句是想象飞溅的浪花定然会沾湿衣衫，使人感到浑身凉爽。"泠然"是凉爽、清凉的意思。第三句是说整夜枕着涛声入睡，使人分不出这满耳涛声究竟是梦境，还是现实。正如他在书中所叙："此地左右是绝壁，溪水湍流，发出隆隆的轰鸣，多次惊破客梦。"最后一句表达了作者的喜悦之情：春风骀荡，春水汹涌，大漠、高山都阻挡不住春天的脚步。所以他在第二天的日记中写下了步出果子沟以后的见闻与感慨："路边长满松树、桦树、白杨、李树等，与其他杂树灌木相间，形成树林。其中李树的花已经开满，与苍翠的树木相映衬，葱郁中透出一片蒙蒙的白色，前方道边的百草嫣红雪白，色彩缤纷，是入清（指进入中国——引者注）以来的好景致。前日在三台尚遇冰雪，今天却突然沐浴浩荡的东风，大有一日之间冬去春至的感觉。"诗文相证，一派盎然春意与欣喜之情溢于言表。

二、涧花山果自青红

两百年前的一个盛夏，著名诗人祁韵士也和此前的许许多多迁客骚人一样，踏进了名闻遐迩的果子沟，并留下了七首精美的诗歌。

祁韵士咏果子沟的组诗是《塔尔奇沟纪胜（六首）》。
第一首：

> 峻坂初过款段轻，林溪深处快新晴。
> 天然罨画难摹得，却忆山阴道上行。[①]

写的是入沟后马行轻快，一路风光如画，像山阴道上一样秀美。款段：马行迟缓的样子，这里借指马。罨画：色彩鲜明的绘画。山阴道：指绍兴县城西南郊外一带，以风景优美著称。第二首：

> 不分山尾与山头，石笋森森万木稠。
> 仿佛龙鳞烟雾里，翠涛声卷一天秋。

写的是山中石笋林立，鳞光闪闪，松涛阵阵，夏凉如秋。龙鳞：形容岩石光彩如龙的鳞甲。翠涛：风卷青松，声如浪涛。第三首：

> 丹黄绣错逗芊眠，碧彩葳蕤映日鲜。
> 采药何人过山去，青鞋踏破岭头烟。

---

① 吴孝成主编：《伊犁地方史辑录·文学艺术卷》，文物出版社，2023年，第257页。

写的是沟中花草树木色彩斑斓，繁茂幽深。采药人不畏艰险，翻山越岭而去。丹黄：红黄二色。绣错：相互交错如绣。逗：穿过，通过。芊眠：草木茂密幽深。葳蕤：草木茂盛的样子。青鞋：草鞋。第四首：

> 此行底事访桃源，入谷时逢献桃猿。
> 不见一人来询问，鸟啼花落自无言。

写的是山中风光优美，远离尘世，恰如世外桃源。底事：何事。献桃猿：此地无猿，作者意在极言野果之多。诗人在诗后自注："土人呼为果子沟。"第五首：

> 万峰高耸与天齐，碧涧萦回九曲溪。
> 七十二桥行未了，流泉已逐夕阳西。

写的是沟中溪水曲折，桥梁众多，山路绵长。萦回：旋绕转折。七十二桥：不是实指，极言桥梁之多。第六首：

> 浓阴绕舍晚烟笼，茅店人稀小径通。
> 喜向林间先得月，那知身在万山中。

写的是沟中旅舍的幽静温馨，诗人身心的愉悦放松。

祁韵士还写有一百首《西陲竹枝词》，其中第三十四首题为《果子沟》：

浓阴万树欲参天，叠嶂层峰起马前。

买夏论园何足道，谷量百果露初鲜。[①]

作者在诗后自注："伊犁塔尔奇山谷中林木极盛。"诗中对古人"买夏论园"，寻找幽静园林以避暑的做法不屑一顾，认为果子沟里百果繁多，色鲜味美，这里才是真正的避暑胜地。谷量：意谓百果多得不可计数，须置于山谷中以量之。

以上七首诗从各个方面展现了果子沟的美景。祁韵士在他的《万里行程记》中有一段描写果子沟的文字，可以和他的诗篇相映衬，相补充："忽见林木蔚然起叠嶂间，山半泉涌，细草如针，心甚异之。前行翘首，则满谷云树森森，不可指数，引人入胜，注目难遍，欣悦之情，惟虑其尽。已而峰回路转，愈入愈奇，木既挺秀，具干霄蔽日之势；草亦蓊郁，有苍藤翠藓之奇。满山顶趾（从头到脚），秀错（指绣错，色彩错杂如绣）罕隙（缺少缝隙），如入万花谷中，美不胜收也。泉流十余里，与东涧中大水合流，澎湃砰訇，出入危石峻磴间。沿岸杂树丛枝，覆水（遮盖了水面）不见，但闻其声。七十二桥回环屈曲于千岩万壑之中，密箐（细竹，此处指细长的灌木）深林之下，凭谁摹此画中境耶！夫此沟，一线天耳，而其山其水及其草木，无一不臻佳妙，足

---

① 吴孝成主编：《伊犁地方史辑录·文学艺术卷》，文物出版社，2023年，第261页。

称富丽天成，不必更以萧疏澹远为胜。何期万里岩疆，乃有此一段仙境，奇绝，快绝！"作者调动了最美的文字来描绘果子沟的美景，诗文相映生辉，充分表达了作者对祖国边疆山水的由衷热爱。

描摹果子沟夏日风光的，还有陈庭学、舒其绍、黄聘三、方希孟、宋伯鲁等人。

在遣戍地伊犁被羁十四年的诗人陈庭学（1739—1803），乾隆四十六年（1781）以甘肃灾赈案为"属吏所累"，被夺职。第二年谪戍伊犁，直到乾隆六十年才遇赦回京。1795年当他离开伊犁时，曾写了三首咏果子沟的诗，其中《头台》二首：

（一）

北蕃远贺逐羊来，西旅依山毳帐开。

石貌狰狞溪响沸，归人早过一层台。

（二）

翠峡束孤道，常疑到蜀天。

幸容车辙度，那用栈梯悬。

木叶战斜日，边邮冷暮烟。

征骖随店歇，解襆对山眠。①

---

① 星汉编著：《清代西域诗辑注》，新疆人民出版社，1996年，第113—114页。

第一首是七绝。写的是在沟中遇到了赶着羊群远道而来，向伊犁将军贺喜的少数民族使者。山中的牧民热情地向旅人打开了毡房门。一路上怪石面目可怖，溪水喧哗，归心似箭的行人早已过了头台。虽然满目是狰狞的石头，盈耳是喧响的溪声，但气氛十分和谐、热闹，一股喜悦之情蕴含其中。蕃：指少数民族。毳帐：毡房。沸：沸腾，这里形容水声很响。

第二首是五律。写的是山谷狭窄，形势险峻，经常怀疑是来到了"难于上青天"的蜀地。可喜的是山路还能容许车辆通过，用不着架设栈梯。树叶在夕阳下簌簌颤抖，邮差在暮霭中匆匆赶路。由于路途遥远，人烟稀少，行人见到旅店就得停车过夜，打开行李，就可对山而眠。诗人所见虽是"孤道""斜日""冷烟"，色调有点冷寂，但是"随店歇"的自由和"对山眠"的畅快却是远在边关十四年的戍客才会有的情绪。蜀天：指四川。征骖：远行的马。襆：行李。

他还有一首五律，题为《二台》：

> 十年羁大漠，今向翠微行。
>
> 怪石含云气，悬坡走涧声。
>
> 山斜丛木直，路险小桥平。
>
> 旅馆前径处，何时又葺成？[①]

---

① 星汉编著：《清代西域诗辑注》，新疆人民出版社，1996年，第114页。

　　这首诗中的喜悦之情更是无法掩饰：度过了十余年的软禁岁月，现在终于走向青绿的山中。"怪石"也好，"悬坡"也罢，总是"云气"氤氲，"涧声"悦耳。山坡虽然陡峭，丛林却很挺直；道路虽然险峻，小桥却很平整，一切看着都那么舒心。就连前方的旅舍，也不知什么时候修饰一新，似在含笑迎送我这归乡的游子。羁：拘束、停留。翠微：青绿的山色，也泛指青山。葺：修理房屋。陈庭学的这几首诗从内容看，应该也是写于夏季，格调比较明朗，读来较少压抑之感。

　　在遣戍伊犁的诗人中，有一位官职只到知县的人是舒其绍，在嘉庆七年曾写了组诗《消夏吟》二十五首，其中有一首《果子沟》：

> 天悯群仙谪，蓬莱堕大荒。
> 云穿千嶂活，风曳百花香。
> 鹫岭飞吴越，鳌山限雍梁。
> 今宵尘梦远，高枕听沧浪。①

　　前半首诗中说，莫不是老天爷怜悯这里的被贬谪的群仙，把蓬莱仙境迁移到了这荒远的边疆。在云雾穿绕之中，一座座山峰都活动起来，山风如裙裾拖带着百花的清香。分

---

　　① 星汉编著：《清代西域诗辑注》，新疆人民出版社，1996年，第186页。

明是夏日果子沟的景色。悯：怜悯。谪：贬谪。蓬莱：传说中的海上仙山。大荒：边远之地。嶂：高险的山。曳：牵引，拖带。后半首继续展开丰富的想象，觉得眼前的山峰好像灵鹫峰从吴越飞来，可惜的是鳌山由于被山川阻隔而不能在此落户。今夜思乡之梦飞得很远很远，还是高卧山中倾听隐逸者的沧浪之歌吧。鹫岭：杭州西湖畔的灵鹫峰。鳌山：在湖南常德。雍：池沼。梁：河堤。沧浪：《孟子·离娄上》："有孺子歌曰'沧浪之水清兮，可以濯我缨；沧浪之水浊兮，可以濯我足。'"后以"沧浪"指此歌。诗人最后发出"高枕听沧浪"的慨叹，是大有深意的。远戍边疆的沉重打击，使他已有些心灰意冷，对畏世远遁、洁身自保的隐士有点羡慕；同时，也是在宽慰自己：还是顺乎自然，随遇而安吧。流露出一种超脱旷达之意。

他还有一首《塔尔奇岭》，写的也是夏秋之交的果子沟景色：

> 海上三山信有无，却从塞外见蓬壶。
> 岩花结子殷红色，知是蟠桃第几株。[①]

诗人说，对于海上仙山的传闻，从来就让人将信将疑，如今却在塞外见到了蓬莱山。蓬壶，即蓬莱山，相传是神仙

---

① 舒其绍：《清代诗文集汇编（第403册）：听雪集》，上海古籍出版社，2010年，第383页。

所居之处，因山形似壶而得名。看到殷红的山果，会令人遐想漫山遍野的桃林。寥寥四句，就描摹出了人间的仙境。他在诗后的自注中进一步赞美了果子沟的"胜景"："奇峰插天，怪崖倾日，万松排翠，积雪连云，奇葩硕果，点缀青红，不可名状。欧阳文忠诗'可怜胜景当穷塞，翻使流人恋此邦'，殆为是咏叹。"

比舒其绍小三岁，而且在戍期间经常诗酒往还的黄聘三（1745—1815）也有一首《过果子沟》：

> 历尽羊肠叹寂寥，丹岩绿壑马蹄骄。
> 山猿逐客争投果，沙鸟迎人唤射雕。
> 五月寒花晴日雪，一肩行李野溪桥。
> 可怜胜境当穷塞，伐木丁丁出晚樵。①

历尽羊肠山路，忍耐整日寂寥，忽然进入"丹岩绿壑"的果子沟，连马儿也骄纵地奔跑起来。山猿投果（纯粹是想象，果子沟中并无猿猴），沙鸟迎人，寒花拂衣，晴雪照眼，溪流上架着一座座小桥，森林里传来一阵阵伐木之声。这样一片绝妙的"胜境"，竟然有人把它当作"穷塞"，难道不是咄咄怪事吗？诗人的喜悦之情溢于言表。

光绪三十二年（1906），安徽寿县人方希孟应伊犁将

---

① 黄聘三：《西行漫草》，《西行漫草》编印委员会编印，2001年，第59页。

军长庚之召，来到伊犁，出任幕僚。途中作了一首《果子沟》诗：

> 天落盘盂漏景斜，泉流百道树交加。
>
> 松蟠太古山中雪，杏缀荒西海外花。
>
> 四十八桥传太子，七千里路抵昆邪。
>
> 铁门悬度同兹险，毕竟乌孙误汉家？[①]

诗中写了初夏时节果子沟的松林、杏花、林中的月光、树下的泉流、山头的积雪、溪上的桥梁，同时回顾了当年修路架桥的成吉思汗二太子的功绩，从此沟通了远隔千万里的西域和内地的联系。盘盂：指月亮。太古：远古时代。荒西：大荒以西，指边远地区。海外：异域。昆邪：汉代匈奴部落名。汉武帝元狩二年（前121）霍去病大败匈奴，昆邪王率众降汉，自此汉通西域道路被打通。这里指边疆少数民族地区。

这首诗最关键的是最后两句。诗人指出，果子沟的险要形势和铁门关、悬度山相当，终究由于历代居于此地的少数民族内附中央政权，从而保证了国家的统一。诗人旗帜鲜明地批驳了"乌孙误汉家"的谬论。诗中所说的"铁门"，故址在今乌兹别克斯坦共和国南部，为古代中亚南北交通线

---

① 星汉编著：《清代西域诗辑注》，新疆人民出版社，1996年，第438页。

所经，左右皆山，形势险要。蒙古时代称为铁门关。其后在察合台汗国辖境内。这里本来也是中国的版图，到方希孟生活的时代已经沦于敌手。正是由于清政府的腐朽无能，致使沙俄的侵略扩张野心步步得逞。从1860年的《中俄北京条约》开始，沙皇觊觎新疆的图谋越来越强，妄图吞并伊犁的步伐越来越紧。通过1864年的《中俄勘分西北界约记》割占了巴尔喀什湖以东以南的我国领土44万平方公里；1871年又悍然侵占伊犁，长达十年之久；1881年的《中俄伊犁条约》虽然使我国收复了伊犁，却又被沙俄强占去7万多平方公里的大好河山。这一系列丧权辱国的不平等条约的签订，应该都在方希孟的耳闻目睹之中。方希孟的言外之意：究竟是谁"误"了"汉家"？诗中的"毕竟"应作"究竟"解。如王维诗："人生能几何？毕竟归无形。"李商隐诗："莺啼花又笑，毕竟是谁春？"这里的"毕竟"表达的不是肯定义，整个句子是个疑问句。如果真要追究"误汉家"的罪魁祸首，那就是当时拱手出让主权的清政府。悬度：山名，地在今新疆塔什库尔干塔吉克自治县西南四百里。自汉以来，为我国西域重要山道之一。乌孙：古族名。汉文帝后元三年（前161）左右西迁今伊犁河和伊塞克湖一带。都赤谷城。汉武帝元狩四年（前119）张骞出使乌孙。武帝两次以宗室女为公主嫁乌孙王。宣帝立汉外孙元贵靡为大昆弥，遣长罗侯常惠将三校屯赤谷，后属西域都护。汉家：汉朝，这里指中央政权。

这一年，同样受伊犁将军长庚之邀入幕的宋伯鲁路过果子沟时也是盛夏季节，他写下了《果子沟道中》①一诗：

> 瀑泉飞下碧巃嵸，廿一重桥宛转通。
>
> 苔磴冷吹松叶雨，石林香散药苗风。
>
> 天垂陡壑苍寒外，雷辊阴崖惨淡中。
>
> 欲访西征元代迹，涧花山果自青红。

　　诗人的笔触先由远及近，从"瀑泉飞下""重桥"连通，写到眼前的"苔磴""松叶""石林""药苗"，还有淅淅沥沥从松叶上滴下的"雨"，缥缥缈缈带着草药香的"风"，眼前是一派绚烂多彩的美景。巃嵸：山势高耸的样子。廿一重桥：时至20世纪初，果子沟中原有的四十八座桥梁或毁或存，已剩二十一座。宛转：曲曲折折。苔磴：长满青苔的山间石阶。然后，诗人的目光又由近及远，从地下写到天上：陡峭的山崖高耸入天，像是垂挂在昏暗的天外；雷声阵阵，在凄冷的山谷中回荡。本是炎热的夏日，行走在阴雨绵绵的山谷中，却让人感受到"苍寒"与"惨淡"，而且境域开阔，有声有色。苍寒：指昏暗的天色。辊：滚动，转动。惨淡：萧条，暗淡。最后诗人由眼前的景观想到了当年成吉思汗挥师西征的壮举，可惜的是，历史的烟云早已消散，山中找不到一点遗迹，只有山涧的红花径自开放，树上

---

① 吴蔼宸选辑：《历代西域诗钞》，新疆人民出版社，1982年，第333页。

的青果自挂枝头。一段思古之幽情将果子沟的历史与人们当前的活动联系起来，增强了诗篇的厚重感。访：寻求。自：却，表示语气的转折。

三、溪声泻入胸怀清

有专家认为，在清代诗史上，从乾隆到宣统这一个半世纪，伊犁诗坛是被遗忘的一翼。除了祁韵士、洪亮吉、邓廷桢、林则徐、徐松等名家之外，还有很多名不见经传的诗人，成就都十分可观。安徽太湖人王大枢即其中之一。

王大枢（1731?—1815?），关于他的生年，有1731和1732两种说法，卒年有1815、1816和1818三种说法，由此也可看出这一类诗人没有引起人们的足够关注。谪戍伊犁凡十二年， 1788年十月，王大枢写有一首《果子沟》，生动地描述了果子沟的秋色：

> 万松排翠峰峥嵘，石径桥通曲折行。
>
> 怪岩竞作头角出，溪声泻入胸怀清。
>
> 共兜至此亦须喜，螭魅逢人并不惊。
>
> 可惜亲知都莫晓，几疑愁绝是边城。[①]

诗中先写果子沟中"万松排翠"，山峰高峻，石径曲

---

① 星汉编著：《清代西域诗辑注》，新疆人民出版社，1996年，第143页。

折，桥梁连通。千奇百怪的岩石争先恐后地崭露头角，泠泠溪声把人的五脏六腑都淘洗得清清爽爽。峥嵘：高峻、高耸。头角：物之顶端。接着笔锋一转，想到了远古的传说，即使尧帝把共工和驩兜流放到这里，他们也一定会喜不自胜；在这美好的所在，就连妖魔鬼怪也会与人和睦相处。遗憾的是家乡的亲朋好友都不知道，在遥远的边疆会有这样的名胜佳境，他们还在怎样地揣测我正为发配伊犁而愁肠百结呢。共兜：共工与驩兜，尧时的部落首领，因不服统治而被流放。螭魅：鬼怪。愁绝：极端忧愁。王大枢不仅写出了果子沟的山高、路弯、石怪、水清，更写出了自己对待流放这一惩罚的豁达情怀。他选择共兜被逐这一典故，就是为了影射自己的处境，一个"喜"字是对滥施淫威者的无声示威。谁说"西出阳关无故人"？就连"螭魅逢人"也不会感到惊恐，遣戍的惩罚其奈我何！也许正是他这种抵触情绪使当政者心中不快，才在伊犁一沉就是十二个年头。

流戍伊犁时间更长的是陈寅（1740—1814），在戍十五年，嘉庆十九年（1814）卒于戍所，是清代西域诗人中唯一没有返回内地的戍客。他的诗作中有一首《过果子沟》，描摹了沟中的秋色：

> 闻道斜沟胜，今来路欲迷。
>
> 苍龙一径转，翠黛万山齐。
>
> 古树根成石，清泉流作溪。
>
> 小桥迥合处，疑在胜湖西。

在他笔下，路似"苍龙"，曲折蜿蜒，山如"翠黛"，四围拥挤。一句"古树根成石"，写活了树石一体，立根岩中的松树形象。诗句清新，用语通俗，隐含着古道厚重的历史，传递出诗人对大自然的敬畏。

咸丰六年（1856），江苏布政使雷以諴因镇压太平军不力而获罪，被革职查办，遣戍伊犁。次年秋天路过果子沟，写了三首诗。一首是《二台旅馆》：

旅馆深秋客暂停，峰峦四面耸天青。
最宜雪里松攒簇，千仞当门列翠屏。①

二台在果子沟中段，四面峰峦包围，满眼松树簇拥，开门见山，抬眼遇树。青松当门，恰似翠绿屏风；白雪映衬，分明天然画图。宜：宜人，适合人的心意。攒簇：簇拥，簇集。千仞：指代高山。

离开二台时，他又写了两首五律《发二台》：

孤馆寒惊梦，山高日到迟。
沟流随曲折，栈道总逶迤。
石乱防轮曳，坡斜勒马驰。
以兹当出险，前路不嫌卑。

---

① 星汉编著：《清代西域诗辑注》，新疆人民出版社，1996年，第407页。

> 逼仄几无地，高觇欲小天。
>
> 晴开千雪岭，青接万松烟。
>
> 杂树秋成锦，奇峰迥插莲。
>
> 渐随飞鸟出，诗思忽悠然。①

前一首写果子沟中夜寒日迟，水急路险，但是离开二台以后，山路渐趋平缓，心情也就慢慢放松。栈道：在悬崖绝壁上凿孔支架木桩，铺上木板而成的窄路。这里指弯多坡陡的盘山路。以兹：从此。卑：（位置）低。

后一首专写果子沟的斑斓秋色。沟中十分窄狭，简直没有容脚之地，由于山高，头上的天空也缩小了。但是，阳光下雪山闪亮，松林中雾霭冉冉升起，青松与果树的红叶织成彩色的锦缎，高远的奇峰如朵朵盛开的莲花。这一切都美不胜收，让人目不暇接。人马跟随鸟儿飞出了山沟，叫人心情开朗，诗兴大发。逼仄：（地方）狭窄。几：几乎，近乎。觇：观测。迥：远。

咸丰九年（1859）秋，雷以諴获释东归，又写有一首《过果子沟》：

> 逼仄一沟锁钥严，两山耸峻万峰尖。
>
> 初闻径辟雪冰泮，忽值云屯风雨兼。

---

① 星汉编著：《清代西域诗辑注》，新疆人民出版社，1996年，第407页。

坡陡轮蹄惊滑突，石坚坎陷复危阽。

三台五日冲寒度，休讶归旌岁月淹。①

诗中除了描写果子沟山势的险峻、道路的艰危之外，还强调了沟中气候的变化无常。尽管归心似箭，但是由于路上山拦水隔，云遮雾罩，致使行程迟滞。这一切，对于心情愉快的归人来说，也算不得什么。锁钥：比喻军事要地。泮：溶解。屯：聚集。滑突：光圆的样子。坎陷：下陷。危阽：危险。讶：诧异。归旌：回家的车马。旌，旗帜。淹：迟缓。来时为果子沟的奇景所吸引，注目于山水的美好；去时由于归家心切，关心的自然是道路的漫长与艰险，时日的耽搁与淹留。心情不同，笔下的侧重点也会有所区别。

四、雪满阴山势自横

清世宗雍正十二年（1734）冬，清廷出使准噶尔议和团的副使阿克敦在途经果子沟时，写下了一首七律《塔尔奇岭》：

雪满阴山势自横，中通一岭类关城。

飞泉百道从云落，乱木千重绕涧生。

岩侧有时难并辔，石敧无处不遮行。

---

① 星汉编著：《清代西域诗辑注》，新疆人民出版社，1996年，第413页。

蠢愚恃此成巢窟，化恰行看险亦平。^①

阿克敦（1685—1756），满族语"结实""健壮"之意。清代名臣第二任伊犁将军阿桂之父。1734年和1738年两度出使伊犁，与准噶尔首领噶尔丹策凌进行和谈。第一次出使时，正使是原西路军参赞大臣傅鼐，副使是阿克敦与罗密；第二次出使时阿克敦改任正使。两次出使准噶尔，圆满完成了罢兵息民、化干戈为玉帛的政治使命，这是阿克敦的重大历史贡献。

诗题"塔尔奇岭"（亦称塔勒奇山）是北天山（科古尔琴山）和察汗乌逊山的连结部分，岭下为塔勒奇沟，俗称果子沟。此诗首联是说，铺满白雪的天山横空而来，气势雄浑，中通一沟，犹如关隘，形势险要。有的版本中"雪"作"云"，不妥。这首诗写于冬天，自然见雪。另外，第三句"从云落"中已有"云"字，按照近体诗诗律，一首诗中一般不应出现相同的字。颔联具体描绘了沟中的飞泉瀑布，凌空而下，摄人魂魄；林海茫茫，松柏重重，满山遍岭，令人惊叹。颈联突出表现果子沟的险峻：许多地方路贴崖壁，难以并马通过；倾斜的岩石突兀而出，不断挡住去路。辔：驾驭牲口的缰绳和嚼子，这里指代马。欹：倾斜。阿克敦写的是律诗，不可能像丘处机和耶律楚材的古体诗那样，多侧

---

① 星汉编著：《清代西域诗辑注》，新疆人民出版社，1996年，第11页。

面、多角度地充分描绘果子沟的全貌，所以他抓住泉多、树密、路狭、石斜的特点，写出了果子沟的壮美景色和艰险形势，收到了管中窥豹的效果。尾联是说愚蠢的叛乱者噶尔丹策凌企图依仗这里的天险，割据伊犁，与中央政府对抗。待朝廷的恩威到达边疆，和议成功之后，此地的艰险也将如履平地。恃：凭借、依赖。化洽：普及教化，这里作协调、融洽解，指和议成功。

准噶尔部早在噶尔丹当首领时，就在沙俄的支持下，不断发动叛乱，最后被康熙剿平。后来策妄阿拉布坦继任首领，阳奉阴违，再次大搞分裂活动。1727 年其子噶尔丹策凌继立为准噶尔汗，又屡次进犯清政府统治下的地区。就在清廷兵分两路大举讨伐的时候，噶尔丹策凌遣使进京，要求议和。清政府考虑，双方战争延至多年，边境烽火不断，民不聊生，所以也同意和谈。于是就有了傅鼐、阿克敦等人的伊犁之行。阿克敦这次是怀着"丈夫思报国，策马出神京"的雄心，立志"安物类""息边情"，决心实现安定苍生的夙愿。所以，在这首诗中他旗帜鲜明地贬斥了分裂主义势力的"蠢愚"，并借果子沟的奇险，表露了和议成功的信心。

一个世纪之后，另一位担任过两广总督的名臣邓廷桢也在初冬季节，写下了咏果子沟的《天山题壁》：

叠嶂摩空玉色寒，人随飞鸟入云端。

蜿蜒地干秦关远，突兀天梯蜀道难。

龙守南山冰万古，马来西极石千盘。

艰辛销尽轮蹄铁，东指伊州一笑看。①

邓廷桢（1776—1846），道光十五年（1835）任两广总督，与林则徐同心协力禁鸦片，迎击入侵英军，终其任英舰不得入虎门，共同成为中国近代的民族英雄。后他和林则徐同被夺职，遣戍伊犁。邓廷桢于1841年冬先期到达伊犁。当他登上松树头的时候，写下了这首著名的题壁诗。

诗中说，天山连绵层叠的山峰凌空高耸，皑皑白雪闪烁着玉石的莹光，望之寒气凛凛。登上山顶，便和飞鸟一起置身云端。山脉蜿蜒而来，离秦岭越来越远，陡峭的天山路如同天梯，使人想起蜀道的艰险。南面的天山像巨龙盘空，身披万古不化的冰雪铠甲；我的坐骑踏着千盘石路来到西极伊犁。漫长的征途磨尽了车轮与马蹄上的坚铁，回首东望远方东天山脚下的哈密，笑看千难万险等闲而过。摩：接近，迫近。地干：地脉。突兀：高耸的样子。西极：最西边陲。盘：回旋盘曲，指山路回环。伊州：唐宋时期称哈密为伊州。邓廷桢进入新疆后，一路行来，只有到了果子沟，才真正领略了天山的高耸和艰险、雄伟和壮丽。他怀着一腔愤懑的情绪，百感丛生，但是他并不消沉，而是笑对磨难，击剑长歌，他相信历史终将会对千秋功过作出公正的评判。

丘处机曾在诗中写到了果子沟的雪，"半山已上皆为

---

① 吴蔼宸选辑：《历代西域诗钞》，新疆人民出版社，1982年，第231页。

雪"；耶律楚材在和诗中也写了果子沟的雪，"八月山峰半埋雪"；阿克敦的诗中也有雪，"雪满阴山势自横"；邓廷桢的诗中还有雪，"叠嶂摩空玉色寒"。但是，真正实写果子沟大雪的诗篇当属洪亮吉的三首"果子沟组诗"。其一是《三台阻雪》：

> 北风吹雪入鬼门，风定雪已埋全村。
> 村人凿穴透光景，百尺棱棱瞰楼顶。
> 烧松作炭雪不消，反使石穴全身焦。
> 征人停车已三日，雪穴惊看马牛出。
> 平明一线阳光开，鸟雀就暖皆飞来。
> 征人欲行马瑟缩，冰大如船复当谷。①

诗题中的"三台"应是"二台"之误。他在《伊犁日记》中写道："初八日，晴，辰刻行约六七［里］至陡坡，雪深山险，人皆下车步行乃得过。然山益奇峭，急湍西下如箭，距水一寸，飞雪皆积成冰。时合时开，惊流飞出山中。气候虽异，然时已春仲，候适晴和，晓日乍升，青松叠荫，飞泉百道，削壁千寻，鸟不避人，鱼能瞰客，域中无此幽境也。二十里外仍复飞雪，夹道间有杂树，然柳已发青，水多萍绿。共行四十里，过三十余飞桥，方抵头台，日乍

---

① 吴蔼宸选辑：《历代西域诗钞》，新疆人民出版社，1982年，第150页。

中。"日记中所说"时已春仲"是以中原地带的物候而言，在边疆伊犁还是冬季。从诗中所述"雪已埋全村""百尺棱棱""烧松作炭""冰大如船"等细节看，也是果子沟才有的景观，而远在赛里木湖边的三台无此环境。

这是一首古体诗，两句一韵，转韵频繁。诗中为我们描述了果子沟的风雪奇观：由于"北风吹雪""埋全村"，人们只能在雪堆上掏洞透光，马牛也只能从雪洞中钻出来，即使在雪洞中"烧松作炭"，也不能使冰雪消融。而且山谷中冰块大如船体，阻挡交通，连马也"瑟缩"不敢前行。鬼门：俗谓"鬼门关"，指险恶的环境，这里所说的是山口。景：同"影"。棱棱：形容山石突兀、重叠，这里是指大雪堆积高峻的样子。征人：行旅之人。平明：拂晓。就暖：向温暖的地方靠拢。瑟缩：发抖、不舒展。当谷：阻挡在山谷中。

诗人在这冰雪世界中"停车已三日"，到了二月初八这天，"晓日乍升"，天上露出"一线阳光"，便立即启程，这才有了《发二台》这首七言绝句：

> 青山不厌马蹄遥，笠影都从云外飘。
> 一道惊流直如箭，东西二十七飞桥。①

---

① 吴蔼宸选辑：《历代西域诗钞》，新疆人民出版社，1982年，第150页。

　　二台是清代伊犁将军所设军事驿站，当年从伊犁至迪化
（乌鲁木齐）共设台、站二十一处，头台（沙喇布拉克）和
二台（鄂特勒齐尔）均在果子沟内。军台专门负责传递朝廷
政令、边防军情，并负责接待来往官员。四十里山路上，到
处是急流、青松、飞泉、削壁、飞鸟、游鱼，诗人尽情地欣
赏山中美景，信马由缰，走出很远也不感到满足。看山，云
遮雾绕；看人，人影在云雾中时隐时现；看水，惊流直泻；
看桥，飞跨山涧。寥寥二十八字，画出了果子沟的清幽与明
丽。笠：用竹篾制成的用来遮阳或挡雨的帽子，这里指代头
戴斗笠的行人。飞桥：从低处的头台远望高处的二台，许
多桥梁就像架设在空中。果子沟的桥梁，在察哈台初开山路
时，"刊木为四十八桥"。1795年，伊犁将军保宁整修果子
沟道路时，将四十八桥改为四十二桥。1884年，伊犁将军金
顺再次组织整修道路，改四十二桥为二十七桥。到1906年，
伊犁将军马亮、广福又将"大小桥二十六处"改为十八座。
洪亮吉过果子沟是在1799年，当时仍应有桥四十二座。这里
所说的"二十七飞桥"是指从二台到头台之间的桥梁。

　　果子沟中的天气瞬息万变，洪亮吉从二台出发时"晓日
乍升"，但"二十里外仍复飞雪"。当天中午就到了头台，
雪也越下越大。第二天，他又写了《行至头台，雪益甚》
一诗：

　　　　天山雪花大如席，一朵雪铺牛背白。

　　　　寻常鸡犬见亦惊，避雪不啻雷与霆。

几家房廊陷成井，百丈青松没松顶。

瞥惊一骑去若飞，雪不没踝风生蹄。

东风乍停北风起，驱雪松涛十余里。

松柴烧赤老瓦盆，奇冷更变成奇温。①

　　此诗一开头就化用李白《北风行》中的诗句，将"燕山雪花大如席"改了一个字，变成"天山雪花大如席"，并把这惊人的夸张又发展了一步："一朵雪铺牛背白。"这后一句是洪亮吉的创造，以奇特的想象演绎了"大如席"的形象。接着写道，连山中见惯了风雪的鸡犬也被这场大雪惊呆了，像躲避雷霆一样躲避风雪。头台的房廊成井、青松没顶，与二台的雪埋全村、牛马出穴一样，都是内地人见所未见、闻所未闻的边塞风雪奇观，洪亮吉把这些罕见的镜头一一摄入了自己的诗中。在这一片静态描写中，突然飞出一骑，"雪不没踝风生蹄"，使读者的精神为之一振，对边防将士的艰辛与神勇油然而生敬意。在北风呼啸、松涛滚滚之中，诗人注目于被松柴烧红的老瓦盆，于春寒料峭中，使人心生暖意，"奇温"融融。诗中通过牛、马、鸡、犬、房廊、松柴、瓦盆这些山村中的常见事物，来衬托山中的大雪，显得真实生动。不啻：如同。瞥见：突然间惊讶地看到。踝：脚踝骨，这里指马蹄。乍：突然。老瓦盆：陈年的

---

　　① 吴蔼宸选辑：《历代西域诗钞》，新疆人民出版社，1982年，第150页。

陶制敞口器具。

过了近半个世纪，民族英雄林则徐因抗击英国侵略者而获罪，被遣戍伊犁。1842年十一月六日，林则徐在他的日记中写下了在风雪中经过果子沟的情景："约四十里地名松树头，海子始尽，而两山劈开，千松挺立，……约二里许至其巅，而狂风大作，几欲吹飞人马。雪又缤纷，扑入车内。欲停车则山巅非驻足之所，欲下岭则陡坡有覆辙之虞，不得已舍车而徒步，与两儿牵裙连袂而下。幸风雪渐微，约行二里许，坡不甚陡，复坐车行。……下山后，峰回路转，俗名果子沟，实塔尔奇沟也。祁鹤皋先生《行记》称此处为奇绝仙境，如入万花谷中；今值冬令，浓碧嫣红，不可得见。而沿山松树，重叠千层，不可计数，雪后山白松苍，天然画景，且山径幽折，泉溜清泠，二十余里中步步引人入胜，若夏秋过此，诚不仅作山阴道上观也。"这段文字可与洪亮吉的三首诗对读，也可作为其他咏果子沟诗的印证。

舒其绍是一位关注民生的诗人，他的《劈山雪》是为果子沟的雪灾有感而发：

　　劈山雪，半空裂，石破天惊天柱折。
　　五丁滕六两争奇，巨灵蹴踏山河缺。
　　彤云黯黯北风号，函谷泥封拥百牢。
　　诩诩山顶倏欲活，夸蛾一掷青天高。
　　黳古丛轻能折轴，履霜积渐冰坚腹。
　　鸿毛重与泰山争，颠倒乾坤又一局。

嗟尔行人胡复来，粉身碎骨玉山摧。

千金之子垂堂戒，估客锥刀亦可哀。

呜呼，岂独估客锥刀为可哀！①

在这首七言古诗之前有一段小序："果子沟积雪自山下坠，人畜胥毙；今冬大雪，为患尤甚。闻有贾人子驱群驼殂焉。为作此诗。"交代了写作的背景。

在诗的前一部分，诗人展开奇特的想象，用极度夸张的诗句，展现了果子沟雪灾的可怕景象：恰如古代的五位大力士与雪神争胜斗勇，又如巨灵踏破了山河，使得天柱折断，石破天惊。天上阴云密布，地下北风怒号，好像函谷关被堵死，百牢关被包围，就连山峰也松动了，被大力神扔上了天。雪花虽轻，累积多了也能折断车轴；薄薄的霜花逐渐积攒也能结成既厚且坚的冰块。轻若鸿毛的雪花竟与压顶泰山互争高低，真个是颠倒了乾坤！五丁：五个壮士。滕六：雪神名。巨灵：古代神话中劈开华山的河神。蹴：踩，踏。肜云：阴云。黯黯：阴暗。函谷泥封：《后汉书·隗嚣传》载，部将王元"请以一丸泥为大王东封函谷关"。谓函谷关地势险要，只需少数兵力即可扼守。百牢：百牢关，在陕西勉县西南。诩诩：疑为"栩栩"之误，形容生动活泼的样子。倏：极快的，迅速的。夸蛾：传说中的大力神。翳古：

---

① 星汉编著：《清代西域诗辑注》，新疆人民出版社，1996年，第195—196页。

不可解，疑有讹误。丛轻折轴：成语，谓即使轻而小的物件，装载多了也可以使车轴折断。履霜：谓踏霜而知寒冬将至，比喻事态已有产生严重后果的预兆。积渐：逐渐形成。坚腹：指"腹坚"，谓冰结得既厚且坚。

在诗的后一部分，诗人感慨行旅之人为什么在这条艰险的路上反复往来，直落得粉身碎骨的下场。富贵人家的子弟都有垂堂之诫，而商人为了追逐微利竟至丧生也实在可悲。话又说回来，真正可悲的岂止是逐利的商人啊！嗟尔：叹词。胡：为什么。千金之子：富贵人家的子弟。垂堂：靠近堂屋檐下。因檐瓦坠落可能伤人，故以喻危险的境地。《史记·袁盎晁错列传》："臣闻千金之子坐不垂堂。"估客：指贾人，商人。锥刀：指追逐微利。

诗的最后一句"岂独估客锥刀为可哀"，才是诗人心中的块垒。自然界的雪灾吞没了商人之子和他的驼群，确实令人悲哀，但是人间"颠倒乾坤"的灾难所带来的苦痛，不是更令人悲哀吗！这正是诗人没有明说的意思。

五、双峰并峙　相映生辉
——丘处机、耶律楚材咏果子沟唱和诗赏析

较之于散文的叙述和描写，更加值得欣赏和玩味的是古代诗人歌咏果子沟的诗作，目前能够收集到的约有十六位作者的三十六首诗，其中最早的当属元代长春真人丘处机与耶律楚材互相唱和的《自金山至阴山纪行》和《过阴山和人

韵》两首诗了。

丘处机（1148—1227），山东登州栖霞人，全真道教掌门人。人称蓑衣先生，自号长春子，造诣深广，誉满海内。这首诗写于公元1221年春，当时丘处机正奉成吉思汗之诏，从山东出发，经过阿尔泰山进入新疆，准备前往成吉思汗设在阿富汗兴都库什山下的行营，谒见这位一代天骄。1220年秋天，当他穿越天山时，被果子沟的奇丽景色折服，次年春写下了这首著名的长诗《自金山至阴山纪行》：

金山东畔阴山西，千岩万壑攒深溪。

溪边乱石当道卧，古今不许通轮蹄。

前年军兴二太子，修道架桥彻溪水。

今年吾道欲西行，车马喧阗复经此。

银山铁壁千万重，争头竞角夸清雄。

日出下观沧海近，月明上与天河通。

参天松如笔管直，森森动有百余尺。

万株相倚郁苍苍，一鸟不鸣空寂寂。

羊肠孟门压太行，比斯大略犹寻常。

双车上下苦顿颠，百骑前后多蒼惶。

天池海在山头上，百里镜空含万象。

悬车束马西下山，四十八桥低万丈。

河南海北山无穷，千变万化规模同。

未若兹山太奇绝，磊落峭拔如神功。

我来时当八九月，半山已上皆为雪。

山前草木暖如春，山后衣衾冷如铁。

全诗三十二句，四句一韵，淋漓尽致地描绘了果子沟的奇伟风光。读来声韵铿锵，气势磅礴，极富感人的力量。

前四句先写果子沟的地理位置，自唐代以来"阴山"都是指横亘新疆东西、贯穿全境的天山；然后交代了沟中乱石当道、不通车马的历史。"攒"是聚集的意思，说明沟中的"深溪"是"千岩万壑"拥拥挤挤而形成的。有的版本写作"横深溪"，"攒"比"横"更富有动感。接着写成吉思汗的二太子察合台修筑果子沟通道的事迹。在"前年军兴二太子"一句后面自注："三太子修金山，二太子修阴山。"此事在他的随行弟子李志常所写的《长春真人西游记》中也有记载："二太子扈从西征，始凿石理道，刊木为四十八桥，桥可并车。"诗中又写了自己西行经过果子沟时的热闹景象："车马喧阗复经此……"虽然不像二太子"修道架桥彻溪水"时的轰轰烈烈，也没有成吉思汗"天兵百万驰霜蹄"的声威，但由于丘处机一行的到来，使果子沟充满了生气，字里行间流露出一股自豪的情绪。

第三小节写"银山铁壁"的众多与高峻。"争头竞角夸清雄"是说大大小小的山头在争高竞低，争强好胜，"日出"和"月明"二句用夸张的手法表现山势高峻。第四、五小节写林海茫茫，松树笔直挺拔，山林幽静，听不到一声鸟鸣。山势险峻，道路颠簸，车马行人一片恐慌。乱驰为"骛"，恐惧为"惶"。有的版本将"骛惶"写作"惊惶"

或"惊慌"。可能是"惊"字的繁体字与"骜"字形似所致。诗人认为太行山的"孟门"羊肠小道已经够艰险了，但和果子沟比起来，还是显得很平常。

第六小节写山顶的赛里木湖倒映出天地万象，沟底的四十八桥一落千丈。由于山路陡峭，行人只好"悬车（车辕高高翘起，卸下马来）束马（把马绊住，不让乱跑）"，步行下山。后来林则徐被发配伊犁路过此地时，"欲停车则山巅非驻足之所，欲下岭则陡坡有覆辙之虞。不得已舍车而徒步，与两儿牵裾连袂而下"（参见《林则徐在伊犁》卷一《日记》）。林则徐来时正值扬风搅雪的天气，"顿颠"之状，"骜惶"之况，可想而知。此前洪亮吉穿越果子沟时也说"雪深山险，人皆下车步行乃得过"（参见《伊犁日记》）。

最后两节说天下群山无数，大同小异，都不如塔尔奇岭的"奇绝"：山势嶙峋，"磊落峭拔"，叠嶂摩空，鬼斧神工。虽然时当八九月，但是半山以上已经被积雪覆盖，而且山前山后气温悬殊，一面是"草木暖如春"，另一面是"衣衾冷如铁"，恍如两个世界。不是身临其境，绝不会有此真切感受。

全诗采用写实的手法，从沟外写到沟内，从山顶写到山下；写道路，写桥梁，写松树，写行人，写海子，写积雪，写草木，写衣衾；从各个侧面展现了果子沟的雄奇、壮美、艰险、峭拔，运用比喻、夸张、对比、拟人等修辞手法，为我们描绘了一幅边疆山水画卷，意象廓大，气势磅礴，充分表达了诗人对祖国山河的热爱。

和丘处机同时代的耶律楚材曾在西域与长春真人聚首，他们在寻思干城（今撒马尔罕）逗留时，"联句和诗，焚香煮茗，春游邃圃，夜话寒斋"，度过了一段欢洽畅快的日子。耶律楚材的和诗有四十六首之多，其中唱和《自金山至阴山纪行》一诗的就有七首。七首之中写果子沟的《过阴山和人韵》有两首，我们这里介绍其一：

阴山千里横东西，秋声浩浩鸣秋溪。

猿猱鸿鹄不能过，天兵百万驰霜蹄。

万顷松风落松子，郁郁苍苍映流水。

六丁何事夸神威，天台罗浮移到此。

云霞掩翳山重重，峰峦突兀何雄雄。

古来天险阻西域，人烟不与中原通。

细路萦纡斜复直，山角摩天不盈尺。

溪风萧萧溪水寒，花落空山人影寂。

四十八桥横雁行，胜游奇观真非常。

临高俯视千万仞，令人凛凛生恐惶。

百里镜湖山顶上，旦暮云烟浮气象。

山南山北多幽绝，几派飞泉练千丈。

大河西注波无穷，千溪万壑皆会同。

君成绮语壮奇诞，造物缩手神无功。

山高四更才吐月，八月山峰半埋雪。

遥思山外屯边兵，西风冷彻征衣铁。

耶律楚材（1190—1244），字晋卿，号湛然居士。契丹族，辽朝皇族子孙。1218年应成吉思汗之召，入克鲁伦河畔的行宫谒见成吉思汗，并随其西征，经阿尔泰山到达河中府（今乌兹别克斯坦撒马尔罕）。1224年随成吉思汗东归，在西域生活了六年之久。

不少文章中都说耶律楚材这首诗写于1219年，理由是成吉思汗在这一年亲率两万大军西征，而耶律楚材其时也随军前往。但是，别忘了他这首诗是"和人韵"，这个"人"就是丘处机，这个"韵"是丘处机写于1221年春的《自金山至阴山纪行》一诗。丘处机是1220年秋穿越果子沟的，诗不一定是当时所写。从他诗中的"前年军兴二太子"和"今年吾道欲西行"可以推算出来，此诗写于他在河中府等待成吉思汗召见的那些日子里。这时候，正好耶律楚材也在成吉思汗的西征后勤基地河中府。这才有了丘、耶二人的诗酒唱和，以及耶律楚材的《过阴山和人韵》诗。否则，就会出现和诗写在原诗之前的咄咄怪事。

耶律楚材在他的和诗中称赞丘处机的诗写得非常好："君成绮语壮奇诞，造物缩手神无功。"（您的诗篇用语奇特，给本来就很神奇的天山景物增添了奇异色彩，使造物主也不敢出手创造，使神灵的功力也无从发挥。）其实他的诗更富浪漫主义色彩，极尽夸张、渲染之能事，使果子沟的美景更加生动、传神。

本诗第一小节歌颂成吉思汗大军的神威，笔力雄健，气象恢宏。"猿猱"是善于攀登的动物，"鸿鹄"是善于高飞的鸟类，在它们都"不能过"的地方，"天兵百万驰霜蹄（马踏白雪，其蹄如霜）"，"一夜雄师飞过此"（和诗之二中的句子）。耶律楚材在他的《西游录》中曾描写成吉思汗大军出征的盛况："山川相缪，郁乎苍苍，车帐如云，将士如雨，马牛被野，兵甲赫天，烟火相望，连营万里，千古之盛，未尝有也。"

第二、三小节赞美果子沟大山的壮观，想象是那位被天帝所役使的神仙六丁，为了夸耀自己的神威，把大名鼎鼎的天台山与罗浮山移到了这里。由于云霞遮蔽重山，峰峦高耸，气势雄浑，所以阻断了中原与西域的交通。

第四、五、六小节具体描写山路的崎岖、山势的高险、溪水的冰冷、山中的空寂，一座座桥梁像雁阵横跨丛山之中，俯视山下让人胆战心惊。山谷"飞泉练千丈"，景色幽美，堪称"奇观"；"镜湖""旦暮云烟浮"，气象峥嵘，不同寻常。

第七小节写西流的"大河"——伊犁河汇聚"千溪万壑"，波涛滚滚而去。同时称赞丘处机诗歌的高超技巧。最后一小节描写果子沟山高雪深，气候寒冷，表达诗人对边防将士艰苦处境的体恤和关心。

这首和诗的意蕴比丘处机的原诗更加深远，不仅描写了果子沟风光的奇丽和壮美，赞叹这里的"胜游奇观"，而且反映了"天险阻西域"，"人烟不与中原通"的现实，歌颂了成吉思汗西征的豪迈军威，也表达了对屯边将士的同情，充满了人文关怀。

关于丘处机与耶律楚材的诗酒唱和，还有一段戏剧性的故事。据陈垣先生介绍："丘处机与耶律楚材宗教不同，而尝同客西域。其始倡酬无虚日，耶和丘之作，动辄数叠韵。后以道不同故，积不相能，终至割席。耶著《西游录》，诋丘甚力。惟其子（耶律铸——引者注）与父异趣，独党丘，删诋丘之言，故今所传《西游录》有二本。其诗集则凡和丘之作，悉署'和人韵'、'用人韵'，而深没其名，褊心至为可哂。幸丘弟子亦著《西游记》，对耶不出恶言，所记诗词则每与耶同韵，可考见两家倡酬之迹……"①

—————————

① 《耶律楚材父子信仰之异趣（附：丘耶西游倡和诗）》，见陈垣：《陈垣学术论文集》（第一集），中华书局，1980年，第442页。

伊犁河：江流千里浩无际

伊犁河是一条向西流淌的河，也是一条国际河流，全长1500公里。它最长的支流特克斯河的源头在哈萨克斯坦，流入我国后，汇入巩乃斯河与喀什河，才叫伊犁河。最后注入哈萨克斯坦的巴尔喀什湖。

在我国古代文献中，伊犁河曾以帝帝河、伊列河、衣烈河、伊丽河等名字出现。耶律楚材有"大河西注波无穷"的诗句，陈诚也在《渡衣烈河》诗中歌颂了"汉家健儿""蹴踏洪涛若飞去"的飒爽英姿。

在清代西域诗中，国柱、祁韵士和萧雄各写有一首《伊犁》诗，他们在诗中都写到了伊犁河："朔气横伊水，阴风带雪山。犁庭边事定，壮士唱刀镮。"（国柱）①犁庭：即犁庭扫穴。彻底摧毁敌对势力之意。语本《汉书·匈奴传下》："固已犁其庭，扫其闾，郡县而置之。""伊犁昔闻

---

① 星汉编著：《清代西域诗辑注》，新疆人民出版社，1996年，第15页。

属定方，濛池碎叶路茫茫。投鞭直断西流水，始信当年我武扬。"（祁韵士）①定方：唐代名将苏定方。唐高宗永徽四年（653）随葱岭道行军大总管程知节讨西突厥阿史那贺鲁，战功卓著。显庆二年（657），以伊丽道大总管再讨阿史那贺鲁。西突厥乱平，于其地分置州府，唐境西尽波斯。濛池：濛池都护府。碎叶：唐军镇名，贞观、开元年间安西四镇之一。"依山南转越危巅，汇水西流览大川。赤县已通葱岭外，乌孙犹记汉皇年。"（萧雄）②赤县：赤县神州，指中国。葱岭：旧对帕米尔高原、喀喇昆仑山脉西部诸山的总称，汉代属西域都护统辖。这几首诗都豪迈地展现了伊犁河汹涌奔腾，气势磅礴的雄姿，表达了对国家统一、国力强盛的自豪感。

还有不少诗人在他们的诗作中细描了伊犁河的风光，如邓廷桢的《伊丽河上》：

> 万里伊丽水，西流不奈何。
>
> 驱车临断岸，落木起层波。
>
> 远影群鸥没，寒声独雁过。
>
> 河梁终古意，击剑一长歌。③

---

① 星汉编著：《清代西域诗辑注》，新疆人民出版社，1996年，第233页。

② 吴孝成主编：《伊犁地方史辑录·文学艺术卷》，文物出版社，2023年，第425页。

③ 吴孝成主编：《伊犁地方史辑录·文学艺术卷》，文物出版社，2023年，第324页。

　　诗作用苍劲的笔触描写了伊犁河的秋景。景色是美丽的，但是给人的感受却不是轻松的。诗中的"断岸""落木""群鸥""独雁"等意象，都随作者的主观感受组成了一幅苍郁悲凉的画面，这与作者壮志难酬、别土离家的苦闷心情是一致的。特别是想到与自己一同禁烟、一同抗英、一同遭受迫害的战友——林则徐，此刻正艰难地跋涉在发配伊犁的戍途中，他们已经经历了聚首与分别，今后还将继续经历团聚与分手，不能不激起作者拔剑高歌，抒发心中的不平。河梁：河桥。《文选》旧题李陵《与苏武诗》，中有"携手上河梁，游子暮何之"的诗句，后世便将河梁用为送别之地。清代伊犁河上无桥，这里只取分别之意。

　　用多彩的画笔描绘伊犁河美景的诗作还有："一行秋影飞鸿远，千叠斜阳去浪明。""潇飒西风落叶多，霜澄伊水静无波。"（伊犁将军奎林《登鉴远楼二首》）[①]"山似美人江似镜，落霞都作故衫红。"（王大枢《庚戌九日同人登鉴远楼，次壁间原韵十绝》）[②]"匹练纵横静，流云曲折多。"（杨廷理《登望河楼》）[③]"群峰环雪岭，一水

---

　　① 王大枢：《古籍珍本游记丛刊（第13册）：西征录·附东旋草（上）》，线装书局，2003年，第7341—7342页。
　　② 星汉编著：《清代西域诗辑注》，新疆人民出版社，1996年，第144页。
　　③ 吴孝成主编：《伊犁地方史辑录·文学艺术卷》，文物出版社，2023年，第238页。

带沙流。"（方士淦《伊江杂咏十六首》）①"日光垂野白，河势抱城圆。"（张广埏《夏日同凤赓次咸登望河楼远眺》）②"波澜排胜状，樯橹互歌游。……天光连上下，沙际集翔鸥。"（黄聘三《和杨观察暮春登鉴远楼集岳阳楼记字原韵》）③"雪涨春山第一流，伊江西去夕阳收。"（舒其绍《伊江杂咏·伊江》）④"伊犁河水绕孤城，直送黄流接帝京。"（钱江《丁未秋日伊江杂感》）⑤……这一幅幅画面，或动或静，或明或暗，在辽阔的背景上，与"飞鸿""翔鸥""斜阳""落霞""流云""群峰""樯橹""孤城"相辉映，能够让人置身其间，沉醉其中。

徐步云的《伊犁江》⑥，是专写伊犁河的精彩篇章，全诗二十六句：

九州之外有八荒，昆仑地轴天中央。江河两派注东海，阳源久与华风翔。其西西流入祀谷，惊波

① 星汉编著：《清代西域诗辑注》，新疆人民出版社，1996年，第322页。

② 张广埏：《万里游草》，清道光刻本，叶二十六b。

③ 黄聘三：《西行漫草》，《西行漫草》编印委员会编印，2001年，第74页。

④ 舒其绍：《清代诗文集汇编（第403册）：听雪集》，上海古籍出版社，2013年，第383页。

⑤ 星汉编著：《清代西域诗辑注》，新疆人民出版社，1996年，第387页。

⑥ 吴孝成主编：《伊犁地方史辑录·文学艺术卷》，文物出版社，2023年，第167页。

落日同苍茫。山经地志不能载，小者乃见伊犁江。
江流千里浩无际，疾如竹箭何奔忙。冲风无浪吕梁
急，浮槎不到天汉长。日夜滚滚向西极，尾闾似出
虞渊旁。张骞奉使昔未到，灵源濄漫今谁详。

作者怀着崇敬的心情放声歌唱伊犁河的豪迈气势，把
伊犁河与长江、黄河相提并论，其中蕴含着浓浓的深情。八
荒：八方荒远之地。祀谷：水不流通的处所。冲风：猛烈的
风。吕梁：水名，在徐州附近。灵源：对水源的美称。濄
漫：迷茫无际。

　　我皇神圣提天纲，流沙万里开新疆。山川效顺
贡琛赆，此水如带环金汤。金波足供天马饮，素练
远拂旌旗光。将军射猎秋江上，烟尘不动江声壮。
腐儒唯有一钓竿，春来以待桃花涨。

提天纲：整顿国家的纲纪。作者在这里肯定了朝廷"流
沙万里开新疆"的远见卓识。效顺：表示忠顺。琛赆：进贡
的财宝。本作"赆琛"。诗人认为，就连山川都愿意忠顺朝
廷，伊犁河恰如环绕金城的汤池，保卫着边疆的这方热土。
腐儒：作者谦虚地自称。桃花涨：桃花水涨。桃花水，春
汛，桃花盛开时节河水往往暴涨。作者赞美了伊犁的安宁对
巩固祖国边疆的重要作用，并以乐享太平盛世来表达自己对
于伊犁的热爱："万里伊犁是壮游！"（《壮游》）

舒其绍在《消夏吟》中写到了伊犁河上的两处渡口：野马渡和古尔扎。野马渡的少数民族语言的地名叫"雅玛图"，意为有山羊的地方。作者在这首诗中顾名思义，想起了神驹和野马，呼吁"孙阳（伯乐）今在否，骐骥困泥沙"①，寄托了自己渴望遇赦的迫切心情。古尔扎渡口原在伊宁市南现在矗立着伊犁河一桥的地方。古尔扎也作固勒札（意为大头羊），即伊犁九城之一的宁远城（今伊宁市）。诗人描摹了站在渡口看到的壮阔景象："大野望茫茫，奔流下夕阳。"同时在诗中传达了利用航船运输军粮的信息："挽输军府重，瀚海见帆樯。"②瀚海帆樯也是伊犁河上一景。

写到航运的诗还有庄肇奎和陈庭学的作品：

> 车载粮多未易行，六千回户岁收成。造舟运
> 入仓箱满，大漠初闻欸乃声。（庄肇奎《伊犁纪事
> 二十首，效竹枝体》）③

作者在诗后自注："每岁回户纳粮，自古尔扎至惠远城大仓，车费甚巨，因造舟由伊犁江载运。"欸乃：象声词，形容划船的声音。因"粮多"而"造舟"，因丰收而"仓箱

---

① 星汉编著：《清代西域诗辑注》，新疆人民出版社，1996年，第185页。

② 星汉编著：《清代西域诗辑注》，新疆人民出版社，1996年，第187页。

③ 星汉编著：《清代西域诗辑注》，新疆人民出版社，1996年，第82页。

满"，伊犁河的水运功不可没。

> 野色苍茫塞上多，江流西去卷长波。玉粒连艘
> 供络绎，金汤半壁郁嵯峨。（陈庭学《次韵元戎野
> 望一首》）①

> 荷戈人起初张幕，运粟舟停未挂帆。筹策遥看
> 宣广莫，军声置拟谱《韶》《咸》。（陈庭学《春
> 晓闻角有感》）②

因"玉粒连艘"而军粮充足，因"运粟舟""络绎"不
绝而保证了边疆的巩固，朝廷的英明决策造福边地，军中奏
响了太平盛世的和美乐曲。《韶》：舜帝之乐；《咸池》：
黄帝之乐。

徐步云曾经描绘过厄鲁特牧民骑马横渡伊犁河的矫健
身影：

> 伊犁江水向西流，溅雪喷雷古渡头。提着马鬃
> 扳马背，等闲浮渡似轻鸥。（《新疆纪胜诗》）③

---

① 星汉编著：《清代西域诗辑注》，新疆人民出版社，1996年，
第103页。
② 星汉编著：《清代西域诗辑注》，新疆人民出版社，1996年，
第104页。
③ 吴孝成主编：《伊犁地方史辑录·文学艺术卷》，文物出版
社，2023年，第169页。

陈庭学和张广埏都描写过伊犁河上的捕鱼场景：

> 立当幽渚渔人冷，飞上虚舟沙鸟闲。（陈庭学
> 《雨霁野眺》）[1]
>
> 瑶街冰滑峙嵯峨，灯夕声铿红绣靴。好趁一
> 轮明月色，鼓楼西畔听农歌。（张广埏《伊江竹
> 枝词》）[2]

伊犁河盛产鱼类，福庆在《异域竹枝词》中写道："鲨
鱼水獭满沖瀜，急流沿洄一叶通。"[3]沖瀜：水波荡漾貌。
沿洄：顺流而下或逆流而上。作者在诗后附有七十一（椿
园）的《异域琐谈》原文："伊犁河迅流急湍，然可通舟
楫，多白鱼、鲨鱼、水獭。"庄朝肇在《伊犁纪事二十首，
效竹枝体》中也提到了大头鱼和鲈鱼："伊犁江上泮冰初，
雪圃才消未有蔬。齐向鼓楼南市里，一时争买大头鱼。"[4]
泮：冰雪消融。"有馈鲈鱼一尺长，四腮形状似江乡。秋风

---

① 星汉编著：《清代西域诗辑注》，新疆人民出版社，1996年，第107页。

② 转引周燕玲：《论清代"伊犁杂咏"系列组诗》，载《伊犁师范学院学报》（社会科学版）2019年第1期。

③ 吴孝成主编：《伊犁地方史辑录·文学艺术卷》，文物出版社，2023年，第208页。

④ 星汉编著：《清代西域诗辑注》，新疆人民出版社，1996年，第81页。

莫漫思张翰，且喜烹鲜佐客觞。"①汪廷楷和朱腹松都在诗中写到了伊犁河的鲈鱼："一样锦鳞河上好，四腮鲈鱼卖鱼庄。"（汪廷楷）②"携竿不羡鲈鱼美怕引秋风上钓丝。"（朱腹松）③洪亮吉在他的《伊犁纪事诗》中更是写出了伊犁河渔汛的壮阔气势：

　　结客城南缓步回，水云宽处浪如雷。昨宵一夜浑河长，十万鱼皆拥甲来。④

　　作者在诗后自注："伊犁河鱼极多，皆无鳞而皮厚如甲。"伊犁河的鱼种类甚多，资源丰富，并非"皆无鳞而皮厚如甲"。此处所说，似为裸腹鲟，俗名青黄鱼。这是一种大型肉食性凶猛鱼类，全身无鳞，外形颇似海中的鲨鱼，味道极为鲜美。福庆所引七十一原文中的"鲨鱼"即此。
　　曹麟开还在《塞上竹枝词》中描写了伊犁河上的赛舟娱乐活动："河源飞涨漾春涛，刳木为舟妾学操。"⑤作者在

　　① 星汉编著：《清代西域诗辑注》，新疆人民出版社，1996年，第82页。
　　② 转引周燕玲：《论清代"伊犁杂咏"系列组诗》，载《伊犁师范学院学报》（社会科学版）2019年第1期。
　　③ 转引周燕玲：《论清代"伊犁杂咏"系列组诗》，载《伊犁师范学院学报》（社会科学版）2019年第1期。
　　④ 吴孝成主编：《伊犁地方史辑录·文学艺术卷》，文物出版社，2023年，第295页。
　　⑤ 星汉编著：《清代西域诗辑注》，新疆人民出版社，1996年，第85页。

句下自注："伊犁河即古伊丽水。刳（挖空）巨木虚其中，而锐其首尾，大者可容五六人，小者可容两三人，名曰'威呼'，剡（削尖）木为桨，捷若飞行。"

舒其绍和方士淦还在他们的诗中关注民生，描写了整治伊犁河与利用伊犁河的情况。先看舒其绍的《伊江塘工纪事》：

颓岸连沙壅急流，夕阳明灭乱槎浮。回澜大府筹边计，荷畚群工报国秋。犀甲三千环劲弩，蛟宫十二起高楼。廿年功业成何事，江海苍茫泛白鸥。①

这首诗写的就是1802年伊犁将军松筠（诗中所谓"回澜大府"即指他）组织的工程。塘工：修筑河堤的工程。乱槎浮：河面上漂浮着杂乱的树干、树枝。荷畚：肩扛挖运泥土的工具。报国秋：为国效力的时候。松筠责成河道总管李亨特创制的长六十丈，底宽七丈，顶宽四丈的李公堤，也在十几年后溃于河中。嘉庆末道光初，伊犁将军庆祥又耗银一万三千两，重修大堤，挑淤引河，维持了几十年，依然没有保住惠远故城。犀甲句：相传五代吴越王钱镠筑捍海塘，怒涛汹涌，版筑不成。钱镠于是造竹箭三千，在叠雪楼命水

---

① 星汉编著：《清代西域诗辑注》，新疆人民出版社，1996年，第180页。

犀军架强弩五百以射潮，迫使潮头趋向西陵，遂奠基而成塘。作者自注："时集海宁流人，仿筑海塘成之。"此处用典，只是说河塘仿海塘筑之而已，与射潮无关。蛟宫句，作者句下自注："地有鉴远楼诸胜。"

两百年前的那场治河徭役，在一首维吾尔民歌《望河楼》中留下了清晰的身影：

> 苛捐杂税实在多，没有粮食我交什么？我要是交不上捐和税，就在人世上没法活。
>
> 炎热的夏天一来到，治河的徭役就开始了。凶恶的工头心肠坏，天上地下都难找。
>
> 说是洪水快要淹惠远，强迫百姓去治水患。搬石运草到河边，塔兰奇①人命运惨。
>
> 洪水泛滥浪滚滚，工头把托合提②扔进波涛中，乡亲们敢怒不敢言，泪水只能往肚里吞。
>
> 多少好汉把命丧，泪如雨下痛断肠。天怒人怨难容忍，连夜逃跑回家乡。

这首歌的歌词可以看作来自另一个作者群体的清代西

---

① 塔兰奇：蒙古语，"塔兰"有种子、谷物、耕地之意，加上词尾"奇"，意为种地人、农夫、庄稼汉。此处指来自南疆进行屯垦的维吾尔农民。

② 托合提：维吾尔语，"站住、停下"的意思。此处指将名叫托合提的人抛入河中，目的是遏制洪水。

域诗。歌中倾诉着广大劳动人民的痛苦与悲哀，它愤怒地谴责统治者的凶恶与残暴，一句句是那个苦难深重的岁月的写照，一声声是被压迫者的呻吟与怒吼。多年以来，由于采风者将这首民歌的标题记作"WANG HU LU"，研究者将其臆测为"往回流"或"往后流"，从而割断了当年维吾尔族农民在望河楼下筑堤治水的劳役和望河楼这座名胜古迹的联系，模糊了历史的面目。

再看方士淦的《伊江杂诗》十六首：

浩浩伊江水，春来浪拍天。南山插云里，北岸近城边。沃土原宜谷，疏河可溉田。岂烦权子母，多费水衡钱。①

此诗写开发、利用伊犁河水的好处。浩浩河水，茫茫沃土，是屯垦戍边、发展生产的有利条件。权：衡量，比较。子母：本钱与利息。本称母，息称子。水衡钱：汉代皇室私藏的钱。由水衡都尉、水衡丞（管理水利的官）掌管、铸造，故称。后泛指国库的钱币。诗人的意思是，只要筑坝分渠，兴修水利，开发伊犁河水灌溉农田，就不必年年花费国库的钱币去制服泛滥的洪水了。嘉庆年间锡伯营总管图伯特率众开挖察布查尔大渠，道光年间林则徐协助伊

---

① 星汉编著：《清代西域诗辑注》，新疆人民出版社，1996年，第322页。

犁将军布彦泰重修湟渠龙首、延展湟渠灌溉面积等水利工
程，都是这样做的。这些伟大的水利工程至今仍在造福伊犁
人民。

伊犁九城：岩城声势壮军容

在张骞"凿空"，出使西域，开辟丝绸之路以前，广大的西域地区素无城堡建筑。姜付炬先生认为："城市的出现是人类文明成熟的标志。古代伊犁是一个相对封闭的游牧地区，地方政权多为行国，在很长的历史时期里，伊犁河谷在游牧经济的主导下，缺失定居生活的需求，虽然人口密度和牲畜密度较大，却很少出现定居的村镇和城市。"①此后，汉王朝先后在河西走廊设立酒泉、武威、敦煌、张掖四郡，尔后又在新疆地区设立中央派出机构——西域都护府。至今，考古发现的汉唐王朝军政、经济设施遗存有作为社会"政治平台"城址，具有军事与经济双重功能的屯田遗址，具有军政功能的烽燧、亭障遗址等。伊犁河谷在乌孙及其后的西突厥、准噶尔经营期间，始终以游牧为主，所以极少建筑城堡。直到1755年乾隆帝两定伊犁、统一新疆之后，为了

---

① 姜付炬：《伊犁河谷古代城群略考》，载《伊犁师范学院学报》（社会科学版）2017年第2期。

进一步开发边疆和加强边防，遏制沙皇俄国的东侵，借鉴历代经营西域之得失，在新疆全境实现军政合一的军府制度，1762年在伊犁设立了总统伊犁等处将军，作为当时新疆的最高行政和军事长官，伊犁便真正成为西域的政治、经济、军事、文化中心。于是，在开展声势浩大的屯田事业的同时，遵照古代"筑城以卫君，造廓以守民"的传统，大兴土木，相继修筑了一批城池。按修建时间排序，依次是塔勒奇、宁远、绥定、惠远、惠宁、熙春、广仁、瞻德、拱宸，史称伊犁九城。伊犁将军府设在惠远城。这些城池的规模虽然不能同中原地区的长安、金陵等大都市相提并论，但是麻雀虽小，五脏俱全，每个城市的结构与功能，诸如城门、城墙、堞口、街道、钟鼓楼、衙署、店铺、酒楼、兵营、学校、寺庙等等，一应俱全。除了九城之外，此后修筑的城池还有怀顺城、索伦大城、喀什回子之城、塔斯托别城堡（小营盘）等。

在清代西域诗中有不少咏唱伊犁九城的篇章，通过这些城垣所展现的文学景观，我们可以从中窥见伊犁大地上当年的人文风采。

一、惠远

惠远城有新旧之别，旧城由首任伊犁将军明瑞建于1763年，城垣高一丈四尺，周长九里三分（1793年扩展为十里六分三厘），是当时新疆第一大城。东西南北四个城门分别名为景仁、说泽、宣闿、来安。竣工后,首任伊犁将军明瑞奏请"赐以嘉名",1765年乾隆皇帝批复"伊犁河驻防城曰惠远"。1871年沙俄侵占伊犁后遭毁,城址南部也被伊犁河水冲刷溃塌。新城于1882年收复伊犁后在旧城之北十五里处重建,面积比原来扩大三成。惠远城又名"大城",是伊犁九城之首。城中央是高大的钟鼓楼,东南西北四条大街辐射四方,小巷计有四十八条。伊犁将军府设在东大街,另有参赞大臣、领队大臣、绿营总兵、理事同知、抚民同知等衙署。北门内建有万寿宫、火神庙、城隍庙,南门外建有先农坛和社稷坛,临河筑有望河楼(又名鉴远楼)、龙王庙,东门内建有文昌阁、魁星阁,东门外建有演武场,还有从绥定城移建过来的喇嘛寺(普化寺),西大街建有关帝庙,西门外建有风神庙,还有官设的贸易亭,鼓楼西建有刘猛将军庙,鼓楼东建有八蜡庙,节孝在城内东北隅。正如赖洪波先生所言:"这些大量中国传统祭祀文化之设施以及每年举行的隆重的祭祀活动,在千年游牧文化占主流的伊犁,无疑是破天荒之举,在清代西域各城池中,这种文化设施和文化活动也是罕见的。"①

从镇守边陲的角度看,惠远就是一座军城。作为军事重镇,驻军最多时近五千人,军器库、火药局、演武场,

① 赖洪波:《清代惠远城望河楼及其文化镜像剖析》,香港天马出版社,2019年,第349页。

设施俱全。所以陈庭学在他的组诗《春晓闻角有感》^①中，
着重描写了高耸的城墙和苍凉的角声："百雉崇墉天一
涯，忽闻高韵肃春街。""剪定条支拓汉封，岩城声势壮军
容。""断续晨钟初罢摁（撞击），横空吹角异他邦。"听
到悲壮的角声，庄肇奎（1726—1798）感到："吹断春魂又
唤秋，孤城落日满边愁。声随班马（离群之马）巡荒野，
响逐征云惊戍楼。"（《闻角声有感》）^②陈庭学觉得：
"严城吹角壮高秋，响入天风散客愁。晓雁新霜辞远碛，暮
鸦残照过边楼。"（《闻角次友人韵》）^③赵钧彤（1741—
1805）眼前的画面是："城笳吹罢上朝曛（阳关），戎府门
开舆马纷。画鼓声中随簿吏，垂杨影里拜将军。"（《抵
伊犁惠远城三首》）^④汪廷楷（1745—1831）感受到的是：
"从知阃外（边疆）军容肃，皓首（白头）书生也佩刀。"
（《抵伊犁》）^⑤"八阵旌旗肃步伐，四围台卡控襟喉（要
害之地）。"（《伊江杂咏》）^⑥所以，福庆（1742？—

---

① 星汉编著：《清代西域诗辑注》，新疆人民出版社，1996年，
第103—104页。

② 星汉编著：《清代西域诗辑注》，新疆人民出版社，1996年，
第74—75页。

③ 星汉编著：《清代西域诗辑注》，新疆人民出版社，1996年，
第98页。

④ 星汉编著：《清代西域诗辑注》，新疆人民出版社，1996年，
第124页。

⑤ 吴孝成主编：《伊犁地方史辑录·文学艺术卷》，文物出版
社，2023年，第234页。

⑥ 吴孝成主编：《伊犁地方史辑录·文学艺术卷》，文物出版
社，2023年，第235页。

1819）由衷赞美："而今惠远方城固，阛阓（街市）欢声溢四邻。"（《异域竹枝词》）①洪亮吉则展示了伊犁将军在校场进行军事演练的盛况："坐来八尺马如龙，演武堂前夹路松。谪吏一边三十六，尽排长戟壮军容。""骅骝尽解如人立，环拱将军下角场。"（《伊犁纪事诗》）②这一切，都使人感受到"岩疆共睹皇舆壮"（汪廷楷《伊江杂咏》）③"承平武备要修明"［钱江（1802？—1853）《丁未秋日伊江杂感》］④。

从经济中心的角度看，惠远又是一座繁华的市镇。惠远城给赵钧彤的第一印象是："堞楼影里飐双旌，烟郭遥闻晓市声。……塞风已革华音杂，客状犹夸肆贾惊。"（《抵伊犁惠远城三首》）⑤城头上军旗猎猎，街巷中叫卖声声，人们的风俗已经有了变化，各种语言的交流融为一体，远方来客的装束比较生疏，令集市上的商人们也一眼就看出了区别。惠远城在初到伊犁的雷以諴心中也留下了温馨的记忆："峨峨雉堞土为城，风静不闻戍鼓声。半是他方边辐辏，听

---

① 吴孝成主编：《伊犁地方史辑录·文学艺术卷》，文物出版社，2023年，第207页。
② 吴蔼宸选辑：《历代西域诗钞》，新疆人民出版社，1982年，第155、152页。
③ 吴孝成主编：《伊犁地方史辑录·文学艺术卷》，文物出版社，2023年，第235页。
④ 星汉编著：《清代西域诗辑注》，新疆人民出版社，1996年，第387页。
⑤ 星汉编著：《清代西域诗辑注》，新疆人民出版社，1996年，第124页。

来人语少分明。""通街廛市蹙鱼鳞，到此才堪洗客尘。"
（《甫抵伊垣口占》）①城堞高耸，风平浪静。人头济济，
货物囤积。人声鼎沸，熙熙攘攘，一派繁荣景象。满街的商
铺像鱼鳞一样凑集在一起，给人一种宾至如归的感觉。市场
上的商品琳琅满目，叫人应接不暇。以食品为例："山果堆
盈市，河鱼不费钱。四腮偏爱汝，下箸一欣然。"（陈中骐
《伊江百咏》）②"安石榴红珠粒湛，频婆（苹果）果味雪
浆酣。南羌迁鬻罗于市，笑与朋侪偶共拈。"（陈庭学《寓
怀再叠前韵二首》）③说明有些水果是维吾尔族商人从南疆
长途贩运过来的。而水产如大头鱼、伊犁鲈、裸腹鲟等则
是本地特产，"伊犁江上泮冰初，……一时争买大头鱼"
（庄肇奎）④、"有馈鲈鱼一尺长，四腮形状似江乡"（庄
肇奎）⑤、"昨宵一夜浑河长，十万鱼皆拥甲来"（洪亮
吉）⑥至于同少数民族的互市贸易，规模十分宏大："十万

① 星汉编著：《清代西域诗辑注》，新疆人民出版社，1996年，
第408页。
② 陈中骐：《伊江百咏》，清嘉庆抄本。
③ 星汉编著：《清代西域诗辑注》，新疆人民出版社，1996年，
第99页。
④ 星汉编著：《清代西域诗辑注》，新疆人民出版社，1996年，
第81页。
⑤ 吴孝成主编：《伊犁地方史辑录·文学艺术卷》，文物出版
社，2023年，第146页。
⑥ 吴蔼宸选辑：《历代西域诗钞》，新疆人民出版社，1982年，
第157页。

牛羊鞭驱至，三日城西路不开。"（洪亮吉）[1]"羝羊如麋尾如盘，翠毯香茵络绎看。驼马成群都入市，银茶互易远人欢。"（徐步云）[2]如此才显都市风貌。直到民国初年，谢彬在《新疆游记》中还说惠远城"文酒风流，盛极一时，有'小北京'之目"。

从发展生产的角度看，惠远城周边多有屯垦的庄园。陈寅在《通惠渠次方来青观察韵》中写道："惠泽平开万里天，伊江城外筑新阡（田间小路）。源源流水将军令，多稼欣闻颂《大田》。"[3]由于朝廷制定了屯垦戍边的好策略，致使边疆的农业生产打开了新的局面，茂盛的庄稼让人们似乎听到了百姓吟诵《大田》喜庆丰收的场景。《大田》是《诗经·小雅》中的一篇，诗中云："大田多稼。"这是最早歌咏农作物丰收的诗篇。舒其绍在《苦热行》中写道，边疆六月的酷热天气有利于庄稼的生长："天意惠西陲，歊蒸（热气升腾）好年节。不藉雨滂沱，暴长无夭折。……但愿禾黍登，亭障烽烟绝。鼓腹乐余年，触热心愉悦。"[4]热气蒸腾的天气，没有大雨祸害，庄稼自由地生长。只盼有个好

① 吴蔼宸选辑：《历代西域诗钞》，新疆人民出版社，1982年，第152页。

② 吴孝成主编：《伊犁地方史辑录·文学艺术卷》，文物出版社，2023年，第169页。

③ 吴孝成主编：《伊犁地方史辑录·文学艺术卷》，文物出版社，2023年，第189页。

④ 星汉编著：《清代西域诗辑注》，新疆人民出版社，1996年，第176页。

收成，即使再热心中也快乐无比。

从文化中心的角度看，惠远城的文化娱乐活动也非常活跃。黄聘三发现："自从声教来城北，渐见文明日启西。莫道阳关无故旧，于今征马不须嘶。"（《到伊犁大城》）①自惠远成西域首府以来，文明教化也渐渐深入人心。如今的边疆已不再是蛮荒之地，人民安居乐业，战马也无须出征嘶鸣了。赵钧彤看到："阳春计日逾葱岭，伏腊同风过月支。"（《岁暮》）②春风很快就会越过天山，中原地区的节日也成为了西域的风俗。所以，他在多首诗中描写了惠远城的岁时节庆场面。写春节："一夜虚空爆竹声"（《元旦》）③；写元宵节："长街如笋起灯竿""千尾金蛇万个雷（烟花）""卧看清清无焰灯（孔明灯）"（《庚戌元夕五绝句》）④。林则徐在元宵夜步月赋诗："踏月吟鞋凉似水，遏云歌板沸如潮。楼前夜市张灯灿，马上蛮儿傅粉娇。"（《元夕与嶰翁饮，遂出步月，口占一律》）⑤他说，在月下散步时凉意如水，响遏行云的歌声沸腾如潮。满

---

① 黄聘三：《西行漫草》，《西行漫草》编印委员会编印，2001年，第59页。

② 星汉编著：《清代西域诗辑注》，新疆人民出版社，1996年，第125页。

③ 星汉编著：《清代西域诗辑注》，新疆人民出版社，1996年，第125页。

④ 星汉编著：《清代西域诗辑注》，新疆人民出版社，1996年，第127页。

⑤ 吴孝成主编：《伊犁地方史辑录·文学艺术卷》，文物出版社，2023年，第375页。

城花灯，满城游人，骑在马上的兄弟民族姑娘也打扮得妩媚可爱，引人注目。邓廷桢也有唱和之作《奉和少穆尚书元夕步月原韵》："边城也自作元宵，缥缈天山雪正消。熊隼猗那飘画戟，鱼龙曼衍踏春潮。风姨舞罢吹衣细，月姊妆成满镜娇。"①他说，绣着熊龙、鹰隼徽饰的彩旗柔美地飘拂在画戟上，能进行鱼龙变幻的杂耍游艺掀起迎春的高潮。轻风吹得衣衫飘飘，月儿恰似圆满的明镜，到处都是一派热闹景象。边疆的主流民俗活动一点也不比中原地区逊色。

伊犁自古以来就是多种宗教传布之处，惠远城因为是座满城，所以佛事活动比较普遍。

如祭鄂博。舒其绍在他的组诗《消夏吟》中记录了蒙古人祭祀空郭罗鄂博（敖包）的情形。"干戈千载戢（收藏兵器，引申指停止战争），俎豆（祭祀礼器）百灵（百神）朝。下马金钱布，刲羊石火烧。"②

又如跳布扎。每年除夕在惠远城东门外的普化寺有跳布札的佛事。杨廷理的《腊月二十八日雪晴，普化寺看跳布札》一诗就有详尽的描述：

旭日曈胧雪乍晴，笨车载我出郊行。

---

① 吴孝成主编：《伊犁地方史辑录·文学艺术卷》，文物出版社，2023年，第327页。

② 星汉编著：《清代西域诗辑注》，新疆人民出版社，1996年，第186页。

云开山脊青痕现，冰泮江头细溜生。

逐崇人看黄帽侣，摄邪梵送晓潮声。

狮头牛首傲傲（醉舞貌，摇摆状）舞，扫净

妖　氛岁序清。

　　再如行香。行香是古代礼拜神佛的一种仪式。始于南北朝。杨廷理有《二月十九日赴观音寺行礼》一诗，写了行香场面的肃穆与华丽："香案缤纷供彩胜，烛花灿烂动金幡。"还有舒其绍也在他的诗中描写了菩萨庙旺盛的香火："慈云片片覆山隈，座上莲花并蒂开。镇日香风吹不散，两行红粉对歌台。"

　　从地处塞外江南的优越条件看，惠远又是一座风光秀丽的休闲都市。这里有蓝天黄菊："紫金夹道霭晴烟，上现蔚蓝一片天。却胜中原秋色老，重阳黄菊灿篱边。"（雷以諴《甫抵伊垣口占》）①也有青松翠柳："风开翠盖松舒秀，鸟啄青条柳破荑（叶芽）。"（杨廷理《城中即事》）②这里有清泉："家家院落有深沟，一道山泉到处流。"（庄肇奎《伊犁纪事二十首》）③也有雪峰："城南泼眼（满眼）诸峰雪，夜泛清凉到茗瓯（茶碗）。"（陈庭学《秋

---

① 星汉编著：《清代西域诗辑注》，新疆人民出版社，1996年，第408页。

② 星汉编著：《清代西域诗辑注》，新疆人民出版社，1996年，第198页。

③ 星汉编著：《清代西域诗辑注》，新疆人民出版社，1996年，第81页。

感》）①城中心还有巍峨的钟鼓楼："危楼百尺镇岩疆，逸兴登临对夕阳。极目平沙瀚海阔，遥瞻葱岭雪山长。西来天马尘追逐，南去飞鸿信杳茫。此日落成霄汉里，万千气象眼中藏。"（黄聘三《登惠远城新鼓楼》）②这里还有"风光谷雨尤奇丽，苹果花开雀舌香"③，"杏子乍青桑葚紫，家家树上有黄童"（洪亮吉）④。更有"古堞嫩红开杏靥（脸蛋儿），荒崖冷翠堕松钗（松针）"（陈庭学《春晓闻角有感》）⑤。尽管"花事边城晚"，"二月仍风雪"，"门前泥没马"（赵钧彤）⑥，尽管"半日坚冰半日泥，牵车走马浣（弄脏）轮蹄"（杨廷理）⑦，人们还是会"结客城内缓步回"，"望河楼下踏春归"（洪亮吉）⑧，绝不会轻易放过与春天的约会。所以，陈庭学豪迈地宣称："连城霱箪

---

① 星汉编著：《清代西域诗辑注》，新疆人民出版社，1996年，第97页。

② 黄聘三：《西行漫草》，《西行漫草》编印委员会编印，2001年，第60页。

③ 吴蔼宸选辑：《历代西域诗钞》，新疆人民出版社，1982年，第153页。

④ 吴蔼宸选辑：《历代西域诗钞》，新疆人民出版社，1982年，第155页。

⑤ 星汉编著：《清代西域诗辑注》，新疆人民出版社，1996年，第104页。

⑥ 星汉编著：《清代西域诗辑注》，新疆人民出版社，1996年，第128页。

⑦ 星汉编著：《清代西域诗辑注》，新疆人民出版社，1996年，第198页。

⑧ 星汉编著：《清代西域诗辑注》，新疆人民出版社，1996年，第157、153页。

（状似胡笳的竹管乐器，声音悲凉）响城头，慷慨身当万里
游。"（《春晓闻角有感》）①虽然身处逆境，依然不忘享
受大自然的无私馈赠。

二、绥定

乾隆二十七年（1762）由参赞大臣阿桂修建，其地旧称
"乌哈尔里克"，维吾尔语"鹭鸶"之意。城高一丈七尺，
周四里三分，乾隆汉代钦定城名曰绥定。东、西、南三座城
门分别名为"仁熙""义集""利渠"，北门名"宁漠"，
早已堵塞，为伊犁绿营兵的驻军重镇。城内设有总兵、游
击、守备、千把外委、巡检、粮员等衙署。1871年沙俄侵占
伊犁时，绥定城曾遭严重破坏。十年后伊犁回归祖国，伊犁
将军金顺率部进驻绥定，大兴土木，市容逐步恢复。

全面描述绥定风貌的诗歌有两首。一首是杨廷理的
《偶成》：

　　羌夷款塞巩藩疆，辟土当年百战场。细柳营悬
金锁甲，荷戈客老玉门霜。龙沙月照边庭冷，苜蓿春
深宛马良。汉代亭台在何处？绥城金碧耀斜阳。②

---

① 星汉编著：《清代西域诗辑注》，新疆人民出版社，1996年，
第104页。
② 吴孝成主编：《伊犁地方史辑录·文学艺术卷》，文物出版
社，2023年，第239页。

　　边疆地区的各少数民族当年纷纷叩响塞门，前来通好，与中央政权友好相处多年，政府为巩固边疆历经多次战争，纪律严明的部队驻扎在这里，被发配而来的戍客也致力于保卫边疆的事业。地处荒寒，边庭冷峻，水草丰美，战马精良。夕阳映照下的金碧辉煌的绥定城，不正是汉代遗存的亭台吗？

　　另一首是陈中骐的《绥城晓望》：

　　　　阳关西出已多年，放眼绥城景物妍。一抹丹霞葱岭树，万条素练玉门烟。青山十里寻诗路，绿水三篙载酒船。见说姑苏花柳好，不如此地翠娟娟。①

　　人人都说江南花明柳媚，但在诗人眼中，不及"绥城景物妍"，不如伊犁的花柳柔美靓丽。

　　绥定以名园著称于世，所以方士淦说"附郭名园胜"。因为绥定离惠远很近，故可看作"附郭"。洪亮吉在《伊犁纪事诗》中这样介绍绥定城："戟门东去水潺湲，山色周遭柳作垣。日昃（太阳西斜）马行三十里，纳凉须驻会芳园。"②并在诗后自注："会芳园在绥定城总兵署后，极幽爽。"雷以諴东归时就住在会芳园，并且赞美说："水美田

---

　　① 见《漉江诗存》，叶十二背。
　　② 吴蔼宸选辑：《历代西域诗钞》，新疆人民出版社，1982年，第156页。

肥欢士马，池深木茂好园亭。"（《宿绥定镇园亭》）①诗人王大枢、舒其绍、陈寅等人都曾寓居绥定城，当时流戍伊犁的杨廷理、舒敏、黄聘三等人也常常从惠远来这里与诗友们聚会，消寒联吟，诗酒唱和。

会芳园又叫绥园，杨廷理在《绥园宴集口占》中以疏淡之笔描绘了绥园的春日风光："草木春来各自芳，绥园景物足徜徉。水光映日摇金碧，柳丝拖烟斗绿黄。高会共陪山简醉，良辰漫学次公狂。兴酣绕遍池边路，一树轻红杏出墙。"美好的风光衬托出与友人相聚的逸兴。山简，晋代名士，山涛幼子。好酒，每饮必醉。后以"山简醉"为醉酒之典。次公，汉代盖宽饶、黄霸，二人皆字次公，都是刚正廉洁深得民望的官吏，故称誉他们的作为为"次公狂"。苏轼有诗句"毋多酌我次公狂"。舒其绍亦有"十丈方壶半亩泉，短桡同泛五湖烟。横槎覆手扪霄汉，倒影楼台水底天"（《绥园散步中峰元戎得倒影楼台水底天之句，嘱赋四首》其一）②之作，写出了驻地官员与遣戍文人的融洽关系。

林则徐在道光二十三年（1843）春天曾专程前往绥定看花时到过这里，并写下了《金缕曲·春暮和嶰筼〈绥定城看花〉》一词：

---

① 星汉编著：《清代西域诗辑注》，新疆人民出版社，1996年，第412页。

② 舒其绍：《清代诗文集汇编（第403册）：听雪集》，上海古籍出版社，2010年，第385页。

　　绝塞春犹媚。看芳邻、清漪漾碧，新芜铺翠。一骑穿城鞭影瘦，夹道绿杨烟腻。听陌上、黄鹂声碎。杏雨梨云纷满树，更频婆、新染朝霞醉。联袂去，漫游戏。

　　谪居权作探花使。忍轻抛、韶光九十，番风廿四。寒玉未消冰岭雪，靆幕偏闻花气。算修了、边城春禊。怨绿愁红成底事，任花开花谢皆天意。休问讯，春归未。①

　　边塞春光明媚，看那城郊清澈的春水轻轻荡漾，嫩绿的青草给大地披上了绿装。轻骑穿城，鞭影细细，夹道绿杨一闪而过，马蹄下卷起轻尘。田野里黄鹂声声，百花满树，更有那苹果花像灿烂的朝霞，令人心醉。结伴而行，漫步园林，虽然是戴罪被贬之人，也不忍心轻易抛弃这大好的春光。远处冰岭的积雪未消，近处已经春意弥漫。此行可算作参加了一次采兰驱除不祥的修禊活动。切莫怨天尤人，任凭花开花谢，云卷云舒，不要询问春天离去了没有，只要珍惜眼前就好。词中描绘了伊犁春天的美景，表达了作者身在流放之中的惜春之感，抒发了他达观乐天、热爱祖国大好河山的情怀。关于这次赏花活动，在他当年三月十八日的日记中亦有记述："福泽轩总戎招余及两儿同往绥定城之绥园看

---

　　① 吴孝成主编：《伊犁地方史辑录·文学艺术卷》，文物出版社，2023年，第376页。

花。……日来桃杏已谢，梨花正盛，其密者如关内绣球；苹婆果花亦正开，红白相间，似西府海棠。……归途经霍氏园林，停车小憩。又绕赴锡氏园，见芍药新丛，抽茎已将满尺。"

同行的邓廷桢也写有一首《金缕曲·偕少穆同游绥园》，词中同样描摹了绥定的美景和春游的乐趣："怕说春明媚。掩闲门、枝横瘦绿，苔生荒翠。忽谩招携联骑去，为访柳疏花腻。把细径、春痕穿碎。一角牙旗风外展，敞银屏、浅酌蒲桃醉。"①两首《金缕曲》可谓有同曲同工之妙。

三、宁远

宁远城又名固勒札（古尔札），建于乾隆二十七年（1762），城高一丈六尺，周四里七分。乾隆皇帝赐名曰"宁远"，东西南北四座城门分别是景旭、环瀛、嘉会、归极。设阿奇木伯克、伊什罕伯克、粮员等地方官吏，是伊犁回屯的管理中心。

宁远城建城初期，在陈庭学的笔下，"云山分雪照，春水带冰流。膏秫停荒店，蹄涔（路上蹄迹中的积水）入远陬（山边角落）"（《春日偕庆八静斋于役古尔札，晤司储杨

---

① 周轩编著：《林则徐诗文选注》，新疆大学出版社，1996年，第164页。

大》)①，一幅刚刚开发、苍凉寂寥的图景，依旧是一个以农业为主的集镇。陈中骐在他的《伊江百咏》中为我们展现了它的风貌：

> 熙熙（纷杂貌）古尔札（自注：地在离大城九十里，系回城。……约计户口有数千余家），漠漠水云乡（自注：近伊水）。回鹘（维吾尔族）无闲户，官租有义粮（赈济灾民或贫民的口粮）。春山近伯克（维吾尔族地方官吏），绿树绕田庄（自注：回回村旁柳树环绕）。杂处兼夸汉，农商个个忙（自注：古尔扎市镇极富，粮如山积）。②

农民耕作勤劳，商户交易繁忙，管理有序，生活得到保障，各民族群众友好相处，一派安居乐业的景象。宁远历来是伊犁河谷的粮仓，庄肇奎在《伊犁纪事二十首，效竹枝体》中赞颂伊犁河航运时写道："车载粮多未易行，六千回户岁收成。"作者在诗后自注："每岁回户纳粮，自古尔扎至惠远城大仓车费甚巨，因造舟由伊犁江载运。"③写的就是宁远的丰收景象。

---

① 星汉编著：《清代西域诗辑注》，新疆人民出版社，1996年，第511页。
② 陈中骐：《伊江百咏》，清嘉庆抄本。
③ 星汉编著：《清代西域诗辑注》，新疆人民出版社，1996年，第82页。

1871年沙俄入侵伊犁后，宁远城逐渐取代惠远的地位，成为伊犁河谷的中心城市，成为对俄贸易的重要商埠。

四、惠宁

在惠远城东北约七十里处，乾隆三十一年（1766）伊犁将军明瑞动议兴建此城，直到三十四年（1769）冬才竣工。城高一丈四尺，周六里三分，规模仅次于惠远城。乾隆皇帝钦定城名曰惠宁。东西南北四座城门分别名为昌汇、兆丰、遵轨、承枢。由满蒙官兵两千二百余名驻守，是伊犁粮食的储藏和集散地。其地有阿里玛图、磨豁图、皮里沁三股山泉水和方圆五六里的湖泊黄草湖，水源充足，土地肥沃，当地少数民族把这里称为"巴彦岱"，是富饶的意思。

惠宁的地理形势非常重要，景廉在《惠宁城》一诗中指出：

> 分领军符此建牙，城开百尺暮云遮。金汤设险增形势，黑虎当关重辅车。榆塞昔曾严鼓角，花门今尚业桑麻。征骖已过重回首，烟村无边映落霞。①

根据军事部署，伊犁将军在这里"设领队大臣一员，

---

① 星汉编著：《清代西域诗辑注》，新疆人民出版社，1996年，第417页。

驻队满兵二千名"，恰如"罴虎当关"，可以护卫首府，相辅相依。辅车：颊辅与牙床，比喻相依之物。作者在诗后自注："乾隆中，由南路陆续调拨回子（维吾尔族农民）八千户开垦闲田，地在巴燕岱附近。""花门"是唐代对回纥（维吾尔族族源之一）的代称。诗中描写了惠宁城的重要军事地位以及对护卫惠远城的作用。所以福庆也肯定了这一点："城筑惠宁为犄角，熟田弥望岁多收。"（《异域竹枝词》）

庄肇奎曾经寓居惠宁城，回到惠远后也常常"乘车信所之"，绥定、惠宁是他常去的地方。仲春时节远望"遥宇几重青乍绣，平芜一寸绿初丝"，也能发现"附郭将柔抱雪枝"（《仲春初霁郊行》）①，及时得到春归的消息。其他诗人也描写过惠宁城的景色："树萦春霭白，草发烧痕青。"（陈庭学《诣惠宁城》）②"雪沉山气白，日拥海云红。"（舒其绍《消夏吟·巴燕岱城》）"关月无边白，车尘不断红。"（陈寅《次舒春林伊江杂咏二十首》）有的人强调了惠宁城的地位："分阃诸侯寄（委以军事重任曰阃寄。阃：地方将帅官衙），朝天九译（多次翻译）通。"③（舒其绍）"崇城高巀嶪（高耸），遥望五云（京城）

---

① 星汉编著：《清代西域诗辑注》，新疆人民出版社，1996年，第71页。

② 星汉编著：《清代西域诗辑注》，新疆人民出版社，1996年，第102页。

③ 星汉编著：《清代西域诗辑注》，新疆人民出版社，1996年，第183页。

东。"（陈寅）所以，对惠宁城不可小觑。

五、广仁

广仁城地当乌克尔博罗素克，蒙古语"多芦苇的地方"，汉语名叫芦草沟。乾隆四十五年（1780）伊犁将军伊勒图兴建，南距绥定城六十里。城高一丈三尺，周三里六分，东、西、南门分别名为朗辉、迎灏、溥惠。

舒其绍和洪亮吉都用自己的诗笔描画了当年"大野雪漫漫"和"坚冰截南北"的广仁城景象：

大野雪漫漫，孤城草际看。黄云痴不落，白日瘦生寒。鸡犬通秦语，貔貅列汉官。

太平无一事，堠火报平安。（舒其绍《消夏吟·芦草沟城》）①

驻军和商贾中陕甘人比较多，所以夸张地说，连鸡犬都"通秦语"了。当时驻军为绿营携眷官兵左营。"貔貅"是古代传说中的猛兽，这里比喻勇猛的军队。烽火台上每晚燃起平安火，向京城报告"太平无一事"。一片祥和的气氛，使人心生暖意。

---

① 星汉编著：《清代西域诗辑注》，新疆人民出版社，1996年，第183页。

芦草沟边路，茫茫日欲昏。坚冰截南北，空白合乾坤。马避千人集，鸦啼独树村。

车箱梦畴昔，聊足慰羁魂。（洪亮吉《芦草沟》）①

白雪茫茫，天色昏暗，坚冰阻路，天地迷蒙。为了不耽误行程，车马只好躲开热闹的集市，乌鸦也像旅人一样孤独。躲在车里回忆往日的旧事，尚可慰藉客居他乡的孤苦心情。

雷以諴获释离开伊犁时，正值"渐见麦苗春雉雊，频听树底雨鸣鸠"（《宿芦草沟》）②的暮春时节，麦苗茂盛，野鸡鸣叫，山雨欲来，斑鸠声声，自然界的天籁唱出了归人心中的愉悦。

六、瞻德

瞻德城地在察汗乌苏，蒙古语"白水"或"清水"之意，汉语称为清水河子。乾隆四十五年（1780）由伊勒图主持兴建。城高一丈三尺，周三里六分。东西南三座城门分别名为升瀛、履平、延景。驻扎绿营携眷官兵右营。

---

① 吴蔼宸选辑：《历代西域诗钞》，新疆人民出版社，1982年，第151页。
② 星汉编著：《清代西域诗辑注》，新疆人民出版社，1996年，第412页。

舒其绍在《消夏吟·清水河》中写道："信是沧浪好，临流梦亦清。……楼兰犹未系，切莫濯长缨。"[1]《孟子·离娄上》："有孺子歌曰：'沧浪之水清兮，可以濯我缨；沧浪之水浊兮，可以濯我足。'"诗人把清水河比作沧浪之水，但是战功未立（实际是戍期未满），还不敢逍遥山水之间。濯我缨：表示高洁自守，此处是闲适自得之意。

七、拱宸

拱宸城又名霍尔果斯，蒙古语意为"畜牧地"，以河名之。乾隆四十五年（1780）由伊勒图兴建。城高一丈七尺，周三里七分，东西南三座城门分别名为寅辉、遵乐、绥定。绿营携着官兵驻扎此地。

舒其绍在《消夏吟·霍尔果斯城》中强调了拱宸城的重要战略地位：

> 地险诸戎逼，提封重北门。风声连朔漠，晓色
> 辨中原。驼驮双峰直，毡裘万灶屯。
> 至今悲汉武，枉自嫁乌孙。[2]

---

① 星汉编著：《清代西域诗辑注》，新疆人民出版社，1996年，第187页。

② 星汉编著：《清代西域诗辑注》，新疆人民出版社，1996年，第182页。

因为面临着境外的多种进犯势力，所以辖境特别注重北方，以致筑城时没有设立北门。虽然四周被戈壁大漠包围，但中央政府的威权可以直达边疆。水草丰茂，驼峰因而健壮直立；人烟稠密，少数民族毡房的炊烟便四处升起。乌孙本就恭顺，汉武帝何必多此一举，用公主和亲，以求和睦相处？作者在诗后自注："地界哈萨克，即古乌孙国也。年年贸易，经由此地，恭顺为诸藩冠。"汉武帝当年为解除匈奴的侵扰，派张骞出使乌孙，建立友好关系，并将细君和解忧两位公主先后嫁给乌孙昆莫。作者提起汉代和亲的话题，是为了说明如今边疆的安定。

王大枢在嘉庆初年曾任驻守拱宸城的参将纳尔松阿的塾师，在一次参加纳尔松阿宴客的酒席上，曾赋诗一首，赞美当地的"戟门深雪""天山清夜""一轮明月"，借此吹捧参将："戟门深拥雪千里，豪客酣歌意兴浓。起视天山清夜色，一轮明月正中峰。"[①]中峰是纳尔松阿的号，这里将主人的号巧妙地嵌入诗中，夸赞主人正值皓月当空，鸿运当头。

八、塔勒奇

塔勒奇城在绥定城西十里处，北距广仁城五十里。乾隆

---

① 星汉编著：《清代西域诗辑注》，新疆人民出版社，1996年，第149页。

二十六年（1761）由参赞大臣阿桂所建，以山命名。城高一丈，周一里五分六厘，有三座城门，均无名，是伊犁九城中修建最早、规模最小的一座城池。后来又展筑两次，扩至三里六分。塔勒奇城主要为绿营兵驻地，也是当时的贮粮基地之一。

舒其绍创作《消夏吟》组诗时，伊犁将军设置不久，塔勒奇城建成时间也不长，到处都显示出初期的古战场迹象：

> 天马来西极，骁腾汉将名。人传骠骑垒，草没
> 贰师城。战士秋风骨，飞鸮夜有声。
> 平戎资庙略，旷野试春耕。（《消夏吟·塔尔
> 奇城》）①

骠骑：指汉代骠骑将军霍去病，此处指代参赞大臣阿桂。贰师：西域城名，属大宛。《史记·大宛传》："宛有善马，在贰师城。"飞鸮：猫头鹰。庙略：朝廷的谋略。准噶尔叛乱平定后，大规模的经济建设就逐步展开了。"旷野试春耕"写的就是轰轰烈烈推进的屯垦事业。

又经过几十年的休养生息，就连小小的塔勒奇城也变得风光秀丽起来。徐松在《西域水道记》中记载塔勒奇城周围"断坡曲岸，细柳新蒲，小淑潆回，自成幽境"。离城三里

---

① 星汉编著：《清代西域诗辑注》，新疆人民出版社，1996年，第182页。

有小湖，故江南巡盐道朱尔庚额在此建造了戍馆，名且园。
"园中有楼，曰'面面山楼'。果树榆柳，可百余株。圃中
裂畦，布种莺粟，繁如云锦。……夕阳西下，散步水滨。
凫雁鸳鸯，冲烟拍水，有细鱼四腮如鲈，溯流举网，藉草以
观。"至清末，该城已废，居民仅数家。正如日野强《伊犁
纪行》所云："野草芊芊，山禽声怜，实一寒村而已。"

九、熙春

熙春城距惠远城八十里，当时称作哈喇布拉克（黑泉
子），乾隆四十五年（1780）由伊勒图兴建，高一丈，周二
里二分，乾隆皇帝命名为熙春，东南西三座城门分别名为觐
恩、凝爽、归极。由携眷绿营官兵驻此，主要任务是兴修水
利，开荒屯田。当地少数民族群众那些为开发边疆而辛勤劳
动的汉族士兵，把熙春城所在地称为"汉宾（兵）"，一直
沿用至今。

由于熙春城距离宁远和惠宁两城都不远（各距十里），
所以清代的官员和戍客们可能少有居留，一般都是穿城而
过，所以没有搜集到人们咏唱熙春城的诗词作品。

望河楼：拔地云甍俯堞垣

　　望河楼是惠远城的标志性建筑，由伊犁将军伊勒图在乾隆四十年（1775）责成满营协领格瑝额修建（有人说是伊犁将军保宁所建，但保宁是在伊勒图题写匾额四年后才任职的，他只是进行了整修），位置在龙王庙前，匾额"鉴远楼"由伊勒图亲笔题写。实际情况是，"鉴远楼在南门外，远对南山，近邻伊水，系前任将军伊公创。因被水冲塌，后任将军义烈公保再加修饰。回廊曲槛，柳明花秀，俨然似江南园亭，亦甘棠解韵（拥有美政的循良官吏的高雅精神生活）也，岂但游玩而已"（陈中骐《鉴远楼》一诗自注）①。现在有人把望河楼与鉴远楼当作两个建筑物，这种误读缘于浅尝辄止，是要误人子弟的。②

　　① 陈中骐：《伊江百咏》，清嘉庆抄本。
　　② 赖洪波先生在其《清代伊犁望河楼诗歌的历史文化考察》和《清代惠远城望河楼及其文化镜像剖析》两文中，吴华峰先生在其《清代伊犁望河楼及望河楼诗歌续论》一文中，对此已有详尽阐述，请参阅。

关于望河楼的概貌，舒其绍在《消夏吟·望河楼》的诗序中这样介绍："在大河北岸，碧树周围，雪峰环拥，亭台上下，花木芬芳，为伊疆胜游之所。"[1]望河楼上有匾额"泽被伊江"，还有楹联："源溯流沙，气润万家烟井；泽通星宿，波恬百里帆樯。"徐松在《西域水道记》中也有描述："临河有高楼，红栏碧瓦，俯瞰洪涛，粮艘帆樯，出没其下。南山雨霁，沙市云开，酒榼茶枪，赋诗遣闷，苍茫独立，兴往悲来。"[2]可见此楼当时确实是诗酒风流的"胜游之所"。但是，由于伊犁河水对堤岸的连年冲刷、侵蚀，致使望河楼、龙王庙等建筑终归溃于河中，在伊犁河畔伫立了将近一个甲子的望河楼，终于消泯于历史的深处。

清代西域诗中歌咏望河楼的诗作很多。[3]在戍客陈庭学的诗作中，多次描绘了望河楼的雄伟身影："野楼突兀临江起，戍堡连延隔岸排。"（《言怀叠韵十首》）[4]楼台临江，一览无余。"楼瞰江流竦栋楹，倚天长剑湛然清。"

---

① 舒其绍：《清代诗文集汇编（第403册）：听雪集》，上海古籍出版社，2010年，第377页。

② 徐松：《西域水道记》，朱玉麒整理，中华书局，2005年，第242页。

③ 据吴华峰先生《清代伊犁望河楼及望河楼诗歌续论》一文所述，"据现有材料不完全统计，乾隆、嘉庆、道光、咸丰四朝的望河楼诗歌有四十二题六十一首"。

④ 星汉编著：《清代西域诗辑注》，新疆人民出版社，1996年，第106页。

（《奉和奎元戎鉴远楼题壁韵二首》）①江流滚滚，震撼楼阁。朱腹松也有描写："百尺凌云鉴远楼，山光水色望中收。"②楼阁高耸，满眼风光。方士淦在他的《伊江杂诗》十六首中勾画了望河楼的环境："城外绿荫稠，金堤百尺楼。群峰环雪岭，一水带沙流。"③绿荫匝地，金堤护楼，雪岭环抱，激流滚滚。难怪王大枢在他的《西征录》里说道："伊犁胜游之所有鉴远楼，在惠远城南郭外二里许，伊水之滨，碧树周围，雪峰环拥，每重九登高，秋水兼葭，颇有伊人宛在之意。"④

望河楼诗歌的主要内容大致可以归为四个方面：

（一）怀远念亲，思归心切

赖洪波先生指出："边陲绝地的流放生活，失却自由，对戍客文人来说是十分痛苦的难以承受的巨大煎熬。他们的强烈的乡愁和思归情绪，在望河楼诗中是一个十分突出的主题内容。"⑤庄肇奎在《薄暮登鉴远楼感赋》一诗中写道："边楼突起傍城隈，苍茫遥空暮色来。日落横江群马渡，风

---

① 星汉编著：《清代西域诗辑注》，新疆人民出版社，1996年，第102页。
② 朱腹松：《塞上草》（卷一），清嘉庆抄本，叶十四b。
③ 方士淦：《华东师范大学图书馆稀见丛刊汇刊（第39册）：啖蔗轩诗存》，国家图书馆出版社，2006年，第398页。
④ 王大枢：《古籍珍本游记丛刊（第13册）：西征录》，线装书局，2003年，第7006页。
⑤ 赖洪波：《伊江集》，香港天马出版社，2019年，第341页。

生曲渚列樯开。"①站在楼上看到的是群马渡江、风帆飞掠的伊犁河景色，心中浮起的是"环山不断乡魂断，戍客难回野鸟回"的苍凉之感，盼望着京城的皇帝眷顾戍客的寸草之心，早日召回流放之人。《次韵陈莼溇同人招饮鉴远楼二首》则把这种思归之情作了情景交融的抒发：

　　　　一发中原夕照斜，青山何处是吾家。倚楼有客吹羌笛，杨柳边声怨落花。
　　　　一水西流万仞山，乱鸦风急野凫闲。天应有尽愁无尽，故垒春还燕未还。②

　　"一发中原"的意思是中原仅在距青山一发之地，是化用苏轼的《澄迈驿通潮阁二首》中的诗句"青山一发是中原"。"故垒"指古战场。此诗倾吐了远在边疆的戍客们登高望远、听笛思家的愁绪，也反映了边疆地区春意迟迟、"春还燕未还"的景况。《次韵德润圃秋日登鉴远楼作》③一诗写于乾隆五十三年（1788）重返伊犁时，这时他已摆脱了废员的身份，尽管眼前的景物依然苍茫，"牧马乱云沙树渺"，闲适的生活依然惬意，"烹茶落叶石泉香"，但是诗

---

① 星汉编著：《清代西域诗辑注》，新疆人民出版社，1996年，第73页。
② 星汉编著：《清代西域诗辑注》，新疆人民出版社，1996年，第75页。
③ 星汉编著：《清代西域诗辑注》，新疆人民出版社，1996年，第80页。

人已经心灰意懒，"匣剑无芒甘独老，新诗投我引杯长"，只能靠杯中之物打发岁月了。

戍守伊犁十三年的陈庭学，在《同人登鉴远楼次韵》二首中描绘了伊犁河上"水禽相趁"和"有客投竿"的美景，衬托了他身在"天末"，心系"乡关"的情怀：

> 天末同襟话野楼，水禽相趁点烟洲。谁知极目荒沙外，有客投竿万里流。

> 登临西北有高楼，泛览何须遍十洲。 盼得槎回人亦返，乡关依旧水东流。①

这是两首依次用所和诗中的韵字作的诗。同襟：志趣相同的朋友。相趁：相互追逐。投竿：垂钓。槎：传说中来往于海上和天河之间的木筏。

比陈庭学晚十年发配伊犁的杨廷理写有六首有关望河楼的诗，其中《登望河楼》②一诗写在冬日，他"凭栏望河"，看到的是河面结冰，船舶"抽帆"，"骇浪"消失，"匹练"静卧，想象的是如何"鼓棹高歌"，回归家乡。所

---

① 星汉编著：《清代西域诗辑注》，新疆人民出版社，1996年，第96页。吴华峰先生在其《清代伊犁望河楼及望河楼诗歌续论》一文中，误将这两首绝句当作一首七律了，所以文中才有"首联""颔联""末联"的说法。

② 杨廷理：《清代诗文集汇编（第418册）：知还书屋诗钞》，上海古籍出版社，2010年，第588页。

以在《暮春登鉴远楼，集范文正公〈岳阳楼记〉字》中歌咏的是："千山排远景，万里动归情。"[①]在《即事》中伤感的是："年年空咏思归引，怅望频登鉴远楼。"[②]二十六岁英年早逝的舒敏也写过一首《登望河楼》[③]，他父亲伍拉纳因受贿罪被斩，全家受株连，他被遣戍伊犁时只有十九岁。他由于情绪低落"思归切"，所以登上望河楼放眼远眺，结果是"凭栏万里寸心愁"，获释后过了五年就早夭了。

与杨廷理、舒敏几位戍友经常诗酒唱和的黄聘三也写有两首关于望河楼的诗，基调与杨廷理、舒敏的诗雷同。如"鉴远登楼泽畔吟，荒郊戍客岁寒心。……河干流水清如许，时奏雍门一曲琴"（《登鉴远楼》）[④]。用的是雍门子周为孟尝君鼓琴的典故，表达的是心中的哀伤。又如"极目乡山远，惊心波浪浮""虎啸归乡感，猿啼去国情"（《和杨观察暮春登鉴远楼集〈岳阳楼记〉字原韵》）[⑤]抒发的是登高怀远的愁绪。在戍十六年的陈寅是卒于戍所的，他是清代西域诗人中唯一没有返回关内的戍客，因此他的诗中才有

---

① 杨廷理：《清代诗文集汇编（第418册）：知还书屋诗钞》，上海古籍出版社，2010年，第589页。

② 杨廷理：《清代诗文集汇编（第418册）：知还书屋诗钞》，上海古籍出版社，2010年，第589页。

③ 星汉编著：《清代西域诗辑注》，新疆人民出版社，1996年，第167页。

④ 黄聘三：《西行漫草》，《西行漫草》编印委员会编印，2001年，第61页。

⑤ 黄聘三：《西行漫草》，《西行漫草》编印委员会编印，2001年，第74页。

"酒洒黄花千古泪，雁横紫塞一天秋"（《九日登望湖楼次刘茂町韵》）①的句子，寒雁唤秋，美酒洒泪，可见诗人伤心到何等程度。

谢昕的《九日和徐少府铁樵同张明府菊知登鉴远楼春秋阁元韵四首》中写道："万里西风走白沙，乾坤何处是吾家。惊弓已惜天边雁，竞食还怜槛外鸦。"②推己及人，触物伤情。在怜惜天边惊弓之雁，同情槛外觅食之鸦的同时，发出的是"乾坤何处是吾家"的悲叹。

（二）赞美风光，心旷神怡

曾被时人誉为"勇冠三军，功垂绝域，枕戈之暇，不废笔墨"的伊犁将军奎林（1738？—1792），写有《登鉴远楼二首》③，其中的"一行秋影飞鸿远，千叠斜阳去浪明"和"远树风烟横莽苍，乱山云雾起嵯峨"二联，意境宏阔，气韵雄浑，颇有"潇洒出尘"之致。尤其是"去浪明"一语，正合站在望河楼上，眼望滚滚西去的伊犁河波浪的特定情境。

流放伊犁十二年之久的王大枢初次登上望河楼时，眺望伊犁河两岸的优美风光，心情还算不错，豪迈地唱出了"虎

---

① 陈寅：《清代诗文集汇编（第418册）：向日堂诗集》，上海古籍出版社，2010年，第728页。

② 王大枢：《古籍珍本游记丛刊（第13册）：西征录》，线装书局，2003年，第7334—7335页。

③ 王大枢：《古籍珍本游记丛刊（第13册）：西征录》，线装书局，2003年，第7341—7342页。

视落英鲸吸酒”，“还持铁板唱关西”的达观之声：

　　四围山色玉屏风，一片秋色宛在中。山似美人
江似镜，落霞都做故衫红。

　　楼头衰草遍天长，楼外烟沙阅汉唐。百尺栏
杆千丈雪，依然佳客度夕阳。（《庚戌九日同戴员
外、岳明府、陈司理、殷岫亭、富礼园、蔚问亭、
何练塘、蒋锦峰登鉴远楼，次壁间原韵十绝》）[1]

　　夕阳垂地，秋水涵空，落霞满天，衰草遍野，一派明媚
的秋光，宛如画卷展现在眼前。

　　玉质的“屏风”、“美人”、“明镜”，红色的“故
衫”，如“雪”的浪花，这些意象生动，可触可摸，立体感
很强。同样是重阳节的风光，在别人的诗中又有不同，在陈
寅笔下是一幅雁阵排空的高远之景：“紫塞高楼览胜奇，长
天雁阵影参差。”（《九日同人登湖楼》）[2]在奎林眼中却
是一派静流无声的肃杀气象：“萧飒西风落叶多，霜澄伊水
静无波。”（《登鉴远楼二首》）

　　陈庭学在《同人边楼偶眺五叠前韵》[3]中首先描绘了望

------

　　① 王大枢：《古籍珍本游记丛刊（第13册）：西征录》，线装书
局，2003年，第7343页。
　　② 陈寅：《清代诗文集汇编（第418册）：向日堂诗集》，上海
古籍出版社，2010年，第738页。
　　③ 星汉编著：《清代西域诗辑注》，新疆人民出版社，1996年，
第98页。

河楼的雄姿："拔地云甍俯堞垣，插天雪嶂对楼门。寒江冰断鲲鲕影，猎马嘶惊狐兔魂。"高耸的边楼飞檐俯瞰着城墙，迎面插天的雪峰与楼门相对。河水冰冷，游鱼匿迹；猎马长嘶，狐兔惊魂。接着写文人墨客们的诗酒欢乐："奇句纵横联石鼎，忘形谈笑举匏尊。古人何必曾来此，但使登高远意存。"这"远意"，正是《同人登鉴远楼次韵》中所说的"盼得槎回人亦返"，眼前的诗酒欢乐也只是暂时"忘形"，心底深处依旧在怀乡念远。石鼎：古代石制煎烹之器。韩愈有《石鼎联句诗》，此指与人联句作诗。匏尊：葫芦做的酒樽，此处泛指饮酒器。

汪廷楷忘不了："记得春三月，来登鉴远楼。亭台原近水，云树若浮舟。雪影留山腹，人声起渡头。"（《和苏牧堂九日登望河楼》）①杨廷理还记得："杏花消息凭谁问，探取春光在笔先。"（《次李又泉韵》）②他在句下自注："去年三月十一日，在望河楼看杏花。"他还为无法再赏杏花而负疚："绝少寻芳兴，南楼负杏林。"（《即事》）③句后自注："望河楼杏花将放。"他还描绘了初春时节望河楼外的朦胧雪景："飞雪弥漫晓气含，楼头胜概共争探。千章琪树笼轻雾，一派春潮卷翠岚。"（《春晓雪中同友人登

---

① 汪廷楷：《西行草》，道光十九年刊本。
② 杨廷理：《清代诗文集汇编（第418册）：知还书屋诗钞》，上海古籍出版社，2010年，第545页。
③ 杨廷理：《清代诗文集汇编（第418册）：知还书屋诗钞》，上海古籍出版社，2010年，第589页。

《望河楼》）①章：大木材。引申为计量大树的量词。琪树：古人谓仙境中的树木，这里指美好的树。时序虽然已经进入春天，但西北边疆依然"飞雪弥漫"，河边的树木上挂满了雾凇，而掩不住的"春潮"正在悄悄走来。

张广埏的《夏日同凤赓次咸登望河楼远眺》写出了夏季山雪消融，伊犁河水势阔大的壮观景象："大漠莽风烟，楼高入暮天。日光垂野白，河势抱城圆。"②诗中不仅写出了水天茫茫的景色，也传达出望河楼迫近河边的特殊形势（这也正是望河楼后来溃于河中的原因）。

朱腹松在他的《鉴远楼看山市》一诗中，用生花妙笔描绘了从望河楼上看到的亦真亦幻的美景：

> 百尺楼头天将晓，当楼山色青未了。猿鹤无声绝飞鸟，峰顶孤悬片月小。俄见殿阁浮缥缈。万叠烟霞共围绕。珠宫贝阙深且窈，横空拥出蓬莱岛。中有行人何太早，往来仪仗列羽葆。车马杂沓白云表，供向晨窗作画稿。……③

在展示了海市蜃楼的光怪陆离的美妙幻境之后，以山市的消弭与内心的怅然作结，给人留下长久的回味余地。这首

---

① 吴孝成主编：《伊犁地方史辑录·文学艺术卷》，文物出版社，2023年，第245页。
② 张广埏：《万里游草》，清道光刻本，叶二十六b。
③ 朱腹松：《塞上草》（卷四），清嘉庆抄本，叶十三a。

诗的特别之处还在于句句押韵，而且押的是同一声调的仄声韵，读来朗朗上口，悦耳动听。

（三）表彰先烈，称颂时贤

方士淦在组诗《伊江杂诗》十六首中写到了望河楼与龙王庙："不有神明相，谁令祀典修。宗臣遗像在，忠义秉千秋。"[①]他在诗后自注中说："相传龙王神像即文端公（伊犁将军保宁）父札义烈公也。札公前在叶尔羌殉难。"表达了对于为保卫边疆安宁而殉职的先烈的尊崇。

庄肇奎在《奉和伊显亭将军登鉴远楼元韵》中，不仅透露了伊犁将军伊勒图题写鉴远楼匾额的信息，还反映了伊犁各族群众安居乐业、和睦相处的生活状况，歌颂了中华民族强大的民族向心力："公自题名鉴远楼，楼边红日照晴洲。诸蕃射猎民耕墼，如海朝宗汇众流。"诸蕃：指边疆各少数民族。耕墼：种地、筑房。墼，砖坯、土块。星汉先生编著的《清代西域诗辑注》，将"耕墼"误为"耕凿"[②]。此后吴华峰等人在引录此诗时均误。

陈庭学的《奉和奎元戎鉴远楼题壁韵二首》[③]其二不遗余力地赞颂了伊犁将军奎林："壮猷为国作栋楹，谁似将军

---

① 方士淦：《华东师范大学图书馆稀见丛刊汇刊（第39册）：啖蔗轩诗存》，国家图书馆，2006年，第398页。

② 星汉编著：《清代西域诗辑注》，新疆人民出版社，1996年，第72页。

③ 陈庭学：《清代诗文集汇编（第395册）：塞垣吟草》，上海古籍出版社，2010年，第385页。

风格清。塞北血诚诸部服，蜀南肝胆大江明。即令重莅岩疆日，秉鉴无遗纤曲情。天外小楼留巨笔，寒虫曷敢以诗名。"高度赞扬了奎林的政治才干。壮猷：宏大的谋略。血诚：出自内心深处的诚意。秉鉴：持镜，比喻明察。寒虫：作者自谦之词。

其一中的"感旧漫挥羊叔泪，登临自写庾公情。壁书不藉纱笼护，并识麒麟阁上名"几句，又形象地道出了奎林的文学才情。作者在这首诗中运用了"羊叔泪""庾公情""纱笼护诗""麒麟阁题名"四个典故。羊叔：指晋代羊祜，字叔子。曾经驻节襄阳十余年，在任开屯田，储军备，平日轻裘缓带，身不披甲，绥怀远近，以收江汉及吴人之心。死后，当地人为之罢市巷哭。其部属于岘山羊祜平生游息之所建碑立庙，每年祭祀。见碑者莫不流泪，后称堕泪碑。这里以羊祜比奎林。庾公：指晋代庾亮。尝仕三朝，善谈论。为江、荆、豫州刺史。治武昌时，与幕僚殷浩等登楼赏月，谈咏竟夕。此以庾亮比奎林。纱笼护诗：指唐代王播少孤贫，客居扬州惠昭寺，随僧斋食，为诸僧所不礼。后王播发达，重游旧地，见昔日在该寺壁上所题诗句，已被僧用碧纱护盖。因题曰："二十年来尘扑面，如今始得碧纱笼。"这里是说，奎林的题壁诗不必借助纱笼护盖就得到人们的赏识。麒麟阁：汉武帝时建于未央宫内，宣帝时绘画功臣霍光等十一人像于阁中。此一汉代功臣喻奎林。这四个典故不仅切合奎林当时登楼之举，也暗示了奎林原作中的家国之思。陈庭学的和诗虽多恭维之语，但不能视作一味的阿谀奉承。因为他虽然长期生活在边远之地，但他心态平和，不以遣戍为念，没有必要低声下气。

雷以諴在《重阳日哈莫亭都护邀赴望河楼登高，奉陪札将军法参赞各领队大臣及同戍诸公午饮》写道："岿然城外楼，结构在高阜。倚槛瞰河流，洪波济农亩。前面对南山，爽气通户牖。菊圃犹残花，荷池忆雪藕。旧帅昔经营，君子宜左右。"①此诗的重点在结尾处，指出不论是胜地望河楼，还是边疆的防务、屯田、民生等事业，都是历届伊犁将军（包括现任将军扎拉芬泰）经营的结果，希望各位同僚精诚合作，大力辅佐。

（四）守边任重，不忘职责

奎林的《登鉴远楼二首》其二的尾联说："暴残割据消尘劫，衰草斜阳散牧驼。"描绘出一幅平定叛乱之后西极边陲的和平安宁景象，表达了一种兢兢业业、不辱使、恪尽职守的自豪情绪。

舒其绍的组诗《消夏吟》（共二十五首）第一首就是五律《望河楼》：

> 长夏消无计，高楼几度过。万山扃虎豹，叠浪
> 走鼋鼍。久客方言熟，穷边战骨多。

---

① 雷以諴：《清代诗文集汇编（第589册）：雨香书屋诗续钞》，上海古籍出版社，2010年，第782页。

戎衣犹未脱，不敢慕渔蓑。[1]

"扃"为自外关闭门户用的门闩、门环等，也指门、门扇和关门。这里指关闭。"鼋"，鳖；"鼍"，鳄鱼。"渔蓑"，渔人的蓑衣。这里指和平安定的生活。颔联是说山中与河里的野生动物很多，颈联是说人间的事：由于在边疆待久了，已经能够与当地少数民族群众对话交流；边境地区战事频繁，到处都能看到坟茔与白骨。尾联表达了诗人守边任重，不敢奢望安定生活的心情，令人肃然起敬。舒其绍还有一首七绝《望河楼》："万叠关山万顷流，放怀天地一登楼。浮槎本是天外客，我欲乘风问斗牛。"[2]抒发了他放怀天地，胸襟旷达，欲乘浮槎访问天庭的豪迈之气。

谪戍伊犁八年的陈中骐也有一首写望河楼的诗：

不信天难上，独登郭外楼。谁持雷氏剑，欲贷月支头。脱帽迎清气，抽刀断浊流。
兴来吹铁笛，披豁散烦忧。[3]

雷氏剑：晋代雷焕为丰城令，掘狱屋基，得双剑，一曰

---

① 星汉编著：《清代西域诗辑注》，新疆人民出版社，1996年，第181页。
② 舒其绍：《清代诗文集汇编（第403册）：听雪集》，上海古籍出版社，2010年，第377页。
③ 陈中骐：《伊江百咏》，清嘉庆抄本。

龙泉，一曰太阿。月支：借指外敌。披豁：敞开胸怀。诗中透露出一股持剑杀敌，抽刀断流的豪情，挥洒出一派兴来吹笛，响遏行云，披襟散忧，心怀天下的旷达。身处"刁斗令严风卷旆，时闻枥马夜嘶霜"的环境与氛围之中，即令是坐罪流放的废员，也能自觉地把自己当作戍边的卫士，要有所作为，有所担当。

吴华峰先生说得好："有关望河楼的诗歌，已经以文字的形式构成了人们对于望河楼的文化记忆，超越历史变迁潜伏在时间的暗流当中。而今人对这座'西北千古第一楼'文化记忆的挖掘与唤醒，实际也就是对伊犁乃至西域文化脉络的巡礼、延续和传承，因而具有一定的现实意义。"①

望河楼作为西域的一处闻名遐迩的文学景观，作为一种文化符号，一定会永存于世的。著名学者洪亮吉因大胆批评朝政而于嘉庆五年（1800）被遣戍伊犁。在伊犁虽百日，却写了大量诗文笔记，其中《伊犁纪事诗》四十二首尤为著名。其第十三首就写到了望河楼：

> 城隅两日霁寒威，韦曲词人尚下帷。趁得南山风日好，望河楼下踏春归。②

---

① 吴华峰：《清代伊犁望河楼及望河楼诗歌续论》，载《伊犁师范学院学报》（社会科学版）2019年第1期。

② 吴蔼宸选辑：《历代西域诗钞》，新疆人民出版社，1982年，第153页。

　　他在诗中奉劝同时来到伊犁的戍客韦佩金，不要整天闷在屋中读书，趁着天气转暖的大好春光，赶快到望河楼下来踏春。望河楼之名也许就是借着文豪的盛名不胫而走，为人们所知的。

金顶寺与格登碑：风云长护格登峰

在伊犁河谷的人文景观中，除了雄峙伊犁河北岸的九座城池以及大名鼎鼎的望河楼外，还有著名的隔伊犁河遥遥相望的金顶寺和银顶寺两座"都纲"（庙宇），更有至今还屹立在格登山上的《平定准噶尔勒铭格登山碑》。

一、金顶寺

18世纪初，准噶尔首领策妄阿拉布坦乘西藏政局纷乱之机，于1716年派其弟率兵进军西藏，围攻布达拉宫，搜取各庙金银神器、佛像返回伊犁，在伊犁河北岸建造了规模宏伟的固勒札都纲，在河南岸建造了海努克都纲。固勒札是蒙古语"盘羊"的意思，海努克是蒙古语"牦牛"的意思，据说两座庙得名缘于庙顶上分别装饰有盘羊角和牦牛角。又有传说，称固勒札庙的地面全用盘羊角铺成。固勒札庙装饰金碧辉煌，寺顶在阳光下金光闪闪，故称为金顶寺；海努克庙的庙顶是银灰色的，在阳光下银光闪闪，故称为银顶寺。据史书记载，两座庙"高刹摩霄，金幡耀日，栋甍宏敞，像设庄严。聚集喇嘛居此二寺，暮鼓朝螺，梵呗清越"。"盛时供养喇嘛六千余众"，每逢岁首、盛夏，准噶尔部各地喇嘛教徒从四面八方赶来，虔诚拜佛，"捐珍宝，施金银，以事庄严。庙之宏赡，遂甲于漠北"。所以后来阿桂上疏说："伊犁名胜之地，河北无过固尔札，河南无过海努克。"于是，"金顶梵音"便成为伊犁八景之一。

乾隆二十一年（1756），先降后叛的阿睦尔撒纳（策妄阿拉布坦外孙）受到清政府平叛大军的沉重打击，在逃离伊犁时，为了抢夺固勒札庙的金银重器，放火烧毁了此庙。由于"阿睦尔撒纳之构衅，皆伊犁喇嘛为之"，1762年清政府为了彻底铲除其影响，将银顶寺也拆毁，并在两寺之旧址修筑驻军城堡，以图进一步加强国防。金顶寺遗址在今伊宁市东郊喀尔墩乡花果山上，至今地面上尚散见黄、绿色琉璃砖片及残断佛像。1958年7月，我国著名考古学家黄雯弼在伊犁进行考古调查时，曾在金顶寺遗址"拾一佛坐像，头部残缺，细腰袒胸，盖为喇嘛寺中常见之塑像供品"。银顶寺遗址位于今察布查尔锡伯自治县海努克乡海努克村南，其地尚存建筑遗迹，遍地都是砖瓦片，可略窥其布局之大概。

舒其绍在《消夏吟》组诗中有一首《金顶寺》，诗中并没有展开描写金顶寺本身，因为民间习惯把宁远城称为"金顶寺"，所以他反映的是宁远城周围的维吾尔族农民辛勤耕作、安居乐业、踊跃缴纳公粮的情景：

百雉环金顶，回人近万家。秧哥春试马，台吉
晓排衙。有水皆宜稻，无田不种瓜。

输将惟恐后，帝德被流沙。①

秧哥：维吾尔族妇女。台吉：作者误书，应作"伯
克"。台吉是清代蒙古部落的封爵名称，伯克才是回屯的管
理人员。排衙：古代主官升堂，这里指处理公务。最后两句
是说，回屯的农民上缴公粮十分踊跃，这都是因为皇上的恩
德沾溉到了遥远的西部边疆。输将：运送，亦指缴纳赋税。
被：延及。流沙：指西域地区。作者句下自注："回人向为
准噶尔鱼肉，底定后屯田乐业，永享升平。"

褚廷璋笔下也写到了金顶寺："盘雕红寺朝鸣角，散
马青原夜控弦。"（《伊犁》）②一派庄严肃穆、枕戈待旦
的气氛。诗中的"盘雕红寺"写的就是金顶寺。末任伊犁将
军志锐（1853—1912）也在诗中提及金顶寺："金银装顶寺
辉煌，准部当年亦号王。内讧成墟来外侮，如今艳说好夷
场。"（《伊犁杂咏》）③他是以满洲贵族的身份，讥讽当
年准噶尔部的头头脑脑们时降时叛、对抗中央政府的丑恶行
径，再加上他们争权夺利、互相残杀，给国家和民众带来了

---

① 星汉编著：《清代西域诗辑注》，新疆人民出版社，1996年，
第190页。

② 吴孝成主编：《伊犁地方史辑录·文学艺术卷》，文物出版
社，2023年，第149页。

③ 星汉编著：《清代西域诗辑注》，新疆人民出版社，1996年，
第446页。

无尽灾难，最终有的罪魁祸首卖身投靠沙俄，成为千古罪人。他质问道：如今还好意思吹嘘当初的太平景象吗？

包括舒其绍在内，他们在伊犁时都未及见到他们诗中所说的"环金顶"的"鸣角""红寺"和"金银装顶"的"辉煌"的建筑物，只是作为传闻书写了一笔。

今人如果真想一睹金顶寺的风采，可以到承德市看看武烈河西岸的安远庙。当年阿睦尔撒纳反叛之时，其中的达什达瓦部两千多人归附了清政府，被安置在河北省承德地方。乾隆皇帝划给他们牧地，发给粮食和牲畜，使其安居下来重建家园。为了满足他们精神上的需求，于乾隆二十九年（1764）在他们驻地附近特意"仿伊犁固勒札庙"样式，修建了一座安远庙。达什达瓦部群众称其为"伊犁庙"。"惟时都尔伯特郡王策凌、乌巴什等，适以朝贺至，与达什达瓦部众之隶居兹土者，欢喜额手。金谓琳宫晃曜，妙相庄严，不啻曩时在固尔扎都纲闻呗赞也。"（乾隆《安远庙瞻礼书事（有序）》）额手：以手加额，表示称庆。琳宫：仙宫，亦为道观、殿堂的美称。晃曜：明亮，闪耀。妙相：佛教语，庄严的相貌。呗赞：佛教徒赞颂佛的功德。从此，达什达瓦人就和在伊犁时一样，可以随时随节到庙中拈香礼佛。歌颂金顶寺的歌声又回响在伊犁庙上空："坤德楞的寺庙哟，是个八角形哟……朝着伊犁河望去，那不是美丽的厄鲁特吗？保佑我们族人的是白度母的化身，朝着喀什河望去，那不是美丽的厄鲁特吗？……"其实，乾隆修建安远庙的真正目的是："予之所以为此者，非惟阐扬黄教之谓，盖以绥靖荒服，柔怀远人，俾之长享乐利，永永无极云。"（乾隆《安远庙瞻礼书事（有序）》）毫不掩饰其修庙的真正目的，因为乾隆帝深谙宗教麻醉人民的妙用。

金顶寺和银顶寺已于两百多年前毁于罪恶的战火，至今已无踪无影，未给人们留下任何凭吊的痕迹。但它的形象却在万里之遥的承德避暑山庄完整地保存了下来。它的存在是我国历史上统一的多民族国家形成的光辉标志，是我国历史上民族团结、民族融合的一个历史见证。

二、格登碑

1745年，伊犁准噶尔汗噶尔丹策零死，准噶尔贵族统治集团内乱不止。1750年，准部不少首领纷纷率众降清，乾隆帝决定顺势消除割据，统一新疆。1755年二月，清军分两路出师，直指伊犁。准部头目达瓦齐负隅顽抗，拥兵万余人退据格登山。清军包围格登山后，三巴图鲁率精骑二十二人，出其不意，杀入敌营，叛军大乱。达瓦齐仅率少数亲兵逃脱，余众全部投降。捷报传到北京，乾隆帝命令"来春于伊犁格登山刻石纪功"，并亲手撰写了碑文。与此同时，乾隆帝又写了《西师底定伊犁捷音至诗以述事》一诗：

乘时命将定条枝，天佑人归捷报驰。无战有
征安绝域，壶浆箪食迎王师。两朝缔构敢云继，
百世宁绥有所思。好雨优霑土宇拓，敬心那为慰

117

心移。①

清朝统一西域的历史进程同它与准噶尔汗国的斗争密不可分，这一武装冲突自康熙朝一直延续到雍正朝，虽经多次用兵，清朝势力只能艰难地推进至天山东段，即哈密绿洲与巴里坤草原。到乾隆朝，西蒙古诸部久经战乱，牧民迫切需要和平环境以休养生息。待到达瓦齐继承准噶尔汗位时，已经众叛亲离，势力日衰。乾隆帝利用这一时机，调兵遣将，取得了格登山大捷。乾隆帝十分看重这次战役的胜利，他把统一新疆作为他的十大武功之首。题中的"底定"，是平定、安定的意思。诗中的"条枝"本为西域国名，这里指代西域的广大地区。壶浆箪食：古时老百姓用箪（盛饭的圆形竹篮）盛饭，用壶盛汤来欢迎他们爱戴的军队。后用来形容军队受欢迎的情况。作者在句后自注："据副将军阿睦尔撒纳登奏称，大兵至伊犁，部众持羊酒迎犒者络绎载道，妇孺欢呼，如出水火。自出师以来，无血刃遗镞之劳。敉边（安抚、安定边境）扫穴（扫荡其居处），实古所未有。""两朝缔构"指康熙、雍正两朝的经营。"土宇拓"指疆域拓展。敬心：敬重之心。慰心：宽慰之心。乾隆帝将这次西征的胜利归结为"天佑人归，有征无战"八个字，并生动地描写了当地人民群众热烈欢迎平叛大军的场面，喜悦之情溢于

---

① 伊犁地区地方志编纂委员会：《伊犁风物》，新疆人民出版社，1990年，第134页。

言表。此外，乾隆帝还专为统率二十二勇士深入敌营，勇立首功的翼长阿玉锡写了一首《阿玉锡歌》，诗中说："神武有如阿玉锡，知方亦复知报恩。今我作歌壮生色，千秋以后斯人闻。"①

关于平定准噶尔的勒铭碑文，除了著名的《平定准噶尔勒铭格登山碑文》，还有《平定准噶尔勒铭伊犁碑文》等三篇。乾隆二十五年（1760）清政府派兵从南疆叶城运来巨石，雕刻成格登碑，立于格登山上。格登山位于新疆昭苏县以西六十余公里的界河苏木拜河的东岸，格登碑就立于这座类似脑后骨的山头上。"格登"是蒙古语"脑后骨"的意思。山并不高，山下就是清晰可见的哈萨克斯坦国的村庄。格登碑碑高3.03米，宽0.98米，厚0.27米，碑额镌刻盘龙，正面刻"皇清"二字，背面刻"万古"二字，碑座为日出东海浮雕图案。碑文用满、汉（正面），蒙古、藏（背面）四种文字镌刻，全文竖排，以汉文计共226字。碑身被嵌入圆弧形的碑亭内。碑文大意如下：

> 崔嵬的格登山上，叛军构筑了坚固营垒，我军是堂堂正正之师；贼营虽固，必定自摧。巍峨的格登山上，叛军营造了巢穴，我军威武雄壮，敌营犹如赘疣，一触即溃。我军出行势如波涛，一举渡过

① 伊犁地区地方志编纂委员会：《伊犁风物》，新疆人民出版社，1990年，第135页。

了伊犁川。前方早有向导，为我准备渡船。渡河历经八天，抵达格登山边。面对泥沼，背靠山岩，等待昏暗的夜晚。如果趁虚而入，将敌人一扫而光，岂不易如反掌，不如暂时收敛我军的锋芒；如果埋伏部队暂不进攻，岂不是在延缓敌人的寿命？其实我们早有深远谋划，大功即将告成。达瓦齐的部众都是我的臣民百姓，我已有宽免之言在先。如果火燃昆冈，生灵涂炭，恐怕有违于皇朝的慈悲之念。于是派出三位勇士，率领二十二条好汉，夜袭敌营，导致万众战栗一团。人各有心，谁会为你卖命坚守营盘！你仍然执迷不悟，图谋逃窜。即使你能够脱身，谁又会将你接纳支援？最终被缚献军门，追悔莫及，为时太晚。自古有言：与其杀掉，不如留住。贼首被俘后赦免不杀，是为了弘扬我们的气度。汉朝早就设立管辖一方的都护府，唐代也曾拜将西征北逐，但是都属劳民伤财，民众并未心悦诚服。如今他们既然已经蒙受了恩惠，才会归顺于道义之前。所以专门刻石勒铭于格登山上，以昭告千秋万代长治久安。[1]

　　矗立着格登碑的格登山头，明显是边界的突出部，这

---

[1] 乾隆《平定准噶尔勒铭格登山碑》碑文白话版，据李耕耘编《新编伊犁风物志》（新疆人民出版社，2013年）所引原文翻译。

里原本不是中俄边界。中俄西段边界，本来已由1864年不平等的《中俄勘分西北界约记》划定，1881年沙俄借口交还伊犁又迫使清政府签订《中俄伊犁条约》，在"勘改"和"勘定"过程中，沙俄乘机侵占了我国七万多平方公里领土，松拜河西岸至达喇图之间的土地即是这次被沙俄占去的。格登碑所在的山头，在清政府的坚持下，才得以保留在祖国的疆域之内。

曹麟开在《塞上竹枝词》中曾高度赞美格登碑：

> 永和贞观碣重重，博望残碑碧藓封。何似御铭
> 平准绩，风云长护格登峰。①

诗中说，汉唐两代在西域留下了不少纪功碑，至今已被苔封尘埋。只有魁伟的格登碑还巍然屹立在边境线上，历经风云变幻，护卫着祖国的大好河山。

杨廷理在《漫兴》诗中也写到了格登山："钓艇不来伊丽水，芒鞋谁上格登山。"②并在句下自注："格登为伊犁主山，终年雪封。樵人莫能上焉。"此注误。格登山不高，可登，山上并无终年积雪。作者是将天山主峰汗腾格里峰误记为格登山了。

---

① 星汉编著：《清代西域诗辑注》，新疆人民出版社，1996年，第85页。
② 吴孝成主编：《伊犁地方史辑录·文学艺术卷》，文物出版社，2023年，第246页。

　　乾隆帝撰写的另一块碑《平定准噶尔勒铭伊犁碑》是先于格登碑颁制的第一通纪念碑，乾隆二十年（1755）安置在宁远城东门外土岭之上，有碑亭，后来碑与亭俱被毁。《平定准噶尔后勒铭伊犁碑》是乾隆帝御制的第二块纪功碑，乾隆二十三年（1758）立于宁远城东门外，后被毁。褚廷璋的《伊犁》一诗中提到了这两块碑："纪绩穹碑衔落日，英灵班鄂想回旋。"作者在句后自注："固尔札庙东建有前后勒铭伊犁碑。"最后一句是说，班第和鄂容安的英灵依然在这里回旋。作者在句后自注："定北将军班第、议政（参赞）大臣鄂容安尽节于此。"

　　班第和鄂容安在征讨达瓦齐的战役中，曾经立下汗马功劳，班第、鄂容安死难后，乾隆帝痛心地赋诗悼念："临奠列双忠，惜哉泪涌流。……忠于国有济，烈惟已不渝。究匪偷生比，使我悲心悠。朱门歌舞辈，青史文章俦。我岂为彼哉，长歌旌乃休。"（《双烈诗》）①乾隆指示在京师建双烈祠，御赐匾额"漠垂竟烈"。命将二臣列入平准五十功臣之中，画像悬挂于紫光阁。后来班第的后人也到伊犁任职，遂在二位将军殉难处，建立石碑两座，人称"双烈碑"。

　　前引曹麟开的诗句"博望残碑碧藓封"透露了另一个信息：伊犁曾有一通张骞碑。作者在句下自注："张骞碑在伊犁之南山，文字剥蚀，尚余二十字：'进鸿钧于七五，远

————————
　　① 伊犁地区地方志编纂委员会：《伊犁风物》，新疆人民出版社，1990年，第136—137页。

华西以八千。南接火藏，北抵大宛'。"关于此碑，庄肇
奎在他的《伊犁纪事二十首效竹枝体》中也有提及："新疆
形势地居巅，量度曾经初辟年。高过京都八百里，去天尺五
古碑传。"①句末自注："伊犁城西有汉张骞碑，有人摹得
四句云：去鸿钧以尺五，远华西以八千，南通火藏，北接大
宛。"所述碑上文字，两诗注释所引略有出入。清代许多人
都认为此碑系张骞抵乌孙时所立。嘉庆年间，洪亮吉闻说此
讯，也曾寻找过，但未得。道光年间，方士淦《东归日记》
载："伊犁西南卡伦外，那林河草地，群山环绕中有大海。
海沿有碑相传汉张骞所立。松湘圃相国筠遣人摩拓，字在有
无间，不可辨识。"②

　　魁伟的格登碑记录和宣示了中国人民保家卫国的坚强意
志与热爱和平、渴望安定的强烈愿望。虽然更早的张骞碑已
经湮没无闻，消逝在历史的深处，但是至今还巍然屹立在伊
犁边境线上的格登碑，历经风云变幻，依然护卫着祖国的大
好河山。

---

　　① 星汉编著：《清代西域诗辑注》，新疆人民出版社，1996年，
第81页。

　　② 杨建新主编：《古西行记选注》，宁夏人民出版社，1987年，
第420页。

夏塔古道与木札尔特冰川：冻云压岭岭欲颓

在昭苏，最诱人、最神秘的自然景观，当属夏塔古道，尤其是其中的木札尔特冰川了。这条通道，南起阿克苏地区的温宿与拜城，越岭到山北昭苏盆地的夏塔，西南可去伊塞克湖（古称热海），东北可达伊犁河谷。越岭到山南则可到叶尔羌、喀什噶尔、塔什库尔干、和田以至西藏。在古丝绸之路交通中发挥过重要作用。

古往今来，有多少将士、商贾奔波于这片高山峡谷之中，他们或是为了征战，或是为了赚钱；又有多少僧侣、官员往来于冰峰雪岭之上，他们或是为了求法，或是为了公务；更有多少探险家、旅行家出没于悬崖绝壁之间，他们或是为了科学研究，或是为了搜集军事、经济情报。夏塔大峡谷里印满了层层叠叠的足迹，穿梭于其中的一些名家，也用他们的如椽之笔记载了跋涉的艰辛和峡谷的风光，为后人留下了认识夏塔古道的价值，欣赏木札尔特冰川奇伟诡怪风光的珍贵资料。

一千三百多年前，唐代高僧玄奘（600—664）毅然告别故乡，赴印度求取真经。到达西域后，他从高昌沿天山南麓西行，经过阿克苏、温宿一带，"西北行三百余里，度石碛，至凌山（今木素尔岭）。此则葱岭北原，水多东流矣。山谷积雪，春夏合冻，虽时消泮，寻复结冰。经途险阻，寒风惨烈"。①他把木札尔特冰川上的路途险恶写得非常具体、生动。其情其境，以至与千年后同这条古道亲密接触者的所见所闻如出一辙。

千百年来，穿越夏塔古道，亲历木札尔特冰川的人不在少数，其中留下过文字记载或诗歌咏唱的，除了唐代的玄奘、杜环，还有清代的徐松、景廉，以及外国人马达汉、莫里循等人。对于这条神奇大峡谷（"夏塔"就是突厥语"山峡"的意思）的认识，人们更多的还是通过口口相传这一渠道。辗转之间，给这些传闻又增添了诸多神秘色彩。据不完全统计，根据传闻与前人文献写诗、作文描摹古道和冰川的，在清代还有七十一（椿园）、徐步云、福庆、舒其绍、曹麟开、祁韵士、洪亮吉、萧雄、张广埏等人。这些亲历者与传播者的作品共同造就了夏塔古道与木札尔特冰川的文学景观。

令人神往的夏塔古道上最让人望而生畏的当属冰山、冰梯与雪海，最让人感兴趣的应是那些光怪陆离的神秘传说。

---

① 玄奘：《大唐西域记·第一卷》，见杨建新主编：《古西行记（选注）》，宁夏人民出版社，1987年，第69页。

一、传闻中的冰山

乾隆年间曾任镇迪观察、乌什主事的七十一（椿园），在其所著《回疆风土记》中专有《穆肃尔达坂》一节。"穆肃尔"（又作"木素尔"）是突厥语"木兹"（冰）的一种音译。"木兹"与"阿尔特"（山口）合起来就叫"木札尔特"。在蒙古语中，可行走的山口叫"达坂"。他在文中说，穆肃尔"在伊犁、乌什之间，为南北两路紧要必由之孔道。其北为噶克察哈尔海台，南为他木哈他什台，两台相距百二十里，中即冰山"。木札尔特属天山汗腾格里峰冰川作用区，是我国最大的现代冰川之一。这座山在其他文献中又称作"造哈岭"。

椿园曾在乌什任职，所以对邻近的木札尔特冰川了解较多，文章记载很具体，很详细。后来福庆、洪亮吉、萧雄等人的诗作，内容多采自椿园之文，有的干脆引椿园之文作注释，可见他这篇文章的影响之深广。阅读这些文章与诗歌，既让人神往，又令人咋舌。先看椿园的介绍："过此二十里，即冰山矣。无土沙，无草木，在在皆冰。冰之厚薄，初不知其几何寻丈，层峦叠嶂，千仞攒空，巉巉如嵩华（山势峭拔险峻如同嵩山和华山）者，皆冰也。裂隙处，下视正黑，不见其底。水流之声溯湃如雷鸣，人聚驼马之骨横布其上，乃可置足。陡绝处亦凿有冰磴，陟（上升）降攀援，滑聿（快速滑动）万状，跬步不谨，辄落冰涧中。时闻冰裂，其声琅然，山谷相应。经其地者，人畜鱼贯而行，莫不惴栗

（恐惧而发抖）。冰上皆石块，石子小者如拳如栗，大者如屋如楼，往往有数丈大石，惟径尺冰柱支撑而立，人必于其下往来。设中途日暮，暗不能行，须择稳厚大石，伏于其上。夜静闻有如钲铙（钲，形如铜锣的乐器；铙，形制与钹相似的打击乐器）钟鼓之声，丝竹管弦之奏，通宵聒耳（声音嘈杂），则远近冰裂之繁响也。其冰亦长落无常，时或突起，则高三五百丈；时或沉陷，则下三五百丈。"[1]

关于"钲铙钟鼓之声，丝竹管弦之奏"，因上书言事触怒嘉庆皇帝的洪亮吉，在他的《伊犁纪事诗》第三十二首中写道：

> 达坂偷从宵半过，筝琵丝竹响偏多。不知百丈冰山底，谁制齐梁子夜歌。[2]

诗中描绘了行人夜过冰达坂的紧张，同时也渲染了冰下的奇妙乐声，进而想象成优美的《子夜歌》。他在诗后自注："夜过冰山者，每闻下有丝竹之声，又闻有唱《子夜歌》者，莫测其奇也。"前人笔下的轻描淡写，至此成为对于冰山的浓彩重抹。由于洪亮吉名气的作用，木札尔特冰川的知名度大大地提高了。他还写有一篇散文诗《冰山赞》，写尽了木札尔特冰川的奇险瑰丽：

---

① 椿园：《回疆风土记》。
② 吴蔼宸选辑：《历代西域诗钞》，新疆人民出版社，1982年，第156页。

阴阳晦显，倏尔万变。飞仙失足，以堕其无。冰梢烁日，波末闪电。清商（悲凉的音乐声）夜聆，奇鬼昼见。危兹达坂，高乃百盘。南驰于阗，北走大宛。汹汹隆隆，地轴半坼（断裂）。熇熇烁烁，天宇五色（彩虹当空）。[①]

可以和他的《伊犁纪事诗》对读。

六年后，因宝泉局库亏铜案牵连，刚直不阿、“利害非所计”的祁韵士也被发配伊犁。在伊犁期间，他吟咏新疆历史风物的百首《西陲竹枝词》第二十三首也写的是《冰岭》：

巨岭摩天尽是冰，日光山色映千层。玲珑雪窖深无底，茧足盘旋履战兢。[②]

诗中提到的摩天巨岭，指的是位于木札尔特冰川以西的天山主峰托木尔峰（7435米）与汗腾格里峰（6995米）。诗中描绘了身临晶莹剔透的无底雪窖的惊惧，还有脚底磨出老茧，战战兢兢盘旋前行的艰苦，十分生动逼真。

乾隆末年，任职镇迪道的福庆也写有百首《异域竹枝

① 吴孝成主编：《伊犁地方史辑录·文学艺术卷》，文物出版社，2023年，第312页。

② 吴孝成主编：《伊犁地方史辑录·文学艺术卷》，文物出版社，2023年，第260页。

词》，其中有两首写到木札尔特冰川，之四为：

> 层冰山上白如银，斧凿成窝足可循。西望忽惊
> 峰郁起，挈云（凌云）万丈黑龙鳞。①

他在诗后引椿园的文章作注："伊犁、乌什之交有穆肃
尔达巴（达坂），其山皆冰，色白，望如银，南北两路之冲
衢也。相传须持斧锄斫凿成窝，容足，然后能过。其西山峰
叠起，望之深青，其冰色黑，其上不可往来。"诗中所说的
西望郁起之峰，便是著名的托、汗二峰，诗人把它们比作凌
云万丈的"黑龙"，气势磅礴，令人肃然起敬。

此前与纪晓岚同时流放乌鲁木齐的徐步云，不久也来
到伊犁，他的三十六首《新疆纪胜诗》中也写到了木札尔特
冰川：

> 传闻打坂四时更，南北径行路一程。应似俞儿
> 前导引，不教人马堕冰坑。②

对于人们往往能够侥幸通过达坂，他虔诚地认为，应有
登山之神在冥冥之中"导引"人们前行。俞儿：登山之神，

---

① 星汉编著：《清代西域诗辑注》，新疆人民出版社，1996年，
第160页。

② 星汉编著：《清代西域诗辑注》，新疆人民出版社，1996年，
第210页。

长足善走。

舒其绍在《伊江杂咏·雪山》中写出了面对巍巍雪山的豪情：

> 雪岭高高天半分，雪蚕雪鷇冷斜曛。青山底事
> 头争白，我欲携壶问塞云。[1]

雪蚕：可入中药的雪蛆。雪鷇：需要哺食的幼鸟。后两句是说，青山遇到什么为难的事情，把头都熬白了，我打算带着酒壶去和老天爷攀谈攀谈。一派浪漫情怀，并不把雪山严寒与冷峻放在心上。

二、脚底下的冰梯

关于"冰梯"的命名，来自乾隆末年（1781）谪戍乌鲁木齐的另一位诗人曹麟开的《塞上竹枝词》："穆素尔山中隔断，往来常是踏冰梯。"[2]引用椿园的文中有"陡绝处亦凿有冰磴"的说法，前面提及的福庆的诗中也有"斧凿成窝足可循"的诗句，以及诗后所引"相传须持斧锄斫凿成窝"的椿园之文。

---

[1] 舒其绍：《清代诗文集汇编（第403册）：听雪集》，上海古籍出版社，2010年，第383页。

[2] 吴孝成主编：《伊犁地方史辑录·文学艺术卷》，文物出版社，2023年，第154页。

嘉庆年间赴戍伊犁的徐松，为了完成他的杰作《西域水道记》，曾经踏勘了天山南北的许多山岭河流，其中就包括贯穿南北疆的夏塔古道。在清代流戍伊犁或任职伊犁的名人中，只有徐松和景廉是亲历夏塔古道，并且留下珍贵的文学作品的人。徐松是嘉庆二十一年（1816）正月初五开始登岭的，他用诗一般的文字为我们细致地描绘了冰山的奇幻与险峻，以及修治"天梯"的景况：

"岭长百里，高百余丈，坚冰结成，层峦叠巘，高下光莹。冰有三色，一种浅绿，一种白如水晶，一种白如砗磲（一种软体动物，有介壳）。""据鞍鱼贯，如缘螺壳，天风横吹，飞沙击面，寒砭肌骨，嗫不出声。冰每坼裂，宽或近尺，塞马骨作桥。""岭端夏日消释，泛滥四出，冬复增高。冰中时函马骨，又含巨石如屋，及其融时，冰细若臂，衔石于颠，柱折则摧，当者糜（同糜，碎烂）碎。""梯宽二尺，冰之消长无定，梯亦因之增损。（凿梯者曰达巴齐，凡七十户。乾隆二十五年五月，上谕：'舒赫德奏"由木素尔岭行走四十余里，地多冰石相杂，内有二里，全系冰山，滑不可行，每日派回人十名，錾凿磴道"等语。木素尔岭系往来要路，既系冰坚难凿，十人之力，恐不敷用，舒赫德应多派回人前往，专责以修治道途冰雪之役。行走人多，地气渐就和暖，则凝冱自易消融。'）"①

伊犁将军舒赫德的奏文和乾隆皇帝的"上谕"都明确阐

---

① 徐松：《西域水道记》，朱玉麒整理，中华书局，2005年。

述了安排民夫"錾凿磴道"的重要性。小小冰梯，有劳皇帝关心，而且交代如此细致，可见此事非同小可。

洪亮吉在他的《伊犁纪事诗》第十一首中也描写了令人毛骨悚然的阴崖冰梯：

> 凿得冰梯向北开，阴崖白昼鬼徘徊。万丛磷火思偷渡，尽附牛羊角上来。①

他也在诗后自注："冰山为伊犁适叶尔羌要道，常拨回户二十人，日凿冰梯，以通行人。"由于冰山道路狭窄险峻，人畜失足者众多，因而引发了诗人"奇鬼昼见"（洪亮吉《冰山赞》）的联想，就连人畜尸骨所发出的闪闪磷光，也愁于攀登艰险，只好附着在牛羊的角上实现"偷渡"，想象非常奇特诡谲。舒其绍的《伊江杂咏·穆肃达坂尔》也写了冰川上"陡绝处凿有冰梯""冰山矗矗曙光寒，万壑千岩着脚难。百二斧斤齐得手，兽蹄争做指南看"。②写得并不怎么阴森可怖，他倾心歌颂的是"百二斧斤齐得手"，不要忘了那些辛勤凿冰的民工们，他们才是真正的英雄。

六十多年后，早年投身西域的湖南益阳人萧雄，由于久佐戎幕，对于新疆的地理历史、风俗人事广见博闻，著有自

---

① 吴蔼宸选辑：《历代西域诗钞》，新疆人民出版社，1982年，第153页。

② 舒其绍：《清代诗文集汇编（第403册）：听雪集》，上海古籍出版社，2010年，第383页。

作详注的《西疆杂述诗》四卷。其中的《冰达坂》一诗就十分动情地感叹了修筑冰梯的难乎其难：

> 天边穆素问星邮，十里攀援驻足愁。费尽五丁
> 开凿力，水晶帘上动蜉蝣。①

诗中说，询问往来于冰岭的信使，得知攀援艰难，令人犯愁。即使费尽传说中五位大力士的气力，在冰岭上开凿冰梯，恰似微小的蜉蝣想撼动水晶帘一样的冰柱，太难了！

他在诗后自注中说："自此（指阿克苏）穿山开路，捷通伊犁，仅千余里。山势峻极，悬崖险巇，无路可登。岭系断峰低束处也。上因有水，流出成冰，结成山体，深厚莫测。每日拨民夫二十余名，于冰上凿磴为路，长七八里。凡度岭人与马，皆用绳系而牵之，缓步挨进。冰多震动，时坼裂，深或数丈，望之战惧。此路余未身历，闻异景奇险有难名状者。阿城至此，入山已深，南之山削立如垣，隔阻阳气，故岭皆纯阴。下有谷壑，累巨石，有水从石下涌出，时或力猛凝激，冲石上翻，水随泛滥。人行冰上，足颤眼花，而奔泉悬瀑之声又上下吼鸣，惊骇耳目，甚至暴风狂雹猝然交至，失堕可虑。是栈道剑阁之险不足道矣。近山安设居民百二十户，免其纳粮，专修此路。《唐书》谓：'跋禄迦，

---

① 吴孝成主编：《伊犁地方史辑录·文学艺术卷》，文物出版社，2023年，第429页。

即汉姑墨国，西三百里度石碛，至凌山，葱岭北原也。水东流，春夏山谷积雪。'即指此处。余意冰岭之路，汉时已为要道，非开于近代者。"

他根据当年解忧公主派人送女儿弟史"至京师学鼓琴，汉遣侍郎乐奉送主女归"，路过龟兹时，因龟兹王求婚而嫁的史实，做出推断："自京师至乌孙而必取道龟兹，其过冰岭无疑。"由此我们也可大胆地揣测，当年细君、解忧二位公主和亲时说不定也走的是这条夏塔古道。用萧雄的话说："其自中国至乌孙，虽更当冰岭以外，路增千余里之遥，亦不过如山居景象，来往比邻，从村口进至村头，越过山坳便是耳。"

三、扑朔迷离的雪海

最早记载雪海的是唐代安西都护高仙芝的部下杜环。他在高仙芝兵败大食后被俘，在中亚、西亚、地中海沿岸流浪了十二年后，于唐代宗宝应、广德年间回到广州。他在记录这段经历见闻的《经行记》中写道："从安西西北千余里，有勃达岭，……又北行数日，度雪海。其海在山中，春夏常雨雪，故曰雪海。中有细道，道旁往往有冰孔，嵌空万仞，辄堕者莫知其所在。"[①]

---

① 杜环：《经行记》，见杨建新主编：《古西行记》，宁夏人民出版社，1987年，第132页。

一千多年后，徐松也亲历其地，他在《西域水道记》中说："上岭数里，渡雪海，周三四里，一线危径，界海正中，劣裁容马。若逢巽二震怒，滕六肆虐（巽二与滕六是传说中的风神与雪神。——引者），神鹰不飞，迷途坐困。"①写得简练而准确，生动而形象。

椿园在《穆肃尔达坂》中也写道："由噶克察哈尔海台南行，有雪海，一望无际。冬雪极深，夏亦冰雪泥淖。人畜皆于山坡侧岭羊肠曲径而过。失足落海中，则杳然沉坠，不可复见。"

舒其绍的《伊江杂咏·雪海》值得一读：

> 荡云沃日不通潮，水是琼浆海是瑶。战罢玉龙三百万，败鳞残甲未全销。②

"荡云沃日"极写风雪的暴烈，用"琼浆"喻水，用"瑶"（美玉）喻冰。后两句化用宋人张元的"战罢玉龙三百万，败鳞残甲满天飞"，化动态为静态，表现雪海的辽阔无边。

另有萧雄的《雪海》：

---

① 徐松：《西域水道记》，朱玉麒整理，中华书局，2005年，第90页。

② 舒其绍：《清代诗文集汇编（第403册）：听雪集》，上海古籍出版社，2010年，第383页。

　　雪海深沉不可知，莹光六百射天池。梦中记否
山头路，鸿爪须防失坠时。①

　　作者自注："冰达坂北行九十里有雪海，围五六百里。
适当雪山冰岭之中，一片纯阴。积雪终岁不消，其深莫测，
路迷乱，易失足。人犹可上，若骡马陷入，愈牵愈下，计无
所施。地苦寒，草木不生，鸟兽绝迹。"诗人说，即使大雁
来此，也要谨防失足，倒不完全是因为"地苦寒，草木不
生"的原因。

　　徐松之后又过了四十五年，时任伊犁参赞大臣的景廉
（1824—1885）于咸丰十一年（1861）受命前往阿克苏查办
贪案，由于公务紧急，他没有绕道乌鲁木齐"遵彼大路行，
坦荡平如砥"（《度冰岭感赋》）②，而是抄近路踏上了夏
塔古道，"岂知数日中，艰险乃若此"。他在《冰岭纪程》
中这样描述度雪海的一段历程："渡河后上坡，石路雪泥滑
汰（泥泞不便行走），旁俯深壑，越数小岭，石愈大，不良
于行。经雪海，四山环绕中，广袤数十里，皆积雪，冬夏不
消，莫测深浅。"③

　　关于雪海的位置，杜环说，自勃达岭"北行数日"，

---

　　① 吴孝成主编：《伊犁地方史辑录·文学艺术卷》，文物出版
社，2023年，第430页。
　　② 邓彦、陈剑平、范学新校注：《景廉行记校注》，广西师范
大学出版社，2024年，第51页。
　　③ 吴孝成主编：《伊犁地方史辑录·文学艺术卷》，文物出版
社，2023年，第416页。

徐松说"上岭数里"，萧雄说"冰达坂北行九十里"，说法不一，是因为坐标的参照物不同。关于雪海的大小，徐松说"周三四里"，景廉说"广袤数十里"，萧雄说"围五六百里"，面积悬殊，这是因为在茫茫雪野中，冰川与雪海连为一体，人们的视野模糊，在感觉中便会可大可小了。

四、魔幻般的神物

《回疆通志》"山川"一节记载，相传在伊犁、阿克苏之间有一条重要的通南北的孔道，北为噶克察哈尔台，南至塔木哈塔什台，有冰山，行人只能白天行走："道路亦无一定之所。有神兽一，非狐非狼，每晨视其踪之所向，践而循之，必无差谬。又有神鹰一，其色青白，大如雕，或有迷山径者，闻鹰鸣寻声而往，即可寻归大路。"[1]

萧雄在他的《雪海》一诗的自注中，也提到神兽、神鹰："惟一种神兽居之，非狼非狐，行旅觅其踪而循之，不至迷失。又有神鹰，凡失路者闻其声，往即之，得路矣。皆生长雪中，与百兽众鸟有异。当即山灵所驱使者。"

《西域水道记》有关雪海的记载中，述及遇到风雪肆虐时，若"神鹰不飞"，只好"迷途坐困"，徐松在句后注释："冰岭遇风雪迷道，有一神鹰飞鸣，随其所向觅路，乃

---

[1] 和宁：《回疆通志》（卷九），孙文杰整理，中华书局，2018年，第202页。

得出。"景廉路过时曾就此询问过担任向导的当地维吾尔农民，得到的是肯定的答复。而关于"非狐非狼"的神兽，向导告诉他："每遇风雪，则路上必有狐兔行踪，借为指南，百不失一。"看来所谓"神兽"，实为熟悉冰岭路径的"狐兔"。

福庆在他的《异域竹枝词》之十一中歌咏了另一种神鸟：

> 千峰万壑沍冰凝，遗卵非关覆翼成。寒极新雏翻破鷇，天公生物最难明。[①]

他在诗后引椿园的文章作注："伊犁南四百里地为穆肃尔达巴山，千峰万仞皆冰，厚八十里，有鸟遗卵冰上，极寒则卵裂而鸟飞。"这种不靠孵化，在极寒中破壳而生的神鸟，不知与前面提到的"神鹰"是否一物，叫人神思联翩。沍：寒冷凝结。破鷇：出壳后待哺的雏鸟。

景廉路过噶克察哈尔海台时，看到关帝庙中供奉着一尊俨然神佛的石头。他在《冰岭纪程》中转述了一则故事：相传有在南疆驻防的兵士返回伊犁，在冰岭上迷了路。遇到一位老人，对他说："我认识路，只是身体衰朽不能动步。你何不背着我往前走，我可以给你指点迷津。"士兵听从了老

---

① 星汉编著：《清代西域诗辑注》，新疆人民出版社，1996年，第161页。

人的建议，于是得以出山。来到军台，觉得肩背上的负担越来越重，力不能胜。放到地上一看，原来是一块巨石。于是恭恭敬敬地顶礼膜拜，供奉至今，香火不断。

这些有关神兽、神鹰与神石的传说，看似荒诞不经，实则从侧面反映了历代行人对冰山雪海的敬畏，表达了他们战胜艰险、祈求平安的愿望。今天，当我们重温前辈们历经险恶环境的遭遇时，这些闪烁着迷幻色彩的传说，也许可以增添些许神秘温馨的气氛。

五、景廉歌咏夏塔的组诗赏析

景廉是一位真正亲历夏塔古道、目睹冰山风光的严谨官员，他歌咏古道和冰川的诗作可信度比较高。

景廉当年穿越夏塔古道，攀登木扎尔特山口，历时十八天，历尽艰辛，因而感叹"行路之难至此极"。此行著有《冰岭纪程》一书，并得诗三十四首，汇为《度岭吟》一卷。他在《冰岭纪程》自序中说："其道路之崎岖，山川之诡异，诚有非意料之所及者。乘危履险，生死呼吸，壮志豪情，一时俱尽。"他认为，"余生平之大观，亦以此行为最"。

《度岭吟》中的篇札，约有三分之二写在夏塔道中，尤以《早发沙图阿满过天桥遇雪》（二十八行）、《冰塔坂行》（四十八行）、《度冰岭感赋》、《渡穆素尔河》等诗最为精彩。首先请读《早发沙图阿满过天桥遇雪》：

大风起兮草木摧，冻云压岭岭欲隤。须臾雪花大如手，玉龙鳞甲堆尘埃。平明策马入山径，邃谷穷岩助晦暝。飞鸟不下兽无声，唯有松涛助清听。[①]

景廉是九月初九日早晨离开沙图阿满军台的，日记中说："初九日早大风，浓阴如墨，少刻风止大雪。辰正冒雪起程，入山行，重峦叠嶂，不辨西东。"诗中先写风摧草木，冻云压岭，一派"山雨欲来风满楼"的气氛。次写雪花飞舞，天色昏暗，心情稍感压抑。再写鸟兽不鸣，松涛悦耳，把人带入一个雪中游山，心情放松的境界。晦暝：昏暗。清听：令人心旷神怡的声音。

忽惊峻坂势干霄，从人告予为天桥。一线樵踪盘马足，千层石磴接虹腰。

眼前突然耸起高入云霄的陡峭山崖，"天桥"顺势现身。细细的羊肠路，层层的石阶梯，把人引上彩虹的最高处。日记中说："渡噶克察哈尔海台，水势道紧（急迫）。乘马过天桥，旋折而上，路甚逼仄。右依峭壁，左俯深谿，石齿嶙峋，马行龃龉（不协调，不顺达），无路处架以枯

_____

① 吴孝成主编：《伊犁地方史辑录·文学艺术卷》，文物出版社，2023年，第408页。

木。涧水汹涌，如万马奔腾，势极骇人。"徐松描写此处为："悬流喷激，并山东流九十里，至天桥，山径中断，下临不测，编木为栈。"与景廉的记载一致。干霄：冲天。盘马足：马行走在回环迂曲的山路上。

> 右傍危崖左深壑，下有奔流肆喷薄。路穷架木
> 亘飞梁，复道行空声橐橐。桥上乱石累如棋，桥边
> 冻雪滑如脂。况复天公恣玉戏，寒气凛冽砭人肌。

以上正面描写天桥：右傍崖，左临壑，下奔激流，令人惊悚；一梁横亘，恰似楼阁间架空的通道，脚踏桥上，发出空空洞洞的回声；桥上星罗棋布的乱石，定是从山顶坠落，石上的冻雪，像涂上了油脂一样溜滑；行人战战兢兢，冷入肌肤，老天爷却在恶作剧，撒着玉屑（雪花）玩耍。诗人通过"危崖""深壑""飞梁""复道""乱石""冻雪""寒气"这些意象，勾勒了一幅人行危桥、心悬谷底的惊恐画面，又通过"肆喷薄""声橐橐""累如棋""滑如脂"这些描绘性的词语，渲染了紧张气氛，点明了"天桥遇雪"的主题。亘：横跨。橐橐：脚步声。恣玉戏：撒着玉屑玩耍，形容大雪纷飞。

> 或登或降艰险备，登若引绳降若坠。虽有骏足
> 不敢驰，鱼贯而前徐按辔。行行且止驻双旌，穹庐
> 兀坐如蓬瀛。开帘起视风雪止，一钩新月东山明。

最后交代走过天桥以后的行踪：有时登高，有时下坡，拉紧缰绳，鱼贯而行；即使下山后驻足休息，依然端坐毡房，恍若梦中，心有余悸，无法入眠。直到风住雪停，一钩新月已经高挂在东山顶上，诗人心中也才渐渐亮堂起来。引绳：攀援绳索。驻双旌：驻马休息。兀坐：独自端坐。蓬瀛：神仙居住的地方。关于过桥以后的行程，日记中是写实的："山路尤隘，怪石纵横，经雪极滑，人马屡蹶（跌倒，绊倒）。……山形险怪，岩谷窅深（幽暗，深邃）。竟日天阴似磬（石板），如入黑暗狱中。……到台时，雪积征衣寸许矣。申刻雪晴，入夜寒气凛冽，砭人肌骨，竟夕瑟缩，不能成眠。"化入诗境后，画意顿生，韵味渐浓。

以上这些艰难险阻，全是山上的经历，而"建瓴（居高临下、难以阻挡之势）直下涛翻雪，出峡奔流石转丸。几度回头寻彼岸，何人只手挽狂澜"（《渡穆素尔河》），则是在河中的遭遇。由此悟出了刻骨铭心的道理："岂知数日中，艰险乃若此。行旅虽云通，虎尾时时履。捷径不可由，呼吸关生死。古今躁进人，曾否悟斯旨？"（《度冰岭感赋》）

再请读《冰达坂行》：

呀嗟乎！天限南北重防闲，积雪成海冰成山。
何年巨灵运仙掌，擘开一径容跻攀。冈峦叠叠矗晶玉，灼耀精光映朝旭。①

开篇第一句就展开了丰富的想象：眼前的雪海冰山莫非是老天爷设下的门槛，故意为难人间的众生？好在"巨灵"心存同情，挥动"仙掌"劈开了一道容许人们攀登的山路。防：堤坝，用以防水；闲：阑，用以制兽。引申为防备和禁阻。擘：劈开。匝匝：重重围绕。以上先交代古道的来历，概括冰山的全貌，接着从不同的侧面进行具体描绘。

或如拄笏或覆盂，或如怒猊或翔鹄。或如断壁
重欲颓，或如平林密相属。寒暑异致晴雨殊，变态
奇形看不足。

有的好像群臣拄着手板，有的好像倒扣的盆盂；有的恰似发怒的狮子，有的恰似高飞的天鹅；有的如同残垣断壁，有的如同平林相连。表现了山体的多姿多彩，气候的变化万千。正如他在九月十二日的日记中所说："数十里中无处非冰，或小如培塿（小土丘），或高如邱陵，若崩若溃，忽断忽续，奇形变态，倏尔万千，寒气精光，扑人眉宇，真成琉璃世界矣。奇观也，大观也，此化工得意之笔也。"

白骨成堆鬼昼号，阴云惨淡拂征袍。滕六施威

---

① 吴孝成主编：《伊犁地方史辑录·文学艺术卷》，文物出版社，2023年，第409页。

巽二猛，茫茫何处神鹰翔。胜地初临资阅历，不禁
心摇更齿击。雪泥滑沕石崚嶒，小径依稀觅复觅。

这几句话从心理层面表现了行人面临绝境的四种状态：
阴森恐怖、绝望无助、精神崩溃、求生心切。滑沕：谓道路
泥泞，不便行走。亦专指溜滑。

有时宛转升崖颠，二分垂外足难旋。有时盘纡
入涧底，四围镜壁寒生烟。有时欲进不得进，坚冰
忽坼成深渊。俯视幽窅不可测，下有水声鸣溅溅。

这几句描述路途上的种种险情：忽而"升崖颠"，忽而
"入涧底"，不是足底"垂外"，便是"镜壁""生烟"，
要么"坚冰"塌陷，要么下临"深渊"。生死就在呼吸之
间。坼：分裂，裂开。幽窅：幽深。这样的提炼与概括，
使日记中的写实相形见绌："人马履冰而行，高下曲折，极
崎岖之致。逼仄处，路仅一线，异常危险。揽辔徐步，心旌
摇摇。冰坼处塞以驼马之骨，挥鞭竟过。下有水声，溯湃震
耳，目不敢视，亦无暇视。"

跬步迤遭数十里，多少行人叹观止。岂知奇景
出无穷，冰梯百尺连云起。凌山四合迷西东，参差
磴道排长空。挥手直可取明月，振衣不觉凌天风。
舍骑而徒下峻坂，曲折浑疑去复还。危梁截嵲足逡

巡，虽借氍毹步未稳。我马既瘏我仆痛，岭南岭北
同崎岖。跋涉未已夜将半，梦魂惴惴如惊鸟。

这一部分细写踏冰梯攀登峰顶，以及徒步下岭的艰险
过程。登顶后，诗人满怀豪情，感到可以"挥手""取明
月"，可以"振衣""凌天风"。没承想高兴得太早，须知
"岭南岭北同崎岖"，所以"莫道下岭便无难"（南宋杨万
里诗句）。他在日记中真实地记录了下岭过程："徒步下
岭，冰梯数百仞，明如镜面，曲折而下，极陡极滑。四周冰
凌矗立，如置身水晶域中。梯上铺毡，左右扶掖，否则寸步
难移矣。下岭后乘马行，冰冈起伏，仍须登降，猱升鹘落
（像猴一样攀升，像鹰一样降下），备诸艰险，较岭北尤
甚。……此站乱石纵横，冰雪杂沓，绝无路径。搭坂奇回子
徒步前导，持鸭嘴小锄，遇上下坡明冰处，则劖（砍斫）成
梯磴，以妥马足。"跬步逶遭：迈着小步迟迟不能前进。危
梁巇嶪：高险之山十分陡峻。逡巡：徘徊，欲行又止。氍
毹：毡毯。瘏、痡：均为劳顿困乏之意。

吁嗟乎！行路之难至此极，手捧简书不敢息。
试问前贤几辈度节麾，叱驭高风千载犹相忆。

有了上述的体验与感受，联想到几位先辈（伊犁将军
阿桂、松筠、玉麟等）也曾不畏艰险从这里翻过天山，自然
而然产生了敬佩之情。如今自己也是身负重任，"手捧简

书"，所以丝毫不敢怠慢。简书：公文。这里指朝廷的命令。节麾：古代朝廷授予大将的符节和令旗。亦用为对执掌兵权者的敬称。"叱驭高风"的典故来自《汉书·王尊传》，据载，王阳被朝廷委任为益州刺史，行至邛崃九折阪，因道险而返。后来王尊又去任益州刺史，行至其阪，驱赶为他驾车的马说："快快跑起来，冲过去！王阳是位孝子，而王尊却是个忠臣。"后来便给"叱驭"一词赋予因公忘险，奋不顾身之意。"前贤"的"高风"是激励景廉的动力，而景廉的壮行也会令后人感叹唏嘘。

第二编

清代西域诗中的伊犁主流文化

伏腊同风过月氏

——岁时节庆习俗

任何一种文化一旦产生，就有向外传播的冲动。汉文化也是如此，几千年来，因为吸收了众多民族的文化养分，从而获得了强大的生机和活力，向外传播的冲动更为强烈。汉文化向西域地带的传播早在先秦时代已经开始，此后通过屯田、贸易、出使、和亲、战争、移民、流放、质子制度、宗教流布等方式，经两汉、魏晋至唐代，达到高峰，再经宋、元、明、清几代的传承，汉文化和其他少数民族的文化一起成为新疆地域文化的重要组成部分。①

惠远城虽然远处边塞，但是作为当时西域地区的首府，汉文化的浸润非常深厚。所谓"阳春计日逾葱岭，伏腊同风过月氏"（赵钧彤《岁暮》），说的就是边疆与内地"伏腊同风"，有着共同的岁时节庆习俗。秦汉时，夏天的伏日，

---

① 王聪延：《汉文化在新疆的传播及其作用》，载《石河子大学学报》2015年第3期。

冬天的腊日，都是百姓们要过的节日。诗中的"葱岭"指的
是天山，"月氏"指代的是伊犁地区。这种"伏腊同风"
现象的存在，促进了各民族文化的相互借鉴与融合，甚至出
现了"儿童今长大，冠佩曳华裙"（舒其绍《消夏吟·额鲁
特游牧场》）、"歌舞万方同"（《消夏吟·土尔扈特游牧
场》）的画面。诗人们在流戍边陲的日子里，惊喜地发现，
从年初到年尾，各种岁时节庆活动不断举办，所以浓浓的节
日气氛便在许多人的诗篇中留下了踪迹，验证了中华主流文
化在边疆地区的浸润与普及。

一、过除夕，贺新春

赵钧彤的《元旦》一诗就记载了惠远城里的春节气氛：
"一夜虚空爆竹声，夜寒新破晓寒轻。稀星压塞苍山曙，残
烛摇风积雪明。"一夜爆竹声声，辞去旧岁，迎来新春，
就连早晨的寒气也因春近而减轻。黎明的曙光已融化了稀
疏的晨星，风中的残烛辉映着积雪的反光，一派新年气象。
诗人感念朝廷对边疆将士的关心，面向东方，"却立军门望
凤城"，表示祝福与感恩，暗示着边疆的平安与巩固。比起
庄肇奎在《丁未元旦》中流露的"七载饱尝迁客味，五湖难
浣大荒尘"的悲凉来，要乐观一些。杨廷理在《次申浦元旦
韵》中感慨边疆喜迎春节的盛况："云连藩部威仪肃，辐辏
（集中）宫亭黼黻（华美的礼服）香。"深为"中外一家成
郅治（盛世）"而欣欣鼓舞。

150

　　春节活动中，人们最重视的还是除夕。其实早在腊八之后，年事活动就逐步展开：腊月二十三祭灶君，俗称"过小年"，扫房洗衣，杀猪宰鸡，蒸馍馍，炸油馃，烤锅盔，一样都不能少。除夕之夜是新旧交替的时刻，是万家团圆的时刻，也是人们抚今追昔、感慨万端的时间节点。嘉庆二年（1797）除夕，是杨廷理在伊犁度过的第一个岁暮，他觉得"气尽春回早，今宵更怆神"。一边是边陲"天山迁客梦"，一边是故乡"梅岭倚闾人"，所以他饮酒作诗的兴致也大减："不须吟守岁，塞酒强沾唇。"道光二十二年（1842）除夕之夜，来到伊犁才两个多月的林则徐，写下了《除夕书怀》七律四首，他欣喜地听到"边氓也唱迎年曲，到耳都成劳者歌"，他耳听爆竹声声，想象着自己的肝肠也"裂碎"为一地纸屑，借住在别人家里过年，望着门上的桃符，面带笑容，心中凄苦（"裂碎肝肠怜爆竹，借栖门户笑桃符"）。他在诗中感叹自己连年奔走，漂泊天涯，只有借助诗酒来寄托对亲人的深切思念，遣散心中的悲愤郁闷，盼望早日得到赦免召还入关（"新岁倘闻宽大诏，玉关走马报金鸡"）。更写了他对国家局势的忧虑和萦怀，呼吁同人志士在国难当头之时，绝不能高枕无忧，忘情于灯红酒绿之中（"正是中原薪胆日，谁能高枕醉屠苏"）。眼看着迎春的幡胜（民间以剪纸或绸绢等为旗幡形，亦有剪作蝴蝶、金钱或其他形状的，戴在头上或系在花下，庆祝春日来临）已在人们的头上和手中飘扬飞舞了，它好像告诉人们：春光美好，一定要奋发振作起来。诗人认为自己的"晚节"恰如边地瘦骨嶙峋、冰雕玉琢的树枝，足感欣慰（"新缘幡胜如争奋，晚节冰柯也不孤"）。

二、挂灯，放花，闹元宵

春节是除旧布新的节日，喜庆气氛极浓。远在边疆的惠远城里，也是家家户户贴对联，贴门神，互相拜年，各种赛会、社火接二连三，文娱活动丰富多彩，一直要持续到元宵节，这是春节活动的第二个高潮。林则徐在道光二十三年（1843）正月初一的日记中就记有："五鼓焚香，望阙叩头，又拜迎诸神。黎明邓嶰翁（廷桢）前辈来，遂与同至福泽轩、文一飞寓中，并邀一飞赴将军、参赞处贺年，俱晤谈。又于同城内互相答拜者二十余处，……"正月十五日的日记中仍有记载："遣人赴各处贺节。……食毕放烟火。月色如昼，复与嶰翁诸人踏月出游。市上有演台阁、唱秧歌者，二鼓归，作诗一首与嶰翁。"这首诗写道：

> 春衣典得买今宵，逐客愁怀对酒消。
> 踏月吟鞋凉似水，遏云歌板沸如潮。
> 楼前夜市张灯灿，马上蛮儿傅粉娇。
> 试问双幢开府日，可能恣此两逍遥？

典衣买得今宵之乐，逐客对酒消释愁怀，这是作者形容自身困窘的夸张之词。在月下散步时凉意似水，响遏行云的歌声如潮，满城花灯，满城游人，骑在马上的兄弟民族姑娘涂脂抹粉，打扮得妩媚可爱。一派热闹景象，写出了作者置身其间的愉悦兴致。他不由得询问身边的战友邓廷桢：当年我们担任总督高官的时候，可有过像今天这样逍遥自在吗？

读了林则徐的这首《元夕与嶰翁饮，遂出步月，口占一律》，邓廷桢也有唱和之作《奉和少穆尚书元夕步月原韵》："边城也自作元宵，缥缈天山雪正消。熊隼猗那飘画戟，鱼龙曼衍踏春潮（绣着熊龙、鹰隼的徽饰柔美地飘拂在画戟上，能进行鱼龙变幻的杂耍游艺掀起迎春的高潮）。风姨舞罢吹衣细，月姊妆成满镜娇。良友佳儿足幽兴，两家蜡屐未嫌遥。"风姨：古代神话传说中的司风之神。月姊：嫦娥。蜡屐：木板拖鞋。两首诗一唱一和，生动地展现了惠远城官民同乐的元宵节盛况。

林则徐日记中所记载的"台阁"是一种民间游艺，源于宋代酒库每年迎引新酒时所举行的庆祝活动。宋·周密《武林旧事》记载："每库各用匹布库名高品，以长竿悬之，谓之'布牌'；以木床铁擎为仙佛鬼神之类，驾空飞动，谓之'台阁'。"后来发展到将真人（多为童男童女）缚在长竿上，化妆成各种戏曲人物进行表演。从他的诗和日记中可以想见当时惠远城的繁华景象，以及浓郁的民俗活动氛围。

谪戍伊犁五年之久的赵钧彤在乾隆五十五年（1790）元宵节写有《庚戌元夕五绝句》，生动地描绘了惠远城里奏乐、挂灯、赴宴、放烟火和燃放孔明灯的节日盛况：

军城日暮奏笙箫，泥溅春袍铁马骄。

莫怪衰翁花满眼，投荒又见五元宵。

鼓乐喧天，游人如织。

百日勤劳一夕欢，长街如笋起灯竿。

拟将春夜千条烛，照破边沙万古寒。

张灯结彩，夜明如昼。

直把龙城作凤城，相逢多半旧簪缨。

华筵已彻重调马，醉尉无劳问夜行。

酒逢知己，彻夜饮宴。

龙城：汉代匈奴地名，此处指代边城。凤城：京城。簪缨：此处指代流放官员中的同僚。"醉尉问夜行"是李广受下吏侵侮的典故。此处只是说筵散夜归，一路平安。

千尾金蛇万个雷，柳营深闭锦云堆。

遥看赖有攻梯法，男妇喧阗上屋来。

观众兴浓，万人空巷。

"金蛇"和"雷"比喻烟花与爆竹。柳营：用细柳营的典故，指代军营。这里指伊犁将军府衙署。喧阗：喧哗，热闹。

> 社鼓声沉漏鼓兴，客窗月照纸如冰。
> 游人睡尽闲人觉，卧看清清无焰灯。

夜色深沉，卧看天灯。

无焰灯又叫"天灯""许愿灯""孔明灯"。杨廷理曾经专门写有一首《洋灯》，描述伊犁人元宵节放孔明灯的习俗。他在小序中说："洋灯……灯体极轻，以四片竹篾为骨，外糊白纸。药料以樟脑为主，故能使之升；硫磺次之，药尽乃灭，不宜风大，内地禁之，恐其失火，堕人屋宇也。伊犁喜放此灯，戏作小诗。"诗中描写的天灯，玲珑可爱："星流灿烂一灯轻，却爱风微伴月明。……焰消雪岭珠球暗，光透云霄玉烛清。"杨廷理说"伊犁喜放此灯"，此言不虚。直到今天，伊犁人过元宵节还是大放孔明灯，满天飘飞，遮星蔽月，十分壮观。

三、迎春牛，接芒神

立春是农历二十四节气之一，我国习惯上将其作为春季的开始。林则徐在《和嶰筠〈立春前一日雪〉韵》中写道："酿从解冻条风里，飞在迎韶彩仗前。飘絮却疑新柳起，压枝还助老松坚。"条风：立春的风。迎韶：指迎春，是古代的祭礼之一。《礼记·月令》："立春之日，天子亲帅三公、九卿、诸侯、大夫，以迎春于东郊。"所以，旧时代的地方官按例都要在立春前一天，公服率官绅耆老吏役，演奏鼓乐，排列仪仗，出迎春牛、芒神（司春之神，后世亦作耕牧之神祀之）于东郊，叫作迎春。林则徐在当天的日记中写道："此雪在立春前一日，自是丰年之瑞。"他在诗中描绘了伊犁的雪景之美，以新柳赞咏报春的雪花，以老松的傲霜斗雪表明自己坚贞高洁的品格，在这万家团圆的日子里，他感慨（1798）的除夕，喜逢岁"人间多少销金帐"，自己却不能与温暖的家庭团聚。

嘉庆三年交春，王大枢发配伊犁已经十年了，他写了一首《戊午除日》，题下自注："是日立春。"欢愉之情溢于言表："欣逢除夕即春阳，爆火中分一线光。……时堪弛担须豪饮，事有撄心可缓商。拚与儿童喧彻晓，不赊槐梦恼江乡。"撄心：扰乱心神。槐梦：用黄粱梦典故。

嘉庆八年（1803）杨廷理在惠远城迎来立春日的第二天，又喜逢元宵节，他一口气写了五首《上元仍叠前韵》，其一云："立春明日上元来（原注：十四日子时立春），喜见韶光昨夜回。柳眼微茫含绿意，东风到便向人开。"眼见得回乡之期指日可待，春意弥漫，心中当然喜不自胜。

四、瓜果会，乞巧丝

道光二十三年（1843）七月七日夜，邓廷桢约请林则徐、文冲、豫堃等在家中小聚，举办瓜果之会。席上赋绝句三首，其中有云"岂是针楼乞巧丝，微波款款欲通辞"
（《癸卯七夕，少穆、一飞、厚庵集小斋为瓜果之会，绝句
三首》）。林则徐在和诗中也说："针楼高处傍天墀，七孔
穿成巧不移。"天墀：天宫的台阶。所谓"针楼"，是指古
时民间妇女在七夕时穿七孔针，向织女星乞求智巧的彩楼。
南朝梁·宗懔《荆楚岁时记》载："七月七日为牵牛织女聚
会之夜。是夕，人家妇女结彩楼，穿七孔针，或以金银鍮石
（黄铜）为针，陈瓜果于庭中以乞巧。"七夕乞巧的风俗在
边疆地区同样盛行。

五、中秋赏月

道光二十二年（1842）中秋节时，先期到达戍所的邓廷
桢写了《伊江中秋》一诗，感慨"今年绝域看冰轮，往事追
思一怆神"。他回想三年前与林则徐、关天培同登虎门沙角
炮台望月，三个战友纵论筹海、防夷大计，何等豪气干云。
一年前（1841），由于投降派的出卖，关天培竟战殁于靖远
炮台，一场英勇的祖国海疆保卫战竟以失败告终。而此刻另
一个战友林则徐正走在流放途中。独对月下伊犁河的潾潾流
水，不由黯然神伤，百感丛生。第二年（1843）的中秋节，
林则徐读着《伊江中秋》，写下《又和中秋感怀原韵》：
"雪月天山皎夜光，边声惯听唱伊凉。孤村白酒愁无赖，隔
院红裙乐未央。"伊凉：《伊州乐》和《凉州乐》。愁无
赖：精神无所寄托。这几句意思是说，明月照耀天山，与白

雪共辉映。我身处边疆，已经听惯了新疆的歌舞乐曲。百无聊赖中只能借酒消愁，而隔壁院落的维吾尔族姑娘正在歌舞狂欢，无休无止。诗人最后安慰战友：如今我们虽在遥远的伊犁，却能朝夕相处，连床共语，应该感到满足了。中秋月圆，本是万家团圆的日子，两位英雄戴罪远戍边疆，更是"每逢佳节倍思亲"了。

六、重阳登高，饮酒赏菊

农历九月的塞外，气候已经寒冷，山上也草木枯黄，不像江南地区仍是一派青山绿水。所以清代身在伊犁的官员和流人每逢重阳佳节，多是相约登楼，饮酒赋诗，或在衙署花园中赏菊。蒋业晋（1727—1805）登高兴致浓："九日上孤城。"（《九日随将军阅库尔喀喇乌孙城》）舒其绍赏花情味深，自称"我是深秋花里蝶"（《归方伯瓜期已届，今秋普招同人赏菊，即席分赠赋诗纪事，步和原韵十首》），他还在诗中细写了折花插帽的习俗："惜花心性散花天，持赠分明月皎然。狼藉担头挑不尽，折来群插帽檐边。"

杨廷理也参加了归景熙"邀同人赏菊"的活动，并以《风雨中闻归方伯邀友赏菊偶成》记述了这一盛事：

> 见说东篱菊正黄，旧根新蕊满庭芳。
> 重阳节近风催雨，清宴开时雪斗霜。
> 穷赖诗书为曲蘖，兴因宾客典衣裳。

筵前多少餐英者，醉向花前侧帽狂。

"曲糵"，指酒。"典衣裳"，诗中原注："闻归方伯典衣置酒。"他的《重阳》诗写尽了戍客为禁愁而饮酒的落寞与苍凉：

今日又重阳，凭高思渺茫。
音书天共远，客绪鸟同忙。
酒为禁愁饮，人缘得句狂。
黄花能伴我，篱下共苍凉。

他的《漫兴》诗则又透露了在普天登高的节日里不能登楼的纠结与遗憾："几回乘兴欲登楼，恐触天涯万里愁。"岁岁重阳，今又重阳。这个节日，对于远在边陲的戍客并不轻松。他的眼前："雪岭迢迢人寂寞，伊江渺渺客栖迟。"他的心头："惆怅风前铁勒城，何堪九日听秋声。"（《九日》）

景廉于咸丰十一年（1861）八月，从伊犁取道夏塔古道赴南疆时，重阳节当天遭逢大雪。他达观地以山泉水作为节日之酒："怕教飞絮沾蓬鬓，聊把清泉当菊觞。我欲登高发长啸，莫将离恨动他乡。"（《途中遇重九竟日大雪》）这次"一天风雪过重阳"给他留下了终生难忘的深刻印象。

七、食粥，祭灶，击腊鼓

"腊月"是农历十二月的称谓。"腊"是上古时代一种祭祀的名称。腊祭到了春秋时代，已从一种单纯的祭祀活动演变成为一个重大的节日。以每年的十二月初八为腊日已是后来的事情。相传这一天是释迦牟尼的成道日，佛寺常于该日举行诵经活动，并效法佛祖成道前牧女献乳糜的传说故事，取香谷及果实等造粥供佛，并布施信众，名曰腊八粥，又名七宝粥，后来发展成一种民间习俗，有庆丰收之意。

从清代西域诗中可以看到，当时伊犁的民众普遍煮食腊八粥，伊犁将军也派人给官员和流戍士人赠粥，杨廷理就写有《将军惠腊八粥，志谢》一诗。舒其绍也有"细腰社鼓又相催"，"茗粥饱餐趺坐好"的诗句（《和沁斋腊八日即事原韵》）。趺坐：双足交叠而坐，是一种念佛的姿势。

到了腊月二十三或二十四，又有祭灶的习俗。祭祀中要焚香、敬酒，给灶王爷的坐骑撒马料，供品中主要是糖瓜，意在希望灶神"上天言好事，下界降平安"。所以林则徐在《和嶰翁祀灶原韵》中说："后人年夜踵成例，糟饧涂抹乘黄昏。"踵：继承，沿袭。糟饧：酒和糖饴。涂抹：涂抹灶神画像之口。他在《壬寅日记》中记载："（十二月）二十三日，……嶰翁、子捷俱来。将军参赞及诸同人纷纷馈岁。夜，和嶰翁祭灶诗七古一首。"从中可知，身在流放中的废员们依然正儿八经地祭灶，上级和同僚们还会相互赠送贺岁的食物。

　　腊月二十五日为交年节，杨廷理诗中的"腊酒翻花绿满瓢""咚咚腊鼓岁交初"（《得乌城顾霁堂明府书，承询近况，以诗代简，即次戊午年寄怀原韵》），写的就是过交年节的盛况。雷以諴的《纪恩》诗中也写到了，"腊鼓声声逼岁催"。古时有于腊日或前一日击鼓驱疫的风俗。《荆楚岁时记》云："谚言：'腊鼓鸣，春草生。'村人并击细腰鼓，戴胡头，及作金刚力士以逐疫。"

　　总之，腊月是辞旧迎新的过渡时日，辛劳了一年的人们总会想出诸多的由头自娱自乐，犒赏一下自己。

承平武备要修明
——军旅形势

康熙初年，西蒙古额鲁特四部中的准噶尔部日益强大，对邻近部族不断发动掠夺战争，直接威胁到清政府的安全，战火也烧到了"距京师七百里乃止"（《圣武记》卷三）。通过康熙皇帝的两次亲征，以及乾隆二十年（1755）的征讨，终于平定了准噶尔珲台吉达瓦齐和回部大小和卓的叛乱，完成了"西域故土重归"祖国版图的大业。为了进一步巩固统一事业的胜利成果，清廷借鉴历代经营西域之得失，因地制宜地采用军政合一的军府制度，设置"总统伊犁等处将军"，作为统辖新疆的最高军事行政长官。

伊犁将军的首要职责是守土卫边。正如生活于咸丰至光绪年间的诗人萧雄在他的《西疆杂述诗·伊犁》中所吟诵的那样："瓯脱穷边杂处多，东西司马费摩挲。将军夜缀黄金甲，不许强邻擅渡河。"瓯脱：匈奴所筑守边土室，此处指边境地区的兄弟民族。东西司马：军事长官。摩挲：琢磨。奉旨在伊犁筑城的国柱（？—1767）和第二任伊犁将军阿桂

（1717—1797），都在他们的诗中充分肯定了伊犁所处的重要地位，表达了为国戍边的豪情壮志："万里穷荒地，孤城瀚海间。举头唯见日，过此更无关。朔气横伊水，阴风带雪山。犁庭边事定，壮士唱刀环。"（国柱《伊犁》）犁庭：语意双关，一指边庭伊犁，二为成语"犁庭扫穴"的略语，意为犁平庭院，扫荡巢穴，比喻以武力彻底摧毁敌人。"欲扫妖气净，岩疆战未休。人犹争马革，天已厌旄头。刁斗三更月，关山万里愁。渠魁何日灭，非直为封侯。"（阿桂《伊犁军营》）渠魁：指叛乱首领。非直：不仅仅。诗中既指出了战乱给各族人民带来的灾难，也表达了顺应人民群众的愿望，恢复百姓和平安定生活的决心。

凡是到过伊犁九城的人，都对远在天涯的巍峨边城、森严军营、悲壮角声、威武军容留下了深刻印象。褚廷璋（？—1797）说："盘雕红寺朝鸣角，散马青原夜控弦。"（《伊犁》）诗中的"盘雕红寺"指的是规模恢宏的金顶寺和银顶寺。徐步云说："鸣笳卷旆朝驱马，鼓角连营夜带刀。"（《即事》）"将军驾驭真雄武，总仗天威镇八荒。刁斗令严风卷旆，时闻枥马夜嘶霜。"（《新疆纪胜诗》）陈庭学说："马嘶古戍人看剑，柝响严城月挂弓。""晓日大旗明塞堞，春风画角响边楼。"（《言怀叠韵十首》）塞堞：城墙。汪廷楷说："从知阃外军容肃，皓首书生也带刀。"（《初到伊犁》）阃外：京城以外的边远之地。"八阵旌旗肃步伐，四围台卡控襟喉。岩疆共睹皇舆壮，汉使空劳泛斗牛。"（《伊江杂咏》）杨廷理说："宛马追风看北去，塞鸿唳月想南征。悲笳晚动伊江水，画角宵严铁勒城。"不管是来治边做官的，还是坐罪流放的，都自觉地把自己当作戍边的卫士，身处边塞，入乡随俗，都纷纷表示要有所作为，有所担当。

曾经支持林则徐禁烟的抗英志士钱江，在《丁未秋日伊江杂感》之二中发出了即使身处太平盛世，也要加强战备措施的呼吁：

> 伊犁河水绕孤城，直送黄流接帝京。
> 天马奇才呈御览，胡笳新曲杂边声。
> 九霄露沾团花帐，万骑风高细柳营。
> 寄语守边诸将帅，承平武备要修明。

团花帐：指边地牧民的毡房。细柳营：泛指军营。武备要修明：整军经武，世道太平。殷殷之情，溢于言表。

曾任伊犁参赞大臣的景廉在《惠宁城》一诗中，描写了惠宁城（今巴彦岱）的重要军事地位，以及对拱卫惠远城的作用，回顾了过去的战乱年代，也赞颂了各民族百姓安居乐业的生活：

> 分领军符建此牙，城开百雉暮云遮。
> 金汤设险增形势，罴虎当关重辅车。
> 榆塞昔曾严鼓角，花门今尚业桑麻。
> 征骖已过重回首，烟树无边映落霞。

辅车：颊辅与牙床，喻相依之物。榆塞：泛指边塞。花门：回纥的代称，维吾尔族的族源之一。豪迈之气，沁人肺腑。

在上述诗中，多有"鸣角""鼓角""画角"等词语，在西域诗中应该属于写实，而非虚拟。角是古代乐器名，出自西北游牧民族。军中多用作军号，鸣角以示晨昏。乾隆四十八年（1783）庄肇奎和陈庭学还以"闻角"为题互相唱和。其中，庄肇奎的《闻角声有感》曰：

> 吹断春魂又唤秋，孤城落日满边愁。
> 声随班马巡荒野，响逐征云惊戍楼。
> 激楚不甘强弩末，悲凉空唱大刀头。
> 晓寒毡帐催残月，呜咽西风剑欲抽。

班马：离群的马。激楚：激愤悲痛。大刀头：典同"刀环"，"环"谐音"还"，归还之意。

陈庭学的《闻角次友人韵》应曰：

> 严城吹角壮高秋，响入天风散客愁。
> 晓雁新霜辞远碛，暮鸦残照过边楼。
> 无端林莽惊黄叶，自古征人易白头。
> 慷慨欲呼君起舞，长吟写意管频抽。

严城：戒备森严的城池。管频抽：不断地提笔写作。诗中都细致地描写了军中角声在人心中产生的激愤、悲凉的情绪，以及边疆将士慷慨激昂的卫国情怀。

舒其绍在他的组诗《消夏吟》中，分别表彰了忠实守卫边疆的少数民族部队："骑足追风影，骹声落血毛。边防资劲旅，儿女挎弓刀。"（《齐吉罕河》）骹声：响箭声。写的是索伦营，携眷驻防新疆之八旗兵，1764年由黑龙江调驻伊犁河北岸。"代北名藩种，提戈戍月氏。……壮心惟报国，不肯问瓜期。"（《博罗塔喇河》）瓜期：意为换防回归故乡。写的是察哈尔营，新疆携眷驻防之八旗兵，1764年由张家口外移驻伊犁，分布在赛里木湖及博尔塔拉等地。"天堑环城郭，熊罴大合围。拔山开壁垒，背水簇旌旗。"（《洗伯营》）写的是锡伯营，携眷驻防新疆之八旗兵，1765年自盛京（今沈阳）调驻伊犁河南岸。这些屯垦驻防的部队，都为保卫祖国西部边疆的领土流血牺牲，做出了不可磨灭的贡献。

武备修明、枕戈待旦是边疆将士的生活常态，所以在没有战争的日子里，组织演武、阅兵和行围打猎便是常备的功课。洪亮吉的《伊犁纪事诗》中就有两首写伊犁将军组织演武的诗：

坐来八尺马如龙，演武堂高夹路松。
谪吏一边三十六，尽排长戟壮军容。

坐来：一时间。作者在诗后自注："四月一日，随将军演武场角射，时废员（诗中的"谪吏"）共七十二人。"

> 偶选龙媒贡上方，万蹄如铁剖河梁。
>
> 骅骝尽解如人立，环拱将军下角场。

龙媒：良马。剖河梁：分列在桥两旁。角场：又写作"校场"，即演武场，供进行摔跤、射箭、驰马等竞技活动的地方。

祁韵士在《西陲竹枝词》中专门写到了边防哨所："刁斗声残夜寂寥，龙沙极目雪花飘。守边一一皆飞将，生手何人敢射雕？"（《卡伦》）卡伦：《大清会典》："于要隘处设官兵瞭望曰卡伦。"如果不是日常勤操苦练，守边将士怎会成为"敢射雕"的"飞将"！

有关行围郊猎的诗都写得极有生气。如汪廷楷的《伊江杂咏》：

> 浅草围场百草肥，双旌秋狝正行围。
>
> 月明毡帐乘驼去，风响雕弓射虎回。
>
> 霜角晓传营幕静，箭翎低带血花飞。
>
> 由来讲武当农隙，不是看山恋夕晖。

双旌：唐代节度领刺史者出行时的仪仗。后借指高官，这里指代伊犁将军。秋狝：秋猎。有声有色，气定神闲。

又如祁韵士的《围场》：

> 肄武疆场重合围，角弓风劲令旗挥。

三千组练如云锦，远向狼山射猎归。

组练：组甲、披练，皆指将士的衣甲服装。后借指精锐的部队。狼山：原为古代匈奴人活动的地域。这里借指尼勒克的群山。诗中赞扬了伊犁将军每年秋天开展围猎活动的威武气势。

杨廷理的《闻人谈猎戏作》叫人意气风发：

平原草浅兽初肥，整队郊垌大合围。
风静日斜堪画处，行行猎马带禽归。

郊垌：田野。再如陈庭学的《雪后观猎追赋》：

冰天出猎塞垣西，雪净寒原簇万蹄。
霜仗远排平野阔，毳庐高卷冻云低。
韝鹰下臂风争迅，盘马弯弓路不迷。
域外从禽观未得，壮怀呵砚兴追题。

霜仗：锐利的武器。毳庐：毡房。韝鹰：蹲在臂套上的猎鹰。从禽：田猎时追逐野兽。诗中描写了雪原上狩猎的壮阔画面："万蹄"奔腾，刀枪闪光，猎鹰御风，盘马弯弓，确是一场气势磅礴、振奋人心的准军事演习。还有舒敏的《公将军较猎即事》：

数行小队出城西，闪烁朱旗振鼓鼙。

彩雉倒飞随箭落，苍鹰侧翅掠云齐。

荒林月满雕弓劲，衰草风寒怒马嘶。

猎罢征人回首处，风毛血雨万山低。

公将军：伊犁将军保宁，袭三等义烈公。这首诗的
动感更强。空中："彩雉倒飞"，"苍鹰侧翅"；地上：
"荒林""雕弓劲"，"衰草""怒马嘶"。再加上"朱
旗""闪烁"，"鼙鼓"震天，好一派轰轰烈烈的战场景
象。这些狩猎行围诗，读来让人如见其景，如闻其声，能叫
人血脉偾张，跃跃欲试。

晚风千顷稻花香

——屯垦局面

　　新疆独特的地理条件和战略地位，使得屯垦成为历代政府治理新疆的重要国策。屯田事业对于巩固边防、改善民生功莫大焉。伊犁施行军府制的一百多年中，为了守边、平叛，须屯驻重兵，因此军粮供应便成为首要问题。伊犁由于气候温润，降水丰沛，土地平旷，是新疆乃至中国西部地区屯田最发达的地方。早在设立伊犁将军前，这里就开始大兴屯田，生产自给。乾隆二十二年（1757）十二月，乾隆帝就谕令当时管理新疆经济建设的陕甘总督黄廷桂，要"查勘屯田处所，广为播种，勿致荒闲。添派兵丁，以资耕作"。第二年十月初，黄廷桂上奏认为应筹划伊犁屯垦："伊犁久属内地，自应亟筹屯垦，以裕边储，以垂永久。……即以乌鲁木齐之屯兵三千名就近移往伊犁最为便易。"乾隆认为，"黄廷桂只应专力于乌鲁木齐等处应垦之田，……其伊犁屯田事务交与兆惠等"。阿桂任伊犁办事大臣时，曾组织五百名绿营兵，又从南疆迁徙三百户维吾尔农户到伊犁河南岸的海努克开屯，揭开了伊犁历史上大规模屯田的序幕。伊犁屯田种类多样，有兵屯、回屯、旗屯、民屯和遣屯（犯屯）等。开屯二十多年后，据史书记载，当地仓储粮食达五十四万余石，超过伊犁驻军年消费量的三倍。其中仅回屯就岁交租粮十余万石，约占驻军用粮的百分之六十二。①

伊犁屯田事业的兴盛，在清代西域诗中有许多咏唱。如国柱在《春日口占》中写道，春回大地，旭日东升，满眼是葡萄布绿，杏花吐红。蛰伏的小虫翻动新春的泥土，南来的大雁在风中结队而归。"千古屯田贻壮策，几人筹国建殊勋？兵戈销尽为农器，布谷催耕叫塞云。"铸剑为犁，布谷催耕，一派欣欣向荣的景象。

陈庭学在《和刘军门九日登高二首》与《再和前韵》中引用汉宣帝时营平侯赵充国罢兵屯田的典故，歌颂奉旨在伊犁管理屯田事务的提督刘鉴的政绩："充国便宜握壮图，边屯引水浪花粗。果然军伍皆知稼，何必农师督剪芜。"剪芜：垦殖荒地。"拟将伊列写成图，塞上风云气象粗。秋猎马肥耽苜蓿，年丰军饱笑莱芜。"伊列：伊犁。耽：喜爱。莱芜：荒芜。舒其绍也用营平侯赵充国指代伊犁将军："营平沁远略，沙幕尽桑田。"（《夏日郊外口占》）沙幕：沙漠。

徐步云在他的《新疆纪胜诗》中赞美了伊犁的气候、水

---

① 王聪延：《汉文化在新疆的传播及其作用》，载《石河子大学学报》（哲学社会科学版）2015年第3期。

土十分宜于屯田："五种大都宜二种,麦花开后稻花香。更看荞麦花如雪,半似燕乡半越乡。"五种:五谷。看着繁茂的庄稼,会使人把这里误作江南鱼米之乡。杨廷理在祝贺嘉庆皇帝生日的诗中也高兴地赞颂朝廷屯垦戍边的政策:"欣占化泽敷屯戍(原注:伊犁屯田有兵、遣、回等名),遂听皇威畅远戎。好共边氓歌击壤,陇头麦信已先通。"(《万寿节前一日雨雪,雪中随班恭祝万寿,次韵归方伯》)化泽:教化的恩泽。敷:施行。遂听:远听。击壤:赞颂太平盛世。麦信:小麦成熟时的东北风。

萧雄高度评价了伊犁发展农业生产的优越条件:"绝好河山土最腴,九城风雨课粮储。"(《西疆杂述诗·伊犁》)

最后一位伊犁将军志锐在《首夏巡边,马上得诗四章》中回顾了伊犁各族人民辛勤耕作的历史贡献:"二百年来古战场,亦曾安堵课农桑。"并且肯定了"屯设兵回策最良"的屯垦举措。安堵:安居。

屯田良策实施的直接结果是庄稼丰收,军粮充裕,城镇兴起,商贾云集,人口增长,丰衣足食:"升平都会人知乐,估客年年逐队过。"(福庆《异域竹枝词》)"通街廛市蹙鱼鳞,到此才堪洗客尘。"(雷以諴《甫抵伊垣口占》)于此可见,屯垦事业的兴起,对于边疆的开发、边防的巩固、经济的发展功莫大焉。

陈寅在《秋怀八首用少陵秋兴韵》中歌颂了伊犁将军松筠组织屯垦的功劳:"将军屯政获全功,万顷如云一望中。秋稼每遇欢喜雨,汉疆争及太平风。……四海为家齐贡赋,缠头凸鼻尽田翁。"贡赋：上缴公粮。缠头凸鼻：指维吾尔族农民，此处以他们的装束和相貌特征称呼，毫无贬义。诗中透露了当地兄弟民族群众参与屯田的信息。类似的还有庄肇奎的："家室频移几幕毡，屯耕游牧两生全。"（《伊犁纪事诗二十首》）说的是哈萨克、柯尔克孜等部落"屯耕游牧"并重的生计。

徐步云的："八政首先重民食，庙堂谋略广新屯。春耕秋获颁时令，丝粒无非覆载恩。"（《新疆纪胜诗》）说的是乾隆三十六年（1771）朝廷接纳、安置土尔扈特东归部众的事。八政：古代国家施政的八个方面。各说不一。《尚书·洪范》以食、货、祀、司空、司徒、司寇、宾、师为八政。后多以此为据。作者在诗后自注："辛卯岁，土尔扈特汗渥巴锡率其部落自俄罗斯投出归顺，行万余里，凡八阅月始抵伊犁。时众饥甚，奉上恩旨资给衣粮，安插各屯落，并给来年籽种、牛具，教之耕种，众赖以宁。"汪廷楷的诗中也写到了土尔扈特部开辟屯田的生活："穹庐藩部分行国，也学开屯辟草芜。"（《过库尔喀喇乌苏》）

伊犁将军松筠在任时，大力组织屯田，使边疆的农业生产得到长足发展。韦佩金（1757？—1808）的《种麦行二首为湘浦将军作》，则是赞颂蓬勃兴起的屯田事业的一曲长歌：

多种麦，多种麦，
古通西域务屯田，屯田未过渠犁北。

圣朝列圣远开疆，军吏按簿仓余粮。……

谁谓尔无牛，官厂牧犍犍添犊，去年一头今两头。

莫怕堤塘圮，山顶雪消遍地渠，况有官里来行水。

今春试耕暂围营，冬日耕余添筑城。

白昼打场夜推磨，儿童拍手炊饼大。

催种麦，催种麦，

匆匆播种春分前，谷雨才交长及尺。

晓起清闻露叶香，风起翻将碧波色。……

眼看登场劝耕众，转眼更把秋禾种。

阗玉秦珠不入贡，宝气家家腾饭瓮。

渠犁：旧址在今库尔勒市以西。圮：毁坏。阗玉秦珠：
和田玉、罗马珠，指代粮食。字里行间充溢着丰收的喜悦。

陈庭学的四首麦浪诗，更是以生花妙笔写尽了麦田的
蓬勃生机："只因膏泽润来牟，浪蹙轻风翠欲流。野际鹭窥
难下浴，陇边雉过任空浮。荡开碧穗春如海，涌尽黄云夏早
秋。不信烟浪在平壤，老农粒粒当珠收。"来牟：来为小
麦，牟为大麦。"虚徐阡陌草蛇行，风剪苗齐暖浪生。翳树
浮岚随宕漾，拍天空翠尽回萦。……好把轻风吹飔尽，村村
流水度枷声。"（《读申瑶泉麦浪诗次韵一首复成三首》）
虚徐：舒展貌。度枷声：打麦场上用连枷脱粒的声音。

曾经跟随陕甘总督杨遇春平定张格尔叛乱的方士淦，
写有《伊江杂诗》十六首，其中有两首写到了伊犁的屯田事

业。其一：

> 沃土原宜谷，疏河可溉田。
>
> 岂烦权子母，多费水衡钱。

权子母：衡量本钱与利息。作者在诗后自注："伊犁水土肥美，雪山春融，泉流甚旺。若筑坝分渠，开垦无数，何必河工岁修款算生息。"其二：

> 安得赵充国，屯边尽力筹。
>
> 稼通秋塞迥，水引雪山流。
>
> 烽燧虽云息，仓箱尚可忧。
>
> 荒垣多旷土，使者亟须谋。

这一首是说经过平定张格尔叛乱的战争，消耗了大量历年积存的军粮，所以屯田之事不可稍有懈怠。

祁韵士在《西陲竹枝词》中也写到了欣欣向荣的屯垦现象，"列城棋布星罗日，阃外群尊大将坛"（《兵屯》），"灌溉新开郑白渠，沃云万顷望中舒"（《水田》）。列城：指因屯垦兴起而修筑的伊犁九城。阃外：指京城或朝廷以外。郑白渠：郑国渠和白渠的并称，在今陕西省境内。

汪廷楷有一首诗专写军垦生活的诸业兴旺，丰衣足食：

> 云屯稼穑媲江乡，兵亦能农筑圃场。

疏雨一犁春浪暖，晚风千顷稻花香。

闲锄野菜抽红甲，新种秋瓜剖绿瓢。

一样锦鳞河上好，四腮美鲈卖鱼庄。

(《伊江杂咏》)

野菜：对自种蔬菜的谦称。红甲：植物的新叶。作者在诗后自注："将军念八旗兵丁生齿日繁，钱粮限于定额，奏请开垦屯田，兵食藉以充裕。"庄肇奎在赞颂米粮丰收的同时，也夸耀了副业的自给自足："鸡豚蔬果家家有，内豢无如牛与羊。"(《伊犁纪事二十首》)

不仅惠远城周围因屯田而繁荣，福庆看到的惠宁城是"城筑惠宁为犄角，熟田弥望岁多收"(《异域竹枝词》)；舒其绍笔下的宁远城"有水皆宜稻，无田不种瓜"(《消夏吟·金顶寺》)；绥定白羊沟"绿雨菰蒲影，黄云糯稏声"(《消夏吟·白羊沟》)，糯稏：稻禾植株摇动貌；雷以諴眼中的绥定城是"水美田肥欢士马，池深木茂好园亭"(《宿绥定镇园亭》)；芦草沟是"渐见麦苗春雒雉，频听树底雨鸣鸠"(《宿芦草沟》)，雒雉：野鸡；精河是"斧斤不入多材木，耒耜无闻少稻粱。安得神农重教稼，崇墉比栉赋千箱"(《晶河路》)。耒耜：农具，借指耕作。崇墉句：意谓建造许许多多的仓库储藏粮食。就连与伊犁远隔崇山峻岭的奎屯和乌苏也是"扶犁处处事农功，陇麦草草一望中"(杨廷理《奎屯》)；"牛羊古垅千军幕，禾稻新畴万顷田"(方希孟《西湖》)。

　　由于屯田丰收，致使市场上粮价下跌："面白于霜米粒长，千钱一石价嫌昂。"（庄肇奎《伊犁纪事二十首》）回屯上缴的公粮数量剧增，车辆运输不能适应，因而开辟了航运："车载粮多未易行，六千回户岁收成。造舟运入仓箱满，大漠初闻欸乃声。"（庄肇奎《伊犁纪事二十首》）作者在诗后自注："每岁回户纳粮，自古尔扎至惠远城大仓，车费甚巨，因造舟由伊犁江载运。"舒其绍和陈庭学的诗中也写到了伊犁河上的航运："大野望茫茫，奔流下夕阳。……韦瓠（原注：回人刳双木为渡，名曰"韦瓠"）蜻蜓并，奸兰虎豹藏。挽输军府重，瀚海见帆樯。"（舒其绍《消夏吟·古尔扎渡口》）"玉粒连艘供络绎，金汤半壁郁嵯峨。"（陈庭学《次韵元戎野望一首》）"荷戈人起初张幕，运粟舟停未挂帆。"（陈庭学《春晓闻角有感》）

　　总之，屯垦事业的兴起，不仅促进了伊犁以至新疆的经济、社会发展，而且应运而生的屯垦文化也推动了边疆与内地的文化交流，促进了新疆地域文化的发展与壮大。

隔墙红裙乐未央

——民族风情与民间游艺

惠远城原本是座满城，居民主要是满汉官员、满营官兵，以及京津商贾与流戍人员，城外则居住着维吾尔族等少数民族。其他八座城中，除宁远城主要居住的维吾尔族外，另外几座城市里的居民也和惠远城相同。长期以来，各民族群众在日常交往中，不同的文化相互碰撞，相互吸收，相互融合，为新疆地域文化的形成与发展提供了肥沃的土壤。伊犁的地域文化，除了以汉文化为代表的主流文化外，也包含着多种文化的因素。清代西域诗中大量反映了汉文化中的岁时节庆习俗，也充分反映了兄弟民族的独特风情与民间游艺活动。

一、饮食习俗

饮马奶酒。饮马奶酒是伊犁各少数民族（特别是哈萨克族、蒙古族）群众的独特嗜好。《隋书·突厥传》就有记载："饮马酪取醉，歌呼相对。"可见这种习俗由来已久。到了清代，伊犁的各族官民都有此爱好。伊犁将军奎林就在《和胥园孟冬雪后苦寒诗》中描述过自己通宵达旦的"豪饮"之举：

> 武夫粗疏旧狂发，拍案叫绝惊天阍。
>
> 速须炽炭倒瓶缶，拌将马湩倾盈盆。
>
> 且应即兴尽豪饮，直须坐待升朝暾。

天阍：天宫之门。马湩：就是马奶发酵后制成的饮料，含酒精，能醉人。朝暾：朝阳。

庄肇奎在《伊犁纪事诗》中有一首专写马奶酒："一双乌喇跪阶苔，库库携将马湩来。好饮更须烧一过，胜他戴酒出新醅。"乌喇：皮靴。库库：以马肚制成的皮囊。马湩：马奶酒。舒其绍的《消夏吟·土尔扈特游牧场》提到了"壶浆醉马酮"。马酮也是马奶酒。曹麟开的《塞上竹枝词》也写到了"一笑相逢斟七格"。七格：蒙古语音译，马奶酒。杨廷理的《无马歌》中有云："佳酿蒲陶捅乳液"。捅：撞击，指制作马奶酒时须不断摇晃盛有马奶的皮囊。他在句后自注："西土以马乳作酒，谓之七克。酿之再三，谓之阿尔占。"

祁韵士的《西陲竹枝词》中有一首《阿拉占》：

> 香醪甘液泛瑶觞，美酿凭谁起杜康。

淡裹藏浓风趣别，非逢嘉客莫轻尝。

作者在"美酿"句下自注："马乳为酒谓之阿拉占。"至今草原上，马奶酒依然是哈萨克族、蒙古族招待尊贵客人的上等佳酿。

喝葡萄酒。西域的各少数民族都喜饮葡萄酒。早在西汉时，酿造葡萄酒已成为西域民众的家常事了。居民不论贫富，都有酿酒和藏酒的习惯。《史记·大宛列传》记载："宛左右以蒲陶为酒，富人藏酒至万余石。久者数十岁不败。俗嗜酒。"元代耶律楚材就写过"葡萄亲酿酒"（《西域河中十咏》）的诗句，明代刘祁的《北使记》中也有记载："其回纥国地广袤，……酿葡萄为酒。"陈诚出访西域时还写过《葡萄酒》诗，赞美西域少数民族兄弟酿造的美味酒浆："绿浮马乳开新瓮，红滴珍珠压小槽。"这种酒文化长期延续，蔚为壮观。

清代西域诗中吟咏葡萄酒的不少。舒其绍诗云："潦倒沙场今已惯，小槽新乳滴葡萄。"（《重阳后归方伯邀同人赏菊即席四首》）赵钧彤在"繁霜密雪"的岁暮时节安慰自己："倾囊且醉葡萄酒，来岁风光更不知。"（《岁暮》）杨廷理诗云："举杯恰喜开新瓮，吹笛何须谱旧声。"（《中元夜对月》）他甚至豪迈地宣称："请君为酿葡萄酒，我亦能倾三百杯。"（《再叠元日来字韵书怀》）"床头酒熟不须赊，逐客生涯醉是家。"（《漫兴》四首其一）庄肇奎更是"晚凉小酌酿葡萄"，"坐久浑忘身是客"。

（《于五梅谷筑小亭属余为额，名之曰寄亭，因题四首》）

吃烤肉。边疆游牧民族还喜食烤肉。曹麟开在《塞上竹枝词》中也有描述：

准夷部落杂乌孙，游牧南山与北村。

一笑相逢斟七格，割鲜共啖燎毛燔。

准夷：指蒙古准噶尔部。乌孙：古代伊犁河流域的部族，是今哈萨克族的族源之一，此指当时的哈萨克族。燎毛燔：就是烤羊肉串。舒其绍的《消夏吟·土尔扈特游牧场》中也写到了烤牛肉："石火燔牛胾。"燔：烧烤。胾：煮烂的肉。此处疑为"脔"字之误。脔：切成小块的肉。一手端着马奶酒碗，一手举着烤羊肉串、烤牛肉串，这场景今天我们在草原上仍然时时能看到。

二、马上活动

狩猎，演武。伊犁将军在喀什河一带设有围场，每年秋后都要带领人马前去狩猎，既是一项军事训练项目，也是一种游艺娱乐活动。福庆在《异域竹枝词》中写到了在尼勒克的"会猎"活动："虎豹熊罴麋鹿饶，将军会猎趁秋飙。"诗后引椿园《异域琐谈》原文云："伊犁之东一百八十里曰哈什山，峰岭高峻，回环数百里，其上多银，其下多野兽，为将军围场。"他也写到了在伊犁河南岸的狩猎之地：

"丰草深林苇作湖,封狼貜豕羝羊俱(大狼、野猪、公羊全都有)。"诗后引椿园原文云:"其地在伊犁河南,川平而阔。……其东皆深林丰草,多狼、野羊。有苇湖,多黄羊、野豕。"笔者在《承平武备要修明——军旅形势》一文中介绍的一些行围校猎诗,如舒敏的《公将军较猎即事》、陈庭学的《雪后观猎追赋》、祁韵士的《西陲竹枝词·围场》、杨廷理的《闻人谈猎戏作》、汪廷楷的《伊江杂咏》等诗,字面上写的是狩猎,字里行间都充溢着一股保家卫国的豪气。

陈寅的《赠福乐斋都护巡视索伦台卡》就描绘了一幅巡边、狩猎、放歌、豪饮的野外生活场景:

> 风雪巡边紫塞西,云遮山涧失高低。
> 千条玉带盘雕影,一路银杯送马蹄。
> 校猎营开明月径,雅歌声动夕阳溪。
> 归来满座宾朋喜,共索新诗问小奚。

银杯:指雪中的马蹄窝。小奚:小男仆。

还有一些写校场演武活动的诗歌,也表现了守边将士整军经武、常备不懈的意志。诵读着这些行围狩猎,演武角射的诗句,恰似耳边警钟长鸣,促人惊醒,催人奋发。

叼羊。末任伊犁将军志锐在《抢羊》一诗中记录了边疆少数民族的体育娱乐项目叼羊和摔骆驼:

> 一羊分裂夸余勇,尚斗流风漠北多。

我到蒙旗扎哈沁，掼跤曾见拗骆驼。

作者在题下自注："新疆伊犁、塔城、阿山（阿勒泰）、焉耆四区蒙哈（蒙古族和哈萨克族）每逢年节，列骑抢羊为戏。"现在，这项活动都称为"叼羊"。"叼"是新疆汉语方言词，抢的意思。拗骆驼：指大力士奋力将骆驼扳倒，以显示其力大无穷。

坐雪橇。志锐还在《咏冰床》中描写了"仿冰嬉"的爬犁："方床贴地小于箕，一马拖辕任意驰。"作者在题下自注："伊犁曰爬篱。"爬篱，今通作爬犁，即雪橇。这种马拉雪橇，早在明代刘郁的《西使记》中就有记载："至麻阿中，以马纤拖床递铺，负重而行疾。"在伊犁，爬犁既是一种冰上嬉戏，又可作为隆冬季节的交通工具。杨廷理也有诗云："拥彗扫除霏玉屑（指扫雪），爬犁飞拽带云耕。"（《冬晓雪霁，郊外送人》）他在句后有自注："伊犁雪后，人家屋上均须扫除。官员多乘用爬犁。"这也可以算是伊犁雪后一景。

压走马。直到民国时期，新疆的一些小城镇还有压走马的习俗，这种习俗可以看作是演武活动的扩展和余绪。这本来是训练、调教马匹的一项工作，后来就演变成一种休闲娱乐的方式。可以骑乘的马有两种：奔马和走马。奔马速度慢，颠簸不平；走马速度快，平稳舒适。每逢风和日丽的午后或瑞雪初霁的霜晨，人们都会听到一阵韵律齐整的得得马蹄声，引来无数热心的观众。杨廷理笔下就有关于压走马的诗句："东郊春试马，陌草又芊芊。积雪严晨气，浮云淡远天。"（《二月廿七日郊行马上口占》）"空怀春试马，且复午摊书。"（《春郊拟晨起试马未果》）诗中的"试马"就是压走马，地点选的是"东郊""春郊"，时间选的是"严晨""晨起"，是一种精心的安排。现在，压走马已经被列为新疆少数民族体育运动会的比赛项目，在民间也就成为一项日常的体育运动了。

三、水上活动

赛船。两百多年前的伊犁河上曾有赛船活动，曹麟开的《塞上竹枝词》有记载：

> 河源春涨漾飞涛，刳木为舟妾学操。
> 泥马赊枯郎斗捷，自矜赤鲤跨琴高。

赊枯：用桦树皮制成的更小的船。自矜句：因赛船获胜而自豪。作者在句下自注："伊犁河即古伊丽水。刳（挖空）巨木虚其中，而锐其首尾，大者可容五六人，小者可容两三人，名曰威呼。刬木为桨，捷若飞行。"由此可以想见，当时的伊犁河水量丰沛、波涛滚滚的景观。

垂钓。在伊犁河边垂钓更是家常便饭："谁知极目荒沙外，有客投竿万里流。"（陈庭学《同人登鉴远楼次韵》）"腐儒唯有一鱼竿，春来以待桃花涨。"（徐步云《伊犁江》）"雅爱垂竿叟，寒江理钓丝。笠蓑堪入画，盐絮漫成诗。"（杨廷理《九九消寒诗十首·钓雪》）盐絮：晋代谢安与侄女、侄儿评品咏雪诗句的典故，这里指代雪。

放生。林则徐在道光二十三年（1843）春天，曾多次得到伊犁将军布彦泰及其他同人赠送的伊犁河活鱼，他便在院子里挖了一个鱼池，把这些鱼都放养起来：

> 主人那忍脍，得所逝乃喜。
> 非鱼知鱼乐，监水如水止。
> 倚枕一听泉，净涤尘土耳。
> 江湖渺相忘，风波或不起。（《放鱼》）

监水：水平如镜。他想象着要是能像鱼那样游到江河湖海里去，与世相忘，也许就不会有什么人间的纠纷或灾难了。林则徐的放生，和老百姓不同，并未让鱼回归大自然，而是借助放生这种形式，求得心情的平静罢了。

四、野外活动

伊犁春回，草绿花开，处处都有踏青春游的人群：

> 结客城南缓步回，水云宽处浪如雷。
> 昨宵一雨浑河（伊犁河）涨，十万鱼皆拥甲来。
>
> （洪亮吉《伊犁纪事诗》录一）

城隅两日霁寒成，韦曲词人尚下帏。

趁得南山风日好，望河楼下踏春归。

（洪亮吉《伊犁纪事诗》录二）

赏花。赏花是踏春的重要内容。杨廷理赏的是杏花、桃花："杏花消息凭谁问，探取春光在笔先。"（《次李又泉韵》）他在句后自注："去年三月十一日在望河楼看杏花，四月初十在武庙看桃花，有诗云：'柳絮飞时桃正红，信残春老五更风。几株烂漫临池上，巧衬楼台锦浪中。'"林则徐和邓廷桢赏的是梨花与苹果花："杏雨梨云纷披树，更频婆（苹果花）、新染朝霞醉。……谪居权作探花使。"（林则徐《金缕曲·暮春和嶰翁〈绥定城看花〉》）"怕说春明媚。掩闲门、枝横瘦绿，苔生荒翠。忽漫招携联骑去，为访柳疏花腻。把细径、春痕穿碎。"（邓廷桢《金缕曲·偕少穆同游绥园》）林则徐在道光二十三年（1843）三月十八日的日记中记载："福泽轩总戎招余及两儿同往绥定城之绥园看花。晨起即吃饭，嶰翁、子期来约，同行出北门，过五里桥，夹道绿杨与青青陇麦交相映发。……日来桃杏已谢，梨花正盛，其密者如关内绣球；频婆果花亦正开，红白相间，似西府海棠。……又绕赴锡氏园，见芍药新丛，抽茎已将满尺。"以上诗词都描绘了惠远城周围花木茂盛的春日美景，抒发了他们热爱祖国山河的情怀。

载歌载舞。边疆少数民族的兄弟姐妹个个都是能歌善舞的歌唱家与舞蹈家，自古以来便是如此。《魏书·高车传》

载："高宗时，五部高车合聚祭天，众至数万。大会，走马杀牲，游绕歌吟，忻忻其俗。"可见作为维吾尔族先世之一的高车部落所举行的群众性娱乐活动规模之大。这种习俗世代传承，便形成了少数民族的歌舞传统。景廉的《霍诺海道中》就描写了少数民族牧民在山野放歌的情景："胡儿饶乐趣，马上试歌喉。"林则徐也在诗中描写了惠远城中终日缭绕的少数民族乐曲和隔壁维吾尔族邻居的欢乐歌舞："边声惯听唱伊凉"，"隔院红裙乐未央"。"伊凉"即《伊州乐》和《凉州乐》，借指新疆少数民族音乐。福庆在《异域竹枝词》中描写哈萨克族风俗时也说："列屋娥眉容易得，踏歌声里合欢场。"随时随地踏歌起舞，是边疆少数民族同胞的生活常态。

放风筝。杨廷理的《风鸢》描写了惠远城儿童放风筝的情景：

> 天际飞鸢画角催，得风高渐失风颓。
> 披坚执锐英雄气，却听儿童颠倒来。

他在诗后自注："伊犁风筝多仿尉迟敬德、张桓侯临戎之状。"陈庭学把观看放风筝与自己流戍的身份相联系：

> 未释羁愁也奋飞，春留一线绾斜晖。
> 翱翔若许云衢上，纵送何曾风力微。

并且表达了自己的欢愉心情："空际抑扬无节拍，耳根缭绕送春声。踏青天气乡园好，榆柳烟中听卖饧。"（《次韵朱端书飞鸢诗二首》）饧：糖瓜，用麦芽熬成。

赌鸡蛋。伊犁的维吾尔族有一种碰鸡蛋的游戏，即以熟鸡蛋相击，皮裂则输。这种游戏往往就变成了赌博，现在市井中个别无业游民仍有操此业者。志锐在《伊犁杂咏·鸡卜》中就写到了这种习俗："古人蓍策全龟问，缠俗居然卜到鸡。"

边疆地区各民族人民在长期的共同生活中，表现在衣食住行和休闲娱乐活动方面的民俗文化，互相浸润，互相交融，逐渐变成了全域居民共同的风俗习惯。这一特点，在伊犁地区尤为突出。

银茶互易远人欢

——民生状态与丰饶物产

清代西域诗中除了反映屯垦生产的大量作品外，还有不少涉及兴修水利、治理河道、边境贸易、民族交往、宗教活动等有关国计民生的诗篇，也关注、介绍伊犁河谷丰富的物产资源，为我们描画出当年伊犁将军发展边疆经济，治疆理政，关注民生的方方面面，具有一定的认识价值。

一、兴修水利

为了发展屯田事业，首先就要兴修水利，开河挖渠。早在乾隆二十九年（1764），首任伊犁将军明瑞就和辅国公伊犁回屯阿奇木伯克茂萨组织军民在回屯之东开筑奎松渠、阿热吾斯塘渠。嘉庆七年（1802）伊犁将军松筠组织军民在惠远城东伊犁河北岸的黄草湖开挖大渠一道，次年又在大渠北另开一道干渠，通称通惠渠。后来，明瑞与茂萨所筑之渠延伸与通惠渠连通，成为最初的湟渠。陈寅在《通惠渠次方来青观察韵》中赞美通惠渠："惠泽平开万里天，伊江城外筑新阡。源源流水将军令，多稼欣闻颂《大田》。"《大田》是《诗经·小雅》中的一篇，诗中云："大田多稼。"这是最早歌咏农作物丰收的诗篇。

二、治理河道

惠远老城本来距伊犁河有数里之遥，但由于河岸土质疏松，经河水连年冲刷，每当春季洪水泛滥之时，便出现险情。曾作为当地胜景的望河楼和龙王庙都先后坍塌于河中。于是官府便向各地摊派徭役，征调民夫在河边修筑堤坝，以求保住惠远城。据徐松《西域水道记》中记载："城南距河二三里，积年河徙，侵刷北岸，率以柳圈络石御之。水长辄坏河，距城仅半里许。"据林则徐《癸卯日记》记载："（二月）十二日，……饭后五人同出南关观伊犁河。河距城不及半里，……近日冰已全泮，水势漭洄，闻夏秋大汛亦可长至丈余。前此河滨龙王庙有望河楼，道光癸巳大水，庙与楼俱溃入河，……"林则徐所说的"道光癸巳（1833）大水"，就发生在他们观河的十年以前。再后来，河水更将南城墙冲塌，终致光绪三年（1877）于故城北十五里处重建新惠远城。

舒其绍的《伊江塘工纪事》一诗写的是嘉庆十二年（1807）伊犁将军松筠组织修河工程之事：

颓岸连沙壅急流，夕阳明灭乱槎浮。

回澜大府筹边计，荷畚群工报国秋。

乱槎浮：河面上漂浮着杂乱的树干、树枝。回澜大府：指松筠。荷畚：肩扛挖运泥土的工具。报国秋：为国效力的时候。松筠责成河道总管李亨特创制的长六十丈，底宽七丈，顶宽四丈的李公堤，也在十几年后溃于河中。嘉庆末道光初，伊犁将军庆祥又耗银一万三千两，重修大堤，挑淤引河，维持了几十年，依然没有保住惠远故城。

三、边境贸易

清政府统一新疆后，在伊犁、塔尔巴哈台、乌鲁木齐等地都设置了互市，以粮食、布匹、丝绸、茶叶及其他生活日用必需品，同哈萨克、布鲁特（柯尔克孜）等归属部族进行马、驼及牛羊、皮革等交易。洪亮吉在《伊犁纪事诗》中对于惠远城的贸易互市曾有形象的记述：

谁跨明驼天半回，传呼布鲁特人来。

牛羊十万鞭驱至，三日城西路不开。

十万牛羊，汹涌入市，滔滔不绝，铺天盖地，这该是何等壮阔的一幅画面！

陈庭学写果子沟的诗中也提道："北蕃远贸逐羊来，

西旅依山毳帐开。"（《头台》）北蕃：哈萨克。西旅：厄鲁特。可见当时的互市已经吸引来了远方的贸易伙伴。杨廷理写他去贸易亭上班的诗中提及"译听夷人语，防严塞马羁（原注：哈萨克来马例禁私市）"。（《赴贸易亭》）他在《劳生节略》中曾介绍了自己在贸易亭从事的边贸工作："到伊犁，派驼马处章京上行走。向例每岁三月至九月，会营务处章京上出城，坐八里外之贸易亭，督城守营守备，以红白布与哈萨克夷人交换马牛羊及阿敦绸等物。"在这里，他一干就是六年之久，胸中不无牢骚："促驾短辕郊外去，此行未解为谁忙。"（《日午促往西郊贸易，口占一律》）不过也从侧面反映出当时边贸活动非常频繁。徐步云在《新疆纪胜诗》中也写到边贸互市广受欢迎的情况："羝羊如麇尾如盘，翠毯香茵络绎看。驼马成群都入市，银茶互易远人欢。"麇：獐子。茵：褥子。他在诗后自注："哈萨克岁以羊马及杂物等入卡互市时，以诚信人皆欢悦。"大规模的开屯促成了一批城镇的涌现，频繁的边贸活动又大大促进了城市的发展，伊犁九城的兴建和繁荣就是典型的事例。

四、民族交往

伊犁地区各民族间的交往，除了边境贸易这条渠道，政府官员与少数民族的接触也很频繁。洪亮吉在《伊犁纪事诗》中就描绘了"时哈萨克王子以承袭王爵来谢，因照例设宴"的场面：

将军昨日射黄羊，亲为番王进一汤。

百手尽从空里举，更凭通事贡真香。

百手句：意思是宴席上主客纷纷举起喝空的酒碗，以示不藏不掖，一干而尽，形容欢宴场面的热烈。作者在尾句后自注："外藩以藏香为贵，有所敬则献之。"席上摆满清炖黄羊肉和鲜美的肉汤，手中频频举起烈酒，翻译官代表哈萨克王子敬献珍贵的藏香，呈现出一派敦睦和谐的气氛。徐步云在《新疆纪胜诗》中还记录了"哈萨克遣侍子入觐，行经伊犁，以陪臣礼待之"的场景："侍子东来拥百骑，翩翩年少习朝仪。"侍子制度是古代属国或诸侯入朝陪侍天子的制度，实质上是遣送人质，以示忠诚。因为人质多在中原宫廷担任宿卫官职，所以称为"侍子"。侍子们长期居留京城，深受汉文化的影响和熏陶，大多数人回国后继承王位，成为汉文化在西域传播的代言人和推介者。[1]因为"三年一度频经此"，所以作者觉得来客就像伊犁将军麾下的子弟一样亲切。

五、宗教活动

伊犁自古以来就是多种宗教传布之处，惠远城因为是座

---

① 王聪延：《汉文化在新疆的传播及其作用》，载《石河子大学学报》（哲学社会科学版）2015年第3期。

满城，所以佛教活动比较普遍。

清人的西域诗中也反映了人们的佛事活动。

祭鄂博。舒其绍在他的组诗《消夏吟》中不仅写到了伊犁的一些佛教寺庙，如金顶寺、普化寺、无量寺、观音寺等，还记录了蒙古人祭祀空郭罗鄂博的情形。"鄂博"通作"俄博"或"敖包"，用石块垒成，祭祀之处。此鄂博在惠远城东的阿布喇勒山上。诗中写道：

> 干戈千载戢，俎豆百灵朝。
>
> 下马金钱布，刲羊石火烧。

干戈句：指收藏兵器，引申为停止战争。俎豆：祭祀礼器。百灵：百神。作者句下自注："戎人过此，下马投钱，或刑牲以祭。"刲羊：宰羊，即自注中所说的"刑牲"。景廉在《玛札尔》一诗中描写了伊犁木札尔特冰川上的一个祭祀场景："乱石成堆马鬣悬，征人稽首意尤虔。"稽首：跪拜。此情此景促使他"效颦我亦衣冠拜"。作者在《冰岭纪程》中说："冰岭巅有玛札尔，累石为之，以杆系马鬣，马尾偏植左右回。俗谓神栖其上，故来往者皆拜祷焉。"其实这里写的也是蒙古人的鄂博，而"玛札尔"是伊斯兰教掌教者之墓。作者在新疆任职时间不长，故有此误。

跳布札。惠远城有佛教寺庙多座，每年除夕在惠远东门外的普化寺有跳布札的佛事。林则徐在《壬寅日记》中有记载："东门外喇嘛庙僧演二十八宿及各神像，跳舞为乐，名曰跳布札，即古大傩之遗意也。自将军以下皆往观之……"
杨廷理的《腊月廿八日雪晴，普化寺看跳布札》一诗有详尽
的描述：

旭日瞳胧雪乍晴，笨车载我出郊行。

云开山脊青痕现，冰泮江头细溜生。

逐祟人看黄帽侣，摄邪梵送晓潮声。

狮头牛首傲傲舞，扫净妖氛岁序清。

瞳胧：昏暗不清貌。泮：溶解。细溜：小小的水流。傲
傲：醉舞貌，摇摆状。林则徐日记中所说的"大傩"，是古
代迎神驱鬼的活动。傩与跳布札皆源于原始巫舞，舞者头戴
面具，手执兵器，作驱逐鬼怪之状，应节而舞。

因为宗教活动频繁，楼观庙宇遍布惠远城及周边各个城
镇，如万寿宫、关帝庙、龙王庙、城隍庙、娘娘庙等。因而
福庆在《异域竹枝词》中写道："怪底野人多信怪，赛神笳
鼓闹繁弦。"

行香。行香是古代礼拜神佛的一种仪式，始于南北朝。
明清官吏每至朔望便入庙行香叩拜，或在一些特殊的日子及
新官赴任后，也会举行入庙焚香仪式。当时惠远的官绅士
人会在二月十九日观世音菩萨的诞辰日入庙行香。杨廷理
就写有《二月十九日赴观音寺行礼》一诗，写了行香场面的
肃穆和华丽："香案缤纷供彩胜，烛花灿烂动金幡。"以及
当年惠远城气候的寒冷："风凝晓气冰难泮，井汲银花水未

浑。"林则徐在1843年《癸卯日记》二月十九日记载:"晨起诣大士庙行香,顺拜各客而回。吟仙、子期来寓早饭,并与两儿同赴大士庙观剧,……"林则徐所说的"大士庙"即杨廷理诗题中的"观音寺"。"大士"是佛教对菩萨的通称,民间故将观音寺也称为"大士庙"。舒其绍也在他的诗中描写了菩萨庙旺盛的香火:"慈云片片覆山隈,座上莲花并蒂开。镇日香风吹不散,两行红粉对歌台。"①他在题下自注:"流人公建,规模壮丽,二、六、九月大会,士女如云,秉兰赠药之风同于溱洧(男女春游之乐)。"

六、物产丰饶

伊犁物产非常丰饶,尤其是矿产如煤、铁、铜、金等藏量很大。

徐步云在《新疆纪胜诗》中写到了煤:"石炭疑从太古始,巉岩未许五丁开。山灵珍秘无人识,留待天朝物色来。"福庆的《异域竹枝词》中指出,惠远附近就有煤、铁:"迤东煤铁出荒邱,炊冶堪资不外求。"他在诗后引椿园《异域琐谈》原文:"惠远城东十五里有培嵝,为控俄而鄂罗山,其下多煤,其阴产铁。"雷以諴的《石炭》更写出了伊犁煤的优点:

---

① 舒其绍:《清代诗文集汇编(第403册):听雪集》,上海古籍出版社,2010年,第383页。

岂缘边日近，西照铸奇功。

炼石连岩黑，倾炉蓺火红。

始燃终不熄，冬冷夜常烘。

活计干沟旺，难与四泉同。

他在题下自注："质颇坚而易燃，值极廉。真西域火宝也。"诗中提到的"干沟""四泉"，均为伊犁煤产地。舒其绍的《消夏吟·红山嘴》中提到的"残灰销劫火"，指的是煤山自燃现象。在《辟里箐》中提到的"夜识金银气"，指的是当地出产黄金等贵金属。所以，政府便在各地设立了一些铜厂、铁厂、铅厂等，开采、冶炼金属。

有矿产开采做基础，为了适应贸易、征税、发放薪饷的需要，也为了补充叶尔羌、阿克苏铸币局生产的不足，伊犁将军经请示朝廷同意，于乾隆四十年（1775）设立了伊犁铸钱局——宝伊局，开铸"乾隆通宝"。庄肇奎在《伊犁纪事二十首》中专咏此事："铜铁金从山上产，屯耕需铁采将来。宝伊钱局需铜铸，唯有金砂禁不开。"宝伊局的开设，对于振兴伊犁地区的经济起到重要作用。

随着屯田事业的发展，库存粮食的充裕，面粉消费的增长，伊犁河谷建造了许多水磨。雷以諴在《重阳后三日锡云亭太守招饮绿云村园亭，为长古一首，又七律六首》中描写的"瑶琴风自鼓，盘磨水能推"，陈庭学在《秋日即事》中描写的"报秋屯粟挽，激水硙轮冲"等，都反映了利用水磨加工面粉的现实。

另外，丰富独特的动植物产品的身影也大量地出现在西域诗中。

动物中首先映入眼帘的是伊犁马。洪亮吉在《伊犁纪事诗》中两次写到伊犁天马的雄姿："坐来八尺马如龙""偶选龙媒贡上方，万蹄如铁剖河梁"。杨廷理在《天马歌》中高调赞扬伊犁天马："我生好马欲成癖，总角见之知爱惜。……侧闻大宛贡花骢，天马蒲梢徕以德。浮云晻驰出尚方，一扫凡马真无敌。……云麓将军为我说（原注：前伊犁将军奎公林号云麓），欲得良骥必西域。我今执戟天西来，意谓追风有良觇。……余老蹇步过北庭，官马谷量骑不得。"总角：童年时代。蒲梢：古代骏马名。晻：阴暗。良觇：好看的。蹇步：步履艰难。谷量：谓以山谷计量牛马等牲畜，极言其多。后来《近得檀合马，颇驯。考古无此名，作诗志之》中记载他终于在伊犁获得了一匹良驹：

> 意态骁腾逊铁骢，时于深稳见沉雄。
> 鬃摇清影冰天月，尾掉轻尘雪窖风（原注：鬃尾皆银色）。
> 未许牵车长尔困（原注：此马曾驾车数月），宁教伏枥似吾穷。
> 春来相伴轮台去，听说群空大宛中。

韩愈《送温处士赴河阳军序》："一过冀北之野，而马群遂空。"后因以"空群"比喻人才被选拔一空。这里是说大宛好马已经不多了。祁韵士在《西陲竹枝词》中也盛赞伊犁马："一顾空群逢伯乐，莫将汗血认龙媒。"（《马》）意思是说，伊犁马确实好，即使伯乐来了，也不能视为空群；不要用汗血马来比拟今天的伊犁马，伊犁马才是真正的神骏。

舒其绍也在《消夏吟·塔尔奇城》中歌颂了西极天马的功劳，同时赞扬了修筑塔尔奇城的参赞大臣阿桂的贡献：

> 天马来西极，骁腾汉将名。
> 人传骠骑垒，草没贰师城。
> 战士秋风骨，飞鹕夜有声。
> 平戎资庙略，旷野试春耕。

飞鹕：猫头鹰。平戎：平定外族。庙略：朝廷的谋略。

其次是牛羊。"牛羊十万鞭驱至，三日城西路不开。"（洪亮吉《伊犁纪事诗》）"北蕃远贸逐羊来"（陈庭学《头台》），都说的是牛羊入市的场景。

清代西域诗中出现的动物还有：

大头鱼。"伊犁江上泮冰初"，"一时争买大头鱼"。（庄肇奎《伊犁纪事二十首》）作者在句下自注："伊犁大头鱼，颇肥美，每岁三月中河泮可得。""雄谈惯猎轻蹄马，野味长羞大首鱼。"（陈庭学《赠于梅谷》）

鲈鱼。"有馈鲈鱼一尺长，四腮形状似江乡。"（庄肇奎《伊犁纪事二十首》）"黄花京兆美，此地磨河传。"

（雷以诚《墨花鱼》）作者在题下自注："出磨河，味似黄花鱼，又名磨河鱼。"磨河：指霍城县乌里雅苏图水。墨花鱼实为磨河鱼之音讹，即伊犁鲈。

裸腹鲟。"昨宵一雨浑河长，十万鱼皆拥甲来。"（洪亮吉《伊犁纪事诗》）作者在诗末自注："伊犁河鱼极多，皆无鳞而皮厚如甲。"所述似为裸腹鲟，又名鲟鱼、鲟鳇鱼。因其外表颜色青里带黄，故当地人又称为青黄鱼。祁韵士在《西陲竹枝词》也写到"北海鲟鳇美在颅"（《鱼》）。裸腹鲟是大型食肉性凶猛鱼类，从外观看，颇似海中的鲨鱼，故清人著作中多称其为鲨鱼，裸腹鲟全身无鳞，只有脊梁脆骨，没有小刺，肉质鲜美。现在伊犁河中已经很难捕捞到这一美味。

椋鸟。椋鸟是蝗虫的天敌。祁韵士在《西陲竹枝词》专门写到了这种鸟："蠡蝗害稼捕良难，有雀群飞竞啄残。"（《黑雀》）作者自注："雀如燕而大，色黑有斑点，啄蝗立毙，然不食也。土人目为神雀。"椋鸟靠捕食害虫生存，每天吃进的害虫为自身体重的二三倍，故所谓"不食也"是不符合动物生存规律的民间传说。这种传闻的根据是，当椋鸟吃饱后，仍会习惯性地将蝗虫一一啄死。"当年曾作珍禽贡，此日惟余翰墨留。……怪尔自来还自去，回翔偏喜上人头。"（杨廷理《鸟来》）他在题下自注："此鸟产于新疆，俗名黑雀，因身有黑斑点，亦名珍珠鸟，又名梅花鹊。阿广廷相国曾携入贡，御制有诗，今刻石伊犁祠堂中。时饲者以铜铃摇引，纵之使去，闻铃即来，翔集头上。"此日句：指"御制有诗"。椋鸟是人类的功臣，把它当作珍禽进贡，当作玩物饲养，都是对于功臣的亵渎。

野鸡。"草浅风嘶雪霰飞，离披五色雉初肥。"（祁韵士《西陲竹枝词·雉》）作者在句下自注："伊犁冬雉多脂，若牛肉之肥厚。"由于人类的贪婪与无知，色彩斑斓的野鸡如今已经很难看到，孩子们也许只能通过这些诗句来认识大自然的精灵了。

老虎。说到伊犁曾经有老虎，人们往往视为奇谈。祁韵士在《西陲竹枝词》中专门写有一首《虎》："壮士鹰扬气若虹，殷殷虎啸碧山空。三军只听将军令，除害功归片刻中。"鹰扬：鹰之奋扬。比喻士兵的威武。殷殷：象声词。形容老虎的啸声。当初认为是"除害"，今天看来是犯罪。林则徐在道光二十三年（1843）二月初二的日记中也记载了伊犁有虎的事实："回人毙一虎，献于庆参赞处，剥皮取骨，将以煎合为胶。余与嶰翁及两儿先后往观。"说不定这只一百七十年前被杀害的"兽中之王"，就是曾经存活在伊犁大地上的最后一只老虎了。

清代西域诗中出现的植物种类也不少。草木花卉类的有：

红柳。"自生自长野滩中，吐穗鲜如百日红。最喜迎人开口笑，却羞卖俏倚东风。"（祁韵士《西陲竹枝词·红柳花》）跋涉在戈壁滩上的征人，一旦看到"迎人开口笑"的红柳花，肯定喜不自胜，并为它甘居艰苦环境，羞于"卖俏"的品格所折服。他在《万里行程记》中录下了红柳的倩影："塞外红柳，丛生而有花，若剪绒为之，色红鲜艳，如火如荼，道旁处处有之。""都是离人泪，青青血染红。玉关悲折柳，沙岸俨生枫。"（舒其绍《消夏吟·红柳湾》）走在离家万里的流戍路上，被放逐者眼中看到的红柳花，自然是"离人泪"，"血染成"。

芨芨草。"塞草年年绿，斯苗质色兼。剖将丝作帽，绝胜竹为帘。性似溪藤软，轻尤蜀麦纤。却看行路者，戴笠顶无尖。"（雷以諴《集吉草》）此诗只介绍了芨芨草的制帽编帘的用途，没有什么深意。"霜茎坚韧郁成丛，独立亭亭竹性同。编作帽丝裁作箸，龙须也共上帘栊。"（祁韵士《西陲竹枝词·集吉草》）作者高度赞扬了芨芨草的"霜茎坚韧"的品质，"独立亭亭"恰似翠竹的身姿。"山深云拥幕，地僻草编帘。"（杨廷理《述怀》）作者在句下自注："新疆芨芨草，色坚白，可编帘，粗者亦堪截为箸。""山深""地僻"之处，也有造福百姓的好东西。"芨芨草帘风细细，青蝇也怕北风凉。"（庄肇奎《伊犁纪事二十首》）北风青蝇，一语双关，既指自然界之苍蝇，也喻进谗之佞人。"劲节不随群草偃，青青未腐化身难。……何地无才多泯没，可怜抛掷玉门关。"（舒敏《芨芨草帘四首》）诗中深深地融入了作者的身世之感。

苜蓿。"欲随青草斗芳菲，求牧偏宜野龁肥。几处嘶风声不断，沙原日暮马群归。"（祁韵士《西陲竹枝词·苜蓿》）野龁：吃野草。"谪居出天山，医俗苦无竹。阶前苜蓿肥，采摘不盈掬。"（杨廷理《读太白〈浔阳紫极宫感秋〉诗，追和气其韵》）"担市葡萄绿，倾筐苜蓿肥。"

（杨廷理《理衣》）苜蓿不仅是绝好的饲草，也是人们初春尝新的绿色食材。至今伊犁人还讲究，春天要吃苜蓿芽儿饺子和苜蓿芽儿麋麋子。

蒲笋。"春水穿沙到麦田，野花初试草连阡。沿渠抽满新蒲笋，带得长镵不用钱。"（庄肇奎《伊犁纪事二十首》）长镵：装有弯曲长柄的掘土工具。作者在诗后自注："伊犁不产笋，惟蒲根颇鲜嫩可食，名曰蒲笋。"

湿死干活草。"小草名殊创，移来沙石间。……不争风日好，虚室托身安。……葳蕤枯涧底，摇曳古岩端。万里飘零客，相逢破涕看。"（杨廷理《小草》）作者在小引中说明："伊犁沙石间，丛生小草，名曰湿死干活。白茎绿叶，状如吾乡不死草。以线穿悬室中，无须雨露风日而青翠环生。夏日始花，娇细可玩。相传花色不一，惟随穿线成色。殊觉可异，诗以志之。"诗人触物伤情，联系自己的遭遇，便有了"破涕"的感慨。祁韵士也有诗歌咏这种奇妙的植物："微生若寄性宜干，小草无根碎叶攒。一点水星沾不得，时从壁上把来看。"道光年间遣戍伊犁的方士淦在他的《东归日记》中也有记载："伊犁有草，出石面上，红花娇艳可爱。家家用线悬于窗槅间，见水则萎，名曰湿死干活。"

罂粟花。"携得百花洲畔法，种来罂粟大如盘。"（洪亮吉《伊犁纪事诗》）作者在诗后自注："陈巡抚（淮）寓斋罂粟独盛，有五色如盘者，盖江西所携来之种。""家家院落有深沟，一道山泉到处流。罂粟大于红芍药，好花笑被舫亭收。"（庄肇奎《伊犁纪事二十首》）舫亭：船型的房屋。"曾无国色与天香，如此名花亦可王。才一昂头独标艳，果然脱颖压群芳。"（庄肇奎《西圃罂粟花有大红及纯白色者，大如牡丹，鲜丽可爱，诗以美之》）

虞美人。即野罂粟，哈萨克人叫"莱丽喀札克"（自由的不断迁徙的花），维吾尔人叫"克孜勒古丽"（红花），俗称草原红花。"虞美人开遍小园，千层五色彩云屯。"（庄肇奎《伊犁纪事二十首》）作者在诗后自注："虞美人花萼高三寸，色浓艳，中原所不及。""一畦烟雨锦斑斓，彼美芳魂碧玉湾。生面别开榆柳塞，春心早度玉门关。"（杨廷理《次申浦〈赴璎廉访求慊斋赏花分赋四首〉原韵·虞美人》）遗憾的是，古代诗人们无缘看到草原上铺天盖地的野罂粟花海，不然会留下更多的优美诗篇。

苹果花。"风光谷雨尤奇丽，苹果花开雀舌香。"（洪亮吉《伊犁纪事诗》）"杏雨梨云纷满树，更频婆、新染朝霞醉。"（林则徐《金缕曲·春暮和嶰筠〈绥定城看花〉》）频婆，亦作频婆果，源于梵语，即苹果，这里指苹果花。据林则徐《癸卯日记》道光二十三年（1843）三月十八日："福泽轩总戎招余及两儿同往绥园看花。……日来桃杏已谢，梨花正盛，其密者如关内绣球；频婆果花亦正开，红白相间，似西府海棠。"所以庄肇奎的《伊犁纪事二十首》中也说："果子花开春雨凉，垂丝斜嚲嫩条长。一枝折赠江南客，错认嫣红是海棠。"嚲：下垂。伊犁是苹果之乡，每年四月，苹果花开，铺天盖地，蔚为壮观。

曼陀罗花。"短篱残照乱阴遮，秋意悠然见此花。……我欲移根将汝去，免教沦落在边沙。"（庄肇奎《佛茄花》）作者题下自注："形似百合花，色纯白，香烈而幽，黄昏始放。"佛茄花，即曼陀罗花，又称凤茄儿、洋金花。"佛茄偏向黄昏放，别种幽香欲断魂。"（庄肇奎《伊犁纪事二十首》）

瓜果类的有：

油桃。"接木联同气，生机巧合欢。"（雷以諴《李光桃》）作者在题下自注："以李枝接桃，故结实外皮似李，而核则桃。其味甚甘美。"此桃由李与桃嫁接而成，因果实表皮无绒毛，故又称李光桃。

桑葚。"杏子乍青桑葚紫，家家树上有黄童。"（洪亮吉《伊犁纪事诗》）黄童：幼童。作者自注："伊犁桑葚极美，白者尤佳。"现在伊犁的桑林面积大大拓展，孩子们吃桑葚已是家常便饭。

哈密瓜、五色瓜。"六月争求节署瓜，剖开如蜜味堪夸。"（庄肇奎《伊犁纪事二十首》）作者在句下自注："哈密瓜惟将军署中后圃所产最佳，移至他处种即变。""绿玉堆盘色便奇，邵平佳种也差池。高吟杜老茶瓜句，此味惟应逐客知。"（杨廷理《食哈密瓜》）邵平：秦代东陵侯，秦亡后为布衣，在长安城东青门外种瓜，瓜味甜美，时人谓之"东陵瓜"。后以"邵平瓜"称美退官之人所种的味道甜美的瓜。作者在诗前小引中说："瓜有红绿白三种，以绿者为上。性极热，多食损齿。食后须煎浓茶漱齿，方可无恙。杜少陵有'茶瓜留客迟'句，向疑二者不能相兼，今食哈密瓜，竟可并用。""山沟六月晓霞蒸，百果皆从筵上升。买得塔园瓜五色，温都斯坦玉盘承。"（洪亮吉《伊犁纪事诗》）温都斯坦：境外部族名，在阿富汗境内。作者自注："果子沟至六月百果方熟。伊犁北郭外满洲驻防塔章京园内有五色瓜。"

第三编

现当代作家笔下的伊犁风貌

展现西部边陲的众生相

——谢彬笔下百年前的伊犁

　　百年前的伊犁究竟是个什么样子？现在活着的伊犁人恐怕大都说不上来。但是，谢彬的《新疆游记》一书却为我们详尽地描绘了塞外江南的山光水色，介绍了多民族聚居区的民情风俗，讲述了边远省份的社会经济状况，展现了西部边陲的众生相。这一切，对于我们今天更加深刻地认识伊犁，更加自觉地建设伊犁，都有重要的启迪意义。

　　谢彬（1887—1948），号晓钟，湖南衡阳人。1905年即加入同盟会，留学日本，于早稻田大学攻读政治经济。归国后在湖南督军署任职。1916年接受北洋政府财政部的委派，以财政部委员的身份，前往新疆和阿尔泰特别区调查财政。历时九个月，行程八千多公里（在新疆境内）。不仅完成了考察使命，还将日记结撰成《新疆游记》一书。书中除了调查财政，督导印花，留意金融、货币、户籍、垦殖、物产、贸易外，还寻访古迹，记录沿途风光、里程，了解地理沿革，收集传说及地名来历，关注民族构成与民族关系，等等。因此，这部书可以看作是百年前的一部新疆百科全书。

一、自然风韵：杏雨梨云纷满树[①]

伊犁古称塞外江南，从《新疆游记》中同样可以得到印证。在谢彬的笔下，百年前伊犁的风光胜地，一一展现出它雄奇而妩媚的风韵——

赛里木湖气势磅礴："前临海子，即赛里木淖尔，又曰西方净海。陨箨飘羽，不入于波，水色清碧，莫测其深，阳焊不耗，阴霖不滥，每日潮汐，若应子午。……海子南锐北丰，周约二百余里，环海皆山，雪峰倒影，景致幽绝。……海中恒起大风，力能吹岸上行人或羊群堕水。……俯视海面，烟雾迷茫，渺无涯际。大风横吹，阴冷逼人。"

果子沟气象万千："下坡多而平路少，俗称果子沟，为迪化伊犁间现今唯一通路，……夹岸峰峦峭耸（即塔勒奇山），上多药材，松树阴森，弥望苍碧；果树杂生，群花竞放，浓碧嫣红，步步引人入胜。山泉成涧，积流为河，奔腾汹涌，或类瀑布，曲折弯环，幽境如画。山水之奇，胜于桂林；岩石之怪，比于雁荡。……出山口，平野旷阔。……水草丰秀，青绿相间。"

惠远城园林秀美："杨榆合抱，芍药匝地，丁香花残枝三五，果花瓣积地盈寸，亭榭荷池，蔬圃萄架，布置有序。

---

① 诗句摘自林则徐《金缕曲·春暮和嶰筠〈绥定城看花〉》。

树梢乌鸦，群噪晚风，雌雄野鸽，拍拍齐飞，景致清幽，最宜避暑。"

伊犁河风光旖旎："花草杂放，弥望天涯，水鸟凫江，野兔穿林。哈萨毡房，纵横棋布；牛羊马群，牧放其间。复有渔夫数辈，结庐江浒，举网而鱼［渔］，一网恒数百斤。牧谣渔歌，互相唱和，立马观听，大有潇洒出尘之想。旋买鲤鱼数尾，就烹哈萨毡房，以下携来之酒。高谈阔论，极其快活。觉昔人'恨不十年弃官，日饮沧州酒'洵非虚语。"

伊犁的秀美山川纷纷奔来眼底，伊犁九城的风貌也能窥见一斑：

广仁城（芦草沟）"有绥定牲税及统税分局与国民学校，城厢店铺民居约二百余家"。绥定城"商务比于绥来（玛纳斯县。——引者），店铺皆在南大街及南关。……南关前年毁于火，市廛皆新筑，楼房俄式，整齐可观，街道亦宽广"。南门外"夹道杨榆，绿阴足可荫人"。惠远城"新城北关，道树整齐参天，过于陕甘官柳"。有学校，"讲舍颇大，有学生百八九十人"。"校舍右偏有败瓦颓垣数十间，即清伊犁将军署、陆军督练公所及讲武堂所在。""商务皆在东大街、北大街及东关。城内多京津商人，城外则缠商（维吾尔族商人。——引者）群居。"城内还有"会芳园"和"天福居"两座酒楼，"规模宏敞"，"文酒风流，盛极一时，有'小北京'之目"。惠宁城（巴彦岱）"廛舍二十余家"，"甚广大，皆颓垣"。

熙春城（城盘子）"城内居民二三十家"。宁远城

211

（伊宁市）北关"夹道翳林，俄商群集，俄领事署，即驻此间"。南关"居民数百家，可比乌苏、精河全县人口"。另有塔勒奇、瞻德（清水河）和拱宸（老霍城）三座古城，不在谢彬的行程线上，所以没有介绍。

二、民俗风情：边声惯听唱伊凉[①]

新疆自古以来就是多民族聚居的地区，也是世界三大文化：波斯文化（其中渗透着地中海文化）、印度文化和华夏文化交流、碰撞、融合的中间地带。千百年来，世居民族之间通过迁徙、贸易、文化传递、宗教流布、通婚与战争等渠道，相互竞争，相互交融，形成了各民族文化习俗、性格心理的相似与相关，同时又保持着一定的差异与冲突。谢彬于1917年到达伊犁的时候，进入他视野的正是多种民族杂居、多种文化纷呈的局面：

在赛里木湖边的三台，他看到了"道南有关帝庙，颇灵异，联匾盈廊庑"。湖的"东南隅有岛屿三，近南者大，上建龙王庙三楹，甚为壮丽"。在松树头，"有察哈尔营索领队新建武庙，高不逾丈，上覆铁叶，四周多拴马椿［桩］。"在惠远城内，有古色古香的伊犁将军府和钟鼓楼，还有亭榭园林、校场兵房。由此看出，伊犁虽然地处边鄙，汉文化的影响依然源远流长。

---

① 诗句摘自林则徐《又和中秋感怀原韵》。

他在绥定城看到的建筑物却多是俄式楼房，在宁远城（伊宁市）吃的午餐竟是西式。这里的"商场用器，度曰'当子'（值我二尺），衡曰'哈塔克'（当我十一两）——皆俄器也。帐簿、算盘、银钱、货单，皆俄式也"。甚至连街道名称都是俄语的。由于此前伊犁曾被沙皇俄国强占十年，所以俄罗斯文化的遗迹十分深广。

绥定城的居民，"汉回（回族。——引者）及塔兰奇（本地缠回名）诸族，皆与汉民杂居四境。其锡伯、索伦、察哈尔、额鲁特四爱曼，及蒙古、哈萨克，环居境外"。伊宁北关"俄商群聚"，"新疆中俄民籍，混杂已臻极点，要以伊犁为尤甚"。新疆十三个世居民族，伊犁一一俱全。

惠远东门外"商廛栉比，道树稠密，中有回民新建礼拜寺，甚为壮丽，尚未落成"。在伊宁市，他还"便道登东梁高处，访金顶寺遗址"。金顶寺是准噶尔统治时期香火十分旺盛的佛教中心，1755年毁于战火。于此可见，多种宗教各自流布，已成定势。

谢彬到伊犁的当年正值大旱，"地方官绅，更徇迷信，筹备祈雨，人心颇现惊慌之象"。五月十四日那天，惠远"店铺门首，均悬国旗，又以水瓶高插柳枝，柳枝摇曳，国旗飘荡，煞有可观"。原来是因为"此间苦旱已久，今日官绅举行祈雨旧典"。这一切俨然是内地景观。五月二十一日在巩留县的济尔噶郎，他又观看了哈萨克歌舞："夹岸树木，合抱蔚然；水流有声，幽然成韵。毡房无数，散处其间，哈萨少女（哈语曰克矢，若汉人之称闺女），欢笑偎郎

（哈萨歌唱之名），姿首佳丽，比于江浙。按辔沿观，至足乐也。"这情景绝对是边疆风情。

他离开伊宁市取道那拉提前往南疆时，在伊宁县境内，曾有"某乡约备茶尖于其家，氍毹铺地，袜而登席，犹有太古遗风"。到巴依托海，又有"乡约于店烹羊备午尖"。这是当地维吾尔族乡亲在家中招待他喝奶茶，在饭馆为他宰羊接风。走到特克斯河畔，当地哈萨克千户长体里米斯安排他在毡房中过夜："宿幕即蒙古包，内铺和阗地毯，陈木制方榻，被褥皆入以雁羽，温软胜鸭绒；幕以绣屏，俗呼坑〔炕〕围，为女子嫁奁品。陈设华丽，视东来旅店秽劣不堪，直天壤矣。晚以羊羔当饭，无烹调，无箸，余颇不惯，而哈俗以非上客不宰羊，食之津津有味。其以刀刲肉之妙，恐古庖丁解牛，亦不过如是耳。"让他真正体会到了哈萨克人好客的风俗。

三、社会风貌：塞垣此地擅繁华①

谢彬新疆之行的任务是调查财政情况，所以从他的游记中可以清楚地了解到当时伊犁以至全疆的经济形势。他不仅描绘了伊犁的山川苍莽、林海无涯、物产奇异、沃野绵亘，还如实地反映了当时伊犁的闭塞落后、垦殖待兴、满营衰朽、外侨嚣张、王公腐败、官员贪墨等社会风貌。

---

① 诗句摘自纪昀《乌鲁木齐杂诗》。

　　谢彬在书中曾简要介绍了伊犁自两汉以来的变革情况。到清代乾隆年间平定准噶尔叛乱之后，"始于伊犁河北分建九城，以将军守之"。直到1864年伊犁农民大起义爆发时，"九城不守，俄人以兵数百袭据之，擅其利者十有三年。光绪初，清兵收复天山南北各城，独伊犁不下。……其后卒以币九百万元收还。而天山西北边要之地，遂以界约蹙损至数千里，亦可谓得不偿失矣"。据《西域图志》记载，伊犁东路有属地十八处，西路有属地六十二处。现在西路除了霍尔果斯，其他六十一处都被沙俄强占去了。谢彬说："今存之地，东西约千五百里，南北二千里。其地表里山河，物产丰饶，多富商大贾，西陲一大都会也。"

　　伊犁"地处亚洲大陆之脊，当东西交通孔道"，谢彬认为"东西往来，势将群出此途，伊宁首当其冲，商务发达，将与香港、上海诸埠并驾齐驱"。孙中山先生在1920年为这本书所写的序言中也敏锐地指出："今读谢君晓钟之《新疆游记》，行路四万六千余里，记载三十万言，述其足迹所经，观察所及，以饷国人，使知国境之内，尚有此广大富源，未经开发者，可为吾人殖民招业之地，其兴起吾国前途之希望，实无穷也。"七十多年来伊犁发生的天翻地覆的变化，当前国家实施的西部大开发战略，以及伊犁正在紧锣密鼓开展的大水利、大能源、大交通、大口岸、大石化建设，无不验证了谢彬当年的远见卓识和孙中山先生的殷切期望。

　　伊犁的地位虽然非常重要，自然条件虽然十分优越，但在百年以前，即使是相对安定的时期，经济还是异常凋敝，民生还是格外艰难。谢彬看到："此地上年歉收，今年又久不雨，粮价奇昂，且无籴处（常年小麦每斛伊贴四五两，现则十六七两，犹无人卖）。贫民恒不得食，日由县署平价散售官面三千斤，糖饼六千枚，以拯饿殍。"各种设施非常破败。就以通信设施为例："迪化、伊犁间之电杆，已十二年未修（章程：三年小修，六年大修），一遇朽倒，恒截原杆重竖，因陋就简，以迄今日。"从绥定到伊宁，俄国人也设有专用电话线，与我国的电杆"并道而南，彼则下夹石础，高插霄汉。我则高不逾丈，腐败倾斜。相形之下，欲哭无泪。且又尝梗不通，几同虚设。俄领事每笑比为'骆驼电线'，可耻亦可愤也"。谢彬的一腔爱国热情，于此可见一斑。

更为严重的是，当时伊犁回归祖国已经三十多年，但是俄国的影响所在多有，俄国侨民飞扬跋扈，依然是一副殖民者的架势："伊犁自清同治回乱不守，俄人藉词代收，官房市肆，均为所占，散漫而居。至交还时，因有俄民田地照旧管业之约，于是城厢内外，园庄地址，乡村牧地，均与我汉回缠民错杂而居，往往欺压平民，争占水利，抗纳粮税，摊抵债务，煽诱投俄，违约滋事。种种弊窦，迭出丛生。而地方官每以事成交涉，多所迁就。故凡刁狡之民，骑墙两藉，肆其奸伪，趋避自由；属中属俄，莫能究诘。"以至"外人相率而操纵"，甚至连伊宁北关的街道名称也叫作"诺威噶尔特"（俄语"新城"之意），"直视为彼领土，华人尚梦梦也"。在商户中，俄商也占有很大比例，"以故市面商权，皆握俄人之手。又有彼邮局、电局及道胜分行，以助竞争，其势愈雄"。"发售俄国商品，沿用俄国习惯，求之形式，无一有类华商，洵可悲也。"就在谢彬到达伊犁的两年前（1914），俄国军队还曾麇集霍尔果斯河边，"声言与我将有重要交涉谈判，意在取我伊犁全部，归彼版图"。由于第一次世界大战爆发，俄方撤兵，"得幸存以至今日"。对于沙俄的侵略扩张野心，谢彬看得十分清楚，所以他才忧心忡忡地说，"甚望守斯土者，于疆理之责加之意焉"。

由于反动统治者执行的是民族歧视政策，所以当年伊犁的民族关系不太融洽。这在他的书中均有反映。看看今天各民族人民和睦共处，团结一心，共同开发、建设、保卫伊犁的业绩，共同构建和谐的小康社会的情景，真是今非昔比，何啻霄壤！

孙中山先生在序言中又说："有志之士，当立心做大事，不可立心做大官。……夫自民国创建以来，少年锐进之士，多汲汲于做大官，鲜留心于做大事者。乃谢君不过财部一特派员，正俗语所谓芝麻绿豆之官耳。然于奉公万里，风尘仆仆之中，犹能从事于著述，成一数十万言之书，以引导国民远大之志，是亦一大事业也。如谢君者，诚古人所谓大丈夫哉！"这一赞誉，谢彬当之无愧。谢彬的探索精神、忧患意识与高瞻远瞩的胆识，以及强烈的使命感，对我等后辈确实富有启迪作用。

四、众生风姿：万里穷边似一家①

谢彬在《新疆游记》中记述山川形胜、民情风俗、社会大观的同时，也记载了他耳闻目睹的各界人物的言语行动，上自高官，下逮庶民，均有涉及。有时刻意记录，有时随笔点染，从中可以映射出当时的人情世故、社会风习等等，确实有一定的认识作用。

由于谢彬是以财政部特派员的身份前往新疆调查财政状况的，所到之地都有当地官员迎送，所以接触最多的还是政府要员。在伊犁，他打过交道的官员就有镇守使杨飞霞、道尹许国祯、惠远知事李棨、伊宁知事赵国梁、镇署参谋长牛时、中校参谋林汰非、少校参谋彭泽霖、警察处长常国英、军需官陈忠诚等人。

杨飞霞是当时伊犁的最高长官，他是云南省蒙自县（今为蒙自市）人，当时的新疆都督杨增新的同乡。他原任都督署参谋长。1912年，伊犁辛亥革命爆发后，北洋政府将伊犁将军改为镇边使，1914年，杨增新又将镇边使改为镇守使，正式成立伊犁镇守使署，选派杨飞霞担任这一重要职务。杨飞霞在伊犁任职七年，最突出的政绩是巧妙地处置遣返了流窜伊犁的白俄溃军和二十余万俄国哈萨克难民事宜，果断地镇压了白俄匪军头目杜托夫、刘连科的叛乱。他是有功于伊犁的历史人物。谢彬在到达惠远的当天傍晚，就去拜会了杨飞霞。他

---

① 诗句摘自林则徐《次韵嶰筠喜余入关见寄》。

在日记中写道："杨曾留学日本，谈吐尚有新知识。"印象不错。第二天，杨飞霞就责成垦牧局"备文传知各该游牧长官，沿途照料"，为谢彬七天后的南疆之行预作安排。

谢彬在伊犁期间交往最多的官员是伊宁知事（县长）赵国梁。赵知事不仅陪同他"至东关、北关一带，督查印花"，又"登东梁高处，访金顶寺遗址"。还为他"设午宴"，吃西餐，"以彼卒业北京俄文学校，时与西人接洽，颇习西俗故也"。这件事也反映出沙俄曾经占领伊犁十年之久，加之当时伊犁的俄罗斯人比较多，当地人的生活习俗已经受到深刻影响。谢彬离开伊犁时，赵知事又把他一直护送到伊犁河以南，路上还为他"猎一野鸭"，当天住在维吾尔族老乡家，"晚烹日中猎鸭下酒，其味甚佳"。

谢彬在伊犁接触的第二类人是商人。他刚到绥定北关，李知事就带着下属和"绅商十余人来迓"。在伊宁商会召开的劝导商民推行印花税的集会上，他见到了大名鼎鼎的维吾尔族巨商裕三巴依："有缠商名裕三巴依者，当场指说县署，素无此项公布，语气蛮横，其刁悍为缠族所稀有。"有述有评，如见其人。于此可以看出两点：一是巨商的财大气粗，目无官府；二是反映出商民对于政府苛捐杂税的反感。裕三巴依当时是伊犁的首富，"有资二百余万"，是伊犁皮革厂的创办者，他依仗着后台的庇护，曾经垄断了伊犁各大草原的皮毛交易。和仅次于他的另一位急公好义的维吾尔族大商人雅和普相比，他可是"一毛不拔者也"。雅和普"民国初元，以私人维持伊犁纸币，镇边使广福曾为褒奖四等嘉禾章"。

　　谢彬在伊犁接触的第三类人是各地的维吾尔族乡约和哈萨克族千户长、百户长，他离开伊犁取道那拉提前往南疆途中，得到了当地少数民族头面人物的殷勤接待。一方面因为镇守使部署在先；另一方面少数民族素有好客风尚，对于他这位来自"中央"的官员当然优渥有加。一路上为他备午餐的有儿密圩子、巴依托海、沙哈圩子、莫因苦札勒等地的维吾尔族乡约，接待他住宿就餐的有体里米斯、概拉克拜、大鲁隈、脱巴拉提、鲁克特伯克、马克苏脱、阿儿斯巴依、阿斯的米斯等哈萨克族千户长、百户长。谢彬在伊犁真正感受到了少数民族的热情好客，第一次体验了豪华毡房的舒适，以及"羊羔当饭"的"津津有味"。

　　在伊犁期间，他还看到了愚昧官绅们的求雨仪式，也看到了官员纳妾的陋俗。一次是到惠远的第二天适逢杨飞霞娶小老婆，"属僚送戏庆贺"，"采文明结婚仪式"，也欣赏了新娘的丰采："结束时髦，丰韵尚佳。"另一次是在宴席上听说，十天前镇署管牲税的杨经理，"以三千金置一妾。于归宴会，费亦不赀"。由此他做出推断："一末秩而豪侈若此，得勿于征收中，迭有弊混乎。"这是他的职业敏感，实际上也是当时新疆官场上的通病。

　　录入谢彬日记中的普通人不多，有陪伴他到达焉耆的翻译长明，也有为他讲述新旧满营掌故的巩留县满族农民老吴（他曾在军队里担任过佐领之职）。

　　通过谢彬笔下各类人物的活动，我们可以从中了解到当时伊犁社会的一个侧面，管窥一斑，也能推知全豹。

外国人眼中的伊犁景状

百年前中国的社会形势究竟是个什么状况？

自1840年鸦片战争以后，中国的国际和国内形势都十分险恶，处在一个危机存亡的时代。康有为曾描述过当时的国际形势："俄北瞰，英西睒，法南瞵，日东眈，处四强邻之中而为中国，岌岌哉！"（《强学会序》）中国被帝国主义列强瓜分的危险已经降临。国内虽然搞了十多年的洋务运动，生产力依然十分低下，政治上封建专制统治更加黑暗，文化教育和科学技术也非常落后。在那个灾难深重、民不聊生的时代，中华各族人民反对外国侵略和反对封建压迫的斗争，犹如干柴烈火，风起云涌。曾经发生过反对清朝统治的太平天国运动，发生过反抗英法联军侵略的战争、反对法国侵略的战争和反对日本侵略的战争，发生过以救亡图存为目的的维新变法，发生过反帝爱国的义和团运动和反抗八国联军侵略的战争。帝国主义侵略者和封建统治者狼狈为奸，把中国人民的一次次斗争都绞杀了。昏庸腐朽的清政府对帝国主义侵略者百依百顺，签订了一系列丧权辱国的不平等条约，中国一步步地变成了一个半殖民地半封建的国家。

就在这个大背景下，从19世纪60年代到20世纪初，陆续有多名外国人进入伊犁执行"考察"任务。其中有代表性的三个人：第一个是俄国突厥学家、俄国科学院院士德国人B．B·拉德罗夫，这时候他的身份是一位刚刚取得博士学位的柏林大学哲学系毕业生；第二个是芬兰探险家卡尔·古斯塔夫·艾米尔·曼纳海姆（马达汉），为了掩盖他为俄国总参谋部执行军事侦察任务的政治身份，他以法国探险家伯希和科考队成员的名义，从中亚进入新疆并单独行动；第三个是日本军官日野强，他遵照日本参谋本部的秘密指令，从北京前往新疆搜集军事、政治情报。这些人"抱着不同的目的，肩负着各自使命走进中国新疆进行考察和探险，他们的身世背景、目的动机互不相同，他们的所作所为或可称道，或应谴责，留下的故事也因人而异，但每一个故事都能够折射出那个时代的某些色彩或某个侧面。但应该承认，他们为后人留下的数量可观的考察报告、探险实录，以及新疆历史、民族、宗教、地理等方面的札记和图像资料，今天都成为值得珍视的历史资料"（马大正《日野强和他的〈伊犁纪行〉评述》）。

通过拉德罗夫的《西伯利亚日记》、马达汉的《马达汉西域考察日记（1906—1909）》（原书名为《马达汉穿越亚洲之行——从里海到北京的旅行日记》）和日野强的《伊犁纪行》中他们在伊犁的活动与见闻，可以从一个侧面了解到百年前伊犁的面貌。拉德罗夫的伊犁之行要早一些，时间是

1862年7月24日至7月底或8月初；马达汉与日野强的伊犁之
行几乎同时进行。马达汉在伊犁的时间是1907年4月2日至6
月14日，而日野强则是1907年5月9日至6月8日，他们未能谋
面，两人可以说是擦肩而过。前者是从南疆进入伊犁，4月
12日到固尔扎（宁远），4月30日到惠远、绥定，5月7日离开
固尔扎南行；后者是从果子沟进入伊犁，5月12日到绥定，13
日到惠远，28日到固尔扎，30日告别惠远东行。马达汉曾接
到上级指令，要他警惕并监视当时正在南疆的日本人（当指
日野强）。由此可以看出日俄在中亚的明争暗斗态势。

　　在这些外国人的眼中，百年前的伊犁是一副怎样的面
貌呢？

一、边防松弛，装备粗劣

　　当时边境上没有战事，但"霍尔果斯河岸有俄、清两国
士兵在各处对峙，屯防警戒"[①]。

　　日野强曾写诗一首，介绍伊犁的边防形势："三面奇
峰一面开，戍楼对峙霍河隈。将星高挂边疆外，瀚海天山
不染埃。"[②]那时我方的哨所都非常简陋，"房屋由泥土和
石块建造"，有的"建有两间小泥屋，其中的一间几乎半

---

　　① 日野强：《伊犁纪行》，华立译，黑龙江教育出版社，2004
年，第147页。

　　② 日野强：《伊犁纪行》，华立译，黑龙江教育出版社，2004
年，第145页。

倒塌，既没有门也没有窗户"①士兵缺员严重，"哨所人员
应配备120人，但现在只有十来个"。"士兵根本没有一点
儿军人的威严。……马匹很瘦小，喂养得很差，……表明
士兵特征的，除了枪而外，唯一的标志是一件围裙式的马
褂，上面绣着一个方块汉字（兵），外加彩色镶边。他们的
装备是小型一发子弹装的毛瑟枪。……枪支保养得极差，
不太好使。"②至于再早四十余年前的装备就更差了，当时
派去护送拉德罗夫的边防军士兵甚至是用"弓箭全副武装
的"③。那时候伊犁九城中的驻兵也不充实，据日野强调
查：绥定城步队一营（定员150人，下同），霍尔果斯步队
一营、马队一旗（定员50骑，下同），宁远城步队一营、马
队一旗。"属于伊犁将军直辖的不过是绿营步兵一营（实际
兵员约150人）、马队四旗（实际兵员约为200骑）、满蒙八
旗（约2000人）而已。……伊犁将军拥有的炮，大小合计共
12门。""兵器种类繁杂，步枪制式不齐。……一杆枪至多
不过百发子弹，为此本应日常不时举行的射击演习便无从实
行。有些甚至徒有枪支而无弹药。总之，好枪匮缺，而形同

<hr/>

　　① B．B·拉德罗夫：《西伯利亚日记：第九章》，佟玉泉译，
载《伊犁地方志》2010年第4期。
　　② 马达汉：《马达汉西域考察日记（1906—1908）》，王家骥
译，中国民族摄影艺术出版社，2004年，第204—205页。
　　③ B．B·拉德罗夫：《西伯利亚日记：第九章》，佟玉泉译，
载《伊犁地方志》2010年第4期。

报废的枪支数量甚多。"①

在广阔的边境地区，兵力如此单薄，装备如此匮乏，一旦敌人入侵，如何有效地抵抗？这正是1871年沙俄一举侵占伊犁，从而实施了十年殖民统治的原因所在。

二、城市整洁，交通不便

几个外国人在伊犁的活动地点主要在惠远城、宁远城和绥定城，还有拱宸城（霍尔果斯）和塔勒奇城。

先看惠远城：

马达汉说："惠远城是我看到过的最整洁、最美丽的中国城市。……城市设计得很好，笔直的街道，又宽敞又漂亮。有两条街在市中心相互交叉。在主要街道的两旁，几乎都是官邸、衙门，其中据中心地位的是将军府。此外，还有一些商店和两座庙宇。其中一座庙宇红砖绿瓦，十分漂亮。另一条街道主要是商店、餐馆等。市中心，两条大街的十字路口建了一座像城门样的钟鼓楼，……钟楼的四座门洞朝着东南西北四个方向。……在城里可以遇到各色各样的人物，……"②

日野强说："惠远城……城内置伊犁将军衙门，下设副

---

① 日野强：《伊犁纪行》，华立译，黑龙江教育出版社，2004年，第428—429页。

② 马达汉：《马达汉西域考察日记（1906—1908）》，王家骥译，中国民族摄影艺术出版社，2004年，第181—182页。

都统及察哈尔、索伦、锡伯、额鲁特四领队大臣，新满营、旧满营、协台等衙门，以及电报局、官钱局等机构。人家约一千七百户，……街道宽阔，下水道（疑指道旁排水渠。——引者）纵横相连，其城市清洁程度在省内首屈一指。"①

再看宁远城：

拉德罗夫说："固尔扎城位于皮尔沁河流入伊犁河汇合处不远，这是一个四周由土墙围起来呈四方形的城市，有四个大城门，城市街道呈直线，而且大都是直角交叉路。"②

日野强说："俄国人呼其地为固尔扎，清人又称金顶寺。城内有伊犁道台、宁远县、都司等衙门，还有通商局、电报局等。城外驻扎俄国总领事馆、该国的电信局、俄清银行（道胜银行——引者）支行等，人家总计五千户，大部分为俄国籍。"③

马达汉看到的是："城市边缘的房子，建造得很差，至少比城郊的新城房子肮脏得多。……（城内）全然是画廊似的单层平房建筑，商店鳞次栉比。这条未铺石子路面的街道加上一排排的店铺和俄文招牌，非常像俄国的一个小城

---

① 日野强：《伊犁纪行》，华立译，黑龙江教育出版社，2004年，第145—146页。

② B．B·拉德罗夫：《西伯利亚日记：第九章》，佟玉泉译，载《伊犁地方志》2010年第4期。

③ 日野强：《伊犁纪行》，华立译，黑龙江教育出版社，2004年，第148页。

镇。"^①他们所到之处，交通很不方便，"这里的道路非常糟糕，很拥挤，行人、挑夫、驮驴、大车（阿木巴）和骆驼队始终来往不断"^②；"马路很脏，马蹄深深地陷入了黑乎乎的脏水坑里"^③。当时在伊犁河与其他大一些的河流上都没有桥梁，人们一般都是骑马涉水过河。伊犁河上有渡船，"渡船是靠马牵引着，……只需用绳子拴着马尾巴即可。……船在急流中由马游着水拉着"^④。"有一次，满载的渡船到了河中心，但不知什么原因，牵引渡船的几匹马，部分脱离了纤绳。剩下的马没有能力驾驭沉重的渡船。渡船在喊叫和吆喝声中快速地向下流淌，我开始考虑，我们会不会坐船到俄国边境去了。"后来渡船在河水拐弯处搁浅了，船工们才在水中把船拖到岸边。^⑤即使有桥，也是"把几根圆木架在河上，然后在木头上稀稀落落地铺上一些木板，再用钉子钉住，就成了桥"。^⑥

---

① 马达汉：《马达汉西域考察日记（1906—1908）》，王家骥译，中国民族摄影艺术出版社，2004年，第177页。

② В. В. 拉德罗夫：《西伯利亚日记：第九章》，佟玉泉译，载《伊犁地方志》2010年第4期。

③ 马达汉：《马达汉西域考察日记（1906—1908）》，王家骥译，中国民族摄影艺术出版社，2004年，第177页。

④ 马达汉：《马达汉西域考察日记（1906—1908）》，王家骥译，中国民族摄影艺术出版社，2004年，第176页。

⑤ 马达汉：《马达汉西域考察日记（1906—1908）》，王家骥译，中国民族摄影艺术出版社，2004年，第189页。

⑥ 马达汉：《马达汉西域考察日记（1906—1908）》，王家骥译，中国民族摄影艺术出版社，2004年，第213页。

三、贸易活跃，资源外流

伊犁"人口号称35万，极尽繁华。然而同治叛乱（指1864年爆发的维吾尔农民起义。——引者）中备受破坏摧残，满人和汉人大部遭到屠戮，城池化为瓦砾废墟，民宅化为焦土灰烬。近来清廷重修城墙，倡导移民，逐渐恢复旧貌，现在达到20万人，既为冲要之地，也是本省人口稠密的地区之一"。①

19世纪下半叶，历经农民起义的战火，继而封建领主篡权并煽动民族仇杀，接着沙俄大举入侵，实施了十年殖民统治，因此，伊犁的工农业生产均遭到严重破坏。此前拉德罗夫到达霍尔果斯时，只见"街道两边布满了店铺和作坊，所有裁缝、鞋匠、铁匠和木匠几乎都在露天工作，他们之间又布满了摆有各种各样食品、碗盆及木制品的店铺，到处可见用汉字书写的巨大招牌。……饭馆都有大鱼代替招牌，可以远远便能认出。……各路小商贩将自己的商品摊在货担上挑着，满街大声叫卖，以招徕顾客，……给我们一种似乎来到了欧洲某一城市的感觉"。②"固尔扎仍然还是伊犁地区全部塔塔尔居民（指维吾尔族。——引者）的中心和核心。……所有从塔塔尔中亚（布哈拉、浩罕、阿尔特沙尔）

---

① 马达汉：《马达汉西域考察日记（1906—1908）》，王家骥译，中国民族摄影艺术出版社，2004年，第145页。
② В.В·拉德罗夫：《西伯利亚日记：第九章》，佟玉泉译，载《伊犁地方志》2010年第4期。

运往伊犁河谷的货物，均通过固尔扎城在城乡居民之间进行再分配。这里既是农民销售自己谷物的市场，也是购得自己必需物的市场。"①那时到处是一派繁荣景象，很快这一切都毁于一旦。

直到20世纪初，伊犁的经济才开始复苏，主要表现在商业贸易的活跃上。且以宁远城为例：

"城内商店六百余家，大者多为塔什干、浩罕、安集延、喀什噶尔等地的商人所开，输入俄国的印花布、罗纱、铁具等，买进家畜、羊毛、兽皮等物。……此地原来只是清朝商人同游牧民交易的场所，随着近来与俄国通商，商业气氛日益活跃。至于聚集在市场上的诸多种族，固然比不上喀什噶尔，但也有汉人、满人、汉回（指回族。——引者）、缠回（指维吾尔族。——引者），以及锡伯、索伦、额鲁特、蒙古、哈萨克、敖盖意（俄国喀山州的回教徒）、吉尔吉斯、安集延、塔什干、浩罕、犹太、欧洲的俄罗斯人等诸多区分。这些人容貌不同，服装冠帽互异，操各种语言交谈，在那里你卖我买，步骑混合，东西往来的情景，实乃天下一大奇观。"②（伊犁）"同俄国的贸易关系很活跃。（固尔扎）装有玻璃窗户的房子十分普遍，街上有俄国商店，也有俄国马车和马具。缝纫机已经普及，甚至在柯尔克

---

① B．В·拉德罗夫：《西伯利亚日记：第九章》，佟玉泉译，载《伊犁地方志》2010年第4期。

② 日野强：《伊犁纪行》，华立译，黑龙江教育出版社，2004年，第148—149页。

孜的毡包里也会看到。"①

　　贸易活跃的主要原因是伊犁的物产非常丰富。

　　伊犁河谷气候温和，雨水充沛，土地肥沃，因而适宜发展农牧业生产。农作物主要"出产大麦、小麦、豌豆、粟、玉米及高粱等"②"稻麦皆宜"③。"锡伯人……基本上种植烟草和棉花"④。这里的园艺业也很发达，"果园大都种植的是苹果、杏和桃树"⑤，"伊犁的苹果，味道极美。该地历来适合果树生长，各村的园圃里无不种植，到处都是果园和树林。尤其是伊犁的空格斯河畔，有许多野生的苹果树和杏树，林中果实遍地散落，如同铺了一层厚席。杏子在七月中，苹果在八月前后成熟，据说那时羚羊、熊、野猪等动物也多前来觅食。因为伊犁盛产苹果，缠回向来习称伊犁为'阿力玛里'，突厥语中的'阿力玛里'就是苹果的意思。从伊犁出口到俄国的商品中，干果类占其大半，由此也可推知当地果品产量之多"⑥。"伊犁产的西瓜，发育最好，个

---

　　① 马达汉：《马达汉西域考察日记（1906—1908）》，王家骥译，中国民族摄影艺术出版社，2004年，第179页。
　　② 日野强：《伊犁纪行》，华立译，黑龙江教育出版社，2004年，第144页。
　　③ 日野强：《伊犁纪行》，华立译，黑龙江教育出版社，2004年，第376页。
　　④ Ｂ.Ｂ·拉德罗夫：《西伯利亚日记：第九章》，佟玉泉译，载《伊犁地方志》2010年第4期。
　　⑤ Ｂ.Ｂ·拉德罗夫：《西伯利亚日记：第九章》，佟玉泉译，载《伊犁地方志》2010年第4期。
　　⑥ 日野强：《伊犁纪行》，华立译，黑龙江教育出版社，2004年，第379页。

头极大，大者两个就能装一驮。"①

伊犁有许多水草丰茂的天然牧场，盛产马、牛、羊、骆驼等家畜。伊犁马是"天马"的后代，马达汉对其赞赏有加，"这些牝马沉静而壮实，脖子线条很美，脑袋也许稍微重了点儿，但不乏良种马的气势。尾巴根高高撅起，肚腹部长得很好，肌腱壮得无可挑剔。膝盖和肩部还有改进的余地"。②农区的畜牧业也很兴盛，人们"食用的只有小麦，大麦当马饲料用。……人工草场种植的是汉语的苜蓿，塔塔尔语比达的植物"。③

伊犁的森林资源很丰富："伊犁空古斯河畔的森林，生长杉树及白杨、桦树、杏树等，其中不少树木高达八十尺，树干的直径在两尺以上，甚至达到五六尺。这些树木既适于做建材，也适合用来制作器具。"④山区有许多野生动物。马达汉亲眼所见的就有："除了山羊、盘羊，还有大量的鹿獐走兽。……'骛腊儿'，一种松鸡，它的叫声经常响彻深山峡谷。……常常可以看到斑鸠在觅食。狼的脚印到处可见，……

---

① 日野强：《伊犁纪行》，华立译，黑龙江教育出版社，2004年，第376页。

② 日野强：《伊犁纪行》，华立译，黑龙江教育出版社，2004年，第192页。

③ B．B·拉德罗夫：《西伯利亚日记：第九章》，佟玉泉译，载《伊犁地方志》2010年第4期。

④ 日野强：《伊犁纪行》，华立译，黑龙江教育出版社，2004年，第381页。

山鹰和秃鹫很多，狐狸和猞猁也有一些。"①日野强所知的有："豹、熊、野猪在伊犁河谷，……黄羊多在伊犁西部的苇湖湖畔，成群结队地出没。伊犁附近一带还有茶褐色的熊，其前脚掌长有白色的长爪，和普通的黑熊大不一样。"②

伊犁的矿藏资源异常丰饶。"当地附近山中有金、银、铅等众多矿藏"③，"伊犁对众多的煤矿进行开采，由于产量巨大，煤价十分低廉，为此每年产量的半数以上出口到俄属地区"④。由于生产力低下，技术落后，设备匮乏，当时的伊犁几乎没有什么工业企业，有的只是一些手工业："固尔扎的塔塔尔人（指维吾尔族。——引者）以手工业发达著称。"⑤日野强发现在城盘子和宁远城之间"可以看到俄国人的别墅及几处制毛、制皮革以及制造面粉的工场"。⑥这里所说的制皮革的"工场"，当是著名的维吾尔族大商人玉山巴依所创办的皮革厂（后来利群皮革厂的前身）。马达汉也发现在宁远城郊区有酿酒厂，"在济尔嘎朗河畔，有一座

---

① 马达汉：《马达汉西域考察日记（1906—1908）》，王家骥译，中国民族摄影艺术出版社，2004年，第192页。

② 日野强：《伊犁纪行》，华立译，黑龙江教育出版社，2004年，第389页。

③ 日野强：《伊犁纪行》，华立译，黑龙江教育出版社，2004年，第158页。

④ 日野强：《伊犁纪行》，华立译，黑龙江教育出版社，2004年，第374页。

⑤ В.В·拉德罗夫：《西伯利亚日记：第九章》，佟玉泉译，载《伊犁地方志》2010年第4期。

⑥ 日野强：《伊犁纪行》，华立译，黑龙江教育出版社，2004年，第148页。

炼油厂，……有一个奥地利人在炼油厂里工作"。①

　　当时伊犁经济的表面繁荣主要体现在对外贸易方面。据日野强调查："每年仅从伊犁进口的俄国货物即绸布杂货类，其价值即在400万日元左右，另外伊犁向俄国出口的货物为羊毛400万斤、羊20万头、牛马各一两万头，其他还有茶（砖茶）等，商业价值颇为可观。"②对于沙俄来说，这些对外贸易全都是掠夺性的，俄国商人"独占了伊犁各地城乡牧区的商业贸易，控制了当地的经济命脉。他们随意压低农牧产品和手工业产品的收购价格，任意抬高俄国工业品的零售价格，有恃无恐地盘剥伊犁各族人民。丰饶的伊犁成了俄商掠夺工业原料和推销剩余工业品的市场"。③此种情形，相沿已久。直到1917年，谢彬受北洋政府财政部委派，前往新疆调查财政情况时，发现伊犁"商品用器，度曰'当子'，衡曰'哈塔克'——皆俄器也。账簿、算盘、银钱、货单，皆俄式也。发售俄国商品，沿用俄国习惯，求之形式，无一有类华商，洵可悲也"。而俄籍侨民"往往欺压平民，争占水利，抗纳粮税，摊抵债务，煽诱投俄，违约滋事。种种弊端，迭出丛生。而地方官每以事成交涉，多所迁

---

　　① 马达汉：《马达汉西域考察日记（1906—1908）》，王家骥译，中国民族摄影艺术出版社，2004年，第177页。

　　② 日野强：《伊犁纪行》，华立译，黑龙江教育出版社，2004年，第402页。

　　③ 新疆社会科学院历史研究所：《新疆简史》（第二册），新疆人民出版社，1997年，第165页。

就"。①于此可见沙俄对伊犁经济的侵蚀与破坏之深。

四、宗教兴盛，教育落后

伊犁地区最早广泛流布的宗教是佛教："卡尔梅克人（指蒙古族。——引者）都信奉佛教。……清朝大将军每年参加一年一度的伊犁佛寺的祭奠活动，将军亲临代表着皇帝，所以他的出现伴有许多隆重的仪式。冬季，伊犁的寺庙一般都显得很热闹，……商人在寺庙周围摆设自己的摊点，使其形成为一个小商城。……每次进餐都要宰杀五头牛和十只羊。"②昭苏的"库热喇嘛寺（圣佑庙）是十年前卡尔梅克人集资建造的。……原有的古寺叫素摩寺，三十年前（指1871年沙俄侵占伊犁时。——引者）被俄国科尔帕科夫斯基将军烧毁了。……所有建筑物中，都有典型的中国面砖天花板，还有漂亮的向上翘起的屋角和装饰华丽的檩条。许多房子的飞檐上都挂有生铁铸就的风铃，固定在铃舌上的薄铁片在微风中不断晃动，发出一种柔和幽雅的叮咚声"。③在宁远城东郊，"道路的右边有一排高低起伏的山丘，名叫金顶寺。相传古时候这里曾经是一座富丽堂皇的佛寺。至今在那

---

① 谢彬：《新疆游记》，新疆人民出版社，2001年，第87页。
② Ｂ．Ｂ·拉德罗夫：《西伯利亚日记：第九章》，佟玉泉译，载《伊犁地方志》2010年第4期。
③ 马达汉：《马达汉西域考察日记（1906—1908）》，王家骥译，中国民族摄影艺术出版社，2004年，第171—172页。

里还可以挖掘出泥塑小佛像。大量的蓝色、绿色、黄色、棕色和黑色的琉璃瓦片分布在大片的土地上"。①马达汉看到绥定城里有"一座漂亮的将军庙和一座治病消灾的城隍庙"②，日野强看到赛里木湖中"岛上建庙祭祀龙王"。③

　　百年前随着维吾尔族移民的不断增加，伊斯兰教在伊犁更加普及："伊斯兰教对和异教徒在一起生活，并处于压迫之下的塔塔尔人（指维吾尔族。——引者）更能深入他们的心灵。民众本能地意识到，唯有宗教的笃信与虔诚以及毫无条件地完成各项教规义务，才能免受其异族统治的恶劣挑拨影响。……哪怕是最小的塔兰奇村落都有两个宗教人士——一个是伊玛木，另一个是教师（毛拉）。……所有塔兰奇人都遵守宗教教规和仪式，遵守斋戒和念叨经文，只食用伊斯兰教允许的食品，即哈拉尔阿什，尤其禁食猪肉。"④

　　此外，伊犁还有天主教的传教活动："在固尔扎，欧洲人的影响，除了俄国领事官员和俄国商人外，还有两名荷兰裔的天主教传教士：斯梯讷曼和梅仁冬克。……伊犁地区的中国天主教信徒已经上升到一百人，因为早先在这里曾发生

---

① 马达汉：《马达汉西域考察日记（1906—1908）》，王家骥译，中国民族摄影艺术出版社，2004年，第177页。

② 马达汉：《马达汉西域考察日记（1906—1908）》，王家骥译，中国民族摄影艺术出版社，2004年，第182页。

③ 日野强：《伊犁纪行》，华立译，黑龙江教育出版社，2004年，第143页。

④ B．B·拉德罗夫：《西伯利亚日记：第九章》，佟玉泉译，载《伊犁地方志》2010年第4期。

过驱赶基督徒的运动。传教站的活动大大衰退。"① "一位
天主教传教士在绥定及周围地区传教。"②

当时伊犁乃至整个新疆的教育状况都十分落后，除了伊
犁将军"专门对满人及蒙古人施行教育"的养正学堂、武备
学堂等外，民间很少有施行国民教育的新式学堂，教育活动
主要局限在宗教事务中。

"按照村子里的习惯，卡尔梅克家庭里的第三个儿子长
大后通常要当喇嘛。……寺庙里到处都是健壮的男孩。黄色
的和尚袍和红色的袈裟把他们快乐的小脸衬映得格外生气勃
勃。"③ "在喇嘛寺受教育的男孩，平时为喇嘛服务，只有
在空闲的时候才叫他们念书。如果有人天资聪敏，就完全献
身于佛业，其他人可以做任何工作和担任经济任务。"④

在维吾尔族聚居的地方，"到处都有宗教学校和清真
寺。……让不让自己的孩子上学是个人自愿，……毛拉可以
从每个孩子身上获取一定的薪金，所以宗教职员总是以劝说
或者强迫的手段达到使每个家庭起码有一个孩子去上学。
大多数这种学校只教念书，即从吟诵阿拉伯语的赫夫提阿克

---

① 马达汉：《马达汉西域考察日记（1906—1908）》，王家骥
译，中国民族摄影艺术出版社，2004年，第179页。
② 马达汉：《马达汉西域考察日记（1906—1908）》，王家骥
译，中国民族摄影艺术出版社，2004年，第182页。
③ 马达汉：《马达汉西域考察日记（1906—1908）》，王家骥
译，中国民族摄影艺术出版社，2004年，第172页。
④ 马达汉：《马达汉西域考察日记（1906—1908）》，王家骥
译，中国民族摄影艺术出版社，2004年，第191页。

和古兰经开始。……再用塔塔尔语给他们解释伊斯兰教教条与教规的含义。只给一小部分人教文字，并且毛拉为此另收教授费。尽管有30%—40%的人会念字，但会写者只有10%，……这里不存在什么公共教育，毛拉一般都是在自家个别教授学生，学生的人数不等，男女不同年龄的学生均在一起听讲"。[①]

针对以上情况，所以日野强断言："迄今为止新疆的教育事业极不发达，可以说还看不到文明的曙光。"[②]抛开他蔑视中国民众的傲慢情绪不说，这话倒是说出了当时的实情。

五、民风淳朴，文化多元

伊犁河谷多年来虽然屡遭外国人的入侵、蹂躏，但是伊犁各民族人民对于来访的外国客人还是非常友好的。这几位披着"探险家"和"学者"外衣的神秘人物，由于各级官员和普通的商人、农牧民不了解他们的真实身份，所以得到了热情的接待。日野强对伊犁将军长庚及下属所给予的关照由衷感激：

"在伊犁逗留期间，受到将军衙门及其他文武官员非

---

① B．B·拉德罗夫：《西伯利亚日记：第九章》，佟玉泉译，载《伊犁地方志》2010年第4期。

② 日野强：《伊犁纪行》，华立译，黑龙江教育出版社，2004年，第365页。

同一般的热情接待。这里特别要提到长将军，由于他的帮助，我在以后旅行中所需要的毡帐、乘骑及驮载用马、粮秣等物的备办，一切均由沿途牧民提供，我只需准备少量的土特产品，主要是牧民们最不可少的砖茶即可，其他一概不用操心"。①他在宁远期间，住在维吾尔族豪商玉霍普的洋楼中，"主人对我极其殷切周到，令人欲忘而不能"。②当他告别惠远准备前往南疆时，"受到众多文武官员的欢送。我跨上伊犁副都统赠送的骏马，在守备（相当我国的中尉）马高升及两名马兵、两名哈萨克听差及六名蒙古人的护卫下上路，同行的还有一名翻译"。③到了雅玛图，"这里已有数十名哈萨克人在此迎候我们一行，把我们带到哈什河与伊犁河会合处以西数町（町，日本长度单位。一町约合109米。——引者）远的地方，引入早已准备好的毡房，端上茶果、牛奶及羊肉。……那份殷勤恳切，通过其举动已能充分体会"。④他在绥定落马后曾被马蹄踏伤右手手背，"一连十几天认真敷药，但创口还不见痊愈"，"一天哈萨克人传授了一个偏方，用一小片羊脂擦拭创口，脂肪不断溶解，迅速

① 日野强：《伊犁纪行》，华立译，黑龙江教育出版社，2004年，第152页。

② 日野强：《伊犁纪行》，华立译，黑龙江教育出版社，2004年，第155页。

③ 日野强：《伊犁纪行》，华立译，黑龙江教育出版社，2004年，第155—156页。

④ 日野强：《伊犁纪行》，华立译，黑龙江教育出版社，2004年，第156页。

地附着在伤口上，再用绷带紧紧缠好。如此几回，连良药也没能医好的创口竟然就如他所说，很快地愈合了。对外界鲜有所知的哈萨克人竟然有这样的智慧"。①渡昌曼河时，"水深到马腹且水流很急，……千户长一声令下，三十余名骑手立刻打马跃往上游，为我排起一道纵队挡住水流，另有千户长等数人围在我的前后左右以防万一，竭尽全力保护，他们的一片诚心令我感动不已"。②在昌曼河上游，"与数日来亲切相处的哈萨克人分手道别。我们一同摄影留念，正巧哈萨克向我赠鹿，我拿出一块银子（重约五两）作为答谢。同行的马守备称这是得'禄'荣归，预示大人前途光明，因为'禄'与'鹿'同音"。③

马达汉发现"这里一般人……遇见外国人时，通常都用俄语问一声您好，同时按照西方人的习惯摘下头上的毡帽，当然不那么利索"。④他一路上也得到了沿途哨所军官、圣佑庙住持的宰羊款待；他曾经在宁远城的维吾尔族富商和惠远城的伊犁将军典史家中过夜，主人接待非常周到；蒙古族军官纳生巴图曾经赠送给他高头大马和肥硕的绵羊等，二人

① 日野强：《伊犁纪行》，华立译，黑龙江教育出版社，2004年，第150页。
② 日野强：《伊犁纪行》，华立译，黑龙江教育出版社，2004年，第159页。
③ 日野强：《伊犁纪行》，华立译，黑龙江教育出版社，2004年，第161页。
④ 马达汉：《马达汉西域考察日记（1906—1908）》，王家骥译，中国民族摄影艺术出版社，2004年，第179页。

结成很好的朋友。拉德罗夫在伊犁期间也得到当地部队的接力式护送，为了保证他旅行安全，渡河时护兵曾被激流冲走，差一点丧命。

伊犁是多民族聚居，多种文化、多种宗教交流融汇的一块宝地，留存着众多的文物和古迹。马达汉曾经亲身踏勘过唐代弓月城的遗址，并且记载了出土文物流失的情况："在西北方向，离固尔扎15—17俄里，有一个名叫吐鲁番的村子，坐落在一条小溪济尔嘎朗河旁边。离村子半俄里的地方，小溪两岸高低不平的地面证实了当地居民的说法，古时候这里曾经是居民区，现在已经全部消失（疑即"弓月城遗址"。——引者）。几乎到处都可以看到盗宝者挖过的坑。……俄国领事馆秘书在这里进行了一些挖掘，找到了一些银元铜钱，一个粗陶小花瓶，烟盒和别的一些小物品。他认为有两枚钱是回鹘古钱，其余的都是伊斯兰币。"[1]他还参观过清代金顶寺遗址："我在迪亚科夫（俄国驻伊犁总领事馆秘书。——引者）的陪同下，走访了卡尔梅克汗王古时的夏季别墅遗址，中国人称之为'金顶寺'。翻译成芬兰文的意思是（汗王的）宫殿或黄金屋顶的庙宇。塔兰奇人叫作'素箔'或'素摩'，意思也就是寺庙或修道院。"[2]

日野强也记载了有关清代银顶寺的文物出土情况："听

---

① 马达汉：《马达汉西域考察日记（1906—1908）》，王家骥译，中国民族摄影艺术出版社，2004年，第182页。

② 马达汉：《马达汉西域考察日记（1906—1908）》，王家骥译，中国民族摄影艺术出版社，2004年，第183页。

说宁远城对岸二牛录南一日路程的海努克，有准噶尔汗、阿睦尔撒纳汗所居城址，地下常有古器物出土，挖出的一具黄金佛现被伊犁的俄国总领事收藏。"①马达汉在阿克牙孜河岸上和肖尔布拉克山沟里拍摄过草原石人，在柯楚苏河畔拓制过岩画："在我们营地下方的河岸上有一块1.3米高，20厘米厚的石板。石板朝东南方向的一面，刻着人脸，嘴巴、鼻子、眼睛、脸颊和下巴，都看得清清楚楚。人脸下方的石板表面有些凹凸不平，很可能是写的字，但非常模糊。"②"在一块十分平坦的岩壁上刻了一幅巨大的菩萨像，还有各种装饰物和卡尔梅克文字。"③

马达汉还欣赏过蒙古族牧民自娱自乐的演出："饭后，卡尔梅克人表演舞蹈和音乐。舞蹈动作十分别扭，就是耸动肩膀和胳膊，同时转前转后，上身基本保持不动。……只是在原地做一些小小的旋转动作。他们弹奏的弦乐，就是柯尔克孜人（指哈萨克族。——引者）的'冬不拉'……一名柯尔克孜人用这种相同的原始乐器能够弹出十分优雅的曲调并富有个人感情；……他们唱歌只用一种单音调，六七个不同音乐天赋的男子汉一起合唱。歌声开始时没有尖锐的高音，但单调的曲调愈来愈高，到最后四分之一时，则是用噫呀的

① 日野强：《伊犁纪行》，华立译，黑龙江教育出版社，2004年，第157—158页。

② 马达汉：《马达汉西域考察日记（1906—1908）》，王家骥译，中国民族摄影艺术出版社，2004年，第195页。

③ 马达汉：《马达汉西域考察日记（1906—1908）》，王家骥译，中国民族摄影艺术出版社，2004年，第197页。

假声唱上去。"[1]他们的表演虽然没有多少技巧可言，但可展现他们自由洒脱的天性、豪放不羁的风格，以及把"两皮囊酒喝得精光"之后的陶然状态。

六、民族杂处，隔阂未泯

伊犁自古以来就是多民族杂居的地方，在这里生活着汉、满、回、蒙古、维吾尔、哈萨克、柯尔克孜、乌孜别克、塔塔尔、锡伯、鄂温克、达斡尔、俄罗斯等许多民族的兄弟姐妹，在反抗帝国主义的侵略与奴役，反对封建统治的压迫与盘剥时，他们曾经同仇敌忾，团结一致，共同对敌。在长期的交往中，各民族的文化也在进行交流与融汇。毋庸讳言，在外国侵略者的挑拨与封建统治者的愚弄下，不同民族之间曾经长期存在隔阂，有时候还会产生激烈的冲突，酿成民族仇杀的惨剧。

首先是沙俄的势力和影响长期渗透在伊犁各族人民的生活之中。当时的中国政府从沙俄手中收回伊犁已经二十多年了，1907年的宁远城中依然驻扎着一支俄国军队："自义和团运动以来，除了保卫领事馆的半个哥萨克特遣队而外，还有配备大炮的陆军加强分遣队驻扎在固尔扎。陆军住在城墙附近租来的兵营里。……这个军事区被称为守备军团；最

---

① 马达汉：《马达汉西域考察日记（1906—1908）》，王家骥译，中国民族摄影艺术出版社，2004年，第205页。

年长的军官被称为守备军司令。在中国的领土上驻扎着这样一支配备大炮的俄国军队，实属特殊。不可想象，现在正处于民族觉醒时期的中国对于伤害其主权的行为究竟能容忍多久！"①"俄属吉尔吉斯人把这个地区搞得很不安宁。众所周知，他们是伊犁地区最坏的盗马贼，给当地居民带来了极大的不安和损失。从固尔扎到俄国边境这一条大道也被视为不安全的路，一到天黑，路上交通几乎通通断绝。危害秩序的大部分是俄国臣民"。②所以，"当地居民……很明显地表现出对俄国人的鄙视。"③推而广之，"当地人对外来人态度相当不友好。我很少找到谁的脸上不带着恶意，也许是敌对或者是鄙视的表情。……他们对一切少见的东西均采取小心提防的态度。"④"路上行走的官员、骑士、士兵没有一个理睬我们，儿童们要么叫喊着逃跑，要么停下来朝我们说些不友好的话。"⑤

国内各民族之间的隔阂也比较深，彼此的不信任感长期存在。"卡尔梅克（指蒙古族。——引者）虽然过去对汉

---

① 马达汉：《马达汉西域考察日记（1906—1908）》，王家骥译，中国民族摄影艺术出版社，2004年，第178页。

② 马达汉：《马达汉西域考察日记（1906—1908）》，王家骥译，中国民族摄影艺术出版社，2004年，第204页。

③ 马达汉：《马达汉西域考察日记（1906—1908）》，王家骥译，中国民族摄影艺术出版社，2004年，第179页。

④ В．В·拉德罗夫：《西伯利亚日记：第九章》，佟玉泉译，载《伊犁地方志》2010年第4期。

⑤ В．В·拉德罗夫：《西伯利亚日记：第九章》，佟玉泉译，载《伊犁地方志》2010年第4期。

人比对哈萨克人更敌对，但现在由于宗教信仰、生活习俗关系，他们比起哈萨克人，对政府反倒更接近。卡尔梅克人对满洲人虽然不是特别友好，但总的来说他们的关系并不是敌对的。"[1]这里的锡伯族和鄂温克族，由于受到满族统治者的信任和倚重，"性格大都傲慢和自大"，"非常暴躁和不能自制"。[2]"索伦人（鄂温克族。——引者）和苏万部落（哈萨克族的一个部落。——引者）的关系很密切，相互进行频繁的贸易，雇用他们为其放牧，这的确是一种哈萨克人偷盗牲畜的最有效的办法。"[3]利用雇佣关系实行偷盗恰恰说明他们之间虽然"关系很密切"，但是并不亲近。"这里的各个城镇，甚至是小居民点都有定居的塔塔尔（维吾尔族。——引者）农民；他们自称亚尔勒克（当地主人），但是其他邻近民族都用蒙古语的'塔兰奇'，也就是'种地人'来称谓他们。"[4]"这些人凭自己忘我不懈的劳动，本可以在这块肥沃的土地上生活得不错。统治阶级不信任群众，欺压他们，对他们无恶不作，逼得他们走投无路。他们

---

① В. В·拉德罗夫：《西伯利亚日记：第九章》，佟玉泉译，载《伊犁地方志》2010年第4期。

② В. В·拉德罗夫：《西伯利亚日记：第九章》，佟玉泉译，载《伊犁地方志》2010年第4期。

③ В. В·拉德罗夫：《西伯利亚日记：第九章》，佟玉泉译，载《伊犁地方志》2010年第4期。

④ В. В·拉德罗夫：《西伯利亚日记：第九章》，佟玉泉译，载《伊犁地方志》2010年第4期。

设置的塔兰奇官员，个个都是长在群众中的毒瘤。"①维吾尔农民对于统治阶级的仇恨也会转嫁到普通的满族人和汉族人身上，"对塔塔尔族来讲，汉族及其文化，如同塔塔尔人迁来初期一样，仍然还是格格不入。只有生活在城镇和乡村汉族区的个别人，才和汉族人接近"。②

　　由于各民族的长期交往，各种文化的交融首先体现在语言方面。各少数民族的民众许多人都能操几种语言进行交流。"满族人完全忘记了自己的语言，只会讲汉语"，"锡伯人都在学习满文。索伦人……有些人会操纯通古斯语，另一部分人说话，很明显夹杂着大量蒙古语"。③"这里一般人都会不同程度地讲一些俄语。就是不会讲的，遇见外国人时，通常都用俄语问一声'您好'"，就连俄国驻宁远城的领事馆里也为俄国臣民开办中文课。绥定县知县因为"能讲相当准确的俄语"，曾经担任过他们的中文课教员。④当地维吾尔语中不仅"注入了许多波斯和阿拉伯语词汇"，而且"卡尔梅克人、达斡尔人和汉族同样也大大丰富了塔兰奇人的语言词汇。其中起最大作用的是汉语。汉语不仅为塔兰奇

---

① B．B·拉德罗夫：《西伯利亚日记：第九章》，佟玉泉译，载《伊犁地方志》2010年第4期。

② B．B·拉德罗夫：《西伯利亚日记：第九章》，佟玉泉译，载《伊犁地方志》2010年第4期。

③ B．B·拉德罗夫：《西伯利亚日记：第九章》，佟玉泉译，载《伊犁地方志》2010年第4期。

④ 马达汉：《马达汉西域考察日记（1906—1908）》，王家骥译，中国民族摄影艺术出版社，2004年，第182页。

语注入了与汉文化有联系的大量技术术语和词汇，而且也注入了与行政管理、司法诉讼和政治生活有关的词汇"。①

和百年前相比，如今伊犁的民族关系发生了天翻地覆的变化。新中国成立七十多年来，在党的民族政策光辉照耀下，伊犁各民族兄弟姐妹和睦相处，互相帮助，互相学习，互相支持，互相尊重，同呼吸，共命运，正在共同创造中华民族新的历史和更加灿烂的文化。

前文所引三个外国人的考察日记，尽管难免囿于偏见、先入为主、失之偏颇之处，但是他们亲身所历的许多见闻，确为我们提供了不少历史的细节，至为可贵，可以弥补国人有关著作的阙失与粗疏。历史车轮的前进不可阻挡，就在马达汉、日野强们的伊犁之行结束三年之后，风雨飘摇的清王朝就被摧枯拉朽的辛亥革命所推翻，1912年1月7日，伊犁辛亥革命也随之爆发，从此翻开了历史的新的一页。

"人间正道是沧桑。"今天，生活在幸福安康之中的人们，回顾一下百年前贫穷、落后的旧中国的面貌，重温一下祖先们被奴役、被欺压的痛苦岁月，有助于我们更多地了解伊犁的历史，激发起我们建设更加美好的未来的信心，从而为构建安定和谐的中华民族大家庭贡献出我们全部的聪明才智。

---

① B．B·拉德罗夫：《西伯利亚日记：第九章》，佟玉泉译，载《伊犁地方志》2010年第4期。

鲜花怒放的草原

——哈萨克当代诗歌创作概观

一、哈萨克诗歌的优良传统

哈萨克民族有着悠久的诗歌传统。谚语说："诗歌和骏马是哈萨克人的两只翅膀。"诗歌是他们的人生伴侣，他们从摇篮一直吟唱到坟墓。可以把哈萨克族称为"诗歌民族"。诗与歌最适于淋漓尽致地宣泄他们汹涌澎湃的情感，能够自由地展现他们丰富的内心世界，最宜于在他们的经济生活方式和生活环境中流播、承传，并且最能够引起民族成员的情感共鸣。自古以来，哈萨克民间诗人（阿肯）就一代代传唱着内容丰富、形式多样的长诗，这些民间长诗，包括英雄史诗、爱情长诗和传奇长诗，截至目前，已经搜集到的这样的民间长诗达二百五十多部。

在源远流长的口头文学基础上，书面文学创作也很早就开始了。公元9世纪诞生在哈萨克部落活动文化中心法拉甫城的法拉比，就是中亚突厥文化的著名学者和诗人。哈萨克族伟大的经典诗人是阿拜·库南巴依（1845—1904）。19世纪后半叶至20世纪初叶，哈萨克族又涌现了一批杰出的诗人，他们是艾赛提、努素甫别克霍加、库岱克、艾热甫江、阿合提、库特拜、托列拜、库德里、阿尔更别克、阿斯尔汗等人。到20世纪30、40年代前后，哈萨克诗歌创作得到了很大发展，这一时期有代表性的诗人是唐加勒克、波孜达克、努尔塔扎、斯玛古勒、阿斯卡尔、克孜尔、卡斯木拜、苏里唐、尼合迈德等。

我国哈萨克近代文学的奠基人之一是出生于阿勒泰地区富蕴县的诗人阿合提·乌里木吉（1868—1940），他因为同情和支持富蕴县的牧民起义，惨死在军阀盛世才的监狱之中。

我国哈萨克现代文学的奠基人之一是出生于伊犁地区新源县的诗人唐加勒克·卓勒德（1903—1947），他因为进行反对国民党统治的宣传，投身"三区革命"的秘密斗争，两度入狱，摧残了他的健康，出狱不久英年早逝。

我国哈萨克当代诗歌就是在如此肥沃的艺术土壤中繁衍成长起来的。

二、新中国成立后前三十年的诗歌创作

1949年中华人民共和国的成立，为哈萨克当代诗歌的发展创造了广阔的天地。一批老诗人迎着新时代的霞光，开始放声歌唱解放了的时代。

老诗人斯玛古勒·哈力（1902—1980）深情地歌唱：

"呵，我们辽阔富饶的祖国/世界上没有比你更好的地方/……/我是山鹰/忠实地在你的万里晴空中飞翔/用全力来报答你的教养/保卫你/就像爱护我自己的眼珠一样。"（《祖国》）诗人深刻地认识到，"是党给了我雕塑万物的智慧"，所以他不能停止歌唱：

> 党的思想是我诗歌的草场，
> 我的歌要像青草一样地成长；
> 我要做人民最忠实的朋友，
> 用歌声激起他们前进的力量。

阿斯卡尔·塔塔纳依（1906—1994）、苏力坦·米吉提（1911—1982）、昆盖·木哈江（1906—1990）也焕发青春，创作了大量诗歌，为表现新生活而进行探索。阿斯卡尔的《祝福生活》一诗，从他"呱呱坠地来到世界"写起，他怀着无限崇敬的心情回忆"全身心替天行道"的父亲，"他憎恶各部落无休止的拚争/深知人民和睦才能百事皆兴/他骑着马在草原上穿行/像一支金梭织起了百姓的心"。他还回顾了自己"在众人的呵护中长大"，荒废了童年岁月的经历。他自豪的是，"草原也造就了我的脾性/从小我便喜爱骑马冒险走天下/这坚韧的品质始终是我生命的亮点/人的一生仿佛是在走山路/免不了坎坎坷坷攀山过岭/生活既使人尝到了万般苦涩/也让人看到了缤纷的美景"。这些富含哲理的诗句，是老诗人历经磨难的收获。在诗中他还抒发了对故乡的热爱，"我的故乡啊那德热凯岛的土地/在人类的频频变迁中日臻成熟/让我这个为你而生的男子汉/英勇地战胜一切顽劣/捍卫你的宽广、博大、纯净和繁荣"，一股拥抱新生活的激情油然而生。

波孜达克·都孜别木别特（1900—1994）是从阿肯艺术成长起来的诗人，他从1962年才开始书面诗歌创作，短短四年间就写了两百多首诗。

这个时代令人欣喜的另一种情况是，一批人数众多、朝气蓬勃的新诗人纷纷涌现。他们虽然带着幼稚、不成熟的缺点，但他们充满了活力，与生活的各个方面都有密切的联系，可以不太费力地把时代前进的脚步声带入诗中。这些诗人后来都成为当代哈萨克诗歌创作的中坚力量，他们是库尔班阿里、玛哈孜、郝斯力汗、依尔哈力、玛合坦、乌曼尔阿孜、库力木汗、哈皮孜、阿力木江、木拉提江、哈德斯、阿衣提哈里、阿不都玛那甫、居努斯汗、买迪、阿汗、夏侃、阿合买提江、艾布丁拜、热依罕等人。

新中国翻天覆地的变化，社会主义革命和建设的绚丽多彩的生活，为诗人们提供了取之不尽、用之不竭的创作素材。以库尔班阿里为代表的这一批青年诗人，他们都以饱满的热情歌颂了崭新的时代。这一时期脍炙人口的诗篇有库尔班阿里的《从小毡房到全世界》《和平一定会胜利》《牧人之歌》《克拉玛依之歌》《我们心连心》，郝斯力汗的《我见到了毛主席》《春天》《五月的油城》《河边抒情》，玛合坦的《中国》《金色的春天》《救命恩人》，依尔哈力的

《故乡》，道吾勒提汗的《草原风光》，乌曼尔阿孜的《明亮的眼睛》，阿衣提哈里的《天鹅》，夏侃的《夏牧场的傍晚》，艾布丁拜的《欢乐的牧村》，等等。

这一时期哈萨克诗歌的创作成绩是可观的，这些作品别开生面地反映了哈萨克人民的新的生活、新的思想和新的追求。但是，由于反右派和反地方民族主义斗争的扩大化，以及后来日益严重的极左思潮的影响，哈萨克诗歌创作也和全国的情况一样，没有继续沿着革命现实主义的广阔道路，得到更坚实、更健康、更欣欣向荣的发展。到了"文革"，在真理被捆绑、光明被指控、人性被扭曲、正义被践踏的黑暗年月里，许多正直的诗人和各民族的知识分子一样，被戴上"臭老九"的帽子，被批斗，被"专政"，被剥夺了写作与歌唱的权利。即便如此，有少数诗人还在坚持"偷偷"地写作，如库尔班阿里。

三、新时期的诗歌创作

随着粉碎"四人帮"的历史性胜利，随着对现代迷信禁锢的冲破，随着伟大思想解放运动的蓬勃兴起，哈萨克诗歌创作也进入了复兴和发展的新时期。

首先是一批被迫沉默十年、二十年的老诗人和中年诗人，以更成熟的姿态、更饱满的激情，发出了他们真挚的声音。老诗人玛哈孜激动地唱道：

亲爱的阿勒泰，向你致敬！

多少年，我对你多么向往！

您那时丢失的小马驹，

成了老马，终于回到您的草原。

啊！温暖的春光，

照耀吧！我这皱纹纵横的脸。

美丽的诗句，生活的新篇，

好像在前面，将我呼唤。（《春光》）

波孜达克在他七十八岁时写下《和时光老人的对话》一诗，洋溢着诗人同衰老抗争，渴望为人民奉献更多作品的顽强精神，诗中说："我的冬布拉是翅膀/我的笔是百灵/时代像千里马飞奔/我要计算剩下的岁月/赋予自己新的重任。"

痛定思痛，夏侃的歌声格外深沉：

苦难岁月梦一般飘逝而过，

融融春雨一夜间染绿了荒漠；

昨日的奢望变成了今天的欢喜，

党啊，你使我灰冷的心重又复活。（《我要唱上无数支歌》）

我也曾有过伤痛的时刻，

在动乱的岁月里，

为祖国的命运焦灼。

纵使荆棘挡住了步履，

纵使沉重的泪珠挂在双颊，

你赋予我的一腔信念

却不曾遗落。（《思絮·欢乐》）

20世纪80年代，最活跃的是一批已在60年代崭露头角，显示才华的中年诗人，他们经过“文革”的磨炼，思想渐趋成熟，他们胸中被封冻窖藏的众多诗情，此刻如春水奔泻，不可遏止。即以出版诗集的情况来看，乌曼尔阿孜、库力木汗、扎达汗、居努斯汗、艾布丁拜、热依罕、加那提汗、库玛尔别克、沙力、柯德尔汗等人都出了两本，哈布力出了三本，居马德力和杜坦分别出了四本，夏侃达到了五本。其他如别尔德别克、加坎、买迪、库达西、达吾提别克、拜提克、木拉提汗、夏木希巴努、加玛力汗、沙丁、达吾列提别克、赛依提、乌力汗等人都在勤奋地创作，成绩喜人。

进入20世纪90年代，一批年龄比上述诗人稍轻的诗人继续活跃在哈萨克诗坛上，他们是哈斯木汗、哈孜木别克、朱曼、艾孜力别克、阿里木别克、居尼斯别克、扎哈拉、哈布力·乌斯潘等人。据不完全统计，在20世纪80年代和90年代，哈萨克诗人出版的诗集达九十余部，相当于“文革”前的三十多倍，于此可见当时诗坛的兴盛。

当代哈萨克诗歌，尤其是新时期的诗歌和全国诗坛的前进步伐相比，似乎总是慢上半拍。当以雷抒雁的《小草在歌唱》为代表的诗作，开始以前所未有的参与意识和批判意识积极干预生活、拥抱生活的时候，我们的许多哈萨克诗人正在缅怀和歌颂老一辈的无产阶级革命家，赞美重回家乡的春光，唱着既欣喜又悲叹的"归来"的歌，抒发他们对真理的追求、对祖国的挚爱、对人民的忠贞。这些都是非常可贵、非常必要的。但在创作思想的解放、视野的开阔、思路的拓展方面还有一定的局限，表现重大题材的作品（如乌曼尔阿孜的《闪电》《天狼》等）还比较少，表现手法新颖独创、令人耳目一新的作品（如朱曼的《在心壁里撞击的回声》、阿依提哈里的《月夜》、乌曼尔阿孜的《石锁》《地·云·风》等）还不太多。

进入新世纪，一批新中国成立后出生的中青年诗人迅速崛起，引人注目。他们大多出生于20世纪60年代，他们怀着对社会、对人生的执着追求和艺术上的大胆探索，以急切的心情喊出了一代新人积极进取、锐意改革的时代强音。他们的起点，比50年代、60年代刚露头角的诗人们还要高些。他们是努尔依拉、努尔兰、吐尔干艾力、特列吾汗、托列吾拜、波拉提、巴拉潘、阿孜亚、俄德热斯、沙吾列提、塔佩、海拉提、阿力玛古丽、杰恩斯汗、达吾列提江、加阿太、穆拉提、玛合萨提、努尔波拉提、木拉提汗、赛力克、叶尔兰等人。同时还有一些运用汉语写作的年轻人开始登上了诗坛，如巴合提、努尔江、木拉提·杜曼等。

一代人在思考与探索中成熟起来，他们已经意识到了历史赋予的重任。巴合提在《我是牧人的后裔》这首诗中写道："我也有瞳孔发潮的时候/那是在外婆做晚祷时/为了《古兰经》神圣的谎言/还有外婆不死灭的天真/为了夕阳金色的嘱托/还有星星陨落的光翼/我会深深地深深地悲戚。""我的血液里/仍流淌着阿拜的诗句/然而，更使我自豪的却是：/我有着祖先传下来的/——那豪迈的苍穹般的性格/那雄浑的草原般的气质。"努尔江在《牧人的歌》中唱道："马背是我的摇篮/也是我的归宿/它使我的双腿变得弯曲/但更有力/草原的寒冷/使我的瞳仁里/闪着一道不可欺辱的犀利/……草原赐予我/正直而宽厚的胸襟/粗犷而豪迈的性格/和大山般的身躯/我的歌声/踏着强者的旋律/飘过了高山大河/回荡在祖国的广阔天地。"青年是敏感的，他们珍视传统，也企盼革新；他们鄙薄愚昧，更加向往科学与文明：

> 为了太阳冉冉升起，
> 为了湖水的湛蓝和牧草的翠绿，
> 为了真实的未来，
> 也为了外婆匍匐在地的身躯，
> 我在执着地游牧——
> 黑夜的幕布
> 是我晨牧时的口哨震落的；
> 我山脊上的脚印
> 将是太阳最深的记忆；
> 我把清冷的孤寂

留给了遥远的云杉，

我把酡红的残照

涂给了黄昏中的栖鸦。（《我是牧人的后裔》）

在苍茫的原野上

我放牧着艰难和希冀

采撷月亮的银丝和太阳的金线

编织着草原美丽的外衣

清晨

我粗犷的歌声

把一轮旭日抱在怀里

月夜

我紧握套马杆

将流星追击（《牧人的歌》）

  他们时刻牢记着"我有祖先传下来的豪气"，"我是牧人的后裔"。我们从中听到了召唤未来的涛音。青年是我们的未来，我们的诗要走向明天，诗歌属于青年。

  随着时代的推进，诗人们逐渐认识到了抒写自我的真情实感同抒写人民之情的关系，认识到只有通过诗人特有的情感世界去发现并表现历史和现实生活的真实，才能表现时代、为人民立言的道理。随着思想解放运动的不断深入，诗人们获得了越来越多的创作自由。我们可以预料，新时期的哈萨克诗歌创作，必将更加繁荣；已经鲜花怒放的草原，必将焕发出更加灿烂的色彩。

四、哈萨克当代诗歌的特色

审视欣欣向荣的哈萨克当代诗歌创作，可以发现有以下三个鲜明的特点：

1.四大突出主题

哈萨克当代诗歌的内容是丰富多彩的，新中国翻天覆地的巨大变化，新时期改革开放的壮阔局面，新世纪光辉灿烂的美好远景，激励着诗人们用自己多彩的画笔，描绘出了一幅幅绚烂多姿的生活画幅。但是其中有四大主题是特别突出的，它们鲜明地体现了当代文学的主旋律。

一是歌颂伟大的祖国，歌颂伟大的党，歌颂坚如磐石的民族大团结。新中国成立前夕，毛泽东同志说过："中国人民将会看见，中国的命运一经操在人民自己的手里，中国就将如太阳升起在东方那样，以自己的辉煌的光焰普照大地，迅速地荡涤反动政府留下来的污泥浊水，治好战争的创伤，建设起一个崭新的强盛的名副其实的人民共和国。"（毛泽东《在新政治协商会议筹备会上的讲话》）许多世世代代受尽压迫剥削的哈萨克诗人，一些从战争的硝烟中走入和平环境中的革命诗人，他们立即全身心地拥抱这全新的人民共和国，必然会发自肺腑地热烈歌颂新生的祖国，歌颂带领穷苦人民翻身得解放的中国共产党。1949年9月27日，正在病

中的诗人库尔班阿里，参加了伊宁市三万多人庆祝新疆和平
解放的群众集会，回到病房立即写下了《曙光初照的解放时
辰》这首诗。玛哈孜解放后写的第一首诗是《将来会比现在
更好》。斯玛古勒在《解放》一诗中捧出自己的真情：

> 受苦的人们在呼喊：
> 哪里有解救穷人的办法？
> 这时，像闪电划开黑夜，
> 像雄鹰穿透云霞，
> 我第一次听到了她的名字——
> 中国共产党的英名传遍天下！
> 一面面胜利的五星红旗，
> 飘扬在草原、高山，
> 我们欢唱自己的解放，
> 尽情弹奏起冬布拉。

郝斯力汗表白自己的幸福："我感到阳光洒进我的胸
膛/我的心从来没有这样剧烈跳荡！/我感到我的胸怀是这么
窄狭/怎么也盛不下欢乐激情的波浪！"（《我见到了毛主
席》）阿衣提献上自己的感激："共产党给了我力量/使我
的理想插上了翅膀/过去的日子真是寸步难行/如今我展翅飞
向太阳。"（《共产党给了我力量》）

中国革命和建设的实践都昭示了这样一个伟大的真理：
"国家的统一，人民的团结，国内各民族的团结，这是我们

的事业必定要胜利的基本保证。"（毛泽东《关于正确处理人民内部矛盾的问题》）新疆是一个多民族聚居的地方，千百年来，各民族人民共同开发和保卫了这块宝地。尽管历代反动统治者总是残酷地压迫、剥削各民族人民，尤其是歧视少数民族，血腥镇压少数民族的反抗，不断挑拨各民族群众的关系，制造各民族之间的不信任甚至相互仇杀，但是，历史的主流仍然是各民族人民之间互相帮助，互相关心，互相学习，互相融合。特别是新中国成立以后，在党的民族政策的光辉照耀下，各民族之间的关系空前和睦，民族团结的佳话不断涌现，"汉族离不开少数民族，少数民族离不开汉族，各少数民族之间相互离不开"的思想已经深入人心。所以，在哈萨克诗人的笔下，歌颂牢不可破的民族大团结便是一个永恒的主题。仅描写民族团结故事的长篇叙事诗就有库尔班阿里的《阿斯勒汗》、夏侃的《好人》、杜坦的《雏鹰展翅》、玛哈坦的《救命恩人》、沙力的《恩人》、加那提汗的《蓝斑石》和《朋友们》、扎达汗的《双辫》、热依罕的《在湖边》等八部。抒情诗更多，有代表性的是库尔班阿里的《从友谊的心中》、杜坦的《民族团结之歌》和《给维吾尔同胞》、加那提汗的《大团结》、库玛尔别克的《毛巾》、哈斯木汗的《邻居》、沙力的《团结之歌》、沙吾列提的《信任之歌》等。

二是反映社会主义的新生活，赞美家乡，赞美边疆巨变。刚刚开始的经济建设，带来了草原的兴旺，劳动的喜悦，牧业的丰收，这一切开始在诗人们的笔下得到诗意的展示。夏侃用他的生花妙笔描绘夏牧场的傍晚："是谁在天际／牧放着云团／给它们披上了／花一样艳丽的衣衫／是谁在草丛里／播下一苗苗火／在幽深的草甸／红彤彤地点燃……／啊，夏牧场的傍晚／你这四畜兴旺的乐曲啊／轻轻地震颤着／草原母亲的心田。"（《夏牧场的傍晚》）沙力把赞歌献给温暖的毡房："啊，你好／我的哈萨克门槛！／无论从何方来的朋友／它都欢迎你迈进双脚"（《门槛》）"这块洁白的餐巾／给草原上的人们／带来多少甜蜜和欢笑。"（《一块餐巾》）"嫂嫂飞针走线／把满目灿烂的美景／织进毡毯。"（《花毡》）库达西把敬意送给晨徙的马群："赶着畜群在晨风中趱行／万千思绪在心底涌动／迁徙，迁徙——／不知经历多少个黎明／我们的父辈才在漫山遍野里／踏出了这一条蜿蜒小径。"（《晨徙》）艾布丁拜恨不能把白云"当成善跑的骏马／跟随你驰遍这欢乐的草原"（《夏牧场》），去看"秋千上的情侣像对对天鹅"（《荡秋千》），去喝"能给人增添更大欢乐"的马奶酒（《喝马奶》），去观看热闹的叼羊比赛"看谁第一个把山羊举起／骑手们松开缰绳你追我赶"（《叼羊》）。可以毫不夸张地说，每一位哈萨克诗人都把最美的赞歌献给了心中最圣洁的土地——故乡，乌曼尔阿孜的处女作就以故乡的小山命题：《玛依勒—加依勒》；加那提汗也以故乡地名为题写了一首抒情长诗；杜坦唱完《布尔津之歌》，又唱《额尔齐斯河之歌》，赞美了《叶格托别之春》，又赞美《乌伦古湖》和《野梅盖特山》。别尔德别克无限深情地咏叹他的母亲河，"哺育我的亲爱的额尔齐斯河/你的奶汁我仿佛越喝越渴/为描绘你我苦苦地寻找语言/愿我不是蠢材，为你写下动人的歌"（《额尔齐斯河抒怀》）。艾孜力别克躺在家乡的水草地上，"我仿佛躺在绿色的摇篮/像襁褓中无忧无虑的婴儿/吮吸着母亲洁白的乳汁/回味着它的甘甜"（《水草地》）。他站在故乡的雨中，"雨水冲去了我身上的污垢/也洗涤了我深处的灵魂/故乡的雨，我为你而来/想再一次接受你热烈的拥抱"（《故乡的雨》）。新疆的哈萨克族牧民本来就生活在山清水秀、风景宜人的地方，他们自古就有赞美家乡风光的传统。新时代的新风貌、新生活，更加值得诗人们倾心歌唱。

珍惜生态环境、保护生态资源是当代哈萨克诗歌的第三个突出内容。由于哈萨克人民千百年来一直生活在草原上、大山中，他们和大自然有着最为亲密的接触，他们对生态环境的变化最为敏感。毋庸讳言，随着经济的快速发展，人们对自然资源的过度开发和大量浪费，许多野生物种濒临灭绝，人类的生存环境一天比一天恶化，所以，保护生态、珍爱环境的呼声在哈萨克诗人的作品中反应得特别强烈。

乌曼尔阿孜在长诗《鸟的悲哀》中愤怒地谴责了残害野生动物的卑劣行径。他对美好生灵的热爱，使他不忍目睹爱人所戴的"卡拉卡拉"羽帽（用黑鹤胸前的羽毛装饰的花冠），"去年春季/鹤鸟曾唱着天歌/远道而来/不期而至的一颗流弹/却草草结束了/它的欢笑//从此苍天之上/便多了一只苦恋鸟/人们常常能听见空中/它那凄惶绝世的/鸣叫//爱人啊你既深爱着我/却为什么/要戴那顶羽帽/看到它/我便会听见那声枪响/鹤鸟便会坠入我的怀抱"(《卡拉卡拉》)。他认为,"天鹤是上苍/赐给人类的/春的使者/年年岁岁都不息地/高唱生命欢歌/人们深深领悟着/其中的奥妙/像百岁老人/终生珍视/这生命的福音"(《天鹤》)。所以他才大声呼吁"大地是绿色的摇篮/人们是它繁衍的种子/天边的启明星难以诱惑拂晓的甜梦/人们永远不会/让宇宙的垃圾/将大地污染","大地啊金色的摇床/我多么热爱/你勃勃的生机/你以满腔热血/哺育着子孙万代/我们将还您火一样的/智慧、热情和忠诚"(《闪电》)。类似的抒情诗还有艾孜力别克的《神圣的故土》、扎达汗的《小鹰》、别尔德别克的《地球母亲生病的时候》、塔佩的《野草的气味》《候鸟和我》等,以环保为主题的长篇叙事诗也不少,有居马德力的《驯化猎隼的老人》、沙力的《贪婪的下场》、加那提汗的《森林的故乡》和《不怕死的猎人》、艾孜力别克的《老天爷送来的猎物》和《丑陋的人》、库力木汗的《松树的遭遇》、塔佩的《白鹿》和《狼嗥》、特列吾汗的《鹅》,等等。

当代哈萨克诗歌的第四个突出主题是教育和呼吁年轻人努力学习知识,热爱科学。这一主题在近代以来的哈萨克诗歌中是一脉相承的。早在阿拜和阿合提等人的作品中就出现过不少倡导科学、劝勉学习的诗篇。在唐加勒克的诗歌中,这样的作品更多,如《给小伙子们》《我们哈萨克人在做什么》《年轻人,拿起笔来学习》《给乡亲们的信》

《浮想篇》《磋商》等，他再三地呼吁："现如今，愚笨的蛮干早已无用/殊不知核之力量已在全球大显威风。""整个世界都一齐面向科学技术/唯有你却把脑袋伸向死亡之穴。""学习知识/世界就会向你敞开大门。"正如於可训先生所说："他坚信文明的发展和社会的进步，终究会解脱人民的苦难、改变一个民族的命运，因此，无论在何种情况下，也不管遭遇怎样的厄运，他都不放弃他的启蒙宣传，都在不断地向人民群众灌输科学、民主知识，反对封建专制与愚昧迷信。"（於可训《走向现代的哈萨克歌手——唐加勒克诗歌的现代性阐释》）这种危机意识和忧患意识在哈萨克民族的先觉者中代代相传，他们坚持不懈地倡导现代文明，对本民族的生存条件和生存能力进行全面的理性审视，寄希望于民族未来的发展与进步。当代哈萨克诗人中，除少数老阿肯外，大都具有中专以上的学历，他们深知学好科学文化对于振兴民族的重要性。在他们的笔下，除了大量歌颂知识的神圣、赞美科学的伟力的抒情诗外，还有不少以劝勉学习、反映知识就是力量为内容的叙事诗，如夏侃的《山上的雄鹰》、玛合坦的《准噶尔姑娘》、买迪的《山》、杜坦的《塔力哈与塔力哈提》、沙力的《小媳妇和小伙子的对唱》、哈斯木汗的《愿望的故事》和《梦》、库玛尔别克的《雪莲》、努尔依拉的《北极光》和《空中的对话》，等等。从这些诗篇中，我们可以清晰地感受到哈萨克人民渴望早日走向现代化，自立于世界民族之林的强烈愿望。

2.三类发达体裁

在哈萨克传统诗歌中，形式多样，体裁丰富，有些诗歌样式是独一无二的，如谎言歌、哭嫁歌等，有些诗歌样式是非常发达的，如叙事诗、哲理诗、爱情诗等。

哈萨克民间文学中包括大量的英雄史诗和爱情长诗，这些长诗都是规模宏大、结构复杂、人物众多的叙事诗。由人民大众集体创作、集体承传的民间叙事诗，就是活在人民记忆深处的"历史本身的话语"。在这一优良传统的滋润下，当代哈萨克诗人们也创作了大量的长篇叙事诗（或曰"诗体长篇小说"），其中也包括篇幅不是太长的小叙事诗。每一个诗人的诗集中都收录有叙事诗，有的诗人还出版了叙事诗集。篇幅较长的叙事诗有居马德力的《山之火焰》和《艾克拜尔—赛依提》、杜坦的《塔力哈与塔力哈提》和《雏鹰展翅》、玛哈孜的《昔日的故事》、柯德尔汗的《闪电》、艾孜力别克的《天鹅在飞翔》、哈布力的《勇士布尔克特拜》等。据不完全统计，已经出版、发表的叙事诗有一百五十多部（首）。

许多哈萨克诗歌都闪射着思辨色彩。阿拜的诗歌作品中，大量都是哲理诗。受到这一传统的影响，哈萨克当代诗人中不少人都喜欢创作哲理诗，如库尔班阿里、伊尔哈力、玛哈孜、夏侃、哈斯木汗、艾孜力别克、朱曼等人的诗集中都有大量蕴含深刻哲理的作品。夏侃的组诗《生活的印象》《思絮》《双段诗》都是难得的哲理诗精品。他是这样评价"痛苦"的，"经历挫折的打击/便能找出成功的奥秘/咀嚼失败的苦汁/便会得到奋发的启迪//懂得夜晚的黑暗/才知白昼的光明/尝过人生的苦辛/才知生活的甜蜜//痛苦是一条/通向峰顶的小径/痛苦是一片/接连希望的海域"（《痛苦》）。他又是这样看待"自强"的，"苍老的秃鹫只能眼巴巴/望着蓝天兴叹/年幼的画眉却能以歌喉/打动千家/有人齿脱发落却碌碌无为/有人青春年少已志满天涯/时光可以增加人的年寿/年龄却难以衡量人的高下"（《白发人自诫》）。哈布力这样诠释"丑行"，"羞耻已难用秤来衡量/他们有野草般的生命力"，"丑恶在四处狼藉/正义却被挤进一隅"，"理智被冷冻搁置/罪恶把良心挤入了另册"，"如果不给门卫一点好处/真理也会被关在外边"（《心中的云》）。朱曼这样理解"虚度年华"，"没有幻想的日子/在天平上升得很高/这分量的奥秘/只有使自己唏嘘//遗憾不会再发生/心填满的时空/但明白它的时候/已不是清晨而是夜晚"（《自言自语》）。加那提汗在人们纷纷颂扬"高山"的时候，清醒地指出，"莫道高山雄伟巍峨/它的高大全凭坡地和丘陵烘托/……当你像高山挺拔耸立时/且莫忘记大地曾把你哺育养大"（《高山与大地》）。这样的诗句都能发人深省，催人奋进。

哈萨克民歌中最丰富、最动人的就属情歌了。歌为媒，是哈萨克青年男女婚恋的特点；情歌，是他们口传的情书。它歌唱的是青春的流溢，是生命的跃动，是人们珍藏最深的纯洁而高尚的感情；它表达的是人们追求幸福、追求美好情操的理想。受到这一美好传统的陶冶，在当代哈萨克诗人的笔下，也创作出了大量的感心动耳的爱情诗，既有抒情短歌，也有叙事长诗。著名的爱情叙事长诗有艾孜力别克的《天鹅在飞翔》、柯德尔汗的《爱情》、玛哈孜的《昔日的故事》、别尔德别克的《跳崖殉情的姑娘》、哈斯木汗的《天鹅湖》、夏侃的《爱情的火焰》、哈布力的《巨崖之歌》、塔佩的《牧羊人的爱情》等。影响较大的爱情短诗有乌曼尔阿孜的《石锁》《问月》《致》、加那提汗的《你的双眸》、乌力汗的《燕子》、扎达汗的《女神》和《老单身汉》、艾布丁拜的《没有收到你的信》和《思念》、巴拉潘的《献给汉族姑娘》《献给哈族姑娘》《我的戴耳环的知音》、努尔兰的《闪电之歌》、托列吾拜的《心语》等等。

3.一种精妙的艺术表现手法

在哈萨克诗歌中，无论是民歌，还是诗人的创作，它们都擅长一种精妙的艺术表现手法，就是大量运用富有民族特色的多彩比喻。

几乎所有的诗人都不能拒绝比喻这种艺术手段，因为它是使诗歌语言形象化的最有效的表现方法之一。正如黑格尔所说"为着避免平凡，尽量在貌似不伦不类的事物之中找出相关联的特征，从而把相隔最远的东西出人意外地结合在一起"（黑格尔《美学》），使诗中表现的思想和感情化为具体感人的形象。在哈萨克诗人的笔下，山林形象，草原风光，生产和生活中常见的事物形象，都被他们摄入诗中。他们把山比作"骏马"，把树林比作"马鬃"，把松针比作"公驼的长绒"，把青年比作"驼羔、马驹"，把木勺比作

"歪着脖颈的天鹅"，把山岭比作"犄角"，把山溪比作"冷血的蛇"，把舞靴比作"绿翅仙鸟"，把牧歌缭绕比作"鹰隼盘旋"，把雪花比作"玉色蝴蝶"，等等，这些都是草原上司空见惯的动物形象；他们把妇女头上的花冠比作"纤丽的白桦"，把姑娘的指尖比作"泉边青草"，把青春活力比作"白杨铺地的绿荫"，把纯洁透明的心比作"雪水化成的清泉"，把水鸟飞散比作"雪花"，把月亮比作"蓝冰"，把撕去的日历比作"流水"，把冷漠的内心比作"死寂的冰川"，把自己的诗文比作"锋利的冰柱"，等等，这些都是和牧民们常年为伴的风物；他们把大地比作"摇篮"，把草原比作"翡翠托盘"，把白松比作"帐篷"，把朝阳下的雪峰比作"光的纺车"，把鱼比作"银箭"，把猎鹰比作"箭镞"，把雨柱比作"箭芒"，把人性的浑浊比作"败乳"，把游云的倒影比作"渔网"，把蜿蜒的河水比作"冬布拉乐曲"，把山泉比作"锈蚀的剑"，把时光比作"遗忘在深山的斧子"，等等，这些都是牧民日常生活中须臾不离的器具。这许多独具地域特色的自然景物和饱含民族风情的事物，成为表情写意的最佳素材和背景，成为增强诗歌艺术魅力的意象组合的媒介。

（2004年，与赛力克布力、沙含德克合作）

在与大自然的和谐中体味真善美
——哈萨克当代散文创作概观

哈萨克是一个诗歌民族。哈萨克人自己说："哈萨克人唱着歌来到人间，唱着歌飞向天国。"哈萨克民间文学的主要内容是英雄史诗、爱情长诗和形形色色的传奇长诗。在漫长的历史长河中涌现出的哈萨克文学家几乎全都是诗人。小说和散文是哈萨克文学大家庭中最年轻的成员。小说虽然起步较晚，但是成果丰硕，以郝斯力汗为代表的一大批老、中、青小说家崭露头角，一大批长、中、短篇小说如雨后春笋，层出不穷。相比之下，散文创作十分单薄，专门从事散文创作的作家少而又少，作品数量微乎其微。由于数量有限，质量上乘的作品也不多见。

哈萨克当代散文创作可以划分为发轫期（20世纪50、60年代）、发育期（20世纪80、90年代）和发展期（进入新世纪）三个时期。

在20世纪前半叶的哈萨克文学中，几乎没有出现过纯粹意义上的散文作品。因此，我们把20世纪50、60年代称为哈萨克当代（甚至整体）散文的发轫期。1957年前后，出现了一批以乌拉赞拜的《在唐加勒克的故乡》为代表的，介绍和回忆著名诗人唐加勒克的文章，它们的作者有艾赛因、艾孜佐夫、合亚斯别克、玛哈提等人。这一时期可以称之为真正的散文的代表作是郝斯力汗的《故乡的山村》和阿吾力汗的《珍珠》，主要内容都是赞美家乡的巨变，歌颂哈萨克牧民建设社会主义的高涨热情。

党的十一届三中全会以后，随着思想解放运动的深入和文学创作的复苏，哈萨克族作家和学者的散文作品不断涌现，哈萨克散文创作开始进入发育期。这一时期的散文主要有三类作品：

第一类是回忆录之类的作品，其中有一批回忆伊犁、塔城、阿勒泰三区革命经历的文章，作者多是离退休的老干部，如努尔莫合买提·热依斯的回忆沙湾之战的《战斗的历程》等。还有以著名诗人阿斯卡尔·塔塔纳依的《回忆之路》为代表的文学回忆录，书中记载了阿勒泰地区人文历史方面的情况，介绍了一批诗人的事迹。

第二类是游记、随笔式的作品。有影响的有贾那布尔的《友谊之花灿烂芬芳——访土耳其散记》《北非三国纪行》（《古老而年轻的突尼斯》《改革中的阿尔及利亚》《保持传统推行开放的摩洛哥》），库尔班阿里的《忆亚非作家塔什干会议》，苏丹·张波拉托夫的《赴美见闻与随感》，夏侃的《旅途随笔》（记述随同中国少数民族作家代表团访问罗马尼亚的见闻），居马德力的《与艾特玛托夫的会见》和

《空前的盛会——记阿拜诞辰一百五十周年纪念活动》等。

第三类是大量的记叙散文和抒情散文。从全国范围来看，这一时期旧的散文意识开始动摇，新的审美观念在逐日增强。作家以全方位的审美方式代替单向的美学追求，开始注重表现自己的真实感受，散文作品开始出现千姿百态的美学风貌。哈萨克散文同样显示出了这一特点，这些作品有歌颂、思念家乡的。如《阿勒泰春光》（库尔班阿里）、《思乡》（再努拉）、《故乡的怀抱》（哈依霞）、《美丽的喀纳斯》（哈德别克）、《齐伦布尔草原的冬布拉琴声》（阿德力·义玛希）、《啊，伊犁》（叶明·昂达玛斯）、《金鸟》（叶尔克西）等。其中《齐伦布尔草原的冬布拉琴声》写的是齐伦布尔草原上的一位双腿伤残的琴师玛纳提，弹着冬布拉，诉说他的祖辈在七百多年前带领哈萨克人抗击成吉思汗远征军的悲壮故事。琴师的腿就是年轻时候攀登用他战死的祖辈的名字命名的阿斯哈尔岭时摔断的。现在，他依然盼望着世世代代笼罩着阿斯哈尔岭的浓雾散去，能够让他看到当年烈士们在山上构筑的堡垒。《思念》抒写了侨居国外的哈萨克同胞对祖国和故乡的思念。《金鸟》写的是美国哈佛大学法学系学生杰克和德国姑娘珍妮在伊犁旅游时，相遇，相恋，结伴同行的故事。作者从另一个视角赞美伊犁："几天里发生的故事，使我明白了为什么天下最好的情歌都来自绿意浓浓的人间天堂——伊犁。"

也有歌颂民族团结的。如扎贴木汗·哈山诺夫的《一锹土》，记述了两个家庭（一哈一汉）的友谊。汉族老人韩玉成按照多年前的承诺，给先走的哈族大组江勒挖了墓穴，并亲手为她添了一锹土："一锹土，沙沙如诉，在老邻居身旁轻轻撒落，在相濡以沫的患难岁月，那是对老邻居的依依诀别。"文章的结尾充满了诗意："在我盛满乡愁的心间，那锹土似乎仍在飘洒，无声无息地，初似一帘雨幕，渐渐幻作一种感悟，不待捕捉，又倏忽散去……"

还有呼吁珍爱自然、保护环境的。苏丹·张波拉托夫的《自然、家园：忧伤的爱》满怀深情地怀念童年时的奇遇：当他与弟弟在家乡的黑石墩上玩耍时，不慎落水的"我"，被一条水中的黑蛇救了命；当弟弟的髀石掉入水中时，"黑蛇竟躬了躬身子，抬头把髀石衔出了水面，丢放在岸边后又潜回水中"。作者感慨万端地说："当年祖先将狼奉为神灵，将蜗牛作为龙的原身加以崇拜，他们礼待天鹅，尊供山鹰，并像热爱生命一样热爱大自然……当我们第一眼看到这个世界时，我们所渴望着的，我们屏息倾听着的，我们从各种美好事物中甘之怡之、为之快乐与欢笑着的，不都来自于她的怀抱、她的呼吸、她母性的仁慈吗？……这唯一的地球是今人与来者共同拥有的摇篮、乳房与家园。"想到"人类至死豪取于自然是多么的荒谬"，想到"那些短视的行为使我所深爱的世界憔悴了"，想到"残存的生机也行将被灰暗吞噬"，作者无比愤怒、无比忧伤地喊出了心中的痛苦："她还能被拯救吗？"阿吾里汗在他的《天鹅回来了》中，为"天鹅的故乡恢复了理智和生机"而感到欣慰，他高兴地看到"哭泣着仓皇逃走的天鹅返回了故乡，投入乌伦古母亲温暖的怀抱"。为此,他由衷地欢呼与祝愿:"天鹅回来了!天鹅,是幸福之鸟、吉祥之鸟,请尊重天鹅,珍爱天鹅,不要再让天鹅离开乌伦古母亲深情的视野!"

当人们怀着复杂的情愫,挥手告别20世纪,迎来新世纪第一缕曙光的时刻,散文作为侧重表现作家内心体验和情感的文学样式,借着改革开放的洪流和经济文化的转型,在宽松的环境下,呈现出开放、多元、多向发展的态势,哈萨克散文也进入了发展期。这一时期的突出特点是一批专写小说的作家开始涉猎散文领域,一批用汉语写作散文的年轻作家(特别是女性作家)大展身手,一批散文集陆续出版。哈萨克作家文学观念的变化首先在散文创作中呈现了出来。一些作者从对哲理的思辨、人生的探索开始追逐自然的力量,对天、地、人这一古老的话题进行新的诠释。

艾克拜尔·米吉提是一位长期使用汉语写作小说的作家,2002年他发表了《歌者与〈玛纳斯〉》一文,记述了柯尔克孜族史诗《玛纳斯》的演唱者——居素甫·玛玛依的传承功绩和他在故乡民众中的崇高声望。作家从"文本出现"了,人们"开始更多地转向以阅读来品味和欣赏史诗的无穷魅力"的现象,进行深层次的思索,他认为:"一部口承史诗的生命力其实是史诗受众——一个民族的听众赋予的,没有柯尔克孜民族的听众,史诗《玛纳斯》不可能流传至今。随着时光的推移,即使是在卡克夏勒谷地(居素甫的故乡——引者注),史诗演唱活动的土壤正在逐渐弱化,造就新一代杰出史诗歌者的可能似乎愈发变得渺茫。"表达了作家对民间文学生命力和传承方式遭遇考验的忧虑。2003年他又发表了《伊犁记忆》一文。伊犁是他魂牵梦绕的故乡，他认为"伊犁是一种记忆"。他神往地说："当沿着不可思议的赛里木湖驶过那个看似十分低矮的松树头子隘口时，又是一番全新景象舒展在眼前。莽莽苍苍的群山，密布的森林，舒缓的草原，刹那间奔向你来，令你猝不及防，令你目不暇接。应当说，那不止是一种记忆，那是一种气势，那是一种境界，那是一种胸怀。于是，伊犁的门扉就从这里为你开启……"对艾克拜尔来说，伊犁留给了他怎样的"记忆"呢？"就连天的蓝色与山顶的积雪都与众不同。这种蔚蓝与洁白的记忆，始终在我的眼前浮动，宛若梦境。"他不仅记忆着故乡的美、故乡的爱，他也记忆着多年后在故乡与老朋友相聚时，"我为他们如此现代的用语感到惊讶"，他的故乡已经不再遥远，不再封闭。他羞赧地记忆着在喀什河谷的篝火晚会之后，草地上满是随意扔弃的矿泉水瓶、软包装食品袋、碎啤酒瓶、走了形的空易拉罐，"河边枝条上垂挂着各色塑料袋"，身着靓丽服饰的服务小姐，向"琼浆玉液般流淌"的喀什河水中倾倒垃圾，他看出"旅游与生态保护的矛盾在这里也开始显现"；他遗憾地回忆着1976年夏天，肥沃繁茂的昭苏草原上的人们在学习内蒙古沙化草原乌审召的经验，挖沟建设草库伦，"对于昭苏这样自然地理环境独特的草原，就未必适宜"，"这是那个时代的僵化思维的特点"；他惋惜地记忆着1972年在生产队里和社员们一起挖排水渠，要把沼泽地和芦苇荡开垦成良田，"而今，沼泽与湿地被认为是地球的肺叶，对气候与环境有着直接影响，全世界都在积极保护"；他痛苦地记忆着1981年在察布查尔县的海努克乡发现，"在伊犁河谷的山脉中，竟然也深藏着干涸的河床"，原因是"这条山沟里的树已被剃头刀剃过似的砍光了"，"树被砍光了，一汪一汪的山泉消失了，河水也就枯了"。作家的言外之意是，希望故乡的人们不再干傻事、蠢事，给子孙后代们永远留下一种美好的记忆：

夏日里，一片充满生命律动的绿色，让你周身的血液与赛里木湖的水波一起涌动，一种甜蜜、一种欣喜、一种松弛自心底漾起，在周身缓缓弥漫开来，最终让你沉浸在一种感觉中，也许这就是由衷地从心底赞叹的感觉。

冬日里，在那一片白色中，逶迤的群山之襟，垂挂着墨色的云杉丛林，在苍穹之下，给人一种沉静、一种感悟、一种启示。雪被下山岭的线条显得那样柔和，让人怦然心动，令人心头感到无比的温暖。的确，这里的冬景都是这样的无与伦比。

这就是艾克拜尔心中的与别处"截然不同的另一种记忆的世界"。

小说家朱玛拜·比拉勒的《蚊子》，采用小说的笔法，记述"我"在特殊年代接受"劳动改造"时的一种经历：遭遇小咬、蚊子和牛虻的围剿，文章富有象征意义，给人以深深的启迪。

这一时期，以叶尔克西·胡尔曼别克为代表的一批使用汉语写作的女作家异军突起，她们还有哈依霞、丽娜等人。

叶尔克西于2003年结集出版了她的散文集《永生羊》，收入她从20世纪90年代以来的二十六篇散文作品。这些散文几乎全部写的是她童年的经历。"这个世界的最真实部分，或许永远需要一双孩子的眼睛去看见并牢牢记忆。叶尔克西通过她那双牧羊女的早年眼光看见的，竟是一个我们迄今仍不能熟知与认识的生存世界。"（刘亮程《住居者的声音》）叶尔克西的眼里只有羊（《永生羊》《灵异山羊》）、牛（《黑牛与红牛》）、骆驼（《牧人的路》）、狗（《狗有爱情吗》）、猫（《不死猫》）、鸡（《北塔山上一只鸡》）、牧场（《夏牧场》）、毡房（《老毡房》）、帷幔（《帷幔两边》）、头巾（《多年前飘过的一片云》）、鞋（《一双夹脚的鞋》，之一：新皮靴；之二：红皮鞋；之三：棉皮鞋）等等，琐屑至极，卑微至极。叶尔克西硬是在这些小东西上做大了文章。她是在最平常、最平凡的牧场生活细节中，舒展开自己深沉的生命体验的。她的散文似乎是一种悠闲而孤独的漫步，她在对遥远的北塔山牧场和精神家园的长期寻求中，获得了一种观察和理解自然的方式，那就是人在与大自然万物的和谐中体会真、善、美，把握牧场生活和自然界里最真实也最具稳定性的精神内核。

叶尔克西追求的是生活与人物的原色、本色、自然色，青睐的是那种不大时髦的生活流、泥土味、青草气息。她力图通过自己营造的艺术窗口，折射伟大时代五彩斑斓的丽日晴空，通过娓娓倾吐的儿女情、家常事，吐纳历史发展的滚滚风云。同时，对童心、母爱的讴歌与对友谊、往昔的怀恋，成为她歌咏不尽的母题。她的文字平易好读，叙述舒缓，描写细腻，写的是家常事，说的也是家常话，但这并没有妨碍她在通俗的行文中传达出天地间的大道理。在她行云流水般的叙述中，经常会油然浸透一种哲思。她这样写母亲面对死亡的"从容"："这份从容决不是可以一蹴而就的。要得到它，就需要先得到一种忍耐，一种默认，一种平和，一种宁静，一种能够容纳一切磨难的常人心态，且能含笑于世。就像一棵冬天里的树，在寒风吹来的时候，弯下腰去；寒风吹走，把腰杆再直起来。"（《帷幔两边》）她这样倾吐自己的毡房情结："没有领略过什么是真正的毡房生活，对我来说，这是一种幸运，也是一种丧失。幸运的是，我这一辈子躲过了风雨的侵扰，遗憾的却是失去了一种生活的浸染。"（《老毡房》）她用诗一样的语言为我们讲述草原上的生活，一个个奇特、新颖的比喻，把许多人没有经历过的生活描摹得活灵活现："一层细小的尘土和灰蒙蒙的薄雾浮在高空，遮天蔽日，把那太阳化做了一撮驼绒，随便扔在天上。"（《一双夹脚的鞋》之三）"太阳走到黄昏的时候，像一块掉进水中的盘子，晃晃悠悠地下沉，落在水底，不见了。"（《流星》）"黑暗便像黑色的液体从厚厚的泥土墙中，从大炕上凌乱的木头箱子后边无声无息地涌进低矮的房舍，与外边同样从巨大的山体里涌出的黑暗连成一片，把我们全部淹没。"（《不死猫》）"大山的阴影正向我脚下移动，而那座山坡就像退潮后的礁石一点一点浮出水面。""夏日的青草已经枯萎，野花已经凋谢，像被太阳晒旧了的花布，随晚秋的风在大山的阴影中无奈地晃动。"
（《狗有爱情吗》）"我下意识地低下头向那两片叶子瞥
了一眼，它们的颜色嫩得就像一个刚洗过脸的小孩子。"
（《走过的人家》）……她还非常注重词语的锤炼，诸如
"北塔山的记忆也就总是从时空深处溢出来，又流向另一段
不可预知的时光"，"在它（羊——引者）舔我的手心的时
候，我感觉它的生命热热乎乎地落在我的手上，又传到我肌
体里"，"满天的晨光正在这家人的天窗上苏醒"，"时
光……被正从我们家房顶的烟囱里升腾起来的烟雾融化，在
空中一滴一滴落下来，洇湿了干燥的土地"，"那沙石地，
一泻千里，灌入布满了梭梭柴的一马平川"，"你就让我跳
进她这清泉一般的眸子淹死吧"等，这样的语句，读后能够
让人记忆一辈子。她还特别喜欢把光线或阴影落下来称作
"掉"（"光柱斜斜地掉在门框下边""阴影掉在一个墓穴
上""太阳的光芒从窗户和门洞里掉到地上""太阳光掉在
他们家的被垛上和花毡上""竿子尖端的影子正好掉在那个
人的一只脚上"），这个"掉"字用得非常好，它不仅可以
使人看见那个景象，甚至能够听到声音。

　　另一位女作家哈依霞·塔巴热克在《生命》一文中抒
写了对生命与自由的感悟：一位家住玛纳斯的七八十岁的维
吾尔老人，"在家过一段日子就要出去走一走。……但不告
诉家里的人具体的去向。……站在路边儿，久久地看着由东
向西，或者由西向东奔驶的车流。到了某个时候，他就会伸
出手去挡车，只要有车停下来，也不管是向东还是向西，坐

上就走。那辆车的终点也就是他的目的地。……几个月后，他又会悄然而回"。有一年，老人在阿克苏待了几个月，儿子去接他时，他已经蓬头垢面，衣衫褴褛，却对儿子"夸耀地说自己已经步行了几百公里，——探望了年轻时一同从喀什老家走出来的伙伴儿，或者当年一同参加三区革命的战友们"。八十二岁时，老伴去世了，子女们都成家单另过了，老人在乌鲁木齐找了一个老伴，依旧云游四方，泰然处世。作家感慨地写道："我们就与这样一位可敬、智慧而又坦然的老人在同一个世界上生活着。现在，他常带着老伴各处走走，身体还好，精神也爽朗。只是我感到自己在迅速地衰老，不但是身体，更重要的是精神，尽管我四十岁刚出头。"在她的笔下，生活充满着盎然的诗意。她写的既是现实生活，又是美的艺术氛围。

丽娜·夏侃的《冬天的花》写的是作者在哈萨克斯坦留学时过新年的一段经历：她的邻居是一位年过八旬、无儿无女的老太太。在新年前夕，颤颤巍巍地到商店去买染发剂："想在新年来临之际，染染头发，换换衣服，打扮打扮，想以自己最美的样子来迎接新年钟声的敲响！"可是商店无货，老人只好满怀遗憾地走了。"后来，我在市场买了最好的棕色染发剂，送到了老奶奶家，作为我给她的新年礼物。拿上东西，老人的脸上再次绽开了花。"作者由此深深地感悟到："人生是如此短暂，生命是如此可贵，在这短暂的生命旅程中，为什么不以自己最佳的状态来面对每一天，为什么不珍惜每一次朝霞与落日，为什么不善待自己、关爱自己、珍惜自己呢？热爱生活，热爱生命，热爱身边每一个美好的事物，也许这就是一种人生的境界吧！"她善于从日常生活的矿床中，从平凡事物的积淀里，开掘醉人的美。

由于哈萨克当代散文正处在起步阶段，作品数量远远不如诗歌和小说多，所以出版的散文集也很少。除了上面提到的叶尔克西的《永生羊》以外，还有哈布迪什的《人生漫笔》、阿吾里汗的《时代的印迹》（小说、散文合集，收入散文十篇）、哈里班的《白羽》、朱玛拜的《前人遗事》等。从作品质量方面来看，也参差不齐。有不少作品属于泛泛地歌颂，平平地介绍，没有什么新意。如前述的《啊，伊犁》《故乡的怀抱》《美丽的喀纳斯》等。

从广义的角度看，报告文学原本就是散文大家族中的一员。哈萨克当代报告文学创作的成绩比狭义的散文更加单薄。早在20世纪50年代，曾产生过萨布尔的《在光辉的道路上》、哈尼的《机智的猎人》等，严格地讲，这些作品内容单调，只是新闻专访式的特写、通讯，还算不上真正意义上的报告文学。进入新时期以后，哈尼、朱玛拜、柴苏里唐、海如拉、乌拉赞拜、柴木拉提、哈布力哈克、阿汗等一批中青年记者和作家积极投身于报告文学创作，在深入生活的基础上，以强烈的社会责任感和敏锐的观察力，不断挖掘普通劳动者中间的优秀人物艰苦奋斗的英雄业绩，写出了不少鼓舞人心的报告文学。

哈尼的《在钦格斯山脚下》和朱玛拜的《百户村的故事》所描写的环境和赞扬的主人公是相同的。两篇报告文学作品都记述了穆海、努尔玛什和米尔扎拜等哈萨克族个体劳动者艰苦创业的感人事迹。他们自20世纪80年代就带领志同道合的同胞来到荒无人烟的钦格斯山脚下开采石材，逐渐形成一个集开采、加工、销售为一体的经营网络，企业效益不断提高，生产规模不断壮大，开创出一派喜人的局面。作品充分表达了作者们对世世代代逐水草而居，以游牧为生的本民族同胞与时俱进精神的赞美，同时也呼唤在当前竞争激烈的经济大潮中徘徊不定的年轻一代不要掉队。

柴木拉提的《乌拉孜医生》运用小说特色的叙事风格和人物刻画手法，成功地塑造了阜康县甘河子牧场医院医生乌拉孜的感人形象，展现了他救死扶伤、敬业奉献的崇高职业道德和朴实厚道的人格魅力。哈布力哈克的《父子情深》则是一曲震撼人心的民族团结的颂歌。西北民族学院医院院长李景辉一家，关心毕业于该院医疗系的哈萨克族学生阿底巴斯和哈尼帕夫妇的命运，把患了高山慢性病并且已经怀孕的哈尼帕从阿克塞县的高山牧区接到兰州的家中，护理她养病，为她接生。后来当哈尼帕再次分娩难产去世后，又将他们的女儿库来西（红红）接到兰州养育成人，表现了两个民族两个家庭三代人的骨肉深情。作品写得情深意挚，读来催人泪下。较好的报告文学作品还有乌拉赞拜的《草原夜莺》和阿汗的《人民英雄赛尔江》，都在读者中产生过强烈的反响。

可以预料，随着时代的发展，改革的深入，社会生活内容会变得无比丰富、生机勃勃而又纷繁复杂。人民群众急切地希望看到生活发生了什么新的变化，时代提出了什么新的问题，同时也希望认清前进道路上的阻力和障碍……被誉为"文艺轻骑兵"的报告文学，必将在这场伟大的斗争中大显身手！作为哈萨克当代文学中最年轻、最稚嫩的一支队伍的报告文学，今后也必将会有新的发展，并且逐步成熟、繁荣起来。

（2004年，与赛力克布力、吴若愚合作）

锡伯族当代诗歌概观

一、慷慨歌谣本天然：锡伯族源远 流长的诗歌传统

锡伯族是统一的中华民族大家庭的一员，人口约二十万，主要分布在辽宁省和新疆察布查尔锡伯自治县。锡伯族人口虽少，却是一个历史悠久、文化灿烂、具有深厚的爱国主义传统和优秀的文学传统的民族。

早在商周时代，锡伯族的先世东胡就活动于辽河上游西拉木伦河与老哈河一带。春秋战国时期，东胡开始形成部落联盟。公元前206年，东胡被匈奴所破，分为乌桓和鲜卑。东汉以后，乌桓、鲜卑相继南下入塞或内徙。魏晋之际，鲜卑渐渐兴盛，先后在北方建立了代、前燕、后燕、西燕、南燕、西秦、西凉、吐谷浑等政权，后为拓跋鲜卑建立的北魏所统一。与鲜卑同属东胡族系的契丹活动于辽河流域，室韦生聚在大兴安岭南北。契丹建立的辽政权，曾雄峙于北方达两百年之久。随着历史的演进，大部分鲜卑、契丹、室韦

人陆续南下、西迁，分别与其他部族融合成为不同的民族共同体。而少数没有离开故土的鲜卑、室韦则成为锡伯族的先民。

一千五百多年前产生了脍炙人口的鲜卑族民歌《敕勒歌》："敕勒川，阴山下。天似穹庐，笼盖四野。天苍苍，野茫茫，风吹草低见牛羊。"短短的二十几个字，便展现出了水草繁茂的草原风光，令人神往，引人遐想。让我们引为骄傲的唐代文明，是经过魏晋南北朝四五百年的民族大迁徙、大碰撞、大融合之后，最终由汉族和包括鲜卑族在内的少数民族共同创造出来的。唐代的王室李氏家族，相当程度上是鲜卑化的汉人，他们的母系或姻亲中的长孙氏、窦氏、独孤氏，实际上都是汉化了的鲜卑人。唐朝的宰相，根据《新唐书》记载，有十一姓、二十三人是少数民族，主要是鲜卑族。

此后鲜卑族中涌现出了不少著名的诗人。如唐代的元结（代表作有《悯荒行》《春陵行》《贼退示官吏》等）、元稹（代表作有《连昌宫词》《遣悲怀三首》《行宫》等），金代的元好问，代表作是他的丧乱诗，他还在《论诗三十首》之七中，高度评价了《敕勒歌》："慷慨歌谣绝不传，穹庐一曲本天然。中州万古英雄气，也到阴山敕勒川。"元代的耶律楚材，更是第一个用汉语歌唱西域的契丹诗人，他的《过金山用人韵》《过阴山和人韵》《西域和王君玉诗二十首》《西域河中十咏》等诗，不仅细致地描绘了西域风情，还是边疆开发和祖国统一的颂歌。他的名句"阴山千里横东西，秋声浩浩鸣秋溪"，"横空千里雄西域，江左名山不足夸"等，是历代诗人歌唱天山的最强音之一。

锡伯文学的主要体裁是诗歌，千百年来涌现出无数精美的民歌，有打猎歌、田野歌、婚礼歌、萨满歌等类型，在迁徙新疆伊犁的锡伯族中，还流传着不少反映西迁经历和戍边生活内容的民歌。

在新疆锡伯族的诗歌宝库中，由诗人创作的书面诗歌作品，较早的当属顿吉纳1826年会见同胞时的即席之作和锡笔臣创作于一百多年前的《离乡曲》。

顿吉纳1749年生于黑龙江省齐齐哈尔，19世纪初从军并被调驻新疆伊犁的吉林军团。道光六年（1826）清明节，即锡伯人迁居伊犁第六十二年的春天，顿吉纳从伊犁惠远城渡过伊犁河，来到察布查尔的三牛录（正白旗）。当时已经七十七岁的顿吉纳见到骨肉同胞，百感交集，即席赋诗四十句。诗中描述了屯垦戍边的锡伯人民对遥远而朦胧的故土的眷恋，也表达了他们对已迁居半个多世纪的伊犁的热爱："呵，故乡！留在遥远的天外/思念你只能把身心损害/未来的事情由它去吧/何必要把心血耗费/前边经历过的风风雨雨呵/愿它化为动人的诗篇/往后的诸事如何安排/得要问问我们的嘎善（村庄）/伊犁河水自东方奔腾荡漾/三牛录的村庄历历在望/霍吉格尔布拉克这地方哟/清澈的河水处处欢畅！"

锡笔臣原名锡济尔珲，"笔臣"是他的字，大约生于道光末年（1841—1850），卒于宣统年间（1909—1911），察布查尔县人。曾长期做过伊犁将军衙门的文案总办。在他的中年，锡伯族迁居伊犁已有一百多年，作者有感于"人生不可忘根源"，才下决心写下《离乡曲》这首一百二十句的具有史诗意义的长诗。长诗生动地展现了锡伯族军民远离东北家乡，不远万里，到祖国西北边疆屯垦戍边的英雄壮举。作品最后，作者鲜明地昭示了自己的创作动机与目的："沧海桑田时变迁/人生不可忘艰难/水有源来木有本/忠孝相传万万年/……/作此一种《离乡曲》/辛勤传与后人知。"

二、群星荟萃自斑斓：锡伯族新文学的诗歌创作

两百四十多年前，锡伯族就曾为祖国的统一作出了历史的奉献。乾隆二十九年（1764），清政府平定准噶尔部和大小和卓之乱后，为巩固充实西北边防，征调四千余名锡伯族军民举家西迁。锡伯族派出自己很大一部分优秀子弟，几乎占民族总人口的五分之一，拜别沈阳的家庙，艰苦跋涉，辗转万里，历时一年零十个月，落脚在西陲的伊犁河畔。此举有别于历史上任何一次大迁徙，它不是由于强邻侵凌而逃亡，也不是为了寻求更好的生存空间而奔波。他们怀着明确的政治目的：到西北边疆去屯垦戍边。为了捍卫中华民族的整体利益，他们的英雄壮举何等可歌可泣！许多反映这段西迁历史的诗歌作品，确实是一曲曲爱国主义的颂歌。后来，诗人管兴才（1908—1963）在众多西迁诗的基础上，整理创

作了规模宏大的《西迁之歌》（此诗由佘吐肯译为汉文，
1981年获全国少数民族文学创作一等奖）。

除了表现西迁历史的诗歌作品，还有反映平息张格尔叛
乱事件的叙事长诗《喀什噶尔之歌》（此诗由管兴才、苏德
善整理）、描述锡伯族青年与维吾尔族姑娘纯真爱情故事的
叙事长诗《拉西贤图》（此诗由韩浩然整理），都是长期在
民间流传的无名氏的杰出创作。

锡伯族另一位重要的诗人柏雪木（1896—1951），他的
名字叫何耶尔·柏林，"雪木"是他的字。他的代表作是长
诗《汗腾格里颂》《素花之歌》《送瘟神》《老妇泪》等。
20世纪40年代，"三区革命"时期曾经编印过上下两册油印
的锡伯文《诗集》，收入吴扎拉·萨拉春、玖善、舒慕同、
郭基南、赵令福、富金才等二十多位诗人的诗作。其中玖善
的《出猎》《察布查尔母亲的哀怨》、郭基南的《车夫怨》
《祖母泪》、赵令福的长诗《华连顺与美根芝》《沙枣树
下》、富金才的长诗《哥妹泉》都是影响较大的作品。

新中国成立后，最活跃的锡伯族诗人是郭基南、哈拜、
耳吉春、佘吐肯、何叶尔·兴谦、格吐肯、佟兆飞等人。
从20世纪80年代开始，一批青年诗人成长起来。他们是郭晓
亮、安鸿毅、安德海、阿苏、西榆、苏农、阿吉肖昌、富秀
兰、金生、佟志红等人。

郭基南等老一辈诗人，大多都有很深的文化根底，能用
母语和汉语进行双语写作。他们的作品的基本主题是歌颂伟
大的党，歌颂富强起来的祖国，表达锡伯人民热爱领袖的深

情，赞美家乡日新月异的巨大变化，讴歌坚如磐石的各民族大团结。他们的诗歌，在新中国成立后那一段热火朝天的岁月里，确实发挥了鼓舞人民群众投身社会主义建设事业，自强不息，艰苦奋斗，克服重重困难，建设美好明天的战鼓和号角作用。在史无前例的"文化大革命"中，他们大都被迫停止了写作，粉碎"四人帮"后又焕发青春，放声歌唱。除了郭基南的大量作品外，耳吉春的诗集《家乡颂》，哈拜的抒情长诗《唱吧，阿肯》、短诗《小毡房，你好》，佘吐肯的歌词《世世代代铭记毛主席的恩情》，何叶尔·兴谦的叙事长诗《怀咏素花》《喀尔莽阿》，格吐肯的叙事长诗《泪水与露水》《孤女沉冤》，等等作品，都在群众中产生过很大影响。

以郭晓亮、安鸿毅为代表的青年诗人们都有较高的学历，他们完全使用汉语进行创作。他们以新的审美方式观察生活，观察世界，他们以新的创作手法抒写锡伯民族的过去与现在、欢乐与痛苦、文明与落后，表现锡伯民族特有的生活方式和文化心理，他们的作品散发着强烈的现代气息，他们以自己的创作实绩，列队于新疆和全国的青年诗人方阵，一点也不逊色。安鸿毅的《卡提布拉克的秋天》《喀什河恋歌》，郭晓亮的《家园》《三套马车的故乡》，阿苏的《作为锡伯人》《坡上》，安德海的《唱给伊犁河》，西榆的《醉了，锡伯的太阳》《锡伯女人》，阿吉肖昌的《乌孙山的残雪》《喜利妈妈》，等等，都是耐人咀嚼的好诗。

三、草木逢春绽新花：老一辈锡伯族诗人

锡伯族当代诗坛上最具影响力的诗人是郭基南。此外，哈拜、佘吐肯等人都成果不菲。

郭基南（1923—　）出生于新疆察布查尔县爱新舍里镇依拉齐牛录村（正白旗）的一个农民家庭。他的锡伯语名字叫富克津阿（开拓者、创造者之意）。他从四五岁开始就每天听祖母讲民间故事和中国古典小说的片段。他还经常跟着祖母到街坊邻居家去参加家庭"念说会"（锡伯语叫"朱伦呼兰毕"），欣赏那娓娓动听的文学作品朗读，他还经常到婚庆喜筵倾听"沙林舞春"（婚礼歌）等民间歌谣。幼年时期所受到的良好的文学艺术的熏陶，无疑对他后来走上文学创作道路起到了潜移默化的作用。

由于父亲早逝，家庭贫寒，他十三岁才开始上学。因为他勤奋好学，品学兼优，1939年被进步组织"反帝会"推荐到乌鲁木齐进入当时由茅盾领导的文化干部训练班学习。在这里，他如鱼得水，茅塞顿开，听了茅盾、张仲实、赵丹等人的讲学，阅读了鲁迅、茅盾、艾芜的小说，艾青、臧克家的诗歌，朱自清的散文，以及抗战文艺刊物《文艺阵地》上的进步文学作品，开始接受革命思想的启蒙，一股强烈的创作欲望在他心中涌动。这一年年底，他在《新疆日报》上发表了散文处女作《一天的生活》。此后接着发表了一批小说，改编了几个剧本。1943年创作了诗歌处女作《野火》。作者热烈地期待"野火"用它奔腾的气势、炽热的烈焰，

去烧透那冰冷的山谷、封冻的大地、漫漫的长夜，迎接祖国绚美的黎明。此后又创作了《车夫怨》《祖母泪》《春望》《新生》等诗歌。

他曾当过多年的中小学教师。新中国成立后曾任察布查尔锡伯自治县县长。1962年起成为新疆文联专业作家。曾任《文学译丛》《新疆民族文学》主编。

郭基南一生创作丰厚，出版的诗集有《心之歌》《乌孙山下的歌》《情感的火花》，散文集有《准噶尔新图》《箭乡的子孙》《摘星人》，长篇小说有《流芳》三部曲（《情满关山》《虹展乌孙》《春到河谷》）和《英雄壮行》等。

新中国成立后，诗人满怀激情创作了《飘扬吧！五星红旗》一诗："这一天/劳动人民终于盼来了/解放的炮声隆隆/扫荡了旧时代的膻秽/迎来了新中国的春光/……无数面鲜艳的/五星红旗/像美丽的吉祥鸟/飞上了祖国的蓝天。"他后来创作的《伊犁春色》是一组具有鲜明的地方特色和浓郁的生活气息的好诗。步入新时期，诗人焕发青春，诗笔不秃，创作了不少受到读者好评的诗歌。如《彩色的花环》《心上的长街》《吐峪沟散记》《小巷的鸽子》《伊犁河》《四季赋》等。他的诗歌题材广泛，形式多样，擅长比兴手法，追求情景交融，尤其是短诗，写得精粹凝练，独具一格。

哈拜（1928—　）是哈焕章的笔名，生于新疆塔城市。1950年毕业于新疆学院外语系俄语班。20世纪60至70年代曾在伊犁地区担任乡党委书记多年。后来曾任民族出版社哈文编辑室副主任、中国社会科学院少数民族文学研究所《民族文学研究》主编、编审。除了进行诗歌创作之外，在研究和介绍哈萨克族伟大诗人阿拜方面成果颇丰，出版的著作和译著有《阿拜和他的诗》（获1979—1989年中国少数民族文学研究成果优秀著作奖），以及《阿拜故事诗》《阿拜诗选》《阿克利亚》《阿拜诗文全集》等，还创作了电影文学剧本《牧道新歌》。

哈拜的诗歌作品几乎全是反映哈萨克草原生活的。他的《小毡房，你好》一诗，回顾了自己与哈萨克牧民同甘共苦的岁月，表达了对哈萨克兄弟的深情思念："小毡房啊！/请别嫌我唠叨/按照草原的习惯/我的问候还不算周到。""我要按照哈萨克古老的风尚/和久别的父老兄弟/心贴心——拥抱。"他的《重来转场路》一诗，深情地咏叹着牧人们千百年来走着的"一条古老的路"："人类在学会稼穑以前/已经踏上了这条漫长的征途。"这里有"漫长的戈壁/烈日烤焦的沙梁/雪崩洗劫的山谷……"，但"它是我探索人生的/第一本教科书"。诗人如今"看见新的一代/在险峻的牧道上/正跨越惊人的高度"。通过一条转场路，表现了生活前进的步伐。在《牧人的性格》和《草原本色》中诗人赞颂牧人爱憎分明的情操和草原丰富的内涵。在他的笔下，"伊犁马"的英姿，就是边疆儿女的写照（《寄伊犁马》），草原上沸腾的赛马场景，就是今日牧区生活的缩影（《赛马》）。《姑娘追》为我们细致地描绘了哈萨克青年男女的一场"奇妙的游戏"，《叼羊手》则热情地赞美勇敢骑手在生活中出生入死的英勇表现。哈拜的诗作虽然不多，但是富有清新的生活气息，诗中蕴含着浓浓的草原韵味。

佘吐肯（1943—　）笔名鄂乐春，生于新疆察布查尔县堆依齐牛录。1967年毕业于新疆大学政教系，曾任中学和高等学校教师多年。

他的诗歌创作数量虽然不多，但影响非常广泛。他创作的诗歌《世世代代铭记毛主席的恩情》被谱成歌曲后，在全国广泛流传，生动地表达了锡伯族人民热爱共产党、毛主席的深情。他在《我是锡伯人民的歌手》一诗中，自豪地宣称："我是锡伯人民的歌手/人民的乳汁养育我成长/党的阳光照进了我的心房/歌声就像小鸟般飞翔。"他的《泉边有棵沙枣树》和《只听你说一句话》都写得清新纯朴，富有民歌情韵。为庆祝察布查尔锡伯自治县成立五十周年，他正在创作一部系列长诗《察布查尔畅想曲》，计划写五部，主要歌颂锡伯族历史上的几个英雄人物图伯特、额尔古伦、喀尔莽阿等，目前已完成了第一部《图伯特颂》。长诗句式舒缓整齐，句句押韵，气势恢宏。

四、拔地新松向云天：新一代锡伯族诗人

锡伯族青年诗人的领军人物是郭晓亮和安鸿毅，比较活跃的诗人还有安德海、阿苏、西榆等人。

郭晓亮，1956年生于新疆察布查尔县，高中毕业后当过兵。他是郭基南的长子，在诗艺方面已经远远超过父辈而独具一格。

　　他于1964年开始诗歌创作。他的作品中最出色的是描绘草原风光和抒写家园情结的篇章。在《草莓熟了》一诗中，他写出了对草原生活的深切感受："美丽的伊犁河从你的毡房前流过/从你的梦中流过/你的梦是碧绿碧绿的/碧绿碧绿的芨芨草丛中/牛犊在跳在跑/你铜质的铃铛摇呀摇/摇得满坡的油菜花谢了/摇得满坡的草莓熟了/……"从他的《向北的村子》《矮小的村庄》《三套马车的故乡》《白房子》《怀念葡萄》《短暂的九月》等作品中，我们能看到黄昏的炊烟和"发亮的葡萄"，我们能听到"果子由轻变重的声音""土地亲切的话语"，我们能闻到泥土的芬芳、扑面的谷香，我们能感到"麦地的痛苦"，"家园的沉重"。诗人的沉甸甸的心情在《三套马车的故乡》中表现得最充分，"三套马车的故乡/晾在一条空绳子上/三匹马拉出来的人家/跟着鞭子在乡道上跑/从戊申年到己酉年/大寒过了孙扎旗牛录/三尺厚的雪/落在玉米/看不见红脸的亲戚/来串门//腊月三十/天凉凉地凉凉/三套马车的人家/跟着鞭子/在空空的乡道上跑"。诗人把故乡的荒凉、贫穷、落后和孤独都融进了一幅苍茫的图画之中。他的诗重意象、暗示、隐喻，将诗的内核隐蔽在意象背后，由读者层层剥开，随着他一步步渐入佳境。他诗中的蕴涵从来不一下子说出，也不说尽。他不知疲倦地讴歌风、火、水、土、阳光、河流、村庄、麦子，以及爱情。他十分注重意象的创造，如"三套马车的故乡/晾在一条空绳子上"，这里的"空绳子"是指地平线，是一种隐喻，暗示性很强。又如"陷进紫色山谷的白房子晃动/惧怕响声的眼光/贴着墙皮溜走/……/在这游移不定的时辰/历史就是那伤感的水面/那令人怀旧的尘埃"（《白房子》），一种隐忧和不安从诗行中渗透出来。

在他的一些诗中，还出现了强烈的追寻族源的倾向，这种寻根意识来得很自然，"从前的巨人站在炉火前吹亮利刃/他手指的方向，与萨满/飘扬的咒语交合在一起/颜色很深的青草走过来/像睁开双眼的思杜力神走过来/抓走阿玛（父亲）厄尼（母亲）高过矮墙的儿女们"（《春天的纹理》）。他的诗大多充满了阳光，那份沉甸甸的情感纯净得没有一丝一毫的阴影："啊！我想起了激荡在远方的神韵/风鼓长笛，那载运梦幻的巨轮/就是永远的祖国"（《黎明》），"红润的庭园，高贵的种植者/带着他的一轮新月/那红光披着整个祖国/我引以为支点的语言故乡"（《一夜霜雪》）。一腔爱国情怀，令人感动。

安鸿毅，1962年出生于新疆察布查尔县。曾任县报记者、新疆人民出版社编辑。

1982年开始发表诗歌作品。初期的诗作充满了生活的气息，如组诗《京都诗情》《童年的梦》，短诗《醒了，嘎善》《唐布拉》《草莓》《草原在我心中》《春天，我在寻觅》《生活断想》等。他在《匆忙的黎明》一诗中，敏锐地抓住了北京早晨的特点，"哦，北京的清晨是匆忙的！/匆忙的车影/匆忙的人影/匆忙的楼影……/这是一个匆忙的黎明/连我的目光也在匆忙中颤动"，首都繁忙的气息扑面而来。

他的代表作《卡提布拉克的秋天》被收入唐祈主编的

《中国新诗名篇鉴赏辞典》。诗人为我们展示了一幅黑、白两色交映的画面，卡提布拉克的秋天像一帧版画："深黑的毡房/灰黑的羊群/黛黑的树荫"，"褐黑的肥马"，"黑色的山峦"，"黑色的冬窝子"，"黑色的少女的眼睛"。正当我们沉迷于黑色的柔和与温暖中时，诗人又为我们展现了另一幅白色的风景，"雪山是白色的"，"雪山下的桦树是白色的"，"桦树下的喀什河是白色的"，没有这白色，黑色也便失去了神采。诗人要告诉我们的，是"黑色的卡提布拉克/会长出白胖胖的牧人哟"，读者由此可以感受到诗人对草原的虔诚与热爱。他的另一首被选入《一九八六年诗选》的《喀什河恋歌》，也是很出色的，其中不乏想象奇特的佳句，如"层层叠叠的次生林/层层叠叠的云朵/挤在一起/挤出一滴喷香的草莓果//层层叠叠的雾气/层层叠叠的雪山/密密地挤在一起/挤出一滴清凉的喀什河"，读来让人耳目一新。他的组诗《草原》也是这样的好诗。但他后来的一些诗，有的写得粗糙，如《怀念伊犁》；有的写得晦涩，如《现实世界》，缺乏诗意，应属败笔。

安德海，笔名牧野纯、拙木豪格，1958年生于新疆新源县。1982年毕业于陕西师范大学中文系，曾任高等学校教师多年，后在《新疆建设报》工作。

他的诗作不多，但都充溢着激情。写于80年代的《唱给伊犁河》表达了诗人对故乡的挚爱，对民族历史的沉思。作者的一腔激情，就像湍急的伊犁河水奔泻而下："你轻拂而过的秋风/吹开了我迷乱怅惘的心扉/你凝结成冰的冬雪/启迪了我耳沉目眩的蒙昧/你徐飞如纱的春雨/荡尽了濡染我灵魂的尘灰/我多么渴望那娇艳似火的夏日/将我融化在你温存爽怡的胸怀。"最后深情地喊出:"啊——伊犁河/只要我的手还能够举过头顶/只要我的嘴还能够艰难地启动/那一定就是对你深情的呼唤/我亲爱的母亲!"

他写于90年代的长诗《和一种情绪握握手》和组诗《黑色主题》更趋成熟,尤其是内容庞杂、纵横捭阖、形式多样的长篇巨制《马》(长达一千余行),则充满了隐喻和暗示,思想更加厚重,意蕴更加朦胧。他笔下的"马"的意象,可以说是自己民族和历史的象征。缺点是为了追求博大而陷于杂乱,严重地损害了诗趣。

阿苏,是苏仲明的笔名,1962年生于新疆察布查尔县。曾在农村学校担任过教师。1985年调入察布查尔县广播电视局从事新闻工作。从这一年开始从事诗歌创作。

阿苏的诗作不算多,但他以全副精神吟咏生他养他的牛录,守望他的家园。他说"守望家园/其实这是一种享受/在堆依齐牛录/我醉心于收割玉米/并且养活诗歌"(《作为锡伯人》)。他要写出"牛录深处的事情",他赞叹"祖坟里的先人/他们丢下的土地/真够神的/能让我们长精神"(《坡上》)。他要"抚摸家园的内心",他忘不了"这些在牛录怀里长大的/苏慕尔氏的人啊/一生一世/把自己热衷于劳动的手/交给了家园和庄稼"(《苏慕尔氏的人们》)。"从春到秋/人们以石头的方式/厮守着故土/与一株玉米对望/自心底里抖落出一粒粒的/悲喜岁月"(《神牛的水边》）。在他歌咏牛录的诗中，既有对家乡"芬芳的干草"的眷恋，也有对"毕生含辛茹苦"的"善良的父兄"的尊敬；既有对"祖传的无法拒绝的镰刀"的热爱，也有对以往"沉重的岁月"的无奈。在他所有的诗作中，都或隐或显地闪动着牛录的影子，因为"牛录确实温暖/想想这一点/人心里就舒服得要死"（《牛录》）。有人把他的诗称作"牛录诗"，其实就是地地道道的乡土诗，只不过他表现的是锡伯族人民对于第二故乡的特有的情愫。

西榆，是贺元秀的笔名，1958年出生于新疆察布查尔县。1982年毕业于新疆师范大学中文系，此后一直在中等师范学校和高等学校任教并从事教学管理工作。

西榆在他从事诗歌创作二十年的时候，出了一本诗集《美是我》，收入短诗三十四首、组诗三组、抒情长诗一首。其中，最有特色的是第三辑"锡伯风铃"。长诗《醉了，锡伯的太阳》勾画出了锡伯民族顶天立地的威武形象："我的颧骨/是乌孙山的岩石/我的肩膀/是老牛的脊背/我的身躯/是参天的老榆/……/啊哈！我一手夹起四百斤铁砧/我一手摔翻烈性的骏马/我一脚踏死偷吃玉米的野猪/我一脚踹走偷吃土地的老毛子。"组诗《锡伯女人》展现了锡伯女人勤劳、泼辣、粗犷、强悍、干练、热烈的外部肖像与内心世界，她们"下雨就下它个翻江倒海"，"下雪就下它个铺天盖地"，"要爱就爱得像一团燃烧的火"，"像一片翻腾的海"。西榆的诗歌有一股粗犷之气，有一派拙朴之美，这是锡伯民族性格的体现。

　　他很注意锤炼语言，尤其喜欢口语入诗，如"瞧你的蔫样/还不如山花/笑吟吟盯着太阳"（《乌孙山，不配你来》）。"你不要整天像只麻雀/叽叽喳喳没完没了/你不要整夜像只老鼠/躲躲藏藏小里小气"（《相貌》）。"看你德行/喝了点马尿/摔盆砸碗的/……/你再哭哭啼啼/你再哼哼叽叽/你再跪跪爬爬/看老娘/怎样将你扔出窗外"（《孩子爹》）。不足的是，有时推敲过分，反而使词语变得生硬别扭，如"香醉月亮""红落太阳""一峰乳奶"之类，应该引起注意。

　　其他的青年诗人和作品还有苏农的《迁》是一首技巧娴熟、不露声色的好诗，它出色地把锡伯族的大迁徙浓缩在二十六行诗里，很有分量。诗的结尾说"我赶着车/白天如响箭般射来/而弓弦仍嗡嗡不已"。言简意赅，余味无穷。他的另一首写大迁徙的诗《迁歌》，用简练的语言表现了西迁壮举的艰辛。阿吉肖昌的《喜利妈妈》和《乌孙山的残雪》，用另一种形式表达了寻根意识。专写小说的傅查新昌有时也写点小诗，无论是《烟塔》，还是《乡村情感》，都叙写的是家园情结："无垠的麦田/古老的城墙/日日夜夜弥补着/我的梦的缺憾"，"你已经被小镇滋润生养/你在路上/总有表白什么的时候"。这些诗篇告诉我们，年轻一代的锡伯人，正在与时俱进，但是他们永远不会丢弃传统，不会忘记历史，不会背叛养育自己的家园。

（2006年）

改造传统文化　挣脱精神枷锁
——唐加勒克诗歌的自审意识

　　在唐加勒克的诗作中，有一个重要的内容，就是深刻揭露民族的弱点，呼吁人们觉醒起来，挣脱沉重的精神枷锁，去同旧制度进行顽强的斗争。

　　唐加勒克不愧为一个清醒的思想家，一个彻底的革命者。早在半个多世纪以前，他就在大胆地批判旧制度，控诉封建专制统治者，揭露神权的虚伪本质的同时，不忘研究国民性，疗治民族痼疾，唤起民众觉醒，跟上时代步伐，显示了他的非凡胆识。他是实实在在地呼唤民族觉醒的先驱。有爱才有憎，正是基于对自己民族的深沉的热爱，使得唐加勒克强烈的憎恶阻滞民族发展的消极因素。在进行民族自我解剖、自我反省方面，唐加勒克与鲁迅不谋而合，异曲同工。鲁迅曾称汉民族是"不长进的民族"说了许多激烈甚至近于偏颇的话；唐加勒克也说"哈萨克就像高山的野物"，"成了时代的门外客"，他许多言辞也十分尖锐，叫人听了脸红耳热。他们这种站在人民大众立场，渴望民族复兴的批判，与那些诬蔑、攻击中华民族，主张"全盘西化"的民族虚无主义和资产阶级自由化思潮的代表人物截然不同。

鸦片战争以后，我们的民族灾难日益深重，帝国主义列强加紧侵略，本国封建统治者昏庸腐朽，生产方式与科学技术严重落后，再加上几千年历史的因袭重担，种种复杂因素使整个社会处于停滞不前的状态，反映在人们精神面貌上就形成了鲁迅所说的"委靡痼蔽"，"沉溺于瞒和骗的大泽之中"。这主要是封建统治阶级的精神状态，但也影响到整个民族，归根结底这是由当时的民族生存条件所决定的，而且有其深远的历史根源。从某种意义上说，所谓国民性的痼疾实际上就是封建主义与小生产意识的混合物，具体表现为我们民族精神状态上的一些缺点，它是在历史上形成的，因而也会延续下来成为一种传统的习惯势力，对我们民族与社会的发展产生不可忽视的影响。鲁迅作为一位伟大的思想家，清醒地看到了我们民族在这个历史时期内精神状态方面的弱点，当然不能不大声疾呼：中国如不改革无以生存，要改革首先要从人们的精神着手，使中国人从"瞒和骗"的大泽中挣扎出来。辛亥革命失败以后，鲁迅总结经验教训时强调："以后最要紧的是改革国民性，否则，无论是专制，是共和，是什么什么，招牌虽换，货色照旧，全不行的。"①1930年三月，鲁迅写了一篇重要文章《习惯与改革》，深刻指出改革广大人民群众精神面貌与风俗习惯的重

---

① 鲁迅、许广平：《两地书·八》。

要性，他说："倘不将这些改革，则这革命即等于无成，如沙上建塔，倾刻倒坏。"①1936年二月四日鲁迅在答复友人的一封信中又说："我们民族历史上满是血痕，却竟支撑以至今日，其实是伟大的。但我们还要揭发自己的缺点，这是意在复兴，在改善。"②这说明他并没有忽视我们民族的长处和优点，但为了救亡图存，他把严于解剖自己的精神应用于整个民族，这在当时的历史条件下显然是很有必要的。唐加勒克也是如此，他焦急："眼见兄弟们已遥遥领先/哈萨克却远远落伍/夏天迁徙，冬日受寒，秋季忙碌/自得其乐于几口酸乳。"他号召："要打破陈规，革除旧俗/迎头赶上其他先进的民族/……做一个大体像样的民族/也算对得起列宗列祖。"为此，他毫不留情地列数同胞们的缺点与毛病，希望他们赶快觉醒起来，正视现实，弥补不足，"丢掉愚昧，跟上队伍/清醒过来，成为强盛的民族"。

鲁迅曾经深有感触地说："中国人总不肯研究自己。"③他是希望自己的同胞都能认真研究自己，多看缺点与毛病，力求变革，奋发图强。作为一个民族整体来看，中国人的精神面貌、心理素质、风俗习惯等究竟有哪些特点？我们的民族性格除了吃苦耐劳这些长处之外，有没有自己的弱点和毛病？封建主义、小生产者意识和资产阶级思想在中国人头脑里，究竟占有多大的分量？有哪些深远的影响？这些都是

---

① 鲁迅：《二心集·习惯与改革》。
② 鲁迅：《鲁迅书信集（下）：附录·致尤炳圻》。
③ 鲁迅：《华盖集续编·马上支日记》。

需要我们认真研究的课题。那么，中国人的所谓国民性痼疾到底包括哪些内容呢？据鲁迅概括，主要有以下十条：一，盲目自大，排斥外来事物；二，抗拒改革，墨守祖宗成法；三，要面子，自欺欺人；四，等级观念，官瘾大；五，尊家族，尚血统，重门弟；六，中庸，折衷，二重思想；七，健忘，麻木，冷漠；八，散漫，懒惰，拖沓；九，怯弱，逆来顺受；十，巧滑，欺弱怕强。以上大都引录了鲁迅原来的用语，这些是否都属于国民性的范畴，是否符合大多数中国人的实际情况，还需要进行认真细致的研究和讨论。但可以肯定的是，这十条都是客观存在，不仅仅是几十年前、近百年来的实际，而且至今还存在于不少同胞的身上。唐加勒克在他的抒情长诗《浮想篇》及其续篇《真正的心愿》中，用大量的篇幅揭短，亮丑，一针见血，入木三分。他所指出的哈萨克民族的缺点和毛病，大致也和鲁迅先生所归纳的十条相一致。请看他的笔锋指处，一个个疮疤揭露得淋漓尽致：

　　哈萨克人头脑简单，胸无大志，
　　像是一段枯树桩，无动于衷。
　　他们分不出朋友与仇敌，
　　就像瞎子，被白翳蒙住了眼睛。
　　争着抢着吃别人施舍的肉，
　　只要填饱肚皮就万事皆休。

没有理想，没有志气，就无法改变被压迫、被奴役的地位。

> 奉为信条的是蛮勇和力气，
> 动辄相互厮拼，拳打脚踢。

> 对付自己人，狠毒有如豺狼，
> 英雄啊，勇士啊，个个够得上。
> 如今这时代，凭蛮劲不行了。
> 见了外人，就胆怯瑟缩如绵羊。

> 像兔子一样，见了什么都躲，
> 事情做不成，总是半途而废。

对同胞、对兄弟凶蛮残忍的人，恰恰是色厉内荏的欺软怕硬的孬头。

> 哈萨克人飘起了大雪才会祈祷，
> 到了挤奶季节才会离开山沟。
> 在夏牧场喝着马奶酒时，
> 连真主都会忘在脑后。

> 不懂农活，不精通畜牧门道，
> 更不知道天下还有经商之路。

像渡鸦将巢筑在孤山独峰。
只知在山谷中搭一窝棚。

充其量只会赶上几只牛羊，
换点儿茶和盐填充饥肠。

　　不思进取，满足现状，因循守旧，得过且过，在优胜劣
汰的激烈竞争中如此出场，必然落后，必然挨打。

说起谎言与大话，嘴巴乐此不疲，
挖空心思靠欺骗去谋求私利。

不信真理，任谎言牵着鼻子走，
到头来，山石上碰得头破血流。

一天到晚妄自尊大，目中无人，
兄弟间互相攻讦，六亲不认。

幼者不敬老，老者不爱幼，
彼此仇视，像才下了崽的母狗。

哈萨克人中出一个杰出人才，
总要把他收拾得没入尘埃。

内部不团结，就容易被敌人钻空子；内讧是堡垒被攻破的致命因素。

> 贾合甫写过《醒来吧，哈萨克人》，
> 可傲慢的哈萨克何曾想起这位诗人？
> 不只没醒过来，反倒睡得更沉，
> 胆小如兔，躲在矮小的芨芨丛中，
>
> 谢尔克曾写过《为哈萨克人写真》，
> 可哪个哈萨克从诗中汲取了教训？
> 好话没人留意，好书无人捧读，
> 可怜白费了诗人的一番苦心。
>
> 阿尔腾萨号召大家读书，
> 哈萨克人却把书籍置之不顾。
> 圣贤们的宝贵思想白白糟蹋了，
> 这些人是碗里有酸奶就心满意足。
>
> 阿拜教人们努力上进，奋斗不倦，
> 教人们满怀希望，双手举向青天。
> 像这样怜惜哈萨克的人数不胜数，
> 可他们的话全化作耳边风，过眼云烟。
>
> 即使我明白地指出缺点，

我们的人还是照样不听忠言。

合情合理的话，他也懒得去思索，
前辈的忠告已被尘封，无可奈何。

曾经有多少人大声疾呼，
可他们自暴自弃，依然如故。

不听忠告，讳疾忌医，是世界上一切落后民族的通病，由此而导致自欺欺人，最终必然丧失民族的自尊与自信。

读着这些情真意切、发自肺腑的诤言，我们真切地听到了鼓荡在唐加勒克心中的一腔热血。为了民族的振兴、国家的富强，他像一只啼血的杜鹃，苦口婆心地开导自己的同胞，教诲年轻的一代，希望他们振作精神，甩掉包袱，轻装上阵，尽快赶上先进的民族，跟上时代的步伐。这是何等可贵的远见卓识！这是何等深刻的逆耳忠言！这又是何等感人的赤胆热肠！须知我们的诗人是在半个多世纪以前写下这些振聋发聩的诗句的，这需要怎样的胆识和怎样的勇气啊！

诗人在《浮想篇》的最后深情地写道：

我也是哈萨克人中的一名，
为寻水源在戈壁滩上掘井，
我坚信作为一个伟大民族，
哈萨克人终会把毛病改正。

因此我仍要继续写下去，

怀着山一样的创作热情。

这就是鲁迅、唐加勒克等先驱们研究自己的民族，揭露国民性的弱点，并且给以猛烈鞭挞的本意所在。

记得八九年前，生活在新疆这片土地上的一批少数民族的优秀专家与学者，开展过一场关于文化与民族进步的大讨论，表达了他们强烈的忧患意识，这是对半个世纪以前唐加勒克的呼唤的回应。阿不都秀库尔·穆罕默德伊明教授说："我们少数民族由于历史条件不同，形成了自己的封闭圈，有妨碍自己发展成为具有当代文明的新式民族的旧观念、旧传统。我们对此如果盲目下去，就会延缓我们的进步速度，束缚我们的创造才能。中华民族中的先进分子们在觉醒之后已为他的'球籍'担忧，这不是民族虚无主义，也不是对自己民族的轻视和鄙视，这是对世界形势有了较清醒的估计后产生的忧患意识。具有这种意识，才不会护短，不会讳疾忌医，才会奋发图强，努力进取。对我们少数民族来说，一切热爱本民族，从发展的眼光关心本民族的人们，都应带着百倍的紧迫感、危急感，对本民族历史积重、心理素质病态、民族传统习惯中的不良之处，敢于进行科学的分析，自我解剖。在分清是非美丑的基础上，扬美抛丑，弃落后求进步。时代需要这种民族觉醒。像中华民族的觉醒不能脱离世界大变革的洪流一样，我们少数民族的觉醒也是在我们民族大家庭内为求得本民族与其他民族之间的平等友爱，开放吸收，共同繁荣的和谐关系的觉醒，是加快自己前进速度，缩短与其他民族距离，力求同步发展的觉醒，是将本民族的传统文化与当代文明融汇结合的觉醒。"①当今时代是竞争的时代。人要在竞争中取胜，就应敢于把目光放在自己的不足处、落后处；如果只着意于已有的成绩和自己的长处，就会飘飘然自得其乐，不知创新，必然会被淘汰。对于一个民族、一个国家来说，道理也是如此。马克思说："耻辱代替不了革命。可是我认为耻辱本身已经是一种革命：……耻辱就是一种内向的愤怒。如果整个国家真正感到了耻辱，那它就会像一只蜷伏下来的狮子，准备向前扑去。"②家丑不可外扬是一种小生产意识。我们要摒弃这种狭隘心理，怀着对本民族的真正热爱的高度责任感，冲破封闭心理，既要看到中华民族有着举世公认的勤劳、刻苦、勇敢、智慧的优秀品质，也要看到自己的短处，看到封建残余和资产阶级腐朽思想已影响到许许多多中国人的灵魂深处，当前还在腐蚀着年青的一代。只有彻底清除种种痼疾，我们伟大的中华民族才能健康地发展。

贾那布尔同志在为苏北海教授所著的《哈萨克族文化史》一书撰写的序言中说得好："要承认本民族传统文化中存在着愚昧、落后、消极的方面，要正视民族传统文化中存

---

① 《两种不同的民族觉醒》，载《新疆日报》1988年11月2日第4版。

② 马克思：《摘自"德法年鉴"的书信·马克思致卢格》，见《马克思恩格斯全集》（第一卷），人民出版社，1956年，第407页。

在着的愚昧、落后、消极的方面，更重要的是以积极、自觉的态度去克服这些愚昧、落后、消极的方面。要通过用本民族文化与国内外大千世界的文化进行横向比较，发现本民族文化传统中的缺憾，确认自身在文化发展上的差距，以便于有效地改造旧的传统文化，弘扬真理，驱除愚昧，战胜无知，从而使本民族跨入文明、进步的民族行列之中。……当今，中华民族这条巨龙正在社会主义市场经济大潮中奋勇搏击，作为中华民族的一个组成部分——哈萨克民族应该从封闭的文化地域和封闭的文化心理中走出去，勇敢地迎接新的天地、新的文化空间，对本民族文化传统有所继承，对祖国各兄弟民族文化以及当代世界文化有所选择，有所吸收，有所消化，极大地丰富和创造民族精神和民族文化，为民族的进步和繁荣，为中华民族文化的丰富和发展，作出积极的贡献。"[1]这就是我们今天研究唐加勒克时格外珍视他的《浮想篇》等揭短亮丑诗作的原因，这就是我们探讨这一问题的基本出发点和最终的归宿。

（1996年）

---

① 苏北海：《哈萨克族文化史》，新疆大学出版社，1989年，序言第6—7页。

新疆少数民族现代文学的双子星座
——哈萨克族诗人唐加勒克与维吾尔族诗人穆塔里甫

　　泱泱中华，是由五十六个民族组成的大家庭。千百年来，是各民族兄弟共同创造了璀璨的中华文明。在浩如烟海的中华文学宝库中，各少数民族发挥自己的聪明才智，奉献了大量优秀的人学瑰宝，大批杰出的诗人、作家，为繁荣和发展祖国的文学事业建立了不可磨灭的功绩。

　　世居新疆的维吾尔族和哈萨克族就是中华大家庭中的两位勤劳、勇敢、智慧的兄弟。它们都具有悠久的历史和灿烂的文化，从古至今产生了无数精美的民间文学作品，英雄史诗如维吾尔族的《乌古斯可汗》、哈萨克族的《阿勒帕梅斯》《霍布兰德》《英雄塔尔根》等，爱情长诗如维吾尔族的《艾里甫与赛乃姆》《帕尔哈德与西琳》《莱丽与麦吉侬》、哈萨克族的《少年阔孜与少女巴颜》《萨里哈与萨曼》等，还有数不清的民歌与民间故事。在丰富的民间文学哺育下，涌现出许许多多的诗人、作家和光辉作品，如维吾尔族的玉素甫·哈斯·哈吉甫（《福乐智慧》）、穆罕默

德·喀什葛里（《突厥语大辞典》）、阿合迈德·尤格乃克
（《真理的入门》），还有纳瓦依、鲁提非、尼扎热等著名
诗人；哈萨克族的马赫穆提·艾里（《天堂之路》）、阿
拜、伊布莱、居斯别克霍加、艾赛提、阿合提等著名诗人。
灿若繁星，光彩夺目。

一

　　进入20世纪，在苏联十月革命和我国五四运动进步思想
的影响下，维吾尔文学和哈萨克文学有了长足的发展。特别
是自20世纪30年代以来，由于中国共产党抗日民族统一战线
工作在全疆的巨大影响，为维吾尔和哈萨克现代文学的发展
创造了良好的条件，一批进步诗人和作家成长起来，其中最
有代表性的是哈萨克诗人唐加勒克·卓勒德（1903—1947）
和维吾尔诗人黎特夫拉·穆塔里甫（1922—1945），他们是
新疆少数民族现代文学灿烂星空中的双子星座，他们以自己
坚定不移的反帝、反封建的革命行动和洋溢着爱国主义激
情的优秀作品，成为我国哈萨克和维吾尔现代文学的奠基人
之一。

　　唐加勒克和穆塔里甫生活在相同的时代，他们的人生经
历有许多相似之处，他们的作品也有共同的内容与主题，他
们的艺术风格各具特色，在表现手法上又有不少相近之处。
所以，对照研究他们的作品，对新疆少数民族现代文学研究
将有重要的学术价值。

　　唐加勒克出生于伊犁地区新源县一个贫苦牧民的家庭，自小聪颖好学，背会了很多英雄史诗和爱情长诗，受到了优秀民间文学的浸润。十九岁时他到绥定城上了三年汉族学堂，接着又到苏联留学三年，在大量阅读俄罗斯以及世界各民族文学经典的同时，对社会主义制度有了初步的认识。回国后，他用人们喜闻乐见的诗歌向群众宣传在苏联的见闻，宣传真理和正义，宣传自由、平等的新思想，同时无情地揭露社会的黑暗，积极投身进步的文化活动，直至参加秘密的革命组织。为此，他三次被捕入狱，度过了六年铁窗生涯。在狱中，唐加勒克同各民族进步的仁人志士以及共产党人进行了广泛的接触，受到了熏陶和感染，他的诗歌创作更趋成熟。声势浩大的"三区革命"斗争迫使国民党反动当局于1946年6月释放了包括唐加勒克在内的六百多名政治犯。长年的牢狱生活摧残了他的健康，回到伊犁不久，四十四岁便英年早逝。

　　穆塔里甫出生于伊犁地区尼勒克县一个基层宗教人士的家庭。他的父亲精通阿拉伯语和波斯语，对诗人纳瓦依的作品非常熟悉。良好的家庭文化氛围诱发了穆塔里甫对文学的热爱。父亲虽然身为毛拉，但家庭生活的经济来源主要靠农业生产。他的童年是在农村度过的，贫苦农民终年辛劳而不得温饱的苦难生活给他留下了深刻的印象。他十岁时到伊宁市的塔塔尔小学和俄罗斯中学读书。这期间，他如饥似渴地阅读了普希金、莱蒙托夫、涅克拉索夫、托尔斯泰等俄罗斯古典作家和高尔基、马雅可夫斯基、塔塔尔诗人阿布杜拉·陶格依、阿迪·塔柯他什，维吾尔诗人乌麦尔·穆罕莫迪等苏联作家的作品。十七岁时，他到乌鲁木齐考入省立师范学校读书。还没毕业就到新疆日报社工作，诗歌创作也进入黄金时期。1943年，把穆塔里甫的诗歌视若洪水猛兽的国民党反动当局，将他从革命活动日益高涨的乌鲁木齐调往阿克苏专区。一到阿克苏，穆塔里甫便以莫须有的罪名被捕。出狱后，在"三区革命"胜利形势的鼓舞下，他参加了秘密组织"火星同盟"，准备武装起义。1945年9月，因叛徒出卖而被捕，不久被反动派残酷杀害，年仅二十三岁。

二

唐加勒克和穆塔里甫的诗歌作品有一些共同的内容和主题，主要集中在以下五个方面。

（一）批判黑暗的社会现实，控诉统治者的压迫剥削

在唐加勒克的诗作中，很多篇章的矛头都指向反动政府的官员和巴依财主，如《宣言》《期冀》《困境》《伊犁的达官贵人们》《我的心已绝望》《欲说还休》《往日》等。在《伊犁的达官贵人们》一诗中，他一针见血地揭穿了"达官贵人、显要名流们"的丑恶嘴脸，历数了他们"依仗暴力挥鞭猛抽"的凶残，"瞧他一副慈眉善目，可利爪掩藏在肥厚的手指"的狡诈，他们"脑满肠肥、大腹便便"的丑态，他们"把自己的阿吾勒（牧村）洗劫一空"的暴行，他们

"冷酷麻木，无情无义"的本性，他们"暴食豪饮""能吞会吃"的贪婪，指出这些人都是"呲着獠牙"的"恶狼"和"凶狮"。他用自己的诗句告诉乡亲们：你们遭受苦难的祸根就是这些道貌岸然的达官贵人。

唐加勒克的诗中还有不少揭露黑暗的牢狱生活，控诉刽子手的残酷迫害的篇章，如《囚牢纪实》《给狱卒》《唱给探监的霍尼斯别克》等。他在《什么人坐牢房》一诗中指出：

> 什么人坐牢房？汉族人坐牢房/皮包着骨头，像是瘦弱的绵羊/……/什么人坐牢房？蒙古人坐牢房/苦难像口铁锅扣压在他们头上/……/什么人坐牢房？哈萨克人坐牢房/最难忍受的是恶毒的诽谤/……/什么人坐牢房？维吾尔人坐牢房/为了逃离苦海，他们苦苦思量/……/什么人坐牢房？塔塔尔人坐牢房/乌孜别克、塔吉克共对一堵狱墙/柯族、回族、锡伯、达斡尔，还有俄罗斯/难友们并排躺在冰冷潮湿的地上/生活在新疆这片土地上的民族/没有哪一个能够幸免祸殃/各民族的优秀儿女好比嫩枝/被恶魔从祖国这棵大树上斫伤。

正当反动派施展阴谋伎俩，肆意挑拨各民族的关系，极力制造民族矛盾、民族纠纷，煽动民族敌视、民族仇杀的时候，唐加勒克用自己的亲身经历给人们敲响了警钟，拨开了眼前的迷雾。

面对疮痍满目的人间，诗人不仅将投枪掷向残暴的反动统治者，还把批判的锋芒直指至高无上的"真主"：

> 你是否果真存在？啊，真主！/你可知道百姓们的疾苦？/……/我也曾苦思冥想，审度再三/可越来越悟出了你的荒诞/……/你没有给我自由/却把套索加在颈上/你没能匡正世道/我的心儿深深绝望/……/我本该居住在金殿里/你却给我漆黑的牢房/只要坟墓里没有刑讯/都比这里强上千百倍/把我的生命拿去吧/对你的信念已难挽回。（《我的心已绝望》）

穆塔里甫也在自己的诗篇里深刻地揭露了黑暗的现实，如《给岁月的答复》《我这青春的花朵就会开放》《创造解放的花园》等。身处黑暗的社会，诗人眼见得"园林已经荒芜，花木过早凋谢了"，经受着"愁山的重压"，"日夜痛苦地哀啸"（《哀啸》）。面对强大的敌人，他尖锐地指出：

> 压迫者玩弄欺骗的伎俩/使他们枯朽的宝座维持至今/千百万失业的人们饥寒交迫/在他们残暴的统治下痛苦呻吟/……/强盗们企图使他们统治的船舶/在人类的血河里永久航行。（《创造解放的花园》）

在他的代表作《给岁月的答复》中，面对黑暗的岁月，面对"在青春的花园里听不到黄莺拍翅，树叶枯萎，树枝变成秃头"的现实，诗人严正警告统治者：

岁月，你别得意地捶胸狂笑/在你面前我宁可断头，决不受你凌辱。

我会把我的儿子许给最后的战斗。

诗作对国民党的黑暗统治进行了无情的批判，是一篇犀利的战斗檄文。他在阿克苏的监狱中写了许多革命诗篇，可惜都没有留存下来。现在仅能找到诗人写在狱墙上的两句诗：

这广漠的世界对于我恰似一座地狱/万恶的刽子手使我青春的花朵枯萎。

这是对当时那个黑暗社会的最形象的概括，也是对摧残无数"青春的花朵"的"万恶刽子手"的愤怒批判。他还创作过一部剧本《青牡丹》，取材于伊犁地区维吾尔族人民的现实生活。贫农的姑娘牡丹古丽在心上人被巴依杀害后，以死控诉了吃人的黑暗社会，反映了维吾尔族劳动人民的悲惨处境和他们对幸福生活的向往。

（二）反对日本侵略，揭露法西斯的血腥罪行，弘扬爱国主义精神

穆塔里甫的诗作近一半都和抗日战争有关。如《致人民》《在伟大斗争的怀抱里》《中国》《会给你生命》《中国女儿——热合娜命令三月之风》《列宁是这样教导的》《欢庆解放》等。在这些诗中，诗人热情地歌颂了伟大的抗日战争和浴血奋战的英勇战士，表达了身处抗日大后方的新疆各族儿女对打赢这场战争的信心和决心：

中国的上空盘旋着灾难的鸦群/最后决战的时刻已经来临/战场上传来了胜利的消息/我们要为英雄们作好后勤/为了取得最后的胜利/为帝国主义挖掘葬身的坟墓/让我们日日夜夜奋战吧！/严冬即将过去/人类幸福的春天就要来临。（《致人民》）

那些凶残的侵略者/那些恶毒的蟊贼/那些野蛮的法西斯/决不会恫吓住我们！（《在伟大斗争的怀抱里》）

你要告诉她们：/向法西斯猛烈地进攻！/……/不必问，胜利一定属于我们/因为我们追求的是：/自由、幸福、正义与和平。（《中国女儿——热合娜命令三月之风》）

这些诗句犹如鼓点与号角，激荡着新疆各族人民的热血。

特别值得一提的是他的叙事长诗《爱与恨》和诗剧《战斗的姑娘》。前者写的是一个姓张的青年，参军奔赴抗日前线，由于思念亲人，开小差返回家乡，受到父母和未婚妻的严厉斥责，他悔恨交加地毅然重返战场，在惨烈的战斗中英勇捐躯。他的未婚妻在战场上找到他的尸体后，"哭声震动了寂静的阵地"，她为自己的亲人悲伤，也为他感到自豪：

你的朋友和战友/一定会把你记在心上/你的家乡——祖国/都为你感到光荣。

后者塑造了玉兰、李亚芬、赵明星、老大爷等英雄群像。表现了中华儿女万众一心、不怕牺牲、英勇打击日本侵略者的爱国主义精神。这个剧本曾以油印本的形式在新疆广为传播，一些边远县城还上演过这部话剧，起到了很好的宣传鼓动作用。难能可贵的是，这两部作品反映的都是内地汉族人民抗日斗争的题材，这在当时的少数民族诗人笔下是绝无仅有的，即使在今天也不多见。他还有两篇杂文《在死亡的恐怖中》和《"皇军"的苦闷》，犹如犀利的匕首，直刺法西斯侵略者的心脏，具有很强的杀伤力。

唐加勒克在抗日烽火熊熊燃烧的年代身陷囹圄，无法投身新疆各族人民的抗日洪流，但他在铁窗中依然创作了不少宣传抗日的诗歌，如《誓言》一诗就旗帜鲜明地表达了他对祖国的热爱和对侵略者的仇恨：

> 在黑暗的冰窟/我的祖国和人民饱受痛苦/你受
> 尽了欺凌和侮辱/就像山上倒下的树木/失去了感觉
> 和智慧/迷失了方向和道路/秃鹫在你的头上盘旋/豺
> 狼吞食着你的血肉/狼的外来伙伴也想用你果腹/中
> 华——你就是我的眼珠！/我要誓死把你保护/日本
> 鬼子，你竟敢踏上我的国土/告诉你，你什么也得
> 不到/只有一条死路！

同样表达爱国热情的诗篇还有《新疆之光》《请读读我的报纸》《公正的时代》等。

（三）歌颂如火如荼的民族解放斗争，动员民众投身革命洪流

1944年秋天，新疆伊犁、塔城、阿勒泰地区的少数民族人民为了反对国民党反动派的压迫和血腥统治，发动了武装起义。这就是历史上有名的"三区革命"，这一斗争成为我国新民主主义革命的组成部分。"三区革命"胜利的消息传到阿克苏，穆塔里甫受到极大鼓舞，立即和莫尼尔丁、比拉勒等志同道合的朋友建立了秘密组织，在人民群众中进行各种形式的宣传鼓动，号召人们声援"三区革命"，积极开展反对国民党的地下斗争。他的《无题》《冥想中的探索》《列宁是这样教导的》《解放的斗争》等作品，都是为配合

当时革命斗争的需要而创作的。

在《冥想中的探索》一诗中，他向群众发出了战斗的
号召：

> 我决不彷徨，朋友！我在探索一个崇高的理
> 想/我决不放下为斗争而挽起衣袖的臂膀/优秀的园
> 丁绝不会因怠忽职守而使花木萎谢/也不会让枯枝
> 败叶不合时宜地在林苑飞飏/我的心寻觅着，像初
> 生的婴儿/摸索着去吮吸慈母的乳浆/我怀着温馨的
> 思绪仰望长空/用睿智的目光注视着一窗光亮/……/
> 这清浅的湖水怎能解除我内心的焦渴/既然我是那
> 爱海深处的一片波浪！

这首诗深刻、形象地表达了人民的斗争意志，他所注视
的"一窗光亮"，正是他所探索的"崇高理想"，正是他对
革命圣地延安的憧憬与向往。因此，这首诗后来成为他们的
秘密组织的战歌。

其实，早在20世纪30年代末、40年代初，穆塔里甫就在
自己的诗中发出了推翻黑暗统治的呼声：

> 争取崭新的生活要度过无数艰难的岁月/我们
> 决不能满足眼前的斗争/我们要向面前的障碍、余
> 孽、废墟进攻！/烧掉那拦在我们道路上的一切荆
> 棘、蔓藤。（《战斗的波浪》）

搏斗！把敌人的头颅敲碎用火焚烧/向胜利向幸福紧贴你的胸膛/当紧要关头考验你的时候/决不要在生死面前犹豫，彷徨。（《无题》）

恶势力的根基崩溃了/他们的生命在阳光下奄奄一息/……/我们年轻的心像鲜花似地怒放/我们要把全世界创造成红色的花园。（《创造解放的花园》）

读着这样的诗句，能够令人热血沸腾，催人投身伟大的斗争。

"三区革命"的消息传到迪化（乌鲁木齐）监狱时，唐加勒克激动无比，欣喜欲狂，立即写诗热情颂扬这场革命。他从这场革命斗争中汲取了无穷的力量，又用自己的诗歌鼓舞狱中难友和狱外群众的斗志。他在诗中向着家乡呼唤：

听说你们已操起刀枪冲上战场/乡亲们啊，请快快把捷报频传。（《致礼》）

他为冲锋陷阵的勇士们呐喊助威：

燃烧的武器挑着仇恨/呐喊声声都去应战厮拼/发起冲锋公马种马都在前/随后又跃出三岁、四岁的后生/雄性勃发直冲云霄/恰似天山展翅的雄鹰/阿勒泰大雕俯身擒猎/塔尔巴哈台游隼搏击长空/⋯⋯/黎明划过寂静的天空带来晨曦一片/巍峨的群山那厚重的乌云被一扫而空/伊犁大地升腾着暖流/让人民把污垢抖落干净。(《雄鹰展翅冲云霄》)

他自信地预言美好的明天:

生龙活虎的婴孩的生命正在孕育/仅仅因此,我也不会丧失希望,瞧着吧,用不了多久/灿烂的黎明就会降临。(《忧愤的母亲怎不生育男儿》)

"三区革命"的烈火大有燎原之势,这场革命沉重地打击了国民党反动当局。1945年9月,正当南线的"三区民族军"强攻阿克苏的时候,反动派害怕革命力量内外呼应,于是杀害了穆塔里甫等二十八名革命者。到1946年6月,在日益扩大的"三区革命"声威的震慑下,国民党反动当局终于释放了一批政治犯,他们当中既有共产党员,也有各民族的进步人士,其中就包括唐加勒克。

(四)赞美伟大的祖国、可爱的家乡,讴歌劳动、团结,尊崇劳动人民

唐加勒克热爱自己的祖国,眷恋养育他的家乡。他写了大量的景物诗,来赞美伟大的祖国、可爱的家乡。最出色的有《春之印象》《夏日之晨》《夏天的某日》《夏日印象》

《山之景》《阿拉山》《伊犁即景》《夏波柯》等，他用优美的语言画出了家乡的美景。在他的笔下，伊犁的春天美不胜收，伊犁的夏天风情万种。在他的景物诗中，一草一木，一石一水都是那样的神采灵动：

> 山间小溪也参加竞技/争相跳下耸立的山岩/嚷叫着，忸怩着让你开怀/就像吸吮的孩童一般/……/像躲避迎亲姐夫的腼腆姑娘/瞧那旱獭钻进钻出不得安生/……/一排排耸立的幼嫩杨柳/恰似美人醉心的眉毛/宛若姑娘飘曳的秀发/帐幔映衬着碧绿的芳草/挺拔的松树伟岸伫立/恰似威严慈祥的双亲父母/……/片片树叶贴着脸颊，切切私语/仿佛情人悄悄地倾诉心曲/山豆和黑醋栗鲜嫩晶莹/犹如美人的耳环叮当作响/惟有山楂矜持地审视着四周/犹如头戴绣花盖头的老大娘/……/晶莹的野酸梅鲜嫩欲滴/犹如姑娘们动人的双目。（《山之景》）

他不仅对家乡的美景赞不绝口，还生动地描述了乡亲们在田野、山林与草原上的繁忙的生活、愉快的劳动：

> 微风拂过金黄的山梁/正是绑马挤奶的大好时辰/……/小伙子们策马奔上山坡/三三两两唱着歌吆赶马群/……/牧村的男女青年集中在一起/打毛擀毡，响起愉快的歌声。（《夏日印象》）

　　　　毡房外洗盥壶具叮当作响/妇女的长裙已飘过
了山坡/……/人们却已像公牛一样/拉犁整地干得正
欢/他们喘着粗气干着农活/哪怕浑身淌着辛劳的热
汗/他们活动身躯显得无比惬意/仿佛喝醉酒一样地
舒适陶然。（《夏日之晨》）

　　尽管乡亲们的生活十分贫苦，但是他们仍然能够在劳动中
找到欢乐。他也语重心长地呼吁劳动者之间的团结，珍惜各民
族之间的友谊，他的《团结起来》一诗就是突出的代表。

　　当唐加勒克被押解离开伊犁的时候，他写下了《告别
故乡，告别乡亲们》《恋故地》《别了，帕蒂（诗人的妻
子）》等诗，他满怀深情地向家乡的每一座山头告别，向每
一条山沟挥手，向每一棵树木致意，向每一个部落问候。他
在狱中还写了《押离伊犁》和《路途中》两首诗，回忆当初
告别亲人、离开故土的痛苦时刻。出狱后，在回乡路上他又
写下了《故乡啊，你好》和《乡土情》两首诗，一如既往地
惦念着家乡的山山水水。

　　在穆塔里甫的笔下，同样描绘出家乡的美景和勤劳的
农民：

　　　　那些花儿、夜莺、袅娜的柳丝/都是你雕刻的优
美景致/还有那些溪水、瀑布、活泼的风/都自由地喧
闹在你那欢愉的怀里/在清新的黎明、傍晚、洁白的
月夜/劳动在田野里的农民是你的知己/田园美丽，田

园活泼，田园可爱/田园是劳动者宽阔自由的舞台/群鸟和虫类是你的乐队，云雀是鼓手/劳动的响亮歌声到处涌现/抡起砍土镘，刨开地，拖起耙子啊/这舞台上的演员就是那勤劳的庄稼汉。（《春恋》）

来吧！我的绿色的心肝……/我正在想念你/来把我搂抱在/你那温暖的怀抱里/……/让农民抡起砍土镘/翻开肥沃的田地/为了使土地孕满黄金/让他把纯洁的汗粒渗入大地。（《来吧，春天》）

当十七岁的诗人离开家乡前往乌鲁木齐求学时，他写下了《再见吧，伊犁》一诗，诗中倾泻出对故乡的深深眷恋：

生我养我的故乡啊！/我要走了，别为我离开你而忧伤/再见吧，亲爱的故乡啊！/我虽然走向别的地方/但心中永远不会把你忘记。

他的《中国》一诗，表达了诗人对祖国的真挚感情：

中国！/中国！/你就是我的故乡！/因为我们成千成万的人民/生长在你那温暖的/纯洁的怀抱里。

诗的最后，诗人充分表达了对于新中国的期盼：

在你的土地上/我们要树立起/永久飘扬的/始终
不倒的/解放的旗帜！

他在散文诗《她的前途光明远大》中，描写了祖国富
饶美丽的国土和悠久灿烂的历史，同样抒发了他的爱国主义
深情。

他还在《五行诗》中热烈地歌颂了中华民族的大团结：

想唱歌的老张调顺了他的二胡琴弦/库那洪备好
了热瓦普想把木卡姆弹唱/蒙古歌手正在赞美他的辽
阔草原/强哈拜的冬布拉也奏出了欢快的乐章/新疆是
我们十三个亲兄弟共同的家乡。

歌颂祖国，赞美家乡，尊崇劳动人民，讴歌民族团结，
这是穆塔里甫诗歌创作的主旋律。

（五）进行启蒙宣传，劝勉青少年，寄希望于年轻一代

唐加勒克和穆塔里甫都坚信，文明的发展和科学的进
步终究会解除人民的苦难，改变民族的命运。因此，无论在
何种情况下，也不管遭遇怎样的厄运，他们都不放弃启蒙宣
传，都在不断地向人民群众灌输科学、民主知识，反对封建
专制和愚昧迷信。唐加勒克在《年轻人，拿起笔来学习》《给
青年们》《浮想篇》《请读读我的报纸》等诗中，呼吁人民勤
奋学习，战胜愚昧，变革现实，跻身于发达民族的行列：

世界向我们展示了它的广博/同时也给了你平等和机遇/愿科学和知识永生/给人民带来平等和欢愉！（《年轻人，拿起笔来学习》）

现如今，愚笨的蛮干早已无用/殊不知核之力量已在全球大显威风。（《给乡亲们的信》）

要打破陈规，革除旧俗/迎头赶上其他先进的民族。（《浮想篇》）

穆塔里甫在《学习吧，青年》《致朋友》《抒情两首》等诗中，呼吁年轻人不要虚度了青春年华，而要做"科学园地的忠贞的信徒"，做一个勤学而坚毅的人：

青年，你是雷电，你要像电一样爆发！/这是你的韶华时辰，学习啊，努力学习！/倘若你不牵住你的脱缰的野马/终究会陷落在黑暗心境的瀚海底！（《学习吧，青年》）

朋友，你不要浪费了青春/赶快告别玩乐和虚荣/让自己快快成熟起来/与落后、愚昧坚决斗争/……/应该学好知识，让心窗变得明亮/每天不停顿地学习吧/使自己成为建设新社会的能工巧匠。（《致朋友》）

　　唐加勒克和穆塔里甫作为本民族的先觉者，他们怀着清醒的忧患意识，殷切地盼望着自己的父老乡亲们努力学习科学文化，早日觉醒，尽快赶上"早已遥遥领先"的"其他民族"。透过这些诗篇，我们清晰地看到了两位少数民族年轻的思想启蒙者的高大形象。

三

　　现代维吾尔族和哈萨克族由于农耕生产、商品交换与畜牧生产的深刻影响，形成了维吾尔文化和哈萨克文化的各自特色。但是，由于这两个民族有着共同的文化渊源——突厥文化，有着共同的宗教信仰——伊斯兰教，所以在唐加勒克和穆塔里甫的文学创作中，有许多相似的艺术特色。

　　唐加勒克和穆塔里甫作品中的民族特色十分鲜明。他们除了生动地描述哈萨克族或维吾尔族的生活，描绘新疆特有的地域风光外，还在其他方面表现出浓郁的民族文化色彩。

　　他们的诗中经常出现维吾尔族和哈萨克族特有的日用器具名、服饰名、食物名、乐器名等。唐加勒克诗中有"毡房、顶圈架（撑起毡房顶的木制结构物）、冬布拉、缰绳、花帽、獭皮帽、木盆、木桶、大布（手工织出的棉布）、摇床、奶茶、酸奶、马奶酒、奶疙瘩"等。穆塔里甫诗中有"坎土镘（类似镢头、锄头的挖土工具）、图麻克（维吾尔族喜欢戴的一种皮帽）、抓饭（维吾尔族喜食和待客的一种米饭，一般用手抓食）、馕（类似烧饼的一种烤制面食）、都塔尔、热瓦普（均为弹拨乐器）、巴拉班（打击乐器）、达普鼓（手鼓）"等。

他们的诗中经常出现本民族经典文学作品中的人物形象、民族娱乐形式、诗人作家的名字、文艺作品的名称等。唐加勒克的诗中出现的文学形象有努斯普别克、莱丽和麦吉侬、玉素甫和孜丽哈、帕黑热木和古兰达、艾米尔和奥孜依扎、艾力甫和赛乃姆、帕尔哈德和西琳、塔厄尔和佐合拉（后面七对恋人都是突厥语民间故事中的男女主人公形象，在穆塔里甫的诗中也出现过）；著名诗人有阿拜、艾赛提、伊布莱、苏丹、玛合穆提、莫尔贾合甫、谢克尔等；娱乐形式有弹唱、赛马、叼羊等。穆塔里甫诗中出现的著名诗人、音乐家有纳瓦依（15世纪突厥诗人）、则克力（民间音乐家）、乌铁库尔（同时代的诗人）等；文艺作品有《海弥赛》（又名《五卷书》）、《木卡姆》（大型音乐套曲）等；娱乐形式有"麦西莱甫"，诗歌表现形式有"穆罕麦斯"（五行诗）等。

他们的诗中大量出现富有地域特征的动植物、山川地理名称和哈萨克族、维吾尔族人名。在唐加勒克的诗中，"天鹅、大雁、野兔、秃鹫、熊、豹、狼、狐、麋鹿、旱獭、雪鸡、野鸭"等飞禽走兽不断闪现，"白桦、松树、山豆、草莓、黑醋栗、山楂、野蔷薇、覆盆子"等草木花卉俯拾皆是；还出现了大量的哈萨克族人名，如阿娜尔、加涅尔汗、朱玛汗、夏尔根等；地名如特克斯、新源、察布查尔、绥定、巩留、尼勒克、霍尔果斯、果子沟等（他的《告别故

乡，告别乡亲们》一诗中，共出现九十四个地名、三十一个
人名、十五个部落名）；在穆塔里甫的诗中也有黄莺、云
雀、百灵鸟和戈壁、绿洲等特有的禽鸟名和地理名称，还有
热合娜、库那洪、买买提等维吾尔族人名。

他们的诗中出现不少本民族的谚语。唐加勒克诗中引
用的哈萨克谚语更多，如"陌生人互不敬重"，"千里出骏
马，百里挑疾蹄"，"落入魔鬼手里，就得舍一身皮"，
"打个滚儿，马也会落鬃毛"，"师傅留下技艺，毛拉留
下经书，巫师只会给后人留下胡言乱语"，"雄辩家也会
失言，巧匠也难免败笔"，"双耳能听到的，双目也能见
到"，等等。穆塔里甫的诗中引用的维吾尔谚语有："狗报
主恩，女人则为累赘"，"头发很长，智力很短"，"把一
根细毛劈成四十支"（意思是要把问题追根究底），"自己
吃自己的肉"（意思是把人气死了）等。这些谚语，不仅丰
富了诗歌的内涵，也增强了特有的民族文化色调。

在诗歌形式方面，他们诗中的关键部位常常出现诗人自
己的名字。

> 向你们敬礼了，当代所有的奇曼/你们给穆塔
> 里甫带来了无穷的灵感。（《奇曼》）

> 穆塔里甫，你大胆说出了真理/勇敢地堵住敌
> 人的来路，……（《我这青春的花朵就会开放》）

我——/昨天还在墙脚下/混在土里玩着的穆塔里甫/……/把自己投入到战斗的波涛里。(《战斗的灵感》)

则克力呀,愿你创作崭新的作品/请接受穆塔里甫的诗吧,我的乐师。(《弹唱吧,我的乐师》)

春天,穆塔里甫想变成你的波浪/春风给我的心脏带来活力。(《关于春天》)

倘若他们个个都是愚夫蠢才/那么,好汉唐加勒克又出自哪里?(《给乡亲们的信》)

如果说大家全是无知无识/唐加勒克,你的智慧从何而来?(《浮想篇》)

唐加勒克,已是你开口说话的时辰/已是你挥笔疾书的时刻/……/瞧瞧那蜜一般的语言,金子般的歌喉——/别让人们以为唐加勒克一无所长。(《给狱卒》)

唐加勒克,拿起笔,切勿等闲/愿你的诗句流芳百世,成为箴言。(《娜孜古丽》)

诗人的名字入诗的传统由来已久，早在用察合台文创作的大量诗篇中，已经非常普遍。这种抒情方式，使诗歌的抒情主人公与诗人完全融为一体，读来十分亲切，拉近了读者与诗人的距离，好像诗人与读者面对面地进行交流，很容易在读者心中撞击出激情的火花。

为了强化抒情效果，他们都喜欢在诗中使用反复这一修辞手法。如穆塔里甫的《我这青春的花朵就会开放》中，在每一小节的末尾都重复"那时我青春的花朵就会开放"这句诗，多达十一次；在《弹唱吧，我的乐师》一诗中，他唱道：

> 纵情地弹唱吧，永不停顿，我的乐师/以柳丝般的纤指明快地弹奏吧，我的乐师/你的歌喉蜜样的甜，我的乐师/创作吧，在这风华正茂之年，我的乐师/我把这穆罕麦斯奉献给你，我的乐师。

情切切，意绵绵，"我的乐师"连续出现十次；在《列宁是这样教导的》一诗中，"是他教导了我们"也出现了六次。反复歌咏，一唱三叹，造成了强烈的感人效果。唐加勒克在他的《磋商》一诗中，一句一个"哈萨克人"：

> 你是大山的子民，哈萨克人/品尝着骺骨和马颈油，哈萨克人/……

一连用了十次；在《给狱卒》一诗中，为了开导愚蠢无知的狱卒朱马汗，他发出了一声声质问：

> 谁是你的主人？认贼作父、俯首听命的是谁？/死去的是谁？肝肠寸断思念故乡的又是谁？/······/压榨人民的是谁？失去自由的是谁？/受压榨的是谁？/哭泣的是谁？狞笑的是谁？自在得意的又是谁？

一连串五十四句，咄咄逼人又语重心长。他又连发十五句追问：

> 碧绿的河流、葱郁的阳坡山岗在哪里？/你那像白鲸般跳跃的驼羔又在哪里？······

造成一种淋漓酣畅、一泻千里的气势。

唐加勒克和穆塔里甫离开我们已有半个多世纪了。他们虽然没有见到新中国的诞生，但他们凭着自己敏锐的感觉，早就预见到了美好的未来：

> 那时候，在荒凉的戈壁上会开放战斗的花朵/在花朵中我们将会闪射出像阳光一样的光芒/我们越过了血的山，望见了崭新的乐园/还将竖立起自由的旗帜，在战斗的波浪上。（穆塔里甫《战斗的波浪》）

生龙活虎的婴孩正在孕育生命/仅仅如此，我
也不会丧失希望/瞧着吧，用不了多久/灿烂的黎
明就会降临。（唐加勒克《忧愤的母亲怎不生育
男儿》）

他们已用热情的诗句为我们描绘出了"父老乡亲事事如
意，人人安康/未来的日月如花似锦，幸福无量"的美好岁
月。如果唐加勒克和穆塔里甫在天有灵，当他们俯看当今中
华的大好河山时，发现已经旧貌换新颜，各民族人民正在建
设和谐富裕的小康社会，他们一定会情不自禁地朗声欢笑。

（2006年，与艾克拜尔·卡德尔合作）

为人民诚实地放声歌唱
——维吾尔族诗人铁依甫江的诗歌创作

　　2010年是英年早逝的维吾尔族著名诗人铁依甫江八十周年诞辰。诗人在四十四年的创作生涯中，为我们留下了近千首诗歌，收录在《东方之歌》《和平之歌》《唱不完的歌》《祖国颂》《迎来了最美好的春天》《铁依甫江长诗选》等诗集中。他的诗歌有一部分被译成了汉文，收录在《铁依甫江诗选》《无惑集》《祖国，我生命的土壤》三本诗集中，还有部分诗歌被译为英、法、俄、日、土耳其、阿拉伯、乌兹别克、哈萨克等文字，介绍给了国外读者。应该说，铁依甫江是具有世界声誉的杰出诗人。为了纪念这位诞生在伊犁河谷的"人民的诗人"（王蒙语），伊犁师范学院"少数民族语言文学专业"的部分研究生与导师吴孝成教授一起，畅谈他们学习、研究铁依甫江诗歌创作的心得体会，寄托他们对诗人的深深缅怀。

一、政治抒情诗：高亢激越的交响乐

吴孝成：在1944年爆发的"三区革命"感召下，十五岁的铁依甫江拿起笔作刀枪，开始了诗歌创作，这些诗作几乎全是政治抒情诗。这些诗歌的主旋律是揭露黑暗，呼唤黎明，决心为迎接美好的未来而勇敢战斗。他把即将到来的胜利时刻比作"黎明前那猩红的晨曦"，把亿万人民渴望的幸福比作"希望的情人，张开双臂向我们扑来"（《幸福的希望》），他看到"在甜蜜的希望的脖颈上/未来已像珍珠串起的项链在闪闪发光"（《甜蜜的希望》），"幸福的女神微笑着敞开了怀抱/太阳已冲破地平线探出了头颅/正义之风正把尘埃清扫"（《誓言》）。他把愤怒的笔触指向黑暗统治："冷酷而暴虐的严冬/脸上飘着雪花/脚上挂着冰凌/呼吸吐出寒霜/蝎子一样蜇人/此刻，淌着冰凉的泪水/正一瘸一拐地要溜之大吉了/因为它惊慌地感到春日临近"（《严冬过去了》）。他用热情的歌喉迎接呼之欲出的新中国："明天、后天，我们将生活在/澄澈清新的黎明的怀抱里/披着绚丽夺目的霞光/唱出许许多多更美的歌曲，而且还要唱得更加响亮"（《我们的歌》）。当解放的红旗刚刚飘上伊宁市街头的时候，他便热烈欢呼："怀抱红日的黎明来了/沉重的夜色倏然消退/穷苦人自豪的日子来了/祖国呵，笑得满脸光辉/啊哈——/我们洒下的鲜血已化作含苞的玫瑰"（《怀抱红日的黎明来了》）。一个刚刚十九岁的热血青年，自觉地置身于新民主主义革命的战斗行列之中，情不自禁地唱出了广大维吾尔人民群众盼望解放，迎接新中国到来的万丈豪情。

铁依甫江初涉诗坛就快速成长起来，离不开小时候维吾尔民间文学的熏陶，也离不开求学期间大量阅读的俄苏文学作品（如普希金、高尔基、马雅可夫斯基）和维吾尔族诗人吾买尔·穆合买提等人作品的浸染，更离不开比他年长八岁的同乡——革命诗人黎特夫拉·穆塔里甫的亲切感召。当身在阿克苏的穆塔里甫一听到"三区革命"爆发的消息时，受到极大鼓舞，立即与志同道合的朋友建立了秘密组织，在人民群众中进行各种形式的宣传鼓动，积极开展反对黑暗统治的地下斗争。他的《无题》《冥想中的探索》《列宁是这样教导的》《解放的斗争》等作品，都是为配合当时革命斗争的需要而创作的。像"我怀着温馨的思绪仰望长空/用睿智的目光注视着一窗光亮"，"当紧要关头考验你的时候/决不要在生死面前犹豫，彷徨"这样的诗句，恰似战鼓震撼着铁依甫江的心房。他还写下了"团结战斗，铁拳齐向暴君的宝座砸去"（《幸福的希望》），"战斗的旗帜/决不会从高瞻远瞩的/勇士们手中落下"（《我们的歌》）的战斗誓言，来回应穆塔里甫这样的革命前驱的召唤。在穆塔里甫英勇就义两年半后，铁依甫江创作出《致黎·穆塔里甫》一诗，深情地怀念这位没有见过面的兄长与导师，称他是"经得起考验的勇士"，把他比作"乳狮"，"有山岳般的雄胆"，面对"嗜血的黑心""黑暗的枭鸟""凶恶的山猫""无数的魔鬼"英勇奋战；赞颂他："在艰险面前你始终挺着男儿的胸膛／从来就是那样的坚毅、倔犟，一往无前。"他信心百倍地安慰烈士的英灵："你青春的花蕾过早的凋谢了／……但亿万同胞怎会把你遗忘／复仇的雄鹰已扇动强劲的双翅！"就这样，他响应穆塔里甫的号召，"我们要向面前的障碍、余孽、空虚进攻／烧掉那拦在我们道路上的一切荆棘、蔓藤"，坚决地投身于争取自由解放的民主斗争。

新中国成立以后，"作为一名革命战士，铁依甫江用自己热情澎湃的歌声赞美了中国共产党领导的、历史上前所未见的各民族人民大团结的宏伟事业，表达了在新的政治、经济和意识形态条件下，中国各民族互相依存，共同发展的强烈愿望"（公刘语）。他的《怀抱红日的黎明来了》《妥依——献给国庆一周年的歌》《一位老战士的嘱咐》，以及粉碎"四人帮"之后创作的《三十年》《春的启示》《难忘的春宵》《过去与未来》等诗篇不遗余力地歌颂党，歌颂领袖，歌颂劳动人民的新生活，赞美改革开放政策带来的巨大变化，并且含着热泪进行历史反思，总结经验教训，展望美好未来。

霍　巍：在铁依甫江的政治抒情诗中，那些抒发爱国激情的诗篇是最为情真意切的动人华章。在革命战争年代，他就庄严宣誓："我向亲爱的祖国立下火热的誓言／它将在我烈火般的心中永远炽燃。"（《誓言》）"除了你的怀抱，我的骸骨不愿躺在任何地方／这儿就是我的天堂，此外又何须别的圣地。"（《为了你，亲爱的祖国》）新中国成立后，他的这种爱国主义思想与情感更是得到了充分喷涌："祖国，自从我来到人间/我的喜怒哀乐就与你紧紧相连/您对儿女的辛勤哺育和爱抚/一息尚存，我将永远铭记心间/……祖国，我誓做维护您荣誉的忠诚哨兵/胸中将永远炽燃着对您火一样的深情/只要能把我的内心披露于万一/我就不悔自己枉做了诗人。"（《祖国》）特别是由于反右斗争和反地方民族主义斗争扩大化，诗人遭受到错误的批判和不公正的待遇之后，他依然不改初衷地表达自己对祖国的忠诚与热爱："祖国——我生命的土壤，你是生我育我的母亲/你的儿子眷恋着你，犹如灯蛾之迷恋光明/……祖国，有了你才有我，没有你哪儿会有我的生命/因为，我同你，伟大的祖国，共有一条命，共有一颗心！"（《祖国，我生命的土壤》）他在诗中多次使用"异国""麦加""天堂"等意象来与祖国对比。在异国，哪怕是王袍加身，也叫人局促不安；麦加延年益寿的圣水，也抵不上祖国甘露似的小小水滴；天堂的岁月悠游自在，如果失去祖国，又与地狱何异！为了祖国而死，坟头上会有烂漫的山花怒放，抛洒的热血也会化作含苞的玫瑰！

历史一再证明了他的远见卓识。当西方反华势力甚嚣尘上的时候，当民族分裂主义思潮抬头的时候，他诗中的爱国主义烈火燃烧得格外旺盛。他在《心里的话》中旗帜鲜明地宣称，"我是维吾尔族的儿子/我热爱我的民族/胜于爱我自己/然而，与维吾尔这个民族成分相比/更使我感到骄矜的是/我站在我们的党和阶级的队列里"。他要"用如椽的彩笔/把民族团结的新生活描绘得更加壮丽"。他对"语言不同者心也迥异"之类蛊惑人心的谬论"唾其面，斥其谤"，针锋相对，义正词严。

　　吴孝成：因为他知道，"在维吾尔子孙留过血的地方/同样也留下了/汉族的、哈萨克的……血迹殷殷"，"不正是在杀害陈潭秋的那把铡刀之下/后来又有穆塔里甫的尸体横陈？""而我们从来就把哈萨克叫作亲人/汉民族也把我们亲昵地称作弟弟"。诗人深情地讴歌了中华各民族人民生死相依、患难与共的血肉关系，极富感染力和说服力地宣传了捍卫民族团结、维护祖国统一的重要性。到了新的时代，各民族兄弟姐妹欢聚一堂，"维吾尔的都达尔，蒙古人的马头琴/哈萨克的冬布拉，苗族的芦笙/汉族大哥的二胡，回族兄弟的箫管……/今天，同时吹奏起自由解放的乐声"（《妥依》）。读了他的这些诗句，再来听听穆塔里甫的《五行诗》："想唱歌的老张调顺了他的二胡琴弦/库那洪备好了热瓦普想把木卡姆弹唱/蒙古歌手正在赞美他的辽阔草原/强哈拜的冬布拉也奏出了欢快的乐章/新疆是我们十三个亲兄弟共同的家乡。"二者确有异曲同工之妙，说明两位诗人心有灵犀，同样站在时代的制高点上。

　　霍　巍：铁依甫江在他的政治抒情诗中，以人民代言人的身份，表达了对伟大祖国的高度认同，表达了对当代重要的政治事件以及社会思潮的敏感反应。他的诗歌虽然产生于20世纪，但其蕴含的情感、折射的态度在新疆当前的政治生活中依然是鲜活的，充满了强大的生命力。

二、爱情诗：热烈深沉的咏叹调

吴孝成：恩格斯说过"人与人之间的、特别是两性之间的感情关系，是自从有人类以来就存在的"。用来表达"两性之间的感情关系"（亦即爱情、恋情乃至性爱）的诗歌，几乎可以说和爱情本身一样，古今中外，源远流长，青春永在，万古长新。爱情诗，是既古老、又年轻的心灵之歌，是既现实、又永恒的艺术之歌。心的交响，爱的和鸣，虽无擂鼓鸣号之威，却有回肠荡气之力，可以发挥促人奋发，励人上进的作用。好的爱情诗，能升华人们的思想境界，净化读者的精神领域，造成一种没有时限的美的享受。铁依甫江就是一位创作爱情诗的高手，这类作品在他的整个诗作中占有不小的比例。

东　黎：在他的早期爱情诗创作中，《乡村姑娘之歌》《我悄悄地爱上了你》《思念》《送别》《苹果》《爱的探索》《小伙子希望着》《我感到奇怪》《幸福的星辰》《一个小伙子的日记》《唱不完的歌》《我心爱的》《我把你的嘴唇比作葡萄》等都是突出的代表。诗人通过这些诗作明白无误地阐发了自己的爱情观。

首先，勤劳能干是新时代年轻人最看重的品行（"从你额头的汗珠里/我看见了你的心"），他们的恋爱对象还应该有文化（"我已从扫盲班里毕了业/永远不再是'睁眼瞎'"），讲文明（"嘴巴漱漱干净，再把口开"），敢于斗争（"只要你成为扎入敌人眼中的一根铁钉"），热爱家乡（"我们与这土地早结下深厚的交情"）。

其次，真正的爱情必须忠贞不渝。需要的是郑重，反对的是轻率。在爱情的花园里，来不得甜言蜜语，也容不得虚情假意："不能凭借谎言闯入这片禁苑／那样就会把最纯真的心灵践踏。"热恋的双方应该彼此信任："一在天之涯，一在地之角／任凭它关山迢递、岁月如流／时间和空间阻隔不断心的贴近／我把你眷恋，你把我守候……"

再次，长辈应该对落入爱河的年轻人给予充分的理解。《唱不完的歌》这首诗就唱出了无数年轻人的心声："想想往日的情景／您不也曾经是个难以入眠的年轻人／这就是那支您当年也唱不完的歌呵／如今，您怎么就不理解这种心情？！"

他后期的爱情诗，已不再是单纯、热烈的表白，我们的祖国和它的儿女在经历了狂风暴雨的洗礼之后，显得更加成熟，铁依甫江的爱情诗也更加深沉、厚重。《姑娘的忧伤》和《春日里的热泪》两首爱情诗就是其中的代表。第一首为我们勾勒了一幅负心人在"风凄霜冷的时刻""扬长而去"的悲情图，"悔恨和忧伤"的姑娘抹不去心上的创痕，但她依然坚信"爱情的花朵永远不会凋零"，用"痛苦的教训"从反面印证两颗心必须"同样的赤诚"。第二首是在春回大地的时候，诅咒那摧残了爱情之花的冬夜，既有痛苦的回忆，也有甜蜜的品味。读了这首诗，有这种经历的人也许会有更加深刻的体会，诗人那发自肺腑的对往日恋情的眷顾，以及今日茫然寻觅的痛楚，怎不让人生发出无以言表的悲叹。没有这种经历的人也不会一无所获，它可以陶冶我们的情操，让我们懂得珍惜来之不易的春日，珍惜生活中那些曾经存在过的美好的感情。

三、讽刺诗：犀利辛辣的变奏曲

刘燕妮：讽刺诗是锐利的武器。对敌人，它像一把锋利的匕首，无情地揭穿阴谋与罪恶；对人民，它像一团熊熊的烈火，烧毁一切丑恶的事物和不健康的现象。讽刺诗寓深刻的政治含义于笑声之中，在笑声中挞伐敌人，教育人民。在铁依甫江的诗歌创作中，讽刺诗所占的比重不大（但是质量很高），并不影响它们在维吾尔文学乃至中国文学中所占据的重要地位。他的讽刺诗代表作有《报告迷之死》《仓库主任的锦囊妙计》《"基本"的控诉》《我梦见了夜莺》《叫我如何是好——骗子的哀叹》《莫要站在天上小视大地》《爱走在前面的人》《伪善者的自画像》《庄稼人的心里话》《再也别学蝗虫》《芍药丛里的蝎子草》等。

铁依甫江的讽刺诗，是基于人民群众的利益，以群众的视角去表现社会生活的方方面面。他的讽刺诗带有维吾尔民族特有的诙谐与幽默特色，语言平实易懂，说理深入浅出，真正做到了为人民而写作。

吴孝成：有一件20世纪80年代的事，可以生动地说明铁依甫江与人民群众的关系。一次铁依甫江和王蒙等作家前往鄯善县农村访问，受到农民的热烈欢迎。农民们不仅用吃喝，而且用朗诵自己的诗作来欢迎他。他也用诵诗答谢农民。一位大嫂无以为报，就送给他几棵自家地里种的白菜。王蒙当时在旁边调侃说："真是人民的诗人啊，所以要吃人民的白菜！"铁依甫江开怀大笑，引以为荣。

刘燕妮：他的作品面向大众，为群众所喜闻乐见。铁依甫江曾说："讽刺是反映现实生活的产物，因为在现实生活中，存在着值得嘲笑的污垢……它使用的都是幽默、责备和嘲笑的语言。"这段话不但表明了诗人创作讽刺诗的动机和所使用的表现方法，也有助于我们进一步深刻理解诗人讽刺诗的深刻内涵。

他的《报告迷之死》以夸张的手法，提炼了几个看似荒唐，实则典型的情节，如"她丈夫睡梦中也在不停地讲演/抑扬顿挫弄得她无法安眠"；"你如果通知他哪儿有会议请他出席/他准能赏你报喜钱作为酬劳/你倘若有急事要把他寻找/只要打听哪儿有会，就准能找到"；"随着他的话音喧哗越来越甚/他又勉强吐出个'最后'以示接近尾声/哪知道'最后'以后还有'最后'/'最后'了半天还不见尽头"；"瓦拉克一瞥见火场上许多人正在救火/'同志们'——他立刻精神抖擞亮起了嗓门/'保卫国家财产是我们神圣的责任/它的伟大意义可以分几点说明……'"。诗人通过这些典型化的细节描写，将一个满嘴空话、喜欢玩弄革命辞藻、不顾人民疾苦、危害革命和社会主义建设事业的夸夸其谈的政客形象凸现得淋漓尽致，公刘认为："这个人物形象完全有资格进入我们多民族文学千姿百态的肖像画廊。""瓦拉克台科诺夫不正是二十年后林彪、'四人帮'横行期间盛极一时的政治空谈的老祖宗吗？……现在我们再一次读它，痛定思痛，不能不惊叹诗人的别具慧眼和入木三分！"

而《"基本"的控诉》则用拟人化的手法，把当时流行的"基本"这一抽象的政治名词人格化，让"基本"这一形象从各行各业走出来现身说法，原原本本地历数"他"被迫所做过的种种恶行——"但是毕竟有一些时候，一些场合/我还是不幸地沦为骗子的遮羞布"。在农村，"有时麦收还没有扬场"，"我又被拉去谎报小麦的实际产量"；在工厂，"我是渣不是钢本是事实/硬让我去冒充钢产量，鱼目混珠"；在商业和贸易中，"又在利润栏中用我谎报成绩"；在科研领域，"研究实验连一半还未完工/他们就吹嘘说攀越了高峰"——这首诗通过"基本"这一"形象"对其被人利用、给人民造成的深重灾难的控诉，对当时社会上的浮夸风做出了有力的抨击。在这首诗的原稿中有一句讽刺吹牛皮放大炮的人，说他们是"用舌头攻占城池的勇士"，非常精彩。但因为这首诗矛头直指极左思潮，所以作品还没发表就遭到了批判。说这句诗非常"恶毒"，说他攻击了"大跃进"，"罪该万死"。这件事恰恰从反面证明他的这首诗写得非常成功。

他还写过几首寓言诗，从实质上说也应该算作讽刺诗。《牛犊和狐狸》写狐狸想偷吃架子上的葡萄，但苦于葡萄太高够不着，于是便怀着阴暗利己的目的对牛犊展开了攻心策略，促使牛犊中计，从而顺利达到它骑上牛犊以饱餐架上葡萄的目的。而一旦事情败露，狐狸早已逃之夭夭，只把无辜的牛犊留下来挨打，做了可怜的替罪"牛"。这首诗告诫善良的人们对于坏人要时刻保持高度警惕，对他们的甜言蜜语一定要擦亮眼睛，分辨其真实动机，千万不要被坏人利用，从而做出"亲者痛，仇者快"的事情来。另一首《雪地上的鸟儿》则提醒人们，不要骄傲自大，在任何时候都应保持谦虚谨慎。否则，原有的成果也会因骄傲而被轻易抹杀。

综观铁依甫江的讽刺诗，无论是揭露敌人，还是批评我们队伍内部的弊端，抑或为了教育人民，都是诗人怀着深厚的爱国情感，出于高度的社会责任感和社会良知，以良好的愿望为出发点而进行创作的。正如诗人自己所说："在社会上还存在着阴暗面，存在着使人作呕和厌恶的社会渣滓。这是我们前进的绊脚石。对它视而不见，不揭发，不批评，实际上就是对社会不负责任。"铁依甫江的确用一生的创作实践了自己"良心和生命浑然一体"的诺言。

四、哲理诗：短小隽永的警世谣

吴孝成：维吾尔文学自古以来就有阐发哲思的传统，诞生于11世纪的突厥文化巨著《福乐智慧》和《突厥语大辞典》就有大量蕴含深刻哲理的诗篇。哲理诗是铁依甫江诗歌创作的一个重要部分，他的二十多首"柔巴依"是其中的杰出代表，此外还有《父亲的叮咛》《柏树》《绿荫下的沉思》等。

"柔巴依"是维吾尔族和许多中亚民族的一种古典诗歌形式，格律严谨，适于吟咏。每首四行，独立成篇；押韵方式为一二四行或四行全部押韵；每行诗的长度一致，均由一定数量的音节构成并产生某种节奏；而诗的内容往往涉及哲理。"柔巴依"这个名称来自阿拉伯语，意为"四行诗"，有人曾将其译为"鲁拜"。这种诗体出现于9至10世纪，由塔吉克文学奠基人鲁达基成型。11世纪达到繁荣时期，15世纪的纳瓦依曾创作了大量精美的"柔巴依"。这种诗体与汉族古典诗歌中的绝句很相似，因此诗人公刘曾戏称它为"维式绝句"。

贝晓娜：铁依甫江的哲理诗由于短小隽永，所以诗味很浓。如"辽阔的海洋出于水滴的汇集/没有大海，生活的帆樯怎能远航游弋/如果以你那涓滴而沾沾自喜/那就试试吧，看它把什么浮载得起！"作者用"海洋"喻指集体的力量和智慧，"帆樯"喻指个人，表明了集体与个人的关系。又如"人总爱认定自己正确之至/但谁也甩不脱'可能'这个限制/到底什么是正确，什么是谬误/还是让咱们请教'实践'这位同志"。诗人形象地阐释了实践是检验真理的唯一标准这一哲学原理。再如"有的人考试交白卷/昂着头傲慢地闲转/从来不去种植树木/果树枝条却被他折断"（这里采用了阿拉提·阿斯木的译文）。这是一种令人痛心的社会现象。在我们的生活中，总有那么一些好吃懒做者，我们煮肉的时候，他们不贡献一根柴火，但第一碗肉往往是他们先吃。铁依甫江用他的解剖刀似的诗笔，给我们剥开了这些寄生虫的灵魂。《柏树》是一首托物言志的好诗，"我至死紧紧搂定生我育我的泥土"是铁依甫江诗歌的核心旋律，是他真诚自白的最强音。这样的哲理诗，每一行都闪烁着智慧的光芒，读来耐人咀嚼，回味无穷。

五、艺术魅力：多姿多彩的民族特色

吴孝成：构成铁依甫江诗歌艺术魅力的因素很多，除了真挚热烈的情感、生动鲜活的形象、深刻犀利的思辨等以外，还有那浓郁的民族特色与地域氛围贯穿、流注和融会其间。他独具民族特色和地域氛围的诗歌，成为其他兄弟民族深入了解维吾尔文化的一扇扇色彩斑斓的窗口。

王吉祥：铁依甫江的诗中经常出现文学作品与民间传说中的形象。如《幸福的希望》和《一个老战士的嘱咐》中，分别出现了法尔哈特和艾合里曼这两个人物。他们的故事早已为维吾尔人所熟知，典出纳瓦依悲剧性长篇爱情叙事诗《法尔哈特与西琳》。法尔哈特是长诗的男主角，他知识渊博、文武双全，为了寻找他深爱的西琳公主，历尽了艰辛。法尔哈特和西琳的幸福虽然毁于恶势力之手，但他的精神激励着一代代后人：追求幸福与梦想的征程中也许会布满荆棘，但只要有如法尔哈特般的真诚和勇气，灿烂的黎明一定会在不远处向我们招手致意，幸福终将永远与我们同行。艾合里曼是盘踞在森林中的力大无穷的毒角恶魔，法尔哈特在找寻西琳的路途中曾将它驯服。此处用以描绘貌似强大，但实则不堪一击的敌人，希冀新一代的孩子们要向老一辈学习，将我们的事业永远推向胜利。凡是知道这个故事的人，对这两首诗的理解就会深入一层。他在《祖国，我生命的土壤》中写道："祖国的每一粒沙土，对于我都是无比珍贵的图蒂亚/跋涉在她的戈壁滩上，我会感到处处有花丛和绿荫。""图蒂亚"是维吾尔民间传说中一种具有神奇疗效、可使盲者复明的圣土，用以表达对中国这片永远的圣土的无比真诚的爱。再如《"基本"的控诉》中有关赫哲和洛克曼的典故的运用，赫哲是穆斯林传说中的一位扶危济弱、给人带来幸福的永生的圣哲，洛克曼则是维吾尔民间传说中扁鹊、华佗式的人物，据说有妙手回春，起死回生的医术。诗中写骗子们"给这伙投机商披上赫哲的圣袍"，"把吸血鬼打扮成救命的神医"，反讽之意不言自明。其他诸如真主的使者艾沙圣人、神猫夏尼雅孜、富甲天下的帝王苏莱曼、盛满珍宝的魔洞魁依卡甫等，都给他的诗作增添了光怪陆离的色彩。与这些词语相关的精彩典故，都使有关作品的内容更加丰富多彩，同时也增加了作品的厚重感和民族特色。

铁依甫江的诗歌作品中常见富于维吾尔色彩的精巧比喻。如"我把你那圆润饱满的嘴唇/比作醇酒、玛瑙般的葡萄"，"这马奶子葡萄如此的神奇美妙/使我不由得拿它和你的嘴唇相比"（《我把你的嘴唇比作葡萄》）。看到这几句诗，马上会让人想到维吾尔族少女娇媚的面庞。硕果累累的葡萄架，会让人想起葡萄架下维吾尔族情侣的窃窃私语。一串串熟透的葡萄，一段段甜蜜的爱情记忆，也立即会勾起我们对逝去的青春、正在追寻的纯真爱情、与爱人共享甜美时刻等美好瞬间的回忆。他在《春的启示》中写道："嫣红的艾特莱斯绸裙飘曳的花园里/朵朵蓓蕾都敞开了碧绿的凯姆朱丽。""艾特莱斯"是一种以和田生丝为原料织成的扎染绸。色泽鲜艳，简洁明快，图案形象粗犷奔放，花纹自然流畅，极富维吾尔民族风格。诗中把鲜艳的花瓣比作"嫣红的艾特莱斯绸裙"，把花瓣外层的花萼比作维吾尔族妇女罩在长裙外面的坎肩"碧绿的凯姆朱丽"。一位亭亭玉立的维吾尔女子便站在了读者面前，让人分不清是花更丽，还是人更美。"岂料狂风忽左忽右陡然卷地而起/一片阴郁，转眼间枝残叶败，落红满地。"我们不禁对暴虐势力的破坏行为产生了切齿之恨，想起美人遭难，终日以泪洗面的情形，谁能不为之伤悲呢？而由美人遭难，马上就让我们联想到十年动乱中知识分子遭受的不公待遇，以及由此给祖国大花园带来的惨重损失。这里的爱也好，恨也罢，都是由那个精巧比喻中美丽的维吾尔女子娇美的身姿所引起的。其他如莱丽花（蜀葵）、坎土镘、抓饭、清真寺等维吾尔族生活中常见的事物入诗，让人好像做客于维吾尔农家，有身临其境之感。天山、塔克拉玛干大沙漠、塔里木河、霍尔果斯河、吐鲁番、青格勒大草原等新疆地理地标入诗，为作品增添一份雄奇阔大之感的同时，也向读者发出了与作家神游边疆的热忱请柬。

吴孝成：维吾尔族是一个开朗幽默的民族。铁依甫江也是一位富有幽默感的诗人，他的诗歌中有不少幽默、风趣的语言。例如在《我梦见了夜莺》中写道，"我居然梦见了夜莺/……他们说这可是个吉兆"，却没料想第二天就被关进了牛棚。诗人用幽默、豁达的笔触自我解嘲："幸亏我梦见的还是夜莺/仅仅被限制自由受到监禁/要是万一梦见山和尚那类鸟儿/岂不是得断送了这条老命？！"夜莺的叫声清脆悦耳，婉转动听，尚且不受欢迎，至于鸣声好像和尚念经，枯燥乏味的山和尚鸟，在那些手握生杀大权的"左派"治下，自然不会有什么好下场。他的许多讽刺诗、爱情诗中都不乏这种幽默、风趣的诗句。王蒙在《遥望天山，欲哭无泪》中悼念铁依甫江时，曾说"他的笑话永远被传诵，他的笑话集中起来又成为运动中的'罪行'。承认并批判了'罪行'之后他被宽大，宽大之后再说新的笑话。幽默感是老铁的基本功能与基本品质。没有幽默感老铁不可能活到今天"。

王吉祥：维吾尔族是一个具有发达的民间口头文学的民族，铁依甫江正是在这些民间活态文学的孕育下，走向成熟的。作为他诗歌民族特色的重要标记之一，就是众多谚语、格言的入诗。如写于1951年到1954年的《给恋人的一封信——献给伟大的土地改革》一诗，抒写了一个凄美的爱情故事。诗中融入了很多独具维吾尔特色的谚语，如"孤儿吃棍棒/老爷吃糖浆"，"有钱人的话飞灵/无钱人的话谁听"，"不附上贿赂的诉状/没有送抓饭的禀帖/那是达官贵人所不通晓的语言"，"巴依偏向巴依/流水偏向凹地"，"老爷们的是'现'的/我们的是'欠'的"等，这些生动鲜活的语言，深刻地揭露了在暗无天日的旧社会，统治阶级狼狈为奸，穷苦人有冤无处申，有苦无处诉的残酷现实。而"与其追求明天的羊尾巴油/不如今天捞上块羊肺要紧"，则对农民的短视给予了批评。再如"老辈人说得好：'狗再叫，驼队照旧前进'/历史上所有的驼队，都一再证明了这点"（《一个老战士的嘱咐》）。形象地说明挫折是暂时的，历史的滚滚车轮始终是指向前进的方向的。其他还有"旅途的折磨紧邻着死亡的灾星""眼前的大山不会太远"等，这些谚语短小精悍，内蕴丰富，也成就了诗作本身的简洁明了，可谓一举数得。

具有鲜明维吾尔特色的口语的成功入诗，是铁依甫江践行自己为人民而歌的誓言的又一努力。写于1980年的《庄稼人的真心话》（六首）就是典型的口语诗。看这些诗题，你就会被维吾尔人民天生的幽默才能所折服："再也别学蝗虫""喉咙里没油咋出声""政策从喇叭上下了地"等，对那个整天喊着"跃进"，却老是在原地蹦跶的年代，进行了深刻的反思。其他如"半拉子汉子""土坷垃里长大的青年""活着够多腻味""话儿淡里呱叽""说真格的""塌下心来好把庄稼务一务"等，这些口头语增强了诗篇的泥土气息，也增强了诗人的亲和力。这些谚语、俗话，是维吾尔人生活智慧的展现，是悠远的都塔尔琴音。

吴孝成：斯人已逝，言犹在耳，"做人民的歌手是我最强烈的愿望"。为祖国而歌，为人民而歌，正是他一生践行的诺言。作为维吾尔人民的儿子，民族的符号深深烙印在他的诗中。富有民族特色的典故穿插，震颤着一个伟大民族一段段历史的足音；极具民族特色的现实生活摹写，启迪我们要倍加珍惜今天的美好生活；诗人对民间俗谚等活态文学养料的汲取，让我们懂得了"紧紧搂定生我育我的泥土"的重要性。正是智慧的人民，养育了优秀的诗人，离开了泥土，再美的花儿也会凋谢。

（2010年，与王吉祥、霍巍、东黎、刘燕妮、贝晓娜合作）

艺术传达的魅力所在

——维吾尔族作家阿拉提·阿斯木作品中的地域文化色彩与民族文化氛围

阿拉提·阿斯木是新疆伊犁少数民族作家中能够运用双语进行创作的维吾尔族作家。他出生于南疆于田，成长于北疆伊犁。他插过队，当过工人、编辑、机关干部，后来担任过奎屯市委副书记、伊犁地委宣传部副部长等职，这些经历，丰富了他的生活阅历。早在1979年他就开始用维吾尔文、汉文创作并发表作品。他现任伊犁州文联副主席兼秘书长、新疆文联委员、新疆作家协会副主席。1995年加入中国作家协会。三十年来，他创作了大量的小说、散文和随笔等。主要作品有：短篇小说集《雅地卡尔》《帕丽达穆》，中篇小说集《金矿》《赤色的天空》，中短篇小说集《阳光如诉》，中篇小说《韧》《年代诉说一切》《红玻璃》《最后的男人》等。小说《那醒来的和睡着的》于1984年获上海《萌芽》优秀作品奖、1995年获全国少数民族文学二等奖，《生活万岁》获1987年新疆优秀作品奖，《金矿》获1998年

《伊犁河》文学奖。

阿拉提·阿斯木的创作成果在新疆双语作家中算是佼佼者。正是因为具备了双语创作的优势，他的作品中洋溢着鲜明的地域文化色彩，弥漫着浓郁的民族文化氛围。

地域文化、民族文化是一个影响巨大而又无形的存在，它充满了人类所生活的整个时空。任何人都无法选择、无法摆脱既定的文化，他只能在既定文化的基础上，进行自身的塑造与文化的再生产。阿拉提虽然主要使用熟练的汉语进行小说、散文、诗歌创作，但他的思维习惯、行为方式、价值观念等必然会在某种程度上带有本民族文化的印记。所以他的作品在题材选择、主题提炼、人物塑造、环境描写、语言运用、审美标准、文化心态、伦理道德等方面都表现出浓郁的民族特色和地域特色。

新疆（特别是伊犁）自古以来就是多民族聚居的地区，也是世界三大文化，波斯文化（其中渗透着地中海文化）、印度文化和华夏文化交流、碰撞、融合的中间地带。文化因差异而产生冲突，因冲突而交流，因交流而共同发展，因发展而保持个性，因个性张扬而多样发展。这差异、冲突和个性张扬反映在文学作品中，自然表现为民族文化的浓郁氛围；这交流、发展和多样化反映在文学作品中，自然涂抹上地域文化的鲜明色彩。

阿拉提作品中的地域文化色彩和民族文化氛围，主要表现在饮酒文化、歌舞文化、戏谑文化和交际文化等方面。

一、饮酒文化

早在西汉时，酿造葡萄酒已成为西域的家常事了。居民不论贫富，都有酿酒和藏酒的习惯。《史记·大宛列传》记载："宛左右以蒲陶（葡萄）为酒，富人藏酒至万余石。久者数十岁不败。俗嗜酒……"①这种酒文化延续至今，蔚为壮观。有人曾经这样描述伊犁河谷的酒文化："伊犁地区，诸多民族，各具特色，各有所好。哈萨克善游牧，维吾尔能歌舞，俄罗斯擅狩猎，蒙古人精骑术，锡伯族善射，汉族人事耕。唯独对于酒，乃众家之所好。出猎出牧，以酒壮行；婚丧嫁娶，以酒待客；你来我往，以酒会友。凡歌舞，则以酒助兴；遇风雪，则以酒御寒；逢不幸，则以酒浇愁。这里的农场、城镇，大都有烧坊酒厂，以地产高粱玉米，用甘泉雪溪之水，酿造出醇香佳醪，负盛名者如'伊犁特曲'、'伊宁大曲'、'新源大曲'等等。伊犁人惯豪饮，饮酒时少用杯盏，常用海碗；家中盛酒少用瓶壶，常用瓷坛、皮囊。饮酒时，不分场合、地点，或林阴，或草地，或车上，或马背，依崖而立，席地而坐，三五人聚拢，便酣饮起来。"②

在阿拉提的笔下有许多关于伊犁酒文化的精彩篇章：

---

① 上海书店编：《二十五史（第一册）：史记》，上海古籍出版社，1986年，第346页。

② 雷霆：《酒趣·鹿趣》，见吴连增编：《西陲风景线》，新疆人民出版社，1992年，第85页。

　　伊犁人喝酒可是名声在外。在其他地区，"哥们，走，出去玩玩"这句话的含义是较广的，而伊犁人的这个说法基本上指的是喝酒。（《百灵鸟唱响伊犁河谷》）

酒是休闲活动的主要内容。

　　如果伊犁大曲还有一个功劳，就是它教会了我们宽容。三杯酒下肚，我们握手言和，不记前仇。……没有酒的日子是苦闷的，像没有盐的抓饭。有酒的周末和旅行是兴高采烈的，有酒有家有妻的夜晚是永恒的，那是男人心中不希望天亮的长征……（《啊，伊犁大曲！》）

酒使生活摆脱了"苦闷"，充满了乐趣。

　　这时，饭馆里来了许多人，他们大部分都是喝酒的小伙子。他们一坐就是天黑。（《那醒来的和睡着的》）

神经处于兴奋状态，也就没有了时间观念。

　　初次在一起吃饭，酒过三巡后，滔滔不绝，无话不说。（《在昭苏草原上寻找你的天堂》）

酒能够缩短人们之间的距离。

　　第二天果然来了十个叔叔。听母亲说，他们是来喝爸爸的提干酒的。……晚上，当叔叔们都走掉后，爸爸果真给了他六个空酒瓶。（《让奶奶过第二个童年》）

要想喝酒，可以找到任何理由，确立任何名目。

　　吃过饭，他们开始喝酒。酒桌上的气氛也顿时高涨起来了。"我总是这样想，朋友们，世界上再也没有比酒更好的东西了。"雅生的一个朋友喝完手中的酒，叹道。（《相逢》）

爱酒的人会给酒以最高的褒奖。

　　穆塔力甫喝完酒后，把酒杯给了热昔提。热昔提又斟好酒，把杯子递给了巴吾东。……几杯酒下肚后，客人们都变得无拘无束了，他们谈论着自己的私事，回忆在学校度过的那些欢快的日月和沉闷的时候，在他们红光满面的脸上闪烁着幸福的光芒……他们三个人已喝完了两瓶白酒，穆塔力甫又拿出了一瓶酒。（《生活与活着》）

"酒逢知己千杯少"，一个人喝一瓶是基本的酒量。

> 伊犁民间很有意思的一种喝法是，一瓶酒喝完后，要是最后一杯酒轮到了你，那你就去买一瓶酒，把场子维持下去。这是男人的面子问题，是不能含糊的，你今后合群交友大事小事顺心顺利的前提就在这里，兜里没钱跟朋友借，要过这一关。（《啊，伊犁大曲！》）

在运气的支配下，谁都会心甘情愿地掏腰包，在这种气氛中绝不会产生争执与冲突。

> 人们高兴地在街上来回走动着，喝醉了酒的小伙子们不顾礼节向漂亮的姑娘调情，看到这种行为的老年人用各种各样的语言咒骂他们。（《那醒来的和睡着的》）

醉杯之后必然丑态毕露，还会遭到人们的唾弃。

> 酒有过辉煌的过去，也有过羞耻的今天。酒有时把一个人推向了没有阳光的、黑暗的世界。（《帕丽达穆》）

物极必反，"最好的东西"也会变成罪魁祸首。

　　由此我们可以看出，维吾尔族实现生存价值的方式是属于酒神式的。酒神式愿望所追求的是陶醉，是放纵。维吾尔族人生礼仪庆祝活动和日常生活中的饮酒习俗，正是他们消磨时光与忘却自我的佐证。

二、歌舞文化

　　王蒙曾经在小说《歌神》中尽情渲染过维吾尔人的歌声："啊，歌声，驯良而又剽悍的，乐天知命而又多情善感的维吾尔人怎么能离得开你！难道不是所有的维吾尔人在没有学会说话的时候就学会了唱歌；没有学会走路的时候就学会了跳舞吗？只是因为有了歌儿，这雪山上的松涛，这长河里的波浪，这百灵和黄鹂的啁啾，这天马的长嘶，车轮的吱呀和驼铃的叮咚，这呼唤孩子的母亲和呼唤母亲的孩子的大千音响才有了意义，有了魅力，只因为有了歌儿，人民的苦难，祖国的光荣，民族的命运，英雄的襟怀，少女的爱情……才都成为可以表达，可以被人同情和理解的了。维吾尔人的歌曲呀，就是维吾尔人的灵魂！"①其实，在新疆，在伊犁，不仅维吾尔族是个能歌善舞的民族，其他世居民族也都是如此。从黄昏到黎明，从城市到乡村，时时处处都有歌声。走路的，骑马的，赶车的，坐车的，浇水的，扬场

---

　　① 王蒙：《歌神》，见《王蒙新疆小说散文选》，新疆青少年出版社，1993年，第51页。

的，休闲和乘凉的，喝醉了的和清醒着的男和女、老和少，一切没有睡下的人都在歌声的伴和中寻找自己的梦。

这种风情，由来已久。早在一千四百多年前，"五部高车合聚祭天，众至数万。大会，走马杀牲，游绕歌吟忻忻，其俗称自前世以来无盛于此"。①突厥各部也是"饮马酪取醉，歌呼相对"。②可见作为维吾尔族先世之一的高车、突厥、回鹘等部族所举行的群众性娱乐活动中，歌舞与取醉占有重要的位置。唐代边塞诗人岑参在西域任职时，迎来送往就离不开美酒、音乐与歌曲："中军置酒饮归客，胡琴琵琶与羌笛。"③"琵琶长笛曲相和，羌儿胡雏齐唱歌。"④"花门将军善胡歌，叶河番王能汉语。"⑤确实是自古如此，于今为盛。

请看阿拉提的作品中是怎样表现这种歌舞文化的：

在聚会和宴席中深情荡漾的民歌和酒兴一起带
给他们极致的飘然神怡（在正规的聚会和宴席中，

① 魏收：《魏书（卷一百〇三：高车）》，中华书局，1974年，第2309页。

② 魏徵等：《隋书（卷八十四·列传第四十九：突厥传）》，中华书局，1973年，第1864页。

③ 岑参：《白雪歌送武判官归京》，见岑参：《岑参集校注》，陈铁民、侯忠义校注，上海古籍出版社，1981年，第163页。

④ 岑参：《酒泉太守席上醉后作》，见岑参：《岑参集校注》，陈铁民、侯忠义校注，上海古籍出版社，1981年，第188页。

⑤ 岑参：《与独孤渐道别长句兼呈严八侍郎》，见岑参：《岑参集校注》，陈铁民、侯忠义校注，上海古籍出版社，1981年，第176页。

是绝对要有歌舞的），他们在歌舞中成长，在旋律中感受大自然的神秘和活着的甜蜜，学会感恩和忏悔，学会知足和劳作，他们在伟大的音乐中不断地完善自己。（《百灵鸟唱响伊犁河谷》）

音乐、歌曲和舞蹈可以教人向善，向上，向前。

伊犁姑娘中能歌善舞者较多，民间几乎所有的姑娘都会弹唱，特别是她们在美人晚宴中吃饱喝足后闭着迷人的爱眼深情地吟唱民歌时的神态是非常动人的。（《伊犁姑娘》）

能歌善舞使姑娘们更加美丽、动人。

茶余饭后，他们在暖暖的冬屋，在春光明媚的葡萄架下，在辽阔的万年草原，在亲切温馨的毡房，在夏风赐艳的伊犁河畔，时而忧伤时而欢快歌唱爱情，歌唱生活，歌唱昔日里灿烂无比的青春岁月，这也是伊犁的一绝。而在别的地区，是看不到这样的景色和风俗的，他们只有在有活动的时候弹唱，很少以家庭为单位自发地抒发情怀，这是伊犁式的生活方式。（《啊，伊犁，伊犁》）

歌舞活动完全是自发的，天然的。

> 伊犁的庭院舞会是热烈的，有自己独特的风格。……你就是不跳，坐在那里欣赏那些美女和英俊的小伙子们也是一种天上的生活了。（《生活是有眼睛的》）

人们在自娱自乐中充分地享受生活。

> 小伙子们都唱起来了。他们齐声高唱《黑眼睛的姑娘》，沉浸在幸福里。在喝酒时不唱歌的人，用阿扎提的话来说，他决不是一个纯维吾尔人。（《那醒来的和睡着的》）

在微醉中歌唱心中的爱情，宣泄心中的幸福。

> 而后我们唱民歌，唱永恒的爱情。我们在民歌中满足，我们在民歌中体味我们祖辈陶醉过的那些醉人的旋律，我们在歌声里祈祷和谐、平安、富裕的生活永驻人间。我们在民歌中寻找，因为我们爱，因为我们时刻知道生命短暂。（《啊，伊犁大曲！》）

在歌声中寻找爱，得到满足。因为阿拉提认为民歌是不会消亡的，民歌永远是底层人民精神的护身符。

三、戏谑文化

　　维吾尔族是一个开朗幽默的民族。正如王蒙在悼念维吾尔族著名诗人铁依甫江时所说："幽默感是老铁的基本功能与基本品质。"①幽默是一种潇洒的智慧，是一种深邃的情致，是一种博大的精神，是一种生存的艺术。"从容才能幽默。平等待人才能幽默。超脱才能幽默。游刃有余才能幽默。聪明透彻才能幽默。"②维吾尔人活得潇洒、从容、超脱，也活得聪明透彻，所以他们喜欢开玩笑，说笑话。

　　让我们体味一下阿拉提笔下维吾尔人的口若悬河、汪洋恣肆的戏谑场面：

　　　　和各地的维吾尔人一样，伊犁河谷维吾尔人的性格也趋开朗、豪爽，而独特的一个方面是比较幽默，善讲笑话。他们在业余生活中离不开说笑，生活在一种活泼明亮的环境氛围里。几个人走到一起，无论有事无事，来几句幽默，……在伊犁河谷，笑话已渗透到了他们生活的方方面面，有的时候它干脆就是一日三餐。民众尊重说笑话的人，从内心里敬爱他们。……笑话，其实是一种平衡性情

---

　　① 王蒙：《铁依甫江——遥望天山，欲哭无泪》，见王蒙：《王蒙：不成样子的怀念》，人民文学出版社，2005年，第35页。
　　② 王蒙：《我喜欢幽默》，见王蒙《从实招来》，北京图书馆出版社，1999年，第51页。

> 调和性格的小法宝，也是让粗人面红，让小人知耻
> 的良药。（《百灵鸟唱响伊犁河谷》）

戏谑已经变成须臾不离的"一日三餐"，笑话已经变成使自
己活得轻松的"小法宝"，可见它的身价之高。

> 笑话，这是伊犁人的专利，这是没有办法的
> 事，即兴的笑话只能靠天生的才气。……这些笑话
> 为什么这么有市场呢？因为它是时代的智慧，时弊
> 的镜子，娱乐的引子。（《啊，伊犁，伊犁》）

有了笑话作专利，笑声就成了价值连城的财富。

> 伊犁民间茶会、即兴聚会、割礼、婚礼、婚后
> 答谢酒宴里扬眉吐气一片灿烂的东西是幽默和笑话，
> 你忽悠我我忽悠你，最后的胜利是口才，是恰到好处
> 的比喻，是性情，是耐性，是智慧。看起来说说笑
> 笑，其实起作用的是民间智慧和生活经验，是人文知
> 识和价值理念，练嘴也练心。（《伊犁姑娘》）

有了笑话，主人扬眉吐气；有了笑话，生活一片灿烂。

> 伊犁是一个可以用笑话来解读忧郁和不幸的城
> 市。（《最后的男人》）

有笑话的地方忧郁无处存身，不幸退避三舍。

> 她们也像男性那样善说笑话，灵气十足，用笑话活跃气氛，大家笑的时候齐声共鸣，在聚会的公共场所显得特别有人气。这种时候男人们就坐不住了，贼眼闪烁欲望和野性的光芒，也开始讲他们的笑话，于是狂笑四起，看谁能笑到最后。双方都听不到各自笑话的内容，但意思都飘逸在那些野性的狂笑和艳笑里，最后的胜利在那底气十足的笑声中。（《伊犁姑娘》）

笑话酿造野性的氛围，笑声传达欲望的信息。

正因为伊犁具有戏谑幽默的土壤，所以才产生了一大批以"活着的阿凡提"依沙木为代表的笑话明星。

维吾尔人戏谑幽默的性格还表现在喜欢给人起绰号上，他们也乐于拥有绰号。维吾尔谚语说："没有绰号的男人，就如无顶针的女人。""有名字的山坡都比没有绰号的男人好。"[①]由此可见绰号在维吾尔人日常生活中的重要地位。维吾尔人的绰号有个人绰号和祖传绰号两种。有些地区，男女老少通用祖传绰号已经成为习俗。阿拉提在《于田记忆》中说：

---

① 参见依斯买提·卡斯木：《新疆哈密地区维吾尔族祖传绰号与社会功能》，载《新疆社会科学》2008年第4期。

> 舅父名叫买买提伊民，绰号南瓜。南疆男人普遍有绰号，子承父号，一代传一代，不这样叫，你搞不清是哪一个买买提伊民。

在他的中篇小说《生活万岁》中有个人物是拖拉机站的警卫马木提，他的绰号叫"冒失鬼"，是一个善良乐观的人。他的小说《游动的日子》中的人物，几乎人人都有绰号。主人公阿西木和田的绰号就是祖传的，他爷爷叫麦特尼亚孜和田，二爷叫扎克尔和田。艾孜穆个人的绰号叫"热瓦普琴"，泰来提叫"镜子"，肉扎洪叫"麦斯"（酒鬼的意思）。有的人还不止一个绰号，阿不力米提叫"面汤"，又叫"奶子"；库那洪叫"木头"，又叫"鸡蛋"。这些绰号都切合每一个拥有者的身份与经历，甚至还会引出一段让人忍俊不禁的故事来。从"苍蝇""狐狸""茄子""眼屎""八宝粥""毛袜子"等祖传绰号可以看出维吾尔人诙谐性格之一斑。

四、交际文化

我们这里所说的"交际文化"，指人们的表述语言（包括口头的和书面的）所体现出来的民俗语言文化形态，还包括以非言语交际形式出现的副语言习俗（如情态语）。

阿拉提是以汉语写作的少数民族作家，他的汉语水平很高，所以他的表述语言充分地体现出汉语的言语民族风格

（用老舍的话叫作"语言的神情"，用茅盾的话叫作"民族的韵味"）。但是他在口头的和书面的日常交际中，同时还使用自己的母语维吾尔语，于是在他的汉语写作中，又不时地流露出维吾尔语的言语民族风格。阿尔泰语系的语言是一种黏着语，主要依靠形态变化来表意。为了表达得完善、准确，往往修饰语比较多，联合成分比较多，被动句比较多，从而出现大量的长句（印欧语系的语言也是如此）。阿拉提在描写、抒情的场合，受到母语的影响，因而流泻出许许多多精彩的长句和排比句。

当他们走过在路边坐着谈天的那些老人面前时，从小伙子和姑娘们年轻的心里散发出来的青春气息，不由自主地强迫这些老人回忆起了自己的青春时代。（《一只手在徒劳地敲着门》）

艾尼雅尔的号召力有他天生的善于组织的一面，也有他奶奶的无限的宽宏大量的那种在所有的奶奶们的灵魂深处都已根深蒂固的古老的恩爱之情。（《艾尼雅尔不会忘记》）

能叫所有的人回忆自己童年时代的无限神秘而又使人永远也爱不够、享受不够、体验不够、亲吻不够、拥抱不够、诉说不够的春天像往年一样把艾尼老人邀到了慷慨而又默默地向主人奉献着累累果实的苹

果树下，……（《遗产》）

当她们从灵魂深处感受到十八岁的宝贵，十八岁的天真，十八岁的朦胧，十八岁的无知，十八岁的纯洁的时候，她们也可能是四十八岁和五十八岁的母亲了。（《飓风》）

回忆是一种无言的感谢，像在黑夜里盛开的鲜花，从不炫耀自己的华丽；像在风雨中鸣唱的夜莺，为我们唤来阳光灿烂的早晨；像净身上路的虔诚热血青年，坚信脚下的路一定可以通向心灵的港湾；像一波荡漾的春水，静悄悄地哼着小曲流淌过来，让小草小花一起睁开眼睛，欣赏万紫千红的大地，聆听来自五湖四海的歌声。（《仍在天堂歌唱的文学魂》）

这样的长句在阿拉提的作品中非常普遍，它们委婉细腻，气势畅达，抒情细致周密，描述绘声绘色；至于一泻千里的排比句，它的节奏感和旋律美可以使文气贯通，语势加强，反复铺排，淋漓尽致。

阿拉提在他的作品中，经常不露痕迹地融入一些维吾尔谚语和俗语，诸如"这孩子的骨头是我们的，肉是您的，要是不听话，任您管教，决不要手软"；"抓了一辈子老鼠的家猫有时候也会偷肉吃的"；"值钱的东西不是葫芦本身，而是它的绿阴"；"有各种各样的草，也有各种各样的人"；"把钱递给打馕的师傅，却向屠夫要肉"；等等。这样的语言表现力很强，潜台词也很多。此外还有一些来自维吾尔语的意译词语，如"我们都是识谱子（意为懂行情）的人""我是有出生证（意为有独立见解）的人""去你妈妈那里再出生一次（意为下辈子再说）""在你脚下垫湿砖坯（意为忽悠你玩）"[①]"鼻子里进了几次水（意为吃了几次亏）""他的心是葡萄心（意为不专一，见异思迁）"[②]等，既生动又新鲜。

在使用数词时，也有一些特别的说法，如"不去的磨坊还要去七次""那些野鸭子，五个一群七个一伙""七个一群、十个一伙的孩子们"，他不说"去三次""三五成群"，而采用伊斯兰文化所偏爱的"七"这个数字。再如，"大哥，我可以把你们三十三个叫到一起闭着眼睛给你上五年的课，你想想看到底谁应该说话的时候想好了再说？"这里的"三十三个"和"五年"的说法就比较别致。他作品中的人物在提到已经故去的亲人时，总要紧跟着说一句"愿他的在天之灵得到安宁"，这也是穆斯林的习俗。

阿拉提对维吾尔族姑娘们丰富多彩的情态语观察细微，

---

① "垫湿砖坯"，是一种善意的玩笑，用一系列的"高帽子"、恭维话使对手忘乎所以而飘飘然，而不知脚下踩的是越垒越高的潮湿的砖坯，随时都有垮下来的危险。

② "葡萄心"民间说的是"桑葚心"，以桑葚上众多的小凸起比喻人的三心二意。阿拉提将它改造为"葡萄心"，由众多葡萄粒组成的葡萄串比桑葚更形象。

描述准确：

> 当有些事不好用语言说的时候，她们很微妙地使用神态语言，当她们对某人的观点不感兴趣的时候，她们就看一眼在场的心腹，双眼微闭，双眉微微向上一翘，表示反感。当反对某人某事的时候，右嘴角向上一提，表明自己的立场与这种说法格格不入。当表示不同意参加某个聚会和参与某事的时候，舌向上颌一翘，发出清脆的响声，表示没有兴趣。当对男友的某种非分的要求表示反对的时候，双眼朝下，看男友的脚，那意思是说：你好意思吗？爱一个女人非要在明媒正娶前这样吗？你这个危险而可爱的汉子呀，你这双不害臊的脚要把我骗到哪里去呀？她们用笑来说话："在她们的笑里有一种野性的东西，自由豪放大气，有时候在圈子里笑得很放肆，笑出她们心田里的那种向往和豪情。"她们用哭来表态："她们入洞房前和朋友们哭别，哭再也不能和她们一起游戏青春，哭再也不能无忧无虑。"（《伊犁姑娘》）

这些描述是多么活灵活现啊！

写到这里，自然地想起了陈柏中先生评述阿拉提的话："他往往把笔墨用来集中描述人的生态和心态，注意构筑地域的、民族的独特文化氛围和文化色彩，这使他的作品取得了自己的生存价值。……寻找自己生存的这块土地的独特的文化背景和文化氛围，致力于挖掘既是时代的又是民族的人的生存方式和心理状态，并找到最适合自己个性气质和抒写对象的小说文体和叙述语调，这大概是阿拉提·阿斯木小说的艺术传达的魅力所在。"此论精到，我们非常赞同他的观点，这正是我们想说也许没有说清的意思。

（2012年，与翟新菊合作）

运用文学语言的巨匠

——刘亮程作品中新疆汉语方言的语用特点与审美意蕴

文学作品中使用方言词语是一种常见的语言现象。古今中外有不少作家在这方面做出了成功的范例。方言在文学作品中之所以受到青睐，是因为方言有其独特的语用功能。"方言是一种地域文化最外在的标记，同时又是这种文化最底层的蕴涵，它深刻地体现了某一地域群体的成员体察世界、表达情绪感受以及群体间进行交流的方式，沉淀着这一群体的文化传统、生活习俗、人情世故等人文因素，也敏感地折射着群体成员现时的社会心态、文化观点和生活方式的变化。"①

刘亮程可以称之为典型的新疆乡土作家。他几十年如一日地生活在新疆（尤其是北疆）这片热土上，"地处西北偏隅，立身黄沙荒地，刘亮程以一个扛着铁锨在田野上闲荡的农民形象出现在文坛"，由一个"原先并不成功的乡土诗

---

① 汪如东：《汉语方言修辞学》，学林出版社，2004年，第26页。

人", 成为"90年代最后一位散文家""乡土哲学家"。[①]
他"一生都在做一件无声的事"（刘亮程语），他的笔触始
终没有离开黄沙梁、虚土村和阿不旦村这些典型的新疆农
村，所以他的作品中不能没有新疆汉语方言。在运用新疆汉
语方言方面，刘亮程是最出色的一位。他把新疆汉语方言作
为自己的语言底色，选择那些富有新疆地域文化特色和审美
价值的成分，"写尽村庄温暖踏实的事物，柔软欢欣的日
常生活，古老庄严的秩序，公平而优美的命运"（刘大先
语），营造出一种浓郁的新疆味儿。

　　以下我们通过作品实例来品味、鉴赏刘亮程笔下新疆汉
语方言词语的魅力。

一、点缀名物词语，加强地域色彩

1.体现文化身份的方言人名

　　第一类是以排行形式命名的，多为虚构的人物，如韩
老大、邱老二、马二娃、胡三、冯四、张五、刘二爷、王五
爷、杨三寡妇等；第二类是类似绰号的名字，如刘榆木、马
二球、方头、窄头、王坑、刘堆、肉头肉兹、萨郎黑汉等；
第三类是带有职业标志的人名，如驴师傅阿赫姆、狗师傅艾
布、大杨树买买提、渠边买买提、四轮买买提等。

---

　　① 刘大先：《剩余的抒情——刘亮程论》，载《中国现代文学研
究丛刊》2017年第2期。

这些人名都有浓郁的地域特色，从中可以看出人物生活的环境，人物的族属、性格等文化身份。

2.透露文化信息的方言地名

每一个方言地名都是一种地域文化现象，刘亮程作品中的方言地名都透露出了当地的地理环境和自然景观。

有些地名是实有的，如沙湾、奇台、乌苏、玛纳斯河、龟兹老城、库车河、下野地、黄沙梁、乌尔禾魔鬼城等；有些地名是虚拟的，如虚土庄、野户地、高台庄子、太平渠、八分地、三道坡、阿依村、阿不旦村、齐满乡、牙哈乡、草湖乡、荒舍、闸板口村、南梁坡、胡家海子等。这些地名的运用，大都能把新疆天山南北的地理环境、自然景观、民情风俗等显现出来。

3.反映地域特色的方言物名

刘亮程作品中的方言物名种类繁多，既有生产工具、生活用品名称，也有食物名称，既有动、植物名称，也有宗教活动名称，更有大量的社会生活名称。这些带有地域、民族特色的方言名称，可以充分反映出新疆人的生产方式、生活方式、饮食习惯和生活环境。

生产工具与生活用品方面的词语有坎土曼、铁锨、镢头、刨锄子、二牛抬杠、马灯、芨芨扫帚、褡裢、蚂蟥钉、各类家畜等。

① 当农民们顶着烈日割麦时，铁匠已转手打制

他们刨地挖渠的坎土曼了。（《驴车上的龟兹》）①

坎土曼是新疆地区（尤其是南疆）特有的农业生产工具。维吾尔族农民最喜欢使用坎土曼，汉族农民则最喜欢使用铁锨和镢头。刘亮程在《凿空》中通过龟兹研究所研究员王加之口，详细地论述了坎土曼的演变史，以及坎土曼与铁锨之间优势互补的辩证关系。

　　②只有店铺的木柱上吊一盏马灯，昏昏的，被密扎扎（匝匝）的蚊蝇飞绕。（《虚土》）②

马灯是一种手提的能防风雨的煤油灯，骑马夜行时能挂在马身上，在室外劳作时可以挂在树枝、门框等物件上。在没有手电筒的时代，新疆农村、牧区使用很普遍。

　　③驴屁股上还搭着两褡裢货物，真替驴的小腰身担忧。（《驴车上的龟兹》）

褡裢是一种长方形的用布做成的大口袋，中间开口，两端各成一个小袋子，用来装东西，使用很方便，是过去西北地区人们出行时必备的用具。

---

① 刘亮程：《驴车上的龟兹》，春风文艺出版社，2007年。
② 刘亮程：《虚土》，春风文艺出版社，2006年。

④接着是父亲的说话声和他用那把大芨芨扫帚扫地的声音。（《驴车上的龟兹》）

芨芨草扫帚用西北地区特有的盐碱地植物芨芨草的茎秆制作的扫地工具。芨芨草即岑参《白雪歌送武判官归京》诗中的"北风卷地白草折"之"白草"，此草茎秆结实，柔韧，做成扫帚十分耐用。

⑤在克孜尔壁画中绘有坎土曼和二牛抬杠铁犁……（《驴车上的龟兹》）

二牛抬杠是旧时代农民驱赶两头牛拉着犁铧耕地，是生产力落后的西北地区特有的农村景观。

马、牛、驴、骡等家畜也可看作是农业生产工具。在刘亮程的笔下，驴的身影频频出现，《通驴性的人》《龟兹驴志》都是专写驴的篇章，他的长篇小说《凿空》更是一部驴的传奇、驴的家史，尤其是他所描写的龟兹河滩上万驴齐鸣的壮观场面，让人惊叹，让人受到震撼，也让驴扬眉吐气、趾高气扬（如果它们通人性的话）。

与饮食有关的方言词语有锅盔、揪片子、苞谷糊糊、馕、抓饭、拌面、皮牙子（洋葱）、卡瓦（葫芦、南瓜）、无花果、巴坦（旦）木等。民以食为天，不同的地域各有不同的饮食品种。新疆的主要粮食作物是小麦、玉米，所以饮食以面食为主。

⑥麦香飘过他的铁炉的一瞬被烤熟了，像吃了
新麦锅盔的感觉。（《风中的院门》）[1]

锅盔通常用麦面在饭锅或平锅中烙制而成，其形如锅盖或浅底盆，所以叫作锅盔。由于耐放，不易干，因此成为老百姓出门时必带的口粮。

⑦在这里吃过一碗羊肉揪片子的那个人，已经快到虚土庄了。（《虚土》）

揪片子是一种汤面片，不是将面擀成张再切成方块或长条，而是把饧好的面搓成面剂子，捏扁抻长成带状，左手抓面，右手拇指和食指揪成两厘米见方的面片，直接下锅煮熟，连汤食用。这是北疆地区汉族群众最爱吃的家常饭。

⑧我们一家人坐在树下喝苞谷糊糊。（《风中的院门》）

苞谷糊糊就是玉米粥，维吾尔语叫"乌麻什"，在生活困难的年代，这是新疆各民族群众的主要饭食（当然，如今生活好了，细粮吃多了不利于健康，它又重上了人们的餐桌）。

---

[1] 刘亮程：《风中的院门》，上海文艺出版社，2002年。

⑨她的褐色面纱一直垂到膝盖，卖剩的半筐馕
　摆在面前，……（《驴车上的龟兹》）

馕是维吾尔语音译，来自波斯语，是面包的意思。考古人员曾在哈密五堡，以及且末县扎滚鲁克、鄯善县苏贝、洛浦县山普拉等地三千多年前的墓葬中发现了各种形态的馕，说明馕在新疆有非常悠久的历史。馕是在东汉时期传入中原地区的，被称作"胡饼"。白居易的诗《寄胡饼与杨万州》中就有这样的诗句："胡麻饼样学京都，面脆油香新出炉。"馕是最好的生态食物，新疆地区气候干燥，绿洲之间距离遥远，所以维吾尔族谚语中说："欲走一天的路，须带一月的粮。"于是，馕这种携带方便、可长期存放、不变质不发霉、营养丰富的方便食品便应运而生。现在，馕已是新疆各民族群众普遍喜食的餐桌主角。

⑩父亲宰了一只羊，正忙着煮肉做抓饭，……
（《驴车上的龟兹》）

抓饭也是新疆各族人民喜欢的佳肴，主要原料是大米、胡萝卜、牛羊肉、清油或羊油、洋葱等。少数民族同胞食用抓饭时，多净手后撮而食之，故称为"抓饭"。

⑪驴看见人转了一天，也没吃上抓饭、拌面，
　只啃了一块干馕，也就不计较什么了。（《驴车上

的龟兹》）

拌面又叫拉条子、拉面、大半斤，各民族都喜欢食用。刘亮程叙写南北疆生活的作品中都有拌面的身影。做法就是把做揪片子的剂子拉长，呈细圆条状，煮熟后捞出，拌上炒好的菜，便成了色、香、味俱全的美味佳肴。

少数民族的传统饭食中使用蔬菜较少，但皮牙子（洋葱）胡萝卜和卡瓦（葫芦、南瓜）是不可或缺的。

反映社会生活的方言词语很多，与农业、农村生活有关的有年成、涝坝、麦衣子（紧贴在麦粒外面的皮，脱下后叫麦糠）、梭梭柴（生长在我国西部沙漠中的灌木或小乔木）、条子（打人或牲畜的树枝）、莫合烟（系黄花烟，新疆伊犁特产）、奥斯曼草（维吾尔族女性取其汁液涂染眉毛，使黑亮、茂密）、艾德莱斯绸（一种以和田生丝为原料织成的扎染绸，色泽鲜艳，简洁明快，图案形象粗犷奔放，花纹自然流畅，是维吾尔族妇女缝制长裙的绸料）、驴娃子；与商贸活动有关的有巴扎（集市）、二道贩子、白面和麻烟（均系毒品）等；和娱乐活动有关的有买（麦）西来甫（集体歌舞）、乐器弹拨尔、都它尔和纳格拉鼓、音乐套曲木卡姆、儿童游戏打髀石等；有关人的称谓与评价的有巴郎（孩子）、洋岗子（妻子）、赖皮、二杆子（愣头青）、二半吊子（性格乖戾、言行放肆的人）、半吊子（手艺不精）、病秧子（经常生病，身体虚弱的人）、尕小子（小家伙）等；与宗教活动有关的有清真寺、阿訇、《古兰经》、乃玛孜、割礼、胡大、真主、麻札（坟墓）等。

二、巧用鲜活动词，彰显人物个性

刘亮程在他的作品中选用了大量富有表现力的方言动词和动词性短语，对于展现人物性格、表现人物心理活动、塑造人物形象，产生了特殊的表达效果。

1.富有表现力的方言动词

①虚土庄空空地撂在土梁上。（《虚土》）

撂是扔、抛的意思，一般用在抛弃物品的场合。一个村庄竟然也像个小物件一样，被扔在土梁上，说明村庄渺小，环境空旷、荒凉，显示出生活在这个村庄的人们的寒伧与无助。如果把"撂"换成"矗立""遗留"，就会丢失很多信息。

②老头们坐在墙根背阴处，面朝公路，路上过往啥东西都要叼在嘴上说几句。（《凿空》）①

叼是新疆汉语方言的一个特有词语，"抢"的意思。如哈萨克族的马上群体游戏抢羊，汉语就叫"叼羊"。老头们乘凉时寂寞无聊，所以眼前看到什么场景都会抢着说上一

——————
① 刘亮程：《凿空》，作家出版社，2010年。

通，"叨"字很传神。叨话头是因为着急，不可能慢条斯理地展开话题，"叨到嘴上说几句"说明抢话头是件轻而易举的事。

③身体在这块地上受穷苦，心却在天外的一片绿草上撒欢呢。（《虚土》）

撒欢多指动物因为兴奋而连跑带跳的状态，这里用来描写"心"，就把人的心情愉快程度写活了。

④我在这里一个亲戚都没有，再不维下一窝老鼠，也太孤单了。（《凿空》）

小说中的张旺才在收割麦子时，总要留下一些，供地里的老鼠搬运回洞里，他的目的是与老鼠搞好关系。"维"有联结、维系、维护义，如说"维下几个朋友"就是"结交几个朋友"。本来这是描写人际关系的词语，这里用来表现人鼠关系，含有调侃、幽默的意味。

⑤不像黄沙梁的地，平躺着的，顺顺展展，咋饲（侍）弄咋舒服。（《风中的院门》）

文中的"饲弄"应作"侍弄"。"饲"是喂养动物，"侍弄"是精心地经营、照管（庄稼、家禽、家畜等）。

"平躺着的"土地"顺顺展展",所以经营土地的人才心中舒舒服服。

⑥多少个秋天他只是个旁观者,手捂(焐)在袖筒里,看别人丰收,远远地闻点谷香。(《一个人的村庄》)①

"捂"应作"焐"。捂读wǔ,遮盖住或封闭起来。焐读wù,用热的东西接触凉的东西使变暖。手放入袖筒,一般都是为了取暖。北方天冷时,很多人会习惯性地把两只手交叉放进袖筒里,因为过去农民所穿的衣裤上很少会缝有口袋。同时,"手焐在袖筒里"的姿势还给人一种袖手旁观、闲看热闹的观感,十分切合"旁观者"的身份。

2.不同词形的近义动词

有些方言动词和动词性短语,含有相同或近义的词素,但在表意上却有细微的差别,运用之妙,便在这细微的差别上。

⑦我不喜欢在路上溜(遛)达,⋯⋯(《一个人的村庄》)

⑧闲时跑到柏油路上溜(遛)达,⋯⋯(《凿空》)

---

① 刘亮程:《一个人的村庄》,新疆人民出版社,1998年。

遛达，是慢慢走，散步，比较轻松。

⑨我们吃饱了没事，在荒野上溜（遛）趟子。（《虚土》）

⑩"像驴跑骚溜（遛）趟子一样。"坐在墙根喧谎的老头说。（《凿空》）

遛趟子，有长时间来回走动的意思，比较劳累。

尽管"遛"是散步的意思，但在不同的情境中，遛达的人和遛趟子的人的神态与心理活动有细微区别的，遛达的人是舒缓的，是惬意的；遛趟子的人是焦躁的，是不安的。

⑪两个人都跳着蹦子，指着骂，……（《凿空》）

⑫他觉得大半年来自己已经变成一个老人，摩托车也不敢开快，也没有啥事教他挖奔子跑快了。（《凿空》）

跳蹦子，就是用力蹦跳，所以用跳跃义的"蹦"字。"挖奔子"应作"踪奔子"，是放开脚步快速向前奔跑，所以用急跑义的"奔"字。"踪"是挪移脚步的意思，而"挖"则没有理据。巴里坤方言又说成"踪趟子"，意思一样。

再如"闲谝""闲扯""胡谝""谝串（传）子""谝闲传"等，这几个词表意差不多，都是聊天、说闲话、说大话的意思，其中的核心词素是"谝"，有夸耀、显示义。在不同的语境中选用不同的词形，就比统一都说"聊天"来得别致，有变化。

⑬ 每年麦子收了，村长跟着沟（尻）子追要
公粮，要种子，……（《凿空》）

如果说"紧跟在身子后面"，太平淡了；如果说"村长
跟着屁股"，又太文雅了。只有说"跟着沟（尻）子"才符
合农民的声口。

⑭ 我或许是一个运气不好的人，紧赶慢赶，
赶在了一个黄昏末世。（《驴车上的龟兹》）

"紧赶慢赶"虽然只有四个字，却是一个紧缩复句，复
原后便是，"不管是紧着赶，还是慢着赶"，表达的是追赶
义，而且还是强调的"紧赶"。

3.特殊的动词性熟语

在刘亮程作品中还有一类特殊的动词性熟语，可以表现
出人物的外貌特征、行为状态和人物活动的地域风俗。

⑮ 你看这孩子头长的，前奔娄，后瓦勺，想
的事比做的多。（《虚土》）

上例中的"前奔娄，后瓦勺"应写作"前锛儿楼，后
马勺"。"锛儿头"是指人的前额突出，"锛儿楼"则是描

写突出的额头恰似骑楼（楼房向外伸出遮盖着人行道的部分）。"马勺"是带把的大勺。试想一下，一个人前额突出一大块，后脑勺又好像扣着个带把的大勺，这形象是否活灵活现，能给人留下深刻的印象？这种长相在新疆汉语方言中又叫作"锛楼瓦什""梆子头"。

⑯ 这家人穷得钩（沟）子上揽毡，根本不像有金子的人家。（《在新疆》）①

"揽毡"，把坐在屁股下的毡子拉扯过来包裹自己的身体。这是在含蓄地描述因为穷，没有衣服穿的窘态。

⑰ 两个村子其实就"牙长一截截路"，被一个窄窄的高岸隔着。（《在新疆》）

"牙长一截截路"是一种缩小型的夸张修辞手法。民间口语中在表述长度时，往往喜欢用人体的器官、部位作比较，牙算是人身上长度最小的器官了。用"牙长"形容"路短"，形象生动。

⑱ 能追上就照腰照腿一棒子。狗是铜头铁脖子，腰里挨不住一勺子。所以打头和脖子没

---

① 刘亮程：《在新疆》，春风文艺出版社，2012年。

用。……要在狗腰上抡一棒子，狗大概就废掉了。狗腰很细，狗前后腿间距又太大。就像一根细檩子，担在跨度很大的两面墙上，能结实吗。（《风中的院门》）

"狗是铜头铁脖子，腰里挨（支）不住一勺子。"这条熟语是民间总结出的经验之谈，非常形象。因为押韵，读来上口，容易记住，流传。

⑲嘴是两张皮，咋说咋有理……话经三张嘴，长虫也长腿。（《在新疆》）

前一句是说明，强词夺理，随心所欲，信口雌黄，可以颠倒黑白；后一句则强调，道听途说，三人成虎，讹传反复，可以使人信以为真。用韵语表达，给人印象深刻。

⑳有一个顺口溜说人世间的四香：鸡骨头，羊脑髓，东方白的瞌睡，小女子的嘴。（《在新疆》）

读起来朗朗上口，听起来清脆悦耳，能够让人过目过耳不忘。

其他还有生活谚语"拔出萝卜带起泥""前不着村，后不着店""矬子里面拔大个"，农业谚语"一个月种，两个月收，九个月闲甩手"，儿歌"光光头，卖香油，不吃辣子吃狗球"，顺口溜"十个车户（赶车人）九个贼，一个不偷也拿过几回""车户嘴里没实话，十句话里九句假，一句不假也是胡话""小小偷油，长大偷牛""偷个鸡蛋吃不饱，一个贼名背到老"等。这些富有地域特色的熟语，能给作品增色不少。其中有些谚语和顺口溜属于民间歌谣，是一种重要的民俗现象，都是能够体现地域民情风俗的方言材料，可以展示出西北地区乡村农民对世界的特殊的审美智慧。

三、撷取风俗语汇，展现乡土气息

刘亮程作品中体现地域风俗、乡土气息的词语，除了动词类的词汇外，还有形式多样的形容词语、丰富的拟声词、生动的"一AB"式数量词，甚至包括骂詈语。

1.说法独特、表意生动的形容词

在一般形容词中，有不少说法独特的例子，说树木、野草长得生机勃勃，用"旺势"；说耳朵直立着，用"端奓"；说人性情灵活、不死板，用"活泛"；说人有本事、厉害，用"老到（应作牢叨）"；说树木枝干长得直溜，用"直爽"；说人或物不好，用"烂干"；说人能干，用"攒劲"：说人或动物耳朵灵敏，用"尖"；说某人令人讨厌，用"丧眼"；说事情没希望了，用"黄了"；说工具好用，用"一等"；说东西结实，用"硬棒"；说某人性格古怪，不好打交道，用"难缠"；说东西值钱，用"金贵"；

等等。

2.活泼形象的重叠式形容词

刘亮程很喜欢用重叠式形容词。ABB式的有直端端、好端端、直戳戳、脏兮兮、红兮兮、高晃晃、气恨恨、病秧秧（快快）、茶呆呆、悄蹰蹰（慷慷）、皱巴巴、紧巴巴、傻乎乎等；AABB式的有歪歪扭扭、黏黏糊糊、豁豁牙牙、稀稀拉拉、疙疙瘩瘩、嘎嘎巴巴、坑坑洼洼，晕晕乎乎等；"AA的"式形容词短语有肉肉的、木木的、举举的、傲傲的、够够的等。这种"的"字短语在句中一般都是充当谓语，表现力很强。如：

①第一头是黑母牛，我们到这个家时它已不小岁数了，走路肉肉的，没一点脾气。（《风中的院门》）

②肉兹在村里被人叫肉头，老实过了头，肉肉的、木木的。（《凿空》）

③女人只穿着一件透亮的粉红小褂，两个乳房举举的。（《虚土》）

④从没见过这样完美的乳房，圆圆的、举举的、傲傲的，……（《在新疆》）

⑤鸡叫一声就够了，驴叫一声，狗再叫一声，就够够的了。（《风中的院门》）

①中的"肉肉的"，是描写母牛走路时的沉稳与悄无声息，②中的"肉肉的、木木的"，是描写肉兹性格的温

顺、木讷。③④中的"举举的"，描写乳房的坚挺、有弹性，④中的"傲傲的"，更带有一股盛气与诱惑力。⑤中的"够够的了"，透露出主人公达到忍耐极限的一种无奈与烦躁。

3.作为地域文化代码的四字格俗成语

他的作品中还有不少来自方言的四字格形容词（或曰俗成语），如黄皮刮（寡）瘦、不吭不哈、满打满算、焉（蔫）不叽叽、五（舞）马长枪（腔）、急死慌忙、爬高上低、失惊道怪、二不跨五等。这种俗成语属于熟语范畴，是"某一区域惯常通用的，具有固定的结构、整体的语义和形容词性语用价值的四字组词语"[①]。这些俗成语都语义生动形象，对文本能起到修辞作用，而且大都是新疆地域文化的代码。如：

⑥大哥就让我出去转一圈，看看村里那几个一年到头黄皮寡瘦的病秧子，有没有哪个突然壮实起来。（《风中的院门》）

"黄皮寡瘦"是描摹身体瘦弱、脸色发黄的样子，形容"病秧子"很形象。"寡"有"缺少、孤独"义，修饰"瘦"比较贴切。

---

① 徐波：《舟山方言俗成语修辞考察》，载《浙江海洋学院学报》（人文科学版）2002年第4期。

⑦几年后我在村里碰见它（狗），还是一副蔫不叽叽的样子，肚子上的毛仍没有长全。（《风中的院门》）

"蔫不叽叽"形容人或动物情绪低落、精神不振的样子，就像植物缺少了水分而快要枯萎了。

⑧一旦不喝酒，便会厌恶舞马长腔的饮酒场合，反感酒气熏天的同胞同志……（《一个人的村庄》）

"舞马长腔"指人说话时指手画脚，语气神态张狂放肆的情状，惟妙惟肖。

⑨树长过当椽子的程度，就只有往檩子奔了。不然二不跨五，当椽子粗当檩子细，啥材都不成。

（《在新疆》）

"二不跨五"就是靠不上边，"跨"有附在旁边的意思。因为树长得跟椽子和檩子都靠不上边，所以才说它"啥材都不成"。

4.绘声绘色的数量词和拟声词

刘亮程作品中有许多"一AB"式的数量词，其中量词部分的"AB"很独特，很新鲜。如一疙瘩（铁）、一梭拉（肉）、一搭里（的事情）、一股脑（把责任全推到狗身

上）、一晌午（工夫）、一挨排（出了村子）、（人也死
了）一大茬、一趟子（跑出来）、一抱子（搂不住）、一把
子（年纪）、一溜子（尘土）等。

刘亮程还善用拟声词，诸如：

⑩ "吷，你还没玩够，你想玩到啥时候？"
（《虚土》）

一声断喝，如闻其声。

⑪一到晚上，井口那只大木轱辘（辘轳）的咯
唧声响彻村子。（《虚土》）

夜深人静，辘轳沉重的咯唧声直响入村人的梦中。

⑫新房的椽子檩子在夜里嘎巴巴响。（《虚土》）

房梁上木头清脆的断裂声让人提心吊胆。

⑬昂——叽昂叽昂叽。（《凿空》）

这神秘的驴叫声曾经在龟兹河滩上演绎过惊天地泣鬼
神的万驴齐鸣的活剧，毛驴们引吭高歌，声震寰宇，惊心动
魄，令人折服。

其他还有阳光刷刷地穿过树叶和尘土、羊望着咩咩叫猪望着直哼哼、（羊）喉咙咕噜咕噜发出声、（铃铛刺）叮铃铃摇响种子……都能声情并茂地使被描写的对象如在眼前。

5.功能多样的詈词

汉语方言中有不少脏话和詈语，也能显示一个区域的语言风格。刘亮程根据作品中人物和环境气氛的需要，也适当地选用了一些不雅的詈语。如闲锤子、球把子、鸡巴、狗日的、驴日的、驴抬下的、瞎骚情、瞎孙、牲口毛驴子、跑骚溜（遛）趟子、跟屁虫、萨朗（傻子）、胡日鬼、日能、贼娃子等。这些方言粗口，有的与动物有关，有的与性器官和性行为有关，有的与鬼怪等不祥之物有关，有的与身份品行有关，有的与生理缺陷有关，或者体现贬损功能，或者体现宣泄情绪功能，或者体现制造亲密气氛功能，可以从中看到人物的社会身份、文化程度、职业、年龄、说话场合等带来的影响，也可以看作是西北人性格粗犷的一种体现。

方言因悠久历史积累了大量生动细腻的描绘事物、动作、性状的词汇，并且在日常生活中形成了可供想象的表情、会意点。[①]当它们成为实写社会情状的小说、散文的组成部分时，便能够巧妙地还原人们的日常生活，让读者真正体验到身临其境、如见其人的快感。正如胡适先生所说：

---

① 项静：《方言、生命与韵致——读金宇澄〈繁花〉》，载《中国现代文学研究丛刊》2014年第8期。

"方言最能表现人的神理。通俗的白话固然远胜于古文，但终不如方言的能表现说话人的神情口气。古文里的人物是死人；通俗官话里的人物是做作不自然的活人；方言土语里的人物是自然流露的活人。"①

---

① 胡适：《〈海上花列传〉序》，见胡适：《胡适古典文学研究》（下），古籍出版社，2013年，第1009页。

附　　录

艰难的学术旅程

——关于《林则徐在伊犁》的思考与商榷

　　近年来，研究林则徐谪戍新疆这段历史的著作和论文不断涌现。即以著作论，在《林则徐在新疆》《林则徐诗选注》《谪戍新疆的林则徐》之后，新疆人民出版社又出版了一本《林则徐在伊犁》（伊犁哈萨克自治州文物保护管理所编），为推动林则徐研究工作做出了有益贡献。正如杨国桢先生所说："林则徐在新疆之所以值得进一步研究，首先在于这段历史真相的揭示，对后人具有历史的启迪和教育作用，有助于我们认识近代爱国主义的传统。其次，把失去'社会记忆'的有用材料和人文资源发掘出来，本身也具有学术的价值。"①通过阅读本书所汇集的林则徐谪戍途中、居留伊犁以及踏勘南疆屯垦的日记，他创作于伊犁的七十一首诗词、联语（还有附录于后的其他六首诗与联语），他在

---

　　① 杨国桢：《〈谪戍新疆的林则徐〉序》，载《西域研究》1999年第3期。

伊犁写给家人、朋友的六十一封书信中，我们真切地看到了林则徐冒着风雪严寒，怀着沉重的心情，前往"伊犁效力赎罪"①的情景，看到了他不顾年老、体弱、多病，风尘仆仆地奔走在南疆原野上，"查勘所开荒地"②的身影，我们也听到了他因为"中原之事，未敢忘怀"而发出的声声浩叹："正是中原薪胆日，谁能高枕醉屠苏？""回首中原百感生""逐客愁怀对酒消""志在安危岂爱身""青史凭谁定是非？"由此激发出我们对这位封建王朝最后一名戴罪的功臣的无限崇敬之情。

捧读这些第一手资料，也可以帮助我们拨开历史的迷雾，消解我们在阅读一些研究介绍林则徐谪戍生涯的著作、文章后产生的疑惑。比如有人认为，林则徐在赋闲伊犁时期，他的思想曾有一个"低谷期"。理由是他在家书中曾流露了"农圃耦耕他日愿"的念头，认为这是"脱离现实，隐居园林"的消极思想。③另外他在给友人的信中还说过"惟静心株守，不敢妄有希图""鄙人只有键户养疴，无他希冀""惟于折脚铛边烧败车薪，煨脱粟饭，且复过此残冬耳""仆已委心灰槁，早决古井之波矣"等的话，给友人的送行诗中有"天涯同是伤心侣，目送归鸿泪满巾"的诗句，

---

① 《清实录·宣宗实录》卷三六七。

② 伊犁哈萨克自治州文物保护管理所编：《林则徐在伊犁》，新疆人民出版社，2002年。本文中凡未注明出处的引文，均见此书。

③ 任伊临：《林则徐谪戍新疆期间思想发展的基本轨迹》，载《西域研究》1998年第3期。

所以认定林则徐在1843年九月至1844年春这一时期一度消沉（实际上这样的文字何止这一阶段有，早在他到达伊犁不久的1843年初所写的书信中就有了）。

其实这个问题不能如此看待。他确实在许多信件中说过"难冀刀环之唱，空余剑铗之弹""摊残秩于打头屋里，煨淡粥于折脚铛中"之类的话，这都是因为他当时身为"罪臣""废员"，对于"东南事局，口不敢宣"，"不敢妄论时事"，所以只好说一些"终日萧闲，一无所事"，"省愆思过""日事儿戏"，"借诗文以引睡，煨糜粥以养病"这样遮人耳目的话，力图给人留下"孱弱衰病""久渐颓废"的印象，以便消除道光皇帝和权臣们的戒心。我们切不可一见到这样的字眼，便以为林则徐的思想颓废消沉了，已经心如枯井死灰，一蹶不振了。更何况当时没有通信的自由，他的信件屡屡被人拆破偷看，害得他只好叮嘱家人和密友："我们嗣后寄信，必须加用钉封。盖有钉封，则外封即使割开，亦不能将内信取出矣。"在这样的处境中，林则徐怎能畅所欲言？如果我们把他那些自贬自抑的文字看作一种韬晦之策，是不是更切合当时的实际呢？至于在写给老妻的诗中出现"农圃耦耕他日愿"的句子，是因为郑夫人寄给他的诗中劝他"他日归来事农圃"。他完全能够体谅老妻为他担惊受怕，日思夜念的苦衷，便趁势表示了"他日"定当回家从事耕桑，与老妻相濡以沫，安度晚年这样的意思。这完全是人之常情，纯粹是安慰之词，为什么一定要上纲上线，冠以"脱离现实，隐居园林"的大帽子呢？

读完《林则徐在伊犁》，有两个问题需要指出，与编者商榷。

一是读物的读者对象定位不明确。如果是面向一般读者的普及性读物，诗词部分则应增加题解，对本诗的写作时间、地点、背景、有关人物、史实、典故、思想内涵和艺术特点等，力求作出简要说明，并且尽可能参照史料，如对日记、书信、奏稿、谕旨以及回忆录等作注，日记、书信部分的一些人物、地名（尤其是今昔不同的）也应予以注释。这样才便于中等文化程度的读者理解、领会。如果是面向专业工作者的史料性读物，除了应做出一些必要的注释外，还应增加附录内容。虽说书名标以"在伊犁"，其实林则徐到伊犁前后所写的诗词、书信都有着密切的联系，如果要研究他的思想发展状况，便不能切断这些联系。即如他的《回疆竹枝词》，虽然不是在伊犁期间写的，难道里面反映的边疆生活不包含他在伊犁的见闻吗？其实日记部分已经这样做了。顺便需要提及的是，序言中指出："其中1843年八月至1844年十二月日记缺轶。"（1845年八月以后的日记也属缺轶。收入本书的日记共计566天，其中在伊日记只有255天，可他在伊犁生活的时间是755天）这样一来，了解林则徐在伊犁的生活情况的一大部分重要参考资料都缺失了。比如他参与修筑阿齐乌苏大渠等活动都无从反映。这就需要附录其他资料，如伊犁将军汇报工作的奏稿，同时代人的回忆文章等予以补救。

二是编校质量不高。有些疏误是内部发行本原有的，有些是正式出版时又印错了的。杨国桢先生还说过"随着社会变迁和人们精神生活的需要，历史需要新的诠释"，但"必须建立在全面掌握经过辨析的原始资料的坚实基础上。因此，这是一个艰难的学术旅程"。^①作为一本为读者提供原始资料的读物，当然首先要做的工作就是认真"辨析"，确保原作无误；从出版者的角度来说，就要确保校对准确，才不致贻误读者与后人。

经统计，日记部分的疏误共有30处，诗钞部分共有17处，书信部分共有16处，全书标点疏误共有28处，合计91处。其中不包括我们对原有阙字的判断臆解。下面分别举出其中一些突出的疏误，希望再版时能够订正。错字一律用括弧注明正字，其他类型的疏误则加以说明。

（一）日记部分疏误：

第3页：七月朔日，第2行"据报停口"，阙字疑为"航"。

第4页：七月初十日，第1行"复往（住）一日"。

第15页：八月二十三日，本页第1行"清泉冷冷（泠泠）"。

第17页：九月初二日，第2行"金悴遣丁口口"。根据上下文，此处阙字疑为"具膳"。

---

① 杨国桢：《〈谪戍新疆的林则徐〉序》，载《西域研究》1999年第3期。

第31页：十一月朔日，第4行"是日来乞尝（赏）者纷纷"。

第33页：十一月初六日，第14行"诚不仅作山阴上观也"，"山阴"后应有一"道"字。

第62页：七月十九日，第2行"将军送腌鲟、鳇鱼"，"鲟"后的顿号应删去。"鲟鳇鱼"俗称青黄鱼。

第68页：正月十九日，本页第2行"此处军台狭小难往（住）"。

第70页：正月二十九日，本页第5行"附近台站皆饮如（此）水"。

第72页：二月初九日，第4行"二十时（里）岚岗"。二月初十日，第4行"则源泉清泚（沚）"，"泚"为清澈义，"沚"是水中小洲。

第94页：五月初八日，第4行"而路尚不大，惟尘土扑人如雨"，"路"疑为"沙"字。因为前一天日记中写道："沙路更深，尘土甚大，中途无可憩息处。"

第103页：六月二十六日，第3行"看山石上题字今（令）人胡卢不已"。

（二）诗钞部分疏误：

第109页：该诗第10行"此语足壮羁臣羁（志）"。

第110—111页：邓廷桢《东坡生日》诗第9行"频年笠屐瞻遗象（像）"。第11行"蓬矢重寻纱谷（縠）行"，"縠"音hú，有皱纹的纱。

第113页：该诗第1行"公家庭列五花聪（骢）"，骢是青白杂毛之马。邓廷桢和诗中的"鞿骄骢"印对了。邓廷桢《赠林心北》诗第2行"帕首靴刀尚丱（丱）童"，"丱"读guàn，儿童束发成两角的样子。"丱童"是年幼的意思。

第115页：邓廷桢《客中不祀灶》诗漏印了第31行，否则与林则徐的32行和诗不一致。

第122页：该词下阕"番风二十四"应作"番风廿四"，才与词谱要求相合。

第139页：该诗第24行"捧礜祥情怀殷"，字数不对。这是一首五言古诗，不该冒出一句六字句来，疑"祥"字为衍文，应删去。

第142页：该诗第3首第1行"松风谡谡溜冷冷（泠泠）"。

第147页：该诗似在第6行后漏排两句。因为邓廷桢的原诗共29韵，其第3韵为"酉"，第4韵为"锼"，第5韵为"谋"，而林则徐的和诗只有28韵，其第3韵为"酉"，第4韵为"谋"，中间少了"锼"韵。

（三）书信部分疏误：

第185页：《致孙子云》信，第5行"洞沏（彻）底蕴"。

第188页：《致李星沅》信，第2行"意谊之絷（挚）"。

第194页：《致杨以增》信，第8行"现已十度蟾园（圆）"，"蟾圆"是月圆的意思。第9行"窃盼仃（停）云旧雨"，"停云"和"旧雨"都是怀念老朋友的意思。

第203页：《致陈捷魁》信，第7行"专口口贺荣喜"，其中两个阙字疑为"此布"。

第204页：《致杨瑛》信，第6行"仆远戍伊口"，其中阙字应作"江"。

第219页：《致保恒》信，第5行"定当拨（拔）帜先登"。

第222页：《致凌树棠》信，第9行"空余弹（剑）铗之弹"。

第224页：《致宝兴》信，倒数第4行"倍切渐（惭）惶之念"。

第229页：《致潘锡恩》信，第10行"铭心胸而汗顶（项）背"。

第232页：《致刘建韶》信，第3行"直如促滕（膝）纵谭之无拘束"。

以上指正不一定全都对，可能有吹毛求疵、求全责备之嫌。但我们的初衷是爱之愈深，责之愈切，希望提高书籍的质量，让读物发挥最大的学术和宣传作用。我们深知编纂这样的史料性读物是很辛苦的，黄卷青灯之下，仔细爬梳资料，认真校勘文字，字斟句酌，殚精竭虑，没有高度的敬业精神，是不肯做也做不好的。所以，应当向编纂者表示由衷的敬意。

经盘错而器愈良

——《景廉行记校注》序

　　最近，伊犁师范大学的几位青年学者完成了一项重要的学术工程——《景廉行记校注》，可喜可贺，值得赞誉。这是伊犁师范大学古籍学术研究领域中的又一项成果。早在三十多年前，伊犁师范学院图书馆曾组织几位老教师校订注释了尚未刊刻行世的《伊犁府志》《绥定县志》《宁远县志》，对推动伊犁文史研究作出了不少贡献。现在，新一代伊犁文史研究工作者又推出了更为厚重的伊犁历史人物专集校注，预示着伊犁文史研究将会更上层楼，开拓新的局面。

　　景廉是清代咸丰、同治年间在新疆颇具影响力的封疆大吏，曾任伊犁参赞大臣、叶尔羌参赞大臣、哈密帮办大臣、乌鲁木齐都统、督办新疆军务的钦差大臣等重要职务。他的行纪、著作都是研究新疆近代政治、经济、军事、历史、文化的重要资料，搜集、整理、刊行这些文献，是研究伊犁，乃至新疆文史的题中应有之义。所以，《景廉行记校注》的完成，确是一项功德无量之举。

《景廉行记校注》是我们目前见到的有关景廉生平、著作资料的最全面的汇集，不仅收入了景廉的两部行记（《冰岭纪程》传世的有抄本三种、刻本两种，已为西域文史研究者所熟知，《行程日记》则只有稿本，因而识者寥寥），还从所获二十二种景廉传记中整理了八种，从多角度展现了景廉的生平事迹，有助于读者知人论世。在众多与新疆有关的清代政坛人物中，有关景廉的资料不是汗牛充栋，但校注者不惮烦冗，经过认真仔细地耙梳拣选，能够获取如此丰富的资讯，实属不易。同时，他们对所获文献进行了细致的比对、校勘，花了不少心血，下了不少功夫。这种做学问的精神，确实令人敬佩，无声地展现了新一代青年学者的风采。

校注著作中收录的《冰岭纪程》是景廉的最重要的著述，记录了清代伊犁的重要人文景观与自然景观，"篇中摹状山谷，广异闻也；搜讨地志，探奥境也；稽考国事，示同轨也；沐浴歌咏，发天籁也"（蒋凝学《跋》中语），对于推进"文化润疆"工程具有重要的文化价值。尤其是书中收录的诗作《度岭吟》一卷，确实是清代西域诗中的名篇佳作，有的关心形势，注重备战，抒发勤于王事的情怀，有的反映少数民族的风情，表达对边疆各族人民的热爱，有的描摹沿途佳景，歌颂山川之雄奇，表达对祖国大好河山的赞美。《行程日记》虽不如《冰岭纪程》精彩，但他所行经的路途，是当时少有人迹之地，沿途的地理、气候特点也具有重要的认识价值。

值得一提的是附录《景廉传记》，这种全景式多角度展示作者生平事迹的策划，并不多见，对于读者来说，可以免除翻检之劳，也有利于全面认识作者，以便作出公正的评价。

至于《校注》的不足之处，其一，"一般的典故辞藻则不作注"（包括题词、序跋、传记等），应是缺憾。实际情况是个别的"典故辞藻"还是作了注释（如《度岭吟》中的"管城子""漏永""枫宸""七宝装"等）。对于一部质量较高的校注材料来说，"一般的典故辞藻"是应该作注的。以《冰搭坂行》一诗为例，其中的"天限""防闲""滕六""巽二""滑汰""凌嶒""跬步""迤邅""浑疑""危梁""巉峚""虺虺""瘃""痛""节旄""叱驭"等词语均应给予注释，否则会造成诸多阅读障碍，影响对原文的理解。尤其是王尊叱驭一典可以生动地展现景廉不畏艰险、奋不顾身的高风亮节，不可或缺。这个典故在为蒋凝学的跋文作注时有所提及，但不够详尽。

其二，有个别失校之处。如《冰岭纪程》十二日日记写道："杜环《经行记》云：'岭端夏日消释，氾滥四出，冬复增高，冰中时函马骨，又含巨石如屋，及其融时，冰细若臂，衔石于颠，柱折则摧，当者糜碎。'"此段所引文字，系出自《西域水道记》，并非杜环原文，景廉记忆有误，应予校出。

其三，有个别误释之处。如《发察布查尔晚次索果尔台》一诗注释"漏永",不妥。应释的是"更漏永"(夜晚时间长),"更漏"是漏壶,计时器。古代用滴漏计时,夜间凭漏刻传更,故称。也引申指夜晚的时间。

　　不揣冒昧,放言如上,失当之处,敬希见谅。

那片星空与那行坚实的足迹①

——读吴孝成《守望边地文学的星空》

收到著名哈萨克文学研究专家吴孝成教授的论著《守望边地文学的星空》（学苑出版社，2018年），我们非常高兴。吴孝成教授曾任伊犁师范学院（现更名为伊犁师范大学）院长，是著名的少数民族文学评论家。他最初虽以诗人身份步入文坛，但从新疆大学毕业后，便开始转向文学评论写作与研究，而地处西北边陲伊犁的地缘优势，使他自然而然地将目光集中在新疆少数民族文学研究，特别是哈萨克族现当代文学研究上。可以说，提起哈萨克族文学研究就不能不提伊犁师范学院，而提及伊犁师范学院就不能不提及吴孝成教授。三十多年来，诗人吴孝成以学者、批评家的眼光致力于发掘、整理、研究哈萨克族文学作家作品，梳理、归纳、建构哈萨克族文学的发展脉络，在哈萨克族现当代文学

---

① 原作为陈思广、党文静发表在《绵阳师范学院学报》（2020年第1期）作品，收录时略有修改。

研究及唐加勒克研究上，出版了多部重要的学术论著，发表了多篇有影响的学术论文，不仅填补了在汉语领域哈萨克族文学研究的空白，而且几乎以一己之力推动着哈萨克文化研究走向深入。除此之外，他还在繁重的行政工作之余，撰写了大量的文学短论、语言推敲短文和文史杂谈，将一位院长但更是一位学者的吴孝成教授呈现在人们面前。摆在我们面前的这部论文集《守望边地文学的星空》，就是吴孝成教授守望那片星空留下的一行坚实的足迹。

一、坚实有力的民族文学研究

中国少数民族文学是中国文学不可或缺的有机组成部分，民族文学研究以其特有的民族性、区域性与异质性等特点不断丰富和繁荣着中国文学研究界，反映出中华文化的多元性、独特性与包容性。本书共分四辑，第一辑民族文学研究部分收录作者二十四篇学术研究文章，也是其用力颇深的精华所在。具体说来，主要收录了作者撰写并发表的三类文章：

一是对哈萨克族文学与锡伯族诗歌的总述性论文。哈萨克族有句谚语"诗歌和骏马是哈萨克人的两只翅膀"，他们终其一生都离不开诗歌的浸润与洗礼。在《鲜花怒放的草原——哈萨克当代诗歌创作概观》一文中，吴孝成教授追根溯源，细致地梳理出哈萨克诗歌创作的情况，从口头文学谈起，直至现当代这一时段内哈萨克族诗歌的创作历史、发展脉络，将其划分为中华人民共和国成立前三十年诗歌创作和新时期诗歌创作两个阶段，同时总结出哈萨克当代诗歌四大主题（歌颂伟大祖国、反映社会主义新生活、珍惜生态环境和呼吁年轻人努力学习）、三类发达体裁（叙事诗、哲理诗、爱情诗）和一种精妙的艺术表现手法（比喻），首次廓清了哈萨克族当代诗歌发展的历史轨迹。随后，吴孝成教授又在《哈萨克当代散文创作概观》一文里将散文创作划分为20世纪五六十年代（发轫期）、20世纪八九十年代（发育期）、21世纪（发展期）三个阶段，将哈萨克族的散文发展脉络呈现在人们面前。哈萨克族文学有悠久的历史、绚烂的文化、丰富的资源，不断涌现出一批批优质的文艺作品，但其民族文学研究则略显滞后。为此，吴孝成教授在《中国哈萨克文学研究概览》一文中指出，哈萨克文学研究起步较晚，20世纪80年代才进入兴盛期，新世纪以来是其研究的繁荣期。当然，哈萨克族文学研究中还存在基础工作薄弱、研究队伍不够壮大、哈萨克族学者的"圈地"意识等问题，值得人们进一步思考。中华民族有着悠久的诗歌传统和灿烂的诗歌文化，锡伯族作为中华民族大家庭的一员与诗歌亦有着密不可分的关系。《锡伯族当代诗歌概观》一文就系统地梳理了锡伯族当代诗歌的发展脉络，论及了锡伯族源远流长的诗歌传统、诗歌创作历史及前辈、后辈诗人的诗作，并就诗人们的生平及创作给予了细致翔实的史料钩沉，令人叹服。

二是对哈萨克族著名诗人唐加勒克的研究论文。唐加勒克是"杰出的哈萨克族进步诗人，是我国哈萨克族现代文学的奠基人之一",在其短暂的二十多年创作生涯中,为世人留下了两万多首"思想深邃、内容丰富、形式精美"①的诗歌。在吴孝成教授的积极倡议下,1991年伊犁师范学院成立哈萨克文学研究所,1996年新疆唐加勒克研究会在伊犁师范学院正式成立,吴孝成教授担任首任会长。吴孝成教授对唐加勒克的研究是其标志性的学术成果,他归纳为"发表五篇文章、主编一本诗集、主持一项科研课题、获得一项奖励"②。在本辑《唐加勒克评传》中,作者对诗人唐加勒克的成长经历、革命事迹、入狱遭遇、文学创作等进行了系统梳理,高度赞扬其诗歌创作水准及顽强不屈的革命精神。在《唐加勒克研究现状概述》一文中,吴孝成教授向读者清晰勾勒唐加勒克研究所经历的阶段及相关研究成果。唐加勒克研究已持续半个多世纪,受到海内外众多学者的关注。回首这段历程,有助于后来者们"开创唐加勒克研究工作的新局面"③。他对唐加勒克的叙事长诗《娜孜古丽》中所塑造的女性形象给予肯定,认为娜孜古丽是"哈萨克民间文学中女性形象的超越"④。对唐加勒克揭短亮丑诗思想内容方面的

---

① 吴孝成:《守望边地文学的星空》,学苑出版社,2018年,第428页。

② 吴孝成:《守望边地文学的星空》,学苑出版社,2018年,第425页。

③ 吴孝成:《守望边地文学的星空》,学苑出版社,2018年,第54页。

④ 吴孝成:《守望边地文学的星空》,学苑出版社,2018年,第419页。

开掘与解读是作者的又一贡献。他精辟地指出唐加勒克本人具有高度的民族自省意识，在自我剖析、深刻揭露民族弱点上与民族魂鲁迅先生有着异曲同工之处。他们都是"实实在在地呼唤民族觉醒的先驱"①，对本民族思想有着深刻的启蒙作用。这些敏锐的真知灼见受到很多哈萨克族学者的肯定。

三是边地少数民族重要作家作品的研究文章。吴孝成教授在专注唐加勒克研究的同时亦自觉拓宽其研究视野，《哈萨克族当代三大诗人论纲》一文就是其研究视域扩展的体现。他认真整理哈萨克当代著名诗人（库尔班阿里·乌斯潘诺夫、乌曼尔阿孜·艾坦和夏侃·沃阿勒拜）的创作成果，并进行简要论述，希望借分析三位诗人诗歌创作的得失，积极促进哈萨克当代文学的繁荣与发展。他还关注哈萨克部分女诗人（热依汗·依本、夏米希巴努·哈木扎、乌力罕·苏里堂和努尔依拉·克孜汗）的创作。他对能够熟练使用汉语言文字进行文学创作的哈萨克族双语作家艾克拜尔·米吉提、叶尔克西·胡尔曼别克和哈依霞·塔巴热克给予了高度赞誉。他认为其接受了汉民族文学等世界其他民族的文学熏陶、浸染，具有更为开阔的创作视野，这是他们能够在当代文坛取得成功的重要因素之一。除此之外，吴孝成教授亦不忽视边地其他少数民族重要作家作品。他分析维吾尔族作家

---

① 吴孝成：《守望边地文学的星空》，学苑出版社，2018年，第420页。

阿拉提·阿斯木作品中的地域文化色彩和民族文化氛围，点明其特点集中表现在饮酒文化、歌舞文化、戏谑文化和交际文化等方面。他还选取锡伯族具有代表性的诗人阿苏进行专章论述。除对锡伯族诗人郭基南诗歌的论述外，作者还专门对其长篇小说进行开掘与解读，总结其创作得失，分析中肯，态度诚恳。回族作家马康健、杨军礼、马志坚中短篇小说合集《伊犁三人集》，作者读后深感欣慰，归纳出三人作品的共性，即"始终注目于生活底层的普通人，钟情于平凡人的平凡事，为芸芸众生画像，为民族脊梁立传"①，他还为马康健的散文随笔集《母亲的眼睛》作序，且不遗余力地向读者推荐其作品，并在其书稿编排方面给予宝贵的建议，情真意切。可以说，本辑是吴孝成教授深耕少数民族文学多年、着力构建学术研究体系的重要收获，是其严谨治学、孜孜以求的心血结晶。

二、知人论世的作品评论

第二辑收录十九篇文学作品评论文章，主要是对老友新知诗歌与散文创作的鼓励与鉴识。

王建刚是位年轻有为的青年诗人，他的"草原诗"写得颇有特色，吴孝成读后予以热情推介，并鼓励其戒骄戒躁，

---

① 吴孝成：《守望边地文学的星空》，学苑出版社，2018年，第229页。

"百尺竿头更进一步"。顾丁昆描写北国风光的组诗《人在冬季》(《寒流寒流》《雪原雪原》《冰花冰花》)讲韵律安排、注重诗作的音乐美,他称赞其"戴着镣铐跳舞,依然刚健有力,曼柔多姿"①。而单守银的《诗六首》则以情动人,震颤心灵。除此之外,他还颇为关注旧体诗词在当今伊犁社会的发展。他对已经出版的六期《伊犁诗词》报中旧体诗词进行统计,发现竟达四百三十一首之多,这些旧体诗作涉及内容广泛,包括庆祝纪念、怀古凭吊、咏物述志、时事感怀、寄赠祝贺、参观游记、褒扬人物和礼赞伊犁八类,大有"乱花渐欲迷人眼"②之势。作者为如此丰厚的创作实绩感到欣慰,摘录报上优美诗句品评咀嚼,在总结创作实绩的同时作者不忘指出《伊犁诗词》报旧体诗词在立意、构思、格律、语言等方面存在的问题,足见作者对伊犁文坛的拳拳之心、殷殷之情。他不仅热情鼓励青年诗人,对老诗人也同样饱含深情。读孙传松先生的诗词选《八十过隙》,他积极肯定孙老笔耕不辍、坚持不懈的创作精神。王敬乾的旧体诗集《残阳血》"较好地解决了旧体诗词和现代相适应的问题,能以通俗的语言反映复杂的现代生活和精神世界,创造出一种明白和畅、清新纯朴的诗风"③。《走沙集》是王敬

① 吴孝成:《守望边地文学的星空》,学苑出版社,2018年,第256页。
② 吴孝成:《守望边地文学的星空》,学苑出版社,2018年,第263页。
③ 吴孝成:《守望边地文学的星空》,学苑出版社,2018年,第281页。

乾的第三本旧体诗词集。

较之第二本《残阳血》，吴孝成肯定《走沙集》立意高远、寄托遥深，在艺术上有了长足的进步，其词作"有一股磅礴的气势""一句句如龙蛇舞动，一字字似热血喷涌，胸中一股英雄气在纵横驰骋"①，且细致阐释了产生此种风格的缘由，即与诗词作者本人的气质和坐镇和田的人生经历息息相关，令作者深为感动。

郭丛远是吴孝成多年的挚友，他们的交情始于20世纪60年代在伊宁市六中任教期间。因这朝夕相处的岁月，他深知"老郭是个有诗人气质的人，一个性情中人"，而郭丛远的散文集《似水流年》中最精彩的部分是关于亲情、友情和乡情的描写，充溢着温暖的情怀，这也是郭丛远用诗性的语言来写散文，使其作品常有出人意料的神来之笔的缘由之所在。而高栋的散文随笔集《秋实集》，除去内容、语言、创作观念的分析外，还融入了本人的生命体察，集中表现在对集子命名"秋实"的理解。"人到老年，就进入了人生的秋天，自应视为收获季节；有了春花灿灿，才有秋实累累，自是一番丰收的喜悦；古人常用'春华'比喻文采，用'秋实'比喻品行学问，做人处世当以德行为先"②，可谓评中有叙，叙中有悟，悟中有情。郭文涟的"伊犁往事"系列散

---

① 吴孝成：《守望边地文学的星空》，学苑出版社，2018年，第286页。

② 吴孝成：《守望边地文学的星空》，学苑出版社，2018年，第302页。

文，以"童心"这一新颖视角介入文学文本，旨在"描述一个孩子眼中的大千世界（主要是'文化大革命'期间一座边陲小城的风风雨雨）"①，使"伊犁往事"系列散文有真情、有实感、有趣味，文如其人。正因为本辑所涉及的作家都是吴孝成教授的老友新知，有的甚至是几十年的故交，他分析起他们的创作来，既能公平、公正地点评他们的优劣，客观真切地分析其艺术创作的得与失，也能将个人的感受、理解、情怀、思考融为一体，感性中见深刻，深刻中见哲思，哲思中见真情，堪称知人论世的妙章。

三、咬文嚼字的语言推敲

第三辑里记录的是作者本人对文学语言的咀嚼与玩味，这也是作者多年的一个"爱好"。在《咬文嚼字乐此不疲》中，作者讲述了个人勘误成瘾的"毛病"。2001年，《新疆日报》组织一次读者勘误活动，时间限制在一年之内，作者"每十天给编辑部寄一封勘误信，约指瑕一千余处"②。活动结束后，作者获得了读者勘误一等奖。此后，作者便乐此不疲。这看似是一个简单的咬文嚼字，但从中我们可以窥见作者本人严谨勤勉的推敲精神，通过最基本的语言文字入

---

① 吴孝成：《守望边地文学的星空》，学苑出版社，2018年，第312页。

② 吴孝成：《守望边地文学的星空》，学苑出版社，2018年，第334页。

手，匡正谬误，规范用字，为读者树立良好的用字榜样。

文学是语言的艺术，它以语言文字作为物质载体，表现作品内蕴。好的文学作品自然离不开作家精心组织编排的语言文字。但如何运用好文字，却需要从文字内部探寻遣词造句的本质规律。他以"重叠"这一修辞手法为例，就形容词的ABB式重叠进行分类剖析，用具体案例证明作品中双音节形容词后一音节重叠、单音节形容词带叠音后缀的使用，要比一般形容词表达效果更强。而作者对央视春晚获奖征联作品的点评更见其咬文嚼字之细腻。他针对某些获奖征联提出自己的质疑，其严谨的鉴赏态度使我们感受到了对联的妙趣。就报刊上存在引用古代诗文不准确的情况，作者呼吁为文执笔之人应慎之又慎，万万不可掉以轻心。

因恪守语言文字的规范，故选取在语言上具有典型性的作家作品进行分析就成为吴孝成教授锻字炼句的自然选择。散文家刘亮程的语言风格独树一帜，是作者细心关注的对象。吴教授认为其少修饰、不设喻的白描式语言，给读者以鲜明的印象，充分调动了读者阅读的参与性与积极性，并一针见血地点明此言语风格"十分合乎当今社会生活的快节奏以及读者多参与和求互动的时代特点"[1]。他还敏锐地发现刘亮程散文语言的其他特质——独白性、调侃性、俚俗性和精警性。作者对郭文涟的《晚来风雨中忆起"枫桥夜泊"》

---

[1] 吴孝成：《守望边地文学的星空》，学苑出版社，2018年，第337页。

词语运用中叠音词、双音节名词+单音节形容词的AA重叠式剖析细致到位，足见其对语言的咂摸与体味有着非凡的功力。作者又以《伊犁晚报》"市井"版散文《山中一夜》为样本，从遣词、造句、语感等方面细致幽微地阐发正确使用语言文字的重要性。还以周涛诗作《伊犁河，我常常怀念你》的修改为案例（其作品先载于1980年《伊犁河》第1期，后又发表于《诗刊》第4期，《诗刊》稿修改37处），向读者阐发语言改动后所产生的不同表达效果，并总结出修改诗文的方法，并多方引用、论证名家话语，劝诫从事文学创作的人如何审慎地使用语言文字，树立反复修改的理念。作者推崇诗人丁捷诗歌语言所追求的一种韵律和谐的音乐美，他对歌词《妻子辛苦了》的修改理由亦令人信服。在《命名的艺术》中，作者进一步分析命名的艺术，列举同音词使用的利弊、词语重组后的妙趣、字音和声调的协调、字义的合理搭配等，力求进入到语言文字内部，研究其构造肌理，并结合具体案例深入浅出地道出语言文学的奥秘。这些都为如何更好地使用祖国的语言做出了榜样。

四、多姿多彩的文化杂谈

第四辑收录的是作者多姿多彩的文化杂谈，它充分展示了作者本人丰富的文化生活，也从中可见大文化视域下其个人的所思所想、所感所悟。在《"拼将十万头颅血，须把乾坤力挽回"——伊犁人民抗击沙俄侵略的斗争》一文中，他用深情的笔触采取史论结合的方式，细致勾勒出伊犁人民抗击沙俄侵略斗争的壮阔历史画卷，秉着实事求是的创作态度、避免空谈创作理念，真实记录下这一可歌可泣的历史事件及过程。在论述赖洪波《伊犁史地文集》时，作者巧妙地从史识、史德、史趣三方面肯定作为史学家的赖洪波在研究伊犁史地等领域所做出的卓越贡献，称赞其史料选取上的严格谨慎，真正做到立论有据，去伪存真。在伊犁的四十年间，作者始终关注伊犁文坛老、中、青三代作家承续与发展，大力组织《伊犁之秋》诗歌朗诵会，推动本地文学事业发展、努力繁荣文学创作。作者还谈及观看哈萨克大型民族歌舞诗《阿嘎加依》这一艺术盛宴所带来的震撼，表达其对草原文化、民俗风情的深沉爱恋。

参观香港著名摄影家陈复礼先生的影展后，他撰文传递出作者热爱生活，善于发现生活之美的艺术态度。此外，他还为文学爱好者陶竞飞《水珠集》作序，阅读文学期刊《寨口》等内容亦体现作者文化生活领域的丰富性、趣味性、审美性，确乎够得上"诗意的栖居"。整辑看似杂谈，却史识互见，多姿多彩，令人爱不释手。

展读吴孝成教授的《守望边地文学的星空》，我们不仅从中看到了三十年来他在繁重的行政工作之余跋涉边地文学研究的坚实足迹，也看到了他严谨踏实的治学理路和对新疆那片文学星空深情瞩望的心路历程。他对哈萨克民族文学研究的深入与拓展，他对新疆现当代少数民族作家与作品的关爱与情深，他对伊犁这块美丽的土地上的历史和人民的熟稔与守望，都令人钦佩，令人感动。如今，年逾古稀的他依然笔耕不辍，深情地瞩望着边地这片璀璨的文学星空，笔者衷心地祝愿吴孝成教授常下笔，文如泉涌，结出更为丰硕的文学研究成果。

后　记

　　曾经有人问我，为什么我撰写和编著的几本书都没有序言？这是因为我不喜欢在书前面请人美言几句，以抬高著作的身份；或者夫子自道一番，讲一讲阅读与写作的甘苦。我自认为，凡是细心的读者，在读过这本书之后，自会理解作者的心思。虽然我不喜欢请人作序，但我确确实实又为文友们写过几篇序。只是我有个执念，评说别人的文章，不能一味地说好听的，往往会在序言的后面写一点不足之处。这是实事求是的做派，尽管这样做，往往不受人待见，但我总是一意孤行，不改初衷。

　　出书可以不要序言，但总要有个后记，交代一下书中的内容，以及写作时遇到的问题。

　　我们的这本书原定的书名是"伊犁文学巡礼"，编辑同志可能觉得有点一般化，于是建议改成现在这个书名，增强了文学色彩，挺好！

　　在长长的古丝绸之路上，有许许多多的文学景观，仅在伊犁河谷，著名的文学景观就有赛里木湖、果子沟古道、伊犁九城、伊犁河、金顶寺、格登碑、望河楼、夏塔古道与木扎尔特冰川等，它们是伊犁大地上永存的文化记忆，这一切都在清代西域诗中从不同侧面得到了充分展现。文学景观是客观存在于地球表面，在一定的地理空间展开与呈现，被历代文人题咏，具有丰富审美内涵的自然景观和人文景观。一段时间以来，我们致力于对伊犁河谷文学景观的研究，写成了一组文章，遗憾的是多处投稿，均未得到青睐。以上便是本书第一编"清代西域诗中的伊犁文学景观"所呈现的内容。

伊犁是多种文化汇萃、碰撞的一方热土，自古以来中华文化就浸润着这里的一山一水、一草一木，从清代西域诗的"伏腊同风过月氏""中外车书文轨同"等诗句中，可以清楚地看到这一现象。今天重温这样的作品，对于增强我们的中华民族共同体意识，具有不可估量的作用。以上便是第二编"清代西域诗中的伊犁主流文化"的感悟。

第三编"现当代作家笔下的伊犁风貌"评述了生活在这片土地上的汉族、哈萨克族、维吾尔族、锡伯族等各民族作家、诗人的作品，以期展示瑰丽多姿的伊犁文学的风采，其中有几篇文章曾经收入拙作《守望边地文学的星空》一书，由于发行面很窄，所以不避重复，腼颜而为。

附录部分，要么是关于《林则徐在伊犁》艺术的思考与商榷，要么是对青年学者科研成果的肯定与鼓励，另有一篇是四川大学文学与新闻学院博士生导师陈思广教授及其研究生对《守望边地文学的星空》的评价，可以从中了解我们的学术历程。

在此，必须真诚感谢伊犁师范大学中国语言文学学院"中国教师发展基金会师范教育协同提质"计划公益项目资金的大力扶持以及陈思广教授的倾情推送，感谢陕西师范大学出版总社的认真指导与鼎力相助。

著　者

2024年12月